홍련 下

초판 1쇄 찍은 날 | 2012년 11월 23일
초판 1쇄 펴낸 날 | 2012년 11월 28일

지은이 | 김인숙
펴낸이 | 예경원

편집 | 유경화

펴낸곳 | 예원북스
등록번호 | 제396-2012-000132호
등록일자 | 2012. 7. 25
YRN | 제1-0007호

주소 | 경기도 고양시 일산동구 무궁화로 8-28 삼성메르헨하우스 712호 (우) 410-837
전화 | 031-819-9431 팩스 | 031-817-9432
http://cafe.naver.com/yewonromance
E-mail | yewonbooks@naver.com

ⓒ 김인숙, 2012

ISBN 978-89-98102-08-1 04810
ISBN 978-89-98102-06-7 (세트)

❖ 紅蓮 目次 ❖

1

아소왕후와 주원은 열흘째 녹영전 깊은 침전에 들어앉아 있었
다. 겨울이 깊어져 날은 차가웠고 특별히 신경을 거스르는 일도
없었다. 눈엣가시 같던 유강은 흔적 없이 사라져 버렸고, 대연 밖
으로 밀려난 재강과 미강은 그녀의 힘에 눌려 쥐 죽은 듯 고요하
다. 마치 모든 것이 겨울잠을 자듯 고요한 시절, 아소왕후는 제 어
린 사랑에 빠져 헤어나지 못하고 있었다.

방금 떨어져 나갔던 주원이 다시 가슴을 베어 물었다. 쓰라리고
아파서 그만하라고 하고 싶었지만 그 아릿한 통증마저 온몸을 흥
분케 하는지라 끝내 밀어내지 못했다. 서늘한 다리를 감아오자 아
소왕후는 감당할 길 없이 뜨거워진 몸을 그에게 맡겼다. 가슴을
타고 내려간 입술이 배꼽을 스쳐 허벅지 깊은 속살을 훔치더니 순

식간에 여인의 가장 은밀한 그곳으로 파고들었다. 능숙한 혀 놀림에 아랫도리가 녹아내릴 것만 같다. 참을 수 없는 신음 소리가 아소왕후의 입에서 흘러나왔다.

"흐…… 독을 품은 배암 같구나."

문득 그 치명적인 독에 중독되어 그 독이 없이는 살아가지 못하는 지경에 이르고 말 거라는 불안이 엄습한다. 그러나 불안은 이내 흥분이 되고 열기가 되어 그녀를 불꽃의 정점으로 몰아붙였다.

기력을 다 쏟고 난 후 몰려오는 아득한 행복감에 젖어 주원은 눈을 감았다. 왕후의 몸에서는 여전히 달콤한 살내음이 풍긴다. 이대로 그녀를 품고 세상의 이목이 닿지 않는 곳으로 숨어버리고 싶은 충동이 그를 못 견디게 하는 순간이다. 순간 주원은 생각을 멈추듯 주먹을 그러쥐었다. 혼미했던 정신이 조금씩 돌아오는 것 같다.

"태자의 호위를 맡아보지 않겠느냐?"

아소왕후가 그의 등을 쓰다듬으며 물었다. 주원을 태자의 곁에 둠으로써 태자의 안위에 대한 걱정을 덜고, 불순한 생각을 품고 태자에게 접근하는 무리들을 사전에 차단할 수도 있다. 그리고 주원에게 힘을 실어주려는 의도도 있었다. 그러나 주원은 단번에 고개를 저었다. 그리고 더 이상 듣고 싶지 않다는 듯 더운 입김을 뿜으며 다가와 그녀의 입술을 막아버렸다.

이렇게 아무리 권력을 쥐어주려 해도 주원은 잡지 않는다. 오직 그녀에 대한 욕심밖에 없는 것 같다. 자신도 어릴 때는 오직 경왕의 사랑만을 원했던 적이 있었다. 처음부터 지금 같았던 것은 아니다. 혹시라도 왕의 눈이 소천궁으로 향할까 두려워 밤새 왕에게 매달려 온몸을 불태우며 모든 기운을 쏟아부었던 그런 때도 있었다. 그러고도 불안이 가시지 않아 급기야는 누구도 상상 못할 일까지 저지르고 말았지만……

아소왕후는 더 이상 생각하고 싶지 않아 벌떡 몸을 일으켰다. 그녀는 빠르게 윗옷을 걸쳐 입고 주원을 흔들어 깨웠다. 주원은 달콤한 꿈에서 깨어나는 것이 안타까워 힘겹게 눈을 떴다.

"소천궁은 잘 살피고 있느냐?"

방금 전까지 자신의 품에서 녹아내릴 듯 교태를 부리며 신음하던 여자가 어느새 피도 눈물도 없는 냉혹한 눈빛으로 내려다보고 있었다. 주원은 잠깐 눈을 감았다가 재빨리 일어나 옷을 챙겨 입었다. 얼마 전부터 왕후는 소천궁의 감시를 주원에게 맡겼다. 그래서 그곳에 심어둔 왕후의 눈들로부터 들어오는 보고를 주원이 직접 챙기고 있다.

"별다른 변화가 없습니다."

"무한국 공주는 여전히 바깥출입을 하지 않는다더냐?"

"예."

유강이 사라진 지 어느새 한 달하고도 반이 흘렀다. 공주가 자신의 거처인 인영전에 칩거해 버린 지도 한 달하고 반이다.

"아무래도 이상해. 칩거 기간이 너무 길지 않느냐."

"무한국이 워낙 따듯한 곳이 아닙니까. 이곳의 겨울 날씨에 적응하기가 쉽지 않을 것입니다."

그래, 게다가 왕위 다툼 과정에서 큰 부상까지 입었었다고 했으니…… 하지만 그래도 뭔가 개운하지가 않다. 생각에 잠겨 있던 아소왕후가 다시 입을 열었다.

"공주를 한번 보아야겠다. 소천궁에 전언을 보내라. 열흘 후면 정빈마마의 생신이니 힘들더라도 꼭 참석하라고 말이다."

그런 일이라면 감히 거역하지 못하리라 생각했다.

침실을 나오던 주원은 빠끔히 열린 맞은편 방문을 물끄러미 바라보았다. 아소왕후 외에는 누구도 들어갈 수 없는 곳, 녹영전의 또 하나의 깊은 침실. 경왕이 기거하는 방이다. 나뭇둥걸처럼 딱딱하게 굳은 몸과 의식 없는 눈동자, 표정을 잃어버린 채 경직되어 있던 얼굴. 몇 번 보았던 경왕은 죽은 고목과 같은 모습이었다. 지금 안도국에서 왕이 할 수 있는 것은 아무것도 없다. 모든 것은 아소왕후의 손에 달려 있다. 시체 같은 저 왕의 마지막 죽음마저도.

자신과 왕후가 나누었던 뜨거운 정사의 호흡들이 저 문틈을 통해 여과 없이 흘러들어 갔을 것이다. 왕후는 어째서 이토록 잔인한 짓을 서슴지 않을까? 품에 안을 때면 세상 누구보다 아름다운 여인인데……. 그 여인의 아름다움이 슬프다. 마음이 아프다.

주원은 빠끔히 열린 문을 닫아버렸다.

비진족과 협상을 마친 유강 일행은 잠깐의 휴식도 없이 대연을 향해 말을 달렸다. 그런데 사천 지방을 지나면서부터 일행을 이끌고 있는 사람은 유강이 아니라 홍영으로 바뀌었다. 긴장한 건지 화가 난 건지 모를 표정으로 말에게 채찍을 휘두르는 그의 옆에는 여린 몸매의 또 다른 사내가 말을 달리고 있었다.

그 시각, 유강과 세아가 느닷없이 화원으로 들이닥쳤다. 호위조차 대동하지 않은 단출한 모습에 월령은 놀라움을 감추지 못한 얼굴로 두 사람을 맞았다.

"무슨 일입니까? 호위들은 어쩌시고 이렇게 갑자기……! 혹시 가셨던 일이 잘못되었습니까?"

호들갑스런 월령의 물음을 무시한 채 유강은 느긋한 얼굴로 말에서 내렸다. 그리고 세아에게 손을 뻗었다.

"내리시오."

잠깐 망설이던 세아가 순순히 손을 뻗자 유강이 그녀를 품듯이 안아 내렸다. 그리고 여전히 놀란 얼굴로 서 있는 월령에게 명을 내렸다.

"며칠 쉬다 갈 것이니 준비해 주게."

"왕자님……!"

"온천물에서 가장 편하고 아름다운 향이 피어올랐으면 해. 그리고 함께 쉴 수 있는 조용하고 어여쁜 방도 준비해 주게."

유강은 약간 상기된 얼굴로 그렇게 말했다. 나혜왕후와 함께 지내던 소천궁 시절 이후 처음 보는 유강의 행복한 얼굴이다.

미월의 서신에 의하면 무한국 공주와 유강은 아직 합방을 하지 않은 상태다. 그러니까 혼인만 했을 뿐 부부의 연을 맺지는 않았다는 뜻이었다. 그것은 당연한 일이다. 유강이 무한국인과 어찌 부부의 연을 맺겠는가! 지난번에 왔을 때도 유강에게는 그 의지가 분명히 있어 보였다. 그런데 이번엔 다르다. 유강은 공주와 첫 밤을 보내러 이곳에 온 것이다. 절대로 안 된다고 막아서야 했지만 너무도 행복해 보이는 유강의 모습에 월령은 아무것도 할 수 없었다.

월령과 잠깐 눈을 마주치던 세아는 수줍은 듯 고개를 돌려 버렸다. 유강이 무작정 화원 쪽으로 말 머리를 돌렸을 때부터 그의 뜻을 알아차렸지만 말릴 수 없었다. 그는 너무나 조급해 있었고 들떠 있었다. 그러나 도착한 그 순간부터 세아는 난감함에 빠져 버렸다.

그에게 어떻게 보여줄 것이며 그는 또 그녀를 어떻게 받아들일 것인가? 아름다운 여인의 몸이 아니라 끔찍한 상처투성이의 몸을 말이다.

월령이 내어온 차를 마시며 그녀는 자신도 모르게 몸을 움츠렸다.

자신의 몸에 그어진 죽음의 흔적들, 무진의 상처들, 지울 수 없는 아픔들.

그런 몸을 유강에게 보여줄 순 없다. 보여주고 싶지 않다. 어쩌자고 이곳까지 와버린 건가!

세아는 들고 있던 찻잔을 놓아버렸다. 하얗게 질린 듯한 그녀의 얼굴을 보고 유강이 놀라 다가왔다.

"왜 그러지? 어디가 불편한 거요?"

유강의 손이 이마에 닿았고 다시 볼을 감쌌다. 그 따뜻한 손길이 그녀의 마음을 더욱 닫게 했다. 다 보여 버린다면 이 따뜻함을 잃고 말 거다. 그토록 험한 흉터를 가진 몸을 어찌 사랑스러운 마음으로 안을 수 있겠는가. 견딜 수 없는 절망감이 밀려왔다.

"유강…… 그냥 이대로 대연으로 돌아가면 안 될까요?"

잔뜩 겁을 먹은 듯한 그녀의 모습에 유강은 당황했다. 무엇이 두려운가? 아니면 마음이 변한 건가?

"왜 그러오?"

그녀의 마음을 가늠하려는 듯 검푸른 눈이 바짝 다가왔다. 그녀는 대답할 말을 잃은 채 머뭇거렸다. 그러나 이내 깨달았다. 이것이 피한다고 피해질 일이 아니라는 것을. 기어이 피하고 싶다면 유강의 곁을 떠나는 수밖에 없다는 것을. 그러나 그럴 수는 없다. 어떻게 선택한 사람인데.

세아의 눈에 기어이 눈물이 고였다.

"유강……."

무엇이 세아를 이토록 두렵게 만드는지 모르겠지만 그것이 무엇이든 유강은 상관없다고 생각했다. 설사 그것이 무진이라는 자의 흔적일지라도 말이다. 중요한 것은 지금 이 순간 그녀가 선택한 사람은 바로 유강 자신이라는 것, 그것이면 된다.

유강은 눈물이 맺힌 그녀의 얼굴을 당겨 안았다.

"무엇을 그리 두려워하는 거요?"

등을 다독이는 따뜻한 손길은 아무것도 걱정하지 말라고, 어떤 모습도 상관치 않겠다고 말하는 것 같다. 유강에게 미안했다. 자신의 상태를 자각하지 못한 채 그에게 마음을 열어버린 것이 후회스럽다. 온전하고 아름다운 여인의 몸으로 그를 만나지 못한 것이 너무나 속이 상했다. 머지않은 미래에 유강을 만날 운명을 미리 알고 있었다면 그런 일은 없었을까? 그녀의 흉한 몸을 확인한 순간 유강은 슬퍼할 것이다. 괴로워도 하겠지. 그리고 어쩌면 그녀를 그만 놓아버릴지도 모른다.

세아는 눈물을 보이고 싶지 않아 그의 가슴에 얼굴을 묻어버렸다.

"당신에게 보여주고 싶지 않은 것이 있어요."

그녀의 몸에 지우지 못할 흔적이 있다는 소리다. 유강은 허리를 당겨 안으며 그녀의 귀에 속삭였다.

"당신에 대해서 내가 몰라야 할 건 아무것도 없소."

"……후회할 거예요."

그녀를 선택한 것도, 사랑한 것도.

그러나 유강은 단호히 말했다.

"그럴 일 없어, 절대로."

세아가 보여주고 싶지 않은 것이 무엇이든 그는 이미 모든 것을 받아들일 마음의 준비가 되어 있다. 아니, 그 모든 것이 상관없을 만큼 그녀가 목마르게 그립다는 말이 맞는 것 같다. 목덜미를 쓰다듬던 손이 턱을 들어 올렸고, 이어 뜨거운 입김이 건너왔다. 감당할 길 없는 두근거림에 세아는 주먹을 꼭 쥐었다. 유강의 입술이 그녀의 입술을 덮었다. 부드럽게 닿았다 떨어지던 입술이 다시 뜨거운 열기를 품고 다가와 입술이 열리기를 종용했다. 허리는 꺾일 듯 안겨 있었고 그녀의 손은 가슴 사이에 끼인 채 꼼짝할 수 없었다. 망설이듯 벌어지는 입술 사이로 붉은 혀가 파고들었다. 뜨거운 혀가 엉키고 경직되었던 주먹은 힘을 잃었다.

모든 것이 꿈인 것 같다. 수초(水哨)의 반란도 무진의 죽음도, 그리고 유강을 만나고 사랑하고 뜨거운 입맞춤을 나누는 지금 이 순간조차. 꿈이라면 영원히 깨지 않을 꿈이기를…….

그러나 유강의 손가락이 옷자락 속으로 파고드는 순간 그녀는 꿈에서 깨어났다. 순식간에 그에게서 떨어져 나온 세아는 벌어진 옷자락을 움켜쥐었다. 자신도 모르게 벌어진 갑작스러운 행동에 그녀 스스로도 당황했다. 그가 얼마나 당황했을지, 실망했을지 감히 상상할 수도 없다. 두렵고 부끄럽고 미안했다. 유강의 얼굴을 바로 볼 수 없었다.

"유강, 난……."

세아는 더 이상 말을 잇지 못했다. 무슨 말을 하던 그에게 위로가 되지는 못할 것이다.

"미안해요, 정말."

그 말 외엔 해줄 것이 없었다. 세아는 달아나듯 그곳을 빠져나와 버렸다.

유강은 망연한 눈으로 어둠 속으로 사라지는 세아의 그림자를 바라보았다. 그녀의 태도가 사내에 대한 두려움인지 아니면 자신에 대한 거부감인지 알 수 없었다. 어쨌든 그다지 기분 좋은 건 아니다. 아니, 사실은 약간의 불쾌감과 자괴감마저 든다.

"여인네들은 사내들과는 다릅니다."

어느새 들어왔는지 월령이 뒤에 서 있었다.

"보았는가?"

"망설임도 많고 두려움도 많고, 그래서 마음과 다르게 몸이 달아나기도 한답니다. 특히나 공주님 같으신 분은……."

"공주에게 무슨 특이한 구석이라도 있단 말인가?"

"부끄러움이 많으신 분 같았습니다. 지난번 온천욕을 오셨을 때도 수발을 드는 아이들은 물론 소인조차 곁에 오지 못하게 하시더군요."

글쎄? 부끄러움 같지는 않다. 도대체 무슨 흔적이 있기에 그토록 감추고 싶어하는 걸까?

생각에 잠긴 유강의 뒤에서 서성이던 월령이 결국 참지 못하고 입을 열었다.

"왕자님……."

그러나 유강이 먼저 그다음 말을 제지했다.

"아무 말도 하지 말게. 그 어떤 이유도 지금의 날 막진 못할 것이야."

"공주님은 무한국인입니다. 소인은 도저히……."

"도저히…… 그래, 도저히 받아들일 수 없는 사람인데 이리 되어버렸어. 나로서도 어쩔 수 없는 일이었네. 그 사람 없이 살아가는 일들은 차마 못하겠어서, 도무지 방도가 없으니 어쩌겠는가? 매달릴 수밖에."

유강은 떠나려는 세아를 간절한 마음으로 붙들었다고 얘기했다. 몹쓸 병에 걸린 병자처럼 유강의 얼굴은 수척하기까지 하다. 지난날 나혜왕후가 그랬듯 한 사람 외에는 누구도 담을 수 없는 모진 마음병이 유강에게도 침노한 것일까? 그렇다면 말린다고 될 일이 아니다. 월령은 태산 같은 한숨을 소리 없이 삼켰다.

"이겨낼 수 있으시겠습니까?"

"내가 선택한 일이니 이겨내는 것도 내 몫이겠지."

"공주마마께서도 그 일을 알고 계십니까?"

"말하지 않았네. 말하지 말게, 힘들 테니."

두 번 다시 떠올리고 싶지 않은 그 일을 세아까지 알게 하고 싶지 않았다. 만약 그 일을 안다면 세아 또한 그의 곁에 머물기 힘들 테니까.

"하지만 잊지 않고 있으니 걱정 말게. 어마마마도, 그 녀석……아기 진서도. 내가 어찌 그들을 잊고 그날 일을 잊겠는가? 언젠가는 반드시 그 원혼을 달래줄 거야. 반드시……!"

탁자에 놓인 유강의 주먹이 부르르 떨렸다.

도망치듯 빠져나온 어제저녁 이후 유강을 만나지 못했다. 세아는 유강이 몹시도 화가 났을 거라고 생각했다. 그녀 스스로도 화가 나니까. 받아들이지 못할 거였으면 애초에 아무것도 허락하지 말았어야 옳지 않은가! 아무것도 허락하지 않는 사람을 그는 과연 사랑할 수 있을까? 진정 그러기를 원한다면 그것은 사랑이 아니라 자신의 이기일 것이다.

진심으로 유강을 위한다면 떠나는 것이 옳지 않을까, 그런 생각이 스칠 때마다 세아는 고개를 흔들었다. 그렇게 비겁하게 달아나는 것은 자신의 모습이 아니다. 무슨 일이든 무모할 만큼 용감하게 덤볐던 자신을 떠올렸다. 피하는 법도 달아나는 법도 몰랐던 그 시절의 세아 공주. 그녀라면 어쨌을까?

그때의 세아라면 결코, 어떤 이유로든 절대로 유강을 놓아버리는 일은 없을 것이다. 용감하고, 자신감 넘치고, 한편으로는 무모한 공주였으니. 때론 이기적이기도 했으니.

유강은 화원의 정자에서 잠시 머리를 식히며 비진족과의 협상을 떠올렸다.

우루수 노인을 중심으로 각 집단의 수장 격으로 보이는 나이 지긋한 사내들 틈에 홍일점처럼 끼어 있던 청년 라우탄은 소문처럼 험한 흉터가 얼굴에 가득한 외눈박이였다. 한쪽 눈을 가린 안대와 얼굴을 가르듯 그어진 험악한 흉터는 그의 나이를 가늠할 수 없게 했다. 그리고 보통의 비진족보다는 조금 더 짙은 빛깔의 검푸른 눈과 흑단 같은 머리칼로 보아 순수한 비진족은 아니었다. 그 또한 자신처럼 안도국인이나 무한국인, 혹은 또 다른 어느 종족의 피가 반쯤은 섞였음이 분명했다.

한눈에 보기에도 쉬운 녀석은 아닐 거란 생각이 들었지만 협상이 진행될수록 정말 만만한 녀석이 아니었다. 우루수 노인을 제치고 먼저 입을 연 그는 비진족의 자치권과 함께 사병을 기를 수 있게 해달라고 했다. 자치권은 이미 예상했었던 일이지만 사병은 정말 생각도 못했던 요구였다. 비진족에게 자치권을 주더라도 병력만은 허락하지 않으리라 생각했던 유강으로서는 난감한 요구가 아닐 수 없었다. 사병을 기른다면 병권 장악만으로는 비진족의 군사력을 차단할 수 없어진다. 참으로 교묘한 요구가 아닌가!

유강은 자치권에 대해서는 동의를 하면서도 사병을 기르는 것에 대해서는 확답을 주지 않았다. 그러나 결국은 그것마저 허락하고 말 것이라는 것을 안다. 지금 다급한 쪽은 비진족이 아니라 자신들이니까.

회의장을 나오며 라우탄의 입가에 보일 듯 말 듯 회심의 미소가 번지는 것을 보았다. 그 모습을 떠올리던 유강은 저도 모르게 주먹을 그러쥐었다. 은근히 기분 나쁜 녀석이다. 너무 생각을 깊이 한 건지 머리가 지끈거렸다. 뜨거운 온천물이 한없이 그리운 날이다.

마지막 남은 옷가지가 발아래로 흘러내렸다. 세아는 차마 제 몸을 살피지 못한 채 눈을 감아버렸다. 자신의 몸을 씻겨줄 때마다 다련이 입술을 깨물며 눈물을 삼킨다는 것을 안다.

다련이 매번 그렇게 눈물을 쏟을 만큼 상처가 끔찍하고 험할까?

세아는 떨리는 손으로 아랫배에서부터 천천히 훑어 올라왔다. 온전한 피부보다 상처의 흔적이 더 많이 만져지는 그 몸을 차마 내려다볼 수가 없다. 손으로 만져지는 것만으로도 충분히 고통스럽다. 울퉁불퉁, 미끈미끈. 이것을 어찌 감히 여인의 몸이라 할 수 있을까? 손가락이 가슴에 다다르자 세아는 멈칫했다. 그제야 온전하고 매끈한 피부가 만져진다. 그녀는 손을 펼쳐 천천히 가슴을 감싸보았다. 손안 가득 들어오는 봉긋한 가슴. 왠지 낯선 느낌이다. 세아는 천천히 눈을 떴다. 그리고 제 가슴을 내려다보았다.

온천에서 피어오르는 안개 빛처럼 뽀얗고 봉긋한 가슴이 제 것이 아닌 듯 솟아 있다. 어릴 적 보았던 유모의 것처럼 크고 탐스러운 모양이 눈에 들어오자 세아는 놀란 마음으로 가슴을 양손으로 감쌌다. 설익은 풋과일 같은 느낌이던 그녀의 가슴은 두어 해 만에 어른의 것처럼 변해 있었다.

끔찍했던 그날 이후 한 번도 자신의 몸을 눈여겨 살핀 적이 없다. 몸을 씻을 때도 옷을 갈아입을 때도 모든 것을 다련에게 맡기고 눈을 감아버렸었다. 끔찍했던 그날을 기억하고 싶지 않았고, 제 몸 어디선가 불쑥불쑥 무진의 마지막 숨소리가 새어 나올 것만 같아서였다.

세아는 가슴을 감싼 채 부르르 떨다가 숨기듯 온천물에 몸을 담갔다.

유강이 온천에 몸을 담글 준비를 해달라고 했을 때 월령은 세아가 이미 온천에 들어가 있다는 말을 하지 않았다. 사내를 받아들이는 것에 대해 두려움이 많은 여인들은 계획된 만남보다 갑작스러운 부딪힘이 오히려 돌파구가 될 수도 있었다.

유강이 푹 쉬고 싶으니 부르지 말라는 말을 남기고 온천으로 사라지자 월령은 재빨리 어린 계집종들을 불렀다.

"두 분이 드실 방을 다시 한 번 살펴라. 혹여 눈에 거슬리거나 불편해하실 것은 없는지 잘 살펴라. 한 치의 흐트러짐도 있어서는 안 될 것이다."

"예!"

총총 사라지는 계집종들을 살피다 다시 온천 쪽으로 눈을 돌린 월령의 얼굴이 어둡다.

과연 저 사랑이 마지막까지 온전할 수 있을까? 유강에게도 무한국 공주에게도 치명적인 상처만 남긴 채 끝나 버리지나 않을까? 지금이라도 말리는 것이 옳지 않을까?

그런 생각들이 머리를 어지럽힌다.

유강은 뜨거운 온천물에 온몸을 담갔다. 지끈거리던 두통이 조금씩 가라앉는 것 같다.

비진족 일은 그만 생각하자. 어쨌든 그쪽도 이쪽도 고집만 부릴 수 있는 상황은 아니니 결국은 합의점을 찾을 것이다.

눈을 감으며 난간에 머리를 기대던 유강이 다시 눈을 떴다. 바람 한 점 없는데 어디선가 찰랑찰랑 물소리가 들린다. 둘러보아도 짙은 물안개뿐 주위에는 아무도 없다. 잘못 들은 건가 생각하며 눈을 감으려는데 다시 소리가 들렸다. 그것은 바람에 의한 소리가 아니라 사람이 내는 소리였다.

화원의 여러 온천탕 중 가장 은밀한 곳에 자리한 이곳은 자신 외에는 누구도 들어올 수 없는 곳이다. 유일하게 들어왔던 사람은 지난번 함께 왔던 세아뿐이다.

누군가 숨어들 정도로 월령이 경비를 소홀히 했을 리는 없을 터인데?

찰랑거리는 소리는 온천 안에 인공으로 만들어진 조그만 섬 너머에서 들리는 것 같다. 유강은 미심쩍은 마음으로 소리를 죽여 섬으로 다가갔다. 나직한 나무들 사이로 무언가 움직이는 것이 보였다. 희뿌연 물안개 속에 그 물안개보다 더 아득한 모습으로 비치는 것은 놀랍게도 세아였다.

뜨거운 온천물에 몸을 담그고 있으니 긴장이 풀리면서 온몸이 나른하게 퍼진다. 너무도 고요하고 평화롭다. 세아는 눈을 감고 유강을 생각했다.

뭘 하고 있을까? 화가 났을까, 아니면……?

다시 가슴이 두근거린다. 잠시 생각만으로도 이렇게 가슴이 아리고 두근거리다니, 세아는 자신이 얼마나 여리고 예민한 감성을 지닌 여자인지를 처음으로 깨달았다. 사내 같은 모습으로 들판을 뛰어다니며 칼을 휘두르고 말을 달릴 때도 실은 어여쁜 여인이고 싶을 때가 더 많았다. 그러나 그녀는 아버지와 오라버니를 위해서 사내 같아져야 했고, 어머니를 떠올리지 않기 위해 생각을 많이 하면 안 되었었다.

유강과 함께하고자 한 이상 마냥 그를 피할 수는 없다. 그래서는 안 된다. 하지만 여전히 용기가 나지 않는다. 세아는 두려운 마음으로 등 뒤로 손을 뻗어보았다. 손끝에 만져지는 미끈한 이물감. 무언가 한 꺼풀 덧입혀진 듯한 미묘한 감각이 느껴진다. 이곳은 가슴 아래의 흉터들보다 훨씬 더 끔찍할 것이다. 수^秀도 차마 보지 못한 채 고개를 돌렸으니까. 몸을 씻어줄 때마다 다련의 손은 이 근처에서 머뭇거리곤 했다. 보이지 않는 그곳의 형상이 어떨지 세아는 감히 상상할 수가 없다. 그런 모습을 유강에게 보여줄 용기가 없다. 그의 마음이 떠나 버릴까 두렵다.

어디선가 첨벙, 물소리가 들렸다. 세아는 재빨리 양팔로 어깨를 감싸며 몸을 낮추었다. 그리고 목만 드러낸 채 주위를 살폈다. 눈에 보이는 것은 자욱한 안개뿐이다. 자신이 나갈 때까지 아무도 들여보내지 말라고 월령에게 말해두긴 했지만 그래도 불안하다. 그만 나가야겠다 생각하며 일어서려는데 다시 물소리가 들린다.

무언가 가까이 다가오는 느낌, 무언가 따갑도록 살갗을 스치는 느낌.

뭐지?

정신없이 주위를 두리번거리던 세아의 눈이 누군가를 발견했고, 순간 굳어버렸다. 희뿌연 물안개 속에서 모습을 드러낸 사람은 유강이었다.

굳어버린 세아의 얼굴을 본 순간 유강은 낭패감이 들었다. 숨어서 지켜볼 생각은 추호도 없었다. 이렇게 느닷없이 모습을 드러낼 생각도 없었다. 그저 몸이 이성을 따라주지 않았을 뿐이다.

유강이 조금씩 다가오는 것이 보였다. 세아는 그가 다가오는 만큼 물러났다. 느닷없는 이 상황이 감당이 되지 않아 눈물이 왈칵 쏟아질 것만 같다.

제발 다가오지 말아요, 유강!

그녀의 눈이 말했다.

그럴 수 없어. 그러고 싶지 않아.

유강은 스스로를 막을 수 없었다. 사내로서의 욕망이 이처럼 강렬했던 직은 없나. 욕망을 자제하는 것은 누구보다 자신 있었기에 세아가 스스로 다가올 때까지 기다릴 수 있다고 생각했지만 이젠 아니다. 그녀를 안고 싶었다. 온전한 자신의 여인으로 만들고 싶었다.

더 이상 물러설 수 없는 곳까지 몰려 버린 세아는 절망적인 음성으로 애원했다.

"유강, 제발…… 그냥 돌아가 줘요."

그녀의 얼굴에 비친 절망감이 그를 화나게 했고 치욕스럽게 했다.

어째서 이토록 두려워하는가. 이럴 거면 차라리 마음을 보여주지 말았어야지. 평원에서 보였던 마음은 모두 거짓이었나?

어느새 눈물까지 고여 버린 세아를 보자 더 이상 다가갈 수도, 강요할 수도 없어져 버렸다. 유강은 자신의 모습이 구차스럽고 슬퍼졌다.

"그자 때문이라면, 그래서 내게 마음을 열 수 없는 거라면……지금 당장 이곳을 나가시오. 붙잡지 않겠소."

유강은 눈을 감았다. 그리고 자신의 마음이 변하기 전에 세아가 얼른 온천을 빠져나가기를 기다렸다. 이 순간을 놓친다면 그 후엔 자신도 어쩔 수 없다고 생각했다. 오래도록 정적이 흘렀다. 유강은 천천히 눈을 떴다. 저만치 떨어진 곳에 여전히 세아가 있었다. 이렇게 피하는 이유가 그자 때문이 아니라는 대답이다. 마음이 조금 흥분되었다. 유강은 한 발 다가가며 물었다.

"사내가 두려운 거요?"

사내와의 그런 행위가 낯설고 두려워 이렇게 피하는 건가 물었다. 그러나 세아는 고개를 흔들었다.

"아니면 날 믿지 못하오?"

세아는 다시 고개를 흔들었다. 그렇다면 달아날 이유가 없지 않은가! 유강이 다시 몸을 움직여 다가가려 하자 세아가 다급하게 소리쳤다.

"당신에게 보여주고 싶지 않은 게 있다고 했잖아요!"

멈칫하는 유강을 보며 세아가 다시 말을 이었다.

"정말이지 보이고 싶지 않아요."

그녀의 목소리는 거의 울먹임에 가까웠다.

"보고 나면 후회하실 거예요."

날 선택한 것도, 날 안은 것도 모두. 그리고 두 번 다시 안고 싶지 않게 될지도 모른다.

유강은 세아에 대해 자신이 감당하지 못할 부분은 없다고 생각했다. 그토록 증오하던 무한국인이라는 사실조차 그를 막지 못했는데 그 무엇이 자신의 마음을 흔들 수 있겠는가.

유강은 그녀를 향해 손을 뻗었다. 막바지에 몰린 세아는 더 이상 물러나지도 뛰쳐나가지도 못한 채 하얗게 질려 있었다. 유강의 손이 어깨에 닿는 순간 그녀의 눈은 절망적으로 변했다.

"유강, 제발……."

제발 멈추어달라며 애원했지만 그는 더 이상 참을 수 없었고, 생각을 오래 하고 싶지도 않았다. 가슴은 뜨거웠고 호흡은 거칠어졌다. 유강의 손이 볼을 감싸더니 순식간에 입술을 덮쳤다. 불처럼 뜨거운 입술이었나. 그 뜨거운 열기 앞에 저항은 무용지물이었고, 숨조차 쉴 수 없었다. 뜨거운 혀가 붉은 칼이 되어 입안을 거칠게 휘저었다. 그 맹수 같은 뜨거움에 세아는 순식간에 장악당해버렸다. 혀끝을 타고 전해지는 저릿한 흥분에 머릿속이 혼란스러웠다. 세아는 허물어지려는 다리에 힘을 주며 그의 목을 안았다. 이 순간을 놓치면 더 이상 다음은 없을 것 같았다. 끔찍한 흉터를 보고 나면 이 불같은 뜨거움도 사라지고 말리라. 사내들이란 때론 아름다움에 현혹되는 동물 같은 존재들이니까. 입술을 삼킬 듯 덤벼들던 유강의 거친 호흡이 잦아들었다. 뜨거운 기운이 볼을 스치더니 어느새 귓불을 깨물며 속삭였다.

"아무것도 두려워 마시오."

뜨거운 입술이 목덜미를 스쳐 내려왔다. 세아는 견딜 수 없어 다시 그의 목을 끌어안았고 그에 답하듯 유강도 그녀의 허리를 당겨 안았다. 순간, 손끝에 느껴지는 미끈한 이물감에 그의 손이 멈칫했다. 그와 동시에 세아의 몸도 경직되었다.

뭐지?

당장 확인하고 싶지만 건드리면 파삭 부서져 버릴 얇은 유리그릇처럼 무섭도록 경직되어 버린 세아 때문에 다시 손을 움직일 수가 없었다. 그녀에게서는 숨소리조차 들리지 않는다. 눈앞의 하얀 목덜미가 가늘게 떨린다. 유강은 다시 조심스럽게 입술을 가져갔다. 세아의 목이 움찔 달아나려 하자 유강이 단단한 팔로 그녀의 목을 감싸 안았다. 흑단 같은 머리칼을 쓸어내린 그의 손이 목덜미를 타고 천천히 아래로 내려갔다. 그의 손이 굴곡진 선을 타고 내려가는 순간 세아가 짧은 비명 소리를 내며 움찔 달아났다. 유강은 다시 재빨리 그녀의 목을 감싸 안았다.

"달아나지 마시오."

유강은 그녀를 달래듯 머리칼을 쓸어내렸다. 한참 후 유강의 손이 다시 움직이자 세아는 몸서리치듯 떨었다. 유강은 그녀의 머리를 가슴에 품고 천천히 손을 움직였다. 손끝으로 미끈한 이물감이 느껴진다. 불에 댄 것인지 아니면 다른 종류의 상처인지 손의 감각만으로는 알 수가 없다. 조금 옆으로 가니 이번에는 제법 움푹 팬 느낌의 상처가 만져진다. 이것은 칼자국 같다. 그리고 다시 만져지는 흉터, 흉터, 흉터들……

유강의 손이 더 이상 움직이지 않았다. 움직일 수 없었다. 그녀의 몸은 온전한 피부가 만져지지 않았다. 매끈한 피부는 맞닿은 가슴뿐 그 아래 부분도 온전한 느낌이 아니다.

유강의 거친 숨소리도, 찰랑이던 물소리도 들리지 않는다. 온 세상이 죽어버린 듯 무서운 정적이 흘렀다. 세아는 절망했다. 이제 모든 것은 끝났다고 생각했다. 예상했던 일이기에 슬프거나 놀랍진 않았다. 다만 이 순간이 너무도 빨리 와버린 것이 슬플 뿐이다. 조금 더 그의 곁에 머물 수 있었다면 좋았을 텐데 함께한 순간이 너무도 짧다.

얼른 이곳을 떠나고 싶었지만 유강이 여전히 그녀를 품고 있었기에 빠져나올 수 없었다. 세아는 정적 속에 유일하게 들리는 그의 심장 소리에 귀를 기울이며 힘겹게 입을 열었다.

"왕권 다툼 과정에서 심한 상처를 입었습니다. 오라버니가 이끄는 반란군이 제 몸에 칼을 꽂았고, 죽어가는 저를 그 오라버니가 살리셨지요."

몸의 고통보다 마음의 고통이 더 끔찍했던 그때를 떠올리며 세아는 바르르 떨었다. 그러나 그녀의 목소리는 담담하다.

"평원에서는 제 몸을 잠시 망각했었습니다."

이런 일을 생각했다면 유강에게 그런 고백을 하진 못했을 것이다. 애초에 그런 마음조차 먹지 않았을 것이다. 잠깐 잊었었다, 사랑은 마음으로만 하는 게 아니라 몸으로도 한다는 것을.

유강과 눈이 마주치기 전에 이곳을 떠나야 한다. 혹시라도 미안해하거나 실망스러워하는 그의 눈은 보고 싶지 않았다. 세아는 몸을 비틀었다. 그러나 유강의 팔이 놓아주지 않는다. 그리고 놀랍게도 멈추었던 그의 입술이 다시 움직이기 시작했다. 목덜미를 더듬어 내려갔던 입술이 또다시 뜨거운 열기를 뿜으며 그녀의 입술을 덮쳤다. 그의 입술은 더 이상 거칠지 않다. 달아나는 그녀의 입술을 애절하게 따라왔고 부드러운 혀끝으로 입술을 열어주기를 애원했다. 더 이상 버티지 못한 세아의 입술이 살짝 벌어지는 순간, 그는 상처투성이의 등을 양손으로 감싸며 아프도록 끌어안았다.

자신을 거부하며 달아나던 세아의 마음이 이해되면서도 화가 났다. 이런 것이 과연 사랑을 흔들 만큼 대단한 건가? 그러다 생각했다. 어떤 이에겐 그만큼 대단한 건지도 모른다고. 사랑하는 이에게 오직 아름다운 모습만 보이고 싶은 것이 여인들의 마음일 거라고.

정신이 혼미하도록 파고들던 입술이 떨어져 나가더니 몸이 휘청 흔들렸다. 유강이 그녀를 안아 올린 것이다. 세아는 순식간에 드러나 버린 가슴을 양손으로 가리며 놀란 눈으로 유강의 눈을 올려다보았다.

"흉터가 있다 하여 뭐가 달라지지? 내가 알던 당신이 당신이 아닌 건 아니지 않나. 도대체 뭐가 문제지?"

고개를 갸웃하던 그가 다시 진지하게 물었다.

"설마 나에 대한 마음이 변해 버린 건 아니겠지?"

그리고는 그녀를 안은 채 물 밖으로 올라왔다. 유강은 당황하는 그녀를 위해 커다란 수건으로 그녀의 몸을 감쌌다.

"유강, 난 아직……."

아무런 마음의 준비가 되지 않았다. 그는 아무렇지 않다 말하지만, 그것이 진심이란 걸 알지만 그녀에게는 여전히 극복하기 힘든 문제였다. 좀 더 시간이 필요하다. 그러나 유강은 그녀의 말을 무시한 채 성큼 걸음을 내디뎠다. 그녀의 말은 듣지 않기로 했다. 그녀의 결정을 기다리지도 않기로 했다. 쓸데없는 망설임은 이제 필요 없다.

검푸른 눈동자에 일렁이는 뜨거움을 바라보며 세아는 두려운 마음으로 그의 가슴에 얼굴을 묻어버렸다.

2

소천궁을 찾아온 주원이 반 시각째 인영전 앞에 서 있다. 공주
가 환후 중이라 나올 수 없다는 미월의 말에도 그는 아소왕후의
전언을 직접 전하겠다는 말만 되풀이하며 꿈쩍을 않고 있다. 오늘
은 공주의 존재를 기어코 확인하고 오라는 아소왕후의 명을 받고
나온 길이다.

그의 태도가 워낙 단호한지라 미월은 어쩔 수 없다는 표정으로
인영전 문을 두드렸다. 한참 만에야 문이 열리며 다련이 얼굴을
내밀었다.

"마마께서는 좀 어떠신가?"

미월의 물음에 그녀는 고개를 흔들었다.

"여전히 기력을 찾지 못하고 계십니다."

"휴, 정말 큰일이네."

미월은 근심 어린 눈으로 대화궁에서 나온 무관을 살폈다. 그는 미심쩍은 눈으로 빠끔히 열린 문 사이로 인영전을 살피고 있었다.

"전할 말씀이 무엇인지 이 사람에게 하시지요. 공주마마를 모시고 있는 사람이니……."

그러나 그는 단번에 거절했다.

"그럴 순 없소. 난 공주마마를 직접 뵈옵고 말씀을 전하라는 왕후마마의 명을 받았소."

나이도 어려 보이는 자가 도무지 말이 통하지 않을 만큼 깐깐하다. 다련과 미월은 난감한 눈으로 서로를 살폈다. 문이 열렸으니 도로 닫아걸 수도 없고, 그렇다고 세아를 데리고 나올 수도 없는 지라 눈앞이 깜깜할 지경이다. 다련이 난감한 표정으로 다시 말했다.

"마마의 환후가 워낙 중하여……."

"거동이 불편하시면 내가 직접 들어가서 뵙겠소."

그리고 당장이라도 안으로 들어갈 듯 걸음을 내디뎠다. 미월이 팔을 벌리고 그를 막아섰다.

"이 무슨 무엄한 짓이오! 왕자님께서도 아니 계신데 공주마마의 거처를 함부로 들어갈 수는 없소!"

소천궁을 지키던 병사들도 미월과 함께 그를 막아섰다. 그는 매서운 눈으로 군사들을 살폈다. 다행히 왕후가 세작으로 심어놓은 자들은 보이지 않는다. 그래서 이쯤에서 물러나도 괜찮을 거라 생각했다. 몸을 뒤로 빼려던 그는 다시 멈칫했다. 그림자 하나가 담

모퉁이로 재빠르게 사라지는 것이 보였다. 소천궁에 심어놓은 왕후의 오래된 눈들이다. 주원은 다시 눈을 돌려 인영전을 살피며 말했다.

"어찌 되었든 나는 왕후마마의 명을 수행해야 하니 공주마마를 뫼시고 나오시던가 길을 열어주시던가 하시오."

그는 막무가내처럼 버티고 섰다. 미월도 다련도 방법을 찾지 못한 채 입술만 바짝바짝 태우고 있었다. 얼마나 흘렀을까? 시녀들에 둘러싸인 공주가 인영전 마당으로 걸어나오는 것이 보였다. 화들짝 놀란 다련과 미월이 그녀 앞에 고개를 숙였고 병사들도 그녀들을 따라 고개를 숙였다.

훤칠한 키에 아리따운 몸매의 공주는 무한국 여인들의 의복을 입었고, 머리 위로 두꺼운 천을 휘장처럼 둘러 얼굴을 가리고 나타났다. 그녀의 얼굴에서 유일하게 드러난 곳은 반짝이는 눈뿐이다.

"아픈 사람을 어찌 기어이 보자 하느냐?"

몹시도 갈라지고 마른 음성이다. 고뿔이 단단히 걸린 듯 말하는 것조차 힘들어 보였다. 그것을 증명이라도 하듯 공주는 기침을 자지러지게 했다. 시비들과 다련이 공주를 부축하는 것을 보며 미월이 험한 눈으로 전할 말이 무엇인지 얼른 전하라고 주원을 다그쳤다.

"곧 있을 정빈마마의 생신에 꼭 참석하시라는 것이 왕후마마의 전언입니다."

왕후의 말을 전한 주원은 대답을 듣지 않은 채 예를 갖추고 돌아셨다. 다시 모퉁이를 돌아 사라지는 그림자가 보인다. 이곳의 상황은 주원이 대화궁에 돌아가기도 전에 이미 아소왕후의 귀에 들어가 있을 것이다.

깐깐하던 무관이 완전히 눈앞에서 사라지자 미월과 다련은 약속이라도 한 듯 눈을 마주치며 안도의 숨을 내쉬었다. 얼굴에 휘장을 두른 공주가 다시 기침을 자지러지게 하자 주위를 살피던 미월이 재빠르게 인영전 문을 닫아걸었다.

"어서 안으로 모시게. 바람이 너무 차지 않은가!"

미월과 다련은 바깥에서 다 들리도록 호들갑을 떨며 공주를 안으로 모셨다. 시녀들의 부축을 받으며 안으로 들어온 공주가 갑갑한 듯 얼굴을 가리고 있던 휘장을 걷어내었다.

"이곳 날씨는 정말이지 매서워요. 콜록콜록! 우리 사천 지방도 어지간히 추운 곳인데…… 콜록! 내 생전 이렇게 지독한 고뿔은 처음입니다. 콜록콜록!"

여자는 작은 수건으로 입을 가리고 기침을 쏟아내었다. 걱정스럽게 들여다보던 미월은 곧 약을 지어 보내겠다 말하고 그곳을 나왔다.

"하늘님도 무심하시지. 저토록 아리따운 몸매에 어찌 저런 얼굴을 주셨을까!"

미월의 입에서 저도 모르게 안타까운 탄식이 흘러나온다. 여자를 데려다 놓고 자취를 감추어 버린 홍영의 마음이 이해가 되고도 남는다.

모란각의 이층에서 방을 하나 차지하고 들어앉은 홍영은 술이 취하면 잠이 들고 잠이 깨면 다시 술을 마시기를 반복하고 있었다. 술상을 들고 들락거리던 아이의 입에서 급기야 홍영이 유강 왕자에게 버림받은 것 같다는 말이 흘러나왔다. 늘 함께 드나들던 곳을 혼자 찾아와 술만 들이붓고 있으니 추측해서 하는 말이었다. 처음에는 그저 추측일 뿐이었던 말이 나중에는 사실처럼 번져 버렸다. 대연에서도 음침하고 질펀하기로 소문난 이곳 모란각에서 누구보다 질펀한 소문을 퍼뜨리며 오랜 세월 사랑행각을 멈추지 않던 유강이 어떻게 홍영을 버릴 수 있을까? 모두들 믿을 수 없다는 반응들이었다.

　　며칠 동안이나 혼자 술을 마시고 있어도 어느 계집 하나 들여다보지 않는다. 사지 멀쩡한 사내가 모란각에 들어와 계집 없이 술을 마실 수 있는 경우는 유강과 홍영뿐일 것이다. 두 사람의 관계가 계집들이 감히 접근할 수 없을 만큼 애틋하고 끈끈하고 상상할 수 없이 질펀했던 탓이다.

　　얇은 벽 너머에서 들려오는 거친 사내의 숨소리와 까르륵 숨넘어가는 계집의 신음 소리에 홍영은 신경질적으로 술잔을 들이켰다. 저런 소리만 들어도 아랫도리가 뜨거워지는 보통의 사내지만 말짱한 정신으로는 차마 계집을 안을 수가 없다. 자신의 행동 하나가 유강을 돌이킬 수 없는 위험 속으로 몰아 넣어버릴 거라는 사실이 너무도 또렷이 인식되어서다. 이대로 정신을 놓을 만큼 마셔 버린다면 계집을 안을 수 있을 것 같은데 어찌 된 일인지 아무리 술을 마셔도 정신이 놓아지지 않는다.

홍영은 난생처음 유강이 원망스럽다. 여남은 살에 유강을 만나 지금까지 한 번도 그의 뜻을 거스른 적이 없었다. 유강이 하는 모든 일은 옳았고 존경스러웠다. 그 어떤 명이든 따르지 못할 것이 없다고 생각했다. 그러나 이 혼인만은 도저히 받아들일 수가 없다.

평원을 떠나 돌아오는 길에 사천에 들렀을 때 홍영은 다시 한 번 절망했다. 다시 만난 신부의 모습이 혼인 날 꿈인 듯 생시인 듯 보았던 기억 속의 그 얼굴과 조금도 다르지 않았던 것이다. 다시 보면 달라 보일 거라던 유강의 말은 위로도 무엇도 아니었다. 당장 대연으로 함께 가라는 불호령에 어쩔 수 없이 데리고 오긴 했지만 도무지 함께 있을 수가 없어 도망치듯 모란각으로 와버린 지 사흘째다. 유강이 돌아오기 전에 그 여자 스스로 떠나게 만들어야 한다.

미친 척 다른 이와 혼인을 해버릴까? 아니면 아무 여자나 마구 품어버릴까?

그렇게 놓아지지 않는 정신으로 상상만 하고 있는 사이 유강이 돌아왔다. 조용하던 소천궁이 다시 활기를 띠기 시작했다.

시비장 미월은 유강이 또다시 무슨 일을 저지르지나 않을까 전전긍긍하는 모습이었고, 유강에게 버림받았다는 소문이 떠돌던 홍영은 여전한 모습으로 그림자처럼 그의 곁을 지키고 있다. 진동하는 술 냄새와 흔들리는 걸음걸이, 밤낮없이 끼고 다니는 홍영까지. 유강은 두 달 전의 모습과 변한 것이 조금도 없다. 아니, 그의 행동은 더욱 거침없어진 듯하다. 모란각을 찾은 유강과 홍영이 밤낮을 가리지 않고 질펀한 놀음을 하다 사흘 만에 그곳을 나갔다는 소문이 떠도는가 하면 어느 날은 저자의 대로변에서 서로를 부둥 켜안고 있더라는 소문도 떠돌았다. 조심하고 또 조심하여도 보아 줄까 말까 한 상황인데 그는 더 이상 제 처지도 입장도 망각해 버 린 것 같다. 마치 생의 목적도 무엇도 잊어버린 사람처럼 절망의 구렁텅이로 치닫는 듯 보였다.

왕실의 가장 어른인 정빈마마의 탄일이 되었지만 유강도 세아 도 대화궁을 찾지 않았다. 다만 유강과 홍영이 모란각을 통째로 차지하고 사흘째 들어앉아 있다는 소식과 함께 세아가 보낸 자그 만 선물만이 도착했다.

아소왕후의 서슬에 숨죽여 지내며 유강에게 일말의 기대를 품 고 있던 사람들도 급기야 고개를 절레절레 흔들었다. 무한국 공주 가 왜 병이 났는지 알 만하다고들 말했다. 그들은 인영전에 갇혀 있을 무한국 공주를 측은히 여기며 혀를 끌끌 찼다.

세아는 다련이 전해주는 말들을 그저 묵묵히 듣고 있었다. 그다 지 놀랄 것도 없고 새로울 것도 없다는 듯 담담한 표정이다. 다련 은 그런 세아의 모습을 도무지 이해할 수가 없다.

두 달이나 함께 주유를 다녔고, 막바지에는 홍영마저 보내 버리 고 둘만의 시간을 보내고 왔으면서 어찌 저렇게 담담할 수 있을 까? 진심으로 벗이라는 이름 외에는 어떤 감정도 없는 것일까?

"왕자님께서 홍영이란 사람과 대로에서……."

"그만 되었으니 나가보아라."

"공주마마!"

세아가 더 듣고 싶지 않다는 듯 고개를 돌려 버렸기에 다련은 어쩔 수 없이 입을 다물어야 했다. 밖으로 나온 그녀는 캄캄한 하늘을 올려다보며 태산 같은 한숨을 내쉬었다. 세아의 앞날이 저 검은 하늘과 별반 다를 것이 없어 보인다. 유강의 마음은 영영 바뀔 것 같지 않고, 이 상황을 무한국에 알려 도움을 요청할 수도 없고, 그렇다고 군사들이 겹겹이 둘러싼 이곳을 스스로 떨쳐 달아날 마음도 없어 보인다. 그냥 이대로 삶의 의욕을 놓아버린 채 살기로 작정해 버린 모양이다. 그러나 이걸 어찌 살아 있는 것이라고 하겠는가?

"살아도 산 것이 아니니……."

옷자락으로 눈물을 찍어내는데 누군가 불쑥 다가왔다.

"공주께서는 뭘 하시는가?"

코를 찌르는 술 냄새를 풍기며 다가선 사람은 유강이다. 다련은 재빨리 한 걸음 물러나 머리를 숙였다. 이때껏 모란각에서 홍영과 함께 있다 왔겠지 생각하니 진저리가 쳐진다. 그녀는 저도 모르게 입술을 꽉 깨물었다.

"침수에 드신 지 오래입니다."

다련의 말짱한 거짓말에 유강은 빙긋 웃으며 다시 말했다.

"그럼 들어가서 깨우게."

참으로 뻔뻔하고 당당하다. 마음 같아서는 당장 돌아가라고 소리라노 지르고 싶지만 목숨이 둘이 아니니 그럴 수도 없고, 늙은 주먹만 바르르 떨릴 뿐이다.

"몸이 편치 않으셔서 일찍 침수에 드셨으니 다음에 오심이……."

무례하도록 불퉁한 얼굴로 거짓말을 하고 있는데 세아의 방문이 벌컥 열렸다. 그가 무어라 말하기도 전에 세아가 어느새 그의 앞에 서 있었다. 어떤 두려움도 경계도 없는 따뜻한 그녀의 눈과 마주치자 유강의 입가에 다시 웃음이 번졌다.

"잘 지내셨소?"

벗에게 건네는 정중한 물음치고는 그의 음성이 지나치게 떨렸다. 세아가 고개를 끄덕이자 그는 기다렸다는 듯 뒤에 감추고 있던 술병을 꺼내 보였다.

"저자에서 좋은 술을 구해왔는데 한잔하시겠소?"

그리고 대답도 듣지 않은 채 성큼 안으로 들어갔다. 따라 들어가던 세아가 문득 걸음을 멈추고 다련에게 조용히 명을 내렸다.

"주위를 모두 물려라. 그리고 자네도 물러가 있어."

세아의 명은 마치 누구에게도 방해받고 싶지 않다는 말처럼 들렸다. 세아의 눈빛이 워낙 단호하여 다련은 비통한 마음으로 물러날 수밖에 없었다.

방으로 들어온 유강은 할 말을 잃은 채 세아를 내려다보았다. 대연으로 돌아온 지 보름 만에 다시 보는 얼굴이다. 돌아오자마자 숨 가쁘도록 많은 일들을 저지르면서도 머릿속엔 온통 그녀 생각뿐이었다. 참고 인내한다는 것이 이렇게 어려운 일인 줄을 이전엔 미처 몰랐었다. 사람을 마주 본다는 일이 이토록 가슴 터질 듯한 일인 줄도 이전엔 미처 몰랐던 일이다.

"어째……."

입을 열었지만 말이 쉽게 나오지 않아 그는 침을 꿀꺽 삼켰다.

"화가 난 듯하오?"

자신에 비해 너무도 담담해 보이는 그녀의 얼굴을 보며 유강이 물었다. 세아는 혹여 목소리가 떨리지나 않을까 마음을 가다듬으며 짐짓 뾰로통하니 대답했다.

"소문이 좀 고약해야 말이지요."

사실, 대연에 돌아온 후 보름 동안 하루도 빠지지 않고 들려오는 질펀한 소문들에 머리가 어지러울 지경이었다. 자신이 알고 있는 유강이 실체인지 소문 속의 유강이 실체인지 의문스러운 마음이 불쑥불쑥 고개를 들 때마다 세아는 화원에서의 아름다운 밤들을 떠올렸다. 가슴이 터질 듯 부풀어 오르고 숨 막힐 듯 뜨거웠던 그 순간들. 그것은 지금껏 단 한 번도 경험해 보지 못한 또 다른 세상의 문이었다.

세아는 여전히 뾰로통한 눈으로 그를 올려다보았다. 그녀의 장난을 진담으로 알아들었는지 유강의 얼굴이 살짝 굳어 있었다. 검푸른 눈이 코앞으로 다가와 물었다.

"소문이 이만큼 고약하던가?"

그는 격하게 입을 맞추었다. 장난이라고 설명하려 했지만 그가 입술을 놓아주지 않았다. 숨 막힐 듯 파고드는 뜨거움에 세아는 정신을 놓을 것 같았다. 잠시 후 그의 입술이 떨어져 나가자 세아의 입에서 아쉬움의 신음 소리가 흘러나왔다.

그녀의 상기된 얼굴을 보며 유강이 다시 물었다.

"아니면 이렇게 고약하던가?"

다시 그의 입술이 다가왔다. 이번에는 부드럽고 따뜻하다. 촉촉한 혀가 입술 위를 스치자 세아는 기다렸다는 듯 입술을 열고 그의 혀를 받아들였다. 알싸한 술 냄새가 섞여 건너오는 유강의 숨결을 견딜 수 없어 세아는 그의 목을 끌어안았다. 단 한순간도 떨어지고 싶지 않았다. 당장 그와 온전히 하나가 되고 싶은 열망에 가슴이 저려왔다. 그 열망에 답하듯 유강은 그녀를 안고 침상으로 쓰러졌다.

화원에서의 밤이 아름다웠다면 오늘 밤은 격정적이다. 은밀하기에 더욱 애달프고 뜨거웠다. 머릿속이 아득해지는 순간에는 눈물이 날 것만 같았다.

유강은 풀 죽은 남성을 여전히 세아에게 묻은 채 그녀를 놓아주지 않았다. 온 대연을 떠들썩하게 했던 질펀한 소문들이 그녀에게 상처가 되지 않았기를 빌었다. 아니란 걸 뻔히 알면서도 소문이 떠돌 때마다 세아는 아플 것이다.

"서둘러야겠소."

귓불을 깨물며 속삭이는 그 말에 세아는 그를 올려다보았다. 그녀는 두 손으로 그의 얼굴을 감싸고 단호하게 말했다.

"철저하고 완벽하게, 당신이 가장 안전하다 생각되는 순간에 치십시오. 승자는 오직 한 사람뿐입니다."

거사를 승리로 이끌지 못한다면 돌아오는 것은 죽음뿐이다. 그러기에 이런 일을 결정하는 데 다른 무엇이 이유가 되어서는 안 된다. 세아는 모든 결정의 중심에 유강 자신을 두라고 말했다. 세아의 눈가에 차가운 냉기가 스친다.

그녀의 말처럼 예전 같았으면 모든 결정의 중심에 자신을 두었을 것이다. 그러나 이젠 그럴 수 없다. 이렇게 팔딱이는 또 하나의 심장이 생겼으니.

유강은 또 하나의 제 심장을 품고 있는 그녀의 가슴을 움켜쥐었다. 그리고 옅은 신음 소리가 흘러나오는 그녀의 입술에 입을 맞추었다.

그녀 속에 묻혀 있던 그의 남성이 불끈 일어섰다. 유강이 그녀를 돌려 자신의 위에 올렸다. 솟아오른 남성이 아랫도리를 불끈 찔러오자 세아는 난감함을 이기지 못하고 그의 가슴에 엎드려 버렸다. 유강의 손이 울퉁불퉁한 등을 쓸어내렸다. 순간적으로 경직되는 그녀의 등을 유강이 다시 다독이듯 쓸어내렸다.

화원에서 세아를 품을 때 그녀의 신체 중 유강이 가장 먼저 사랑했던 곳은 풍만한 가슴도 은밀한 그곳도 아닌 바로 이 상처투성이의 몸이었다. 온밤을 하얗게 새운 그의 뜨거운 입맞춤과 눈물은 상처의 기억을 잊기에 충분했다.

유강이 몇 번 허리를 움찔거리자 세아의 몸이 천천히 움직이기 시작했다.

경왕의 병세가 심상치 않다는 소문이 떠돌았다. 그러나 그것은 하루라도 빨리 태강에게 왕권을 넘기려는 아소왕후의 술책일 뿐, 왕의 상태는 큰 변화가 없다는 것을 유강은 알고 있었다. 은밀히 전해지는 주원의 보고는 그 어떤 소문보다 정확했다.

그런데 주원의 얼굴이 점점 어두워지고 있는 것이 내심 불안하다. 왕후와의 관계가 더 깊어지기 전에 주원을 빼내어야 한다는 생각이 들었다. 그래서 저자의 상단으로 불러내어 생기골로 돌아가라는 말을 꺼냈던 건데 주원이 단호히 거부했다.

자신만큼 대화궁의 사정을 파악하고 있는 사람도 없고 자신만큼 왕후의 신임을 받을 수 있는 사람도 없을 거라는 것이 이유다.

"제가 마무리 짓고 싶습니다."

절대로 아름다운 결말이 될 수 없다는 것을 주원도 알 것이다. 어쩌면 평생 지울 수 없는 상처를 가슴에 남길지도 모른다. 그럼에도 그 마무리를 제 손으로 짓고자 하는 것은 책임감일까 아니면 또 다른 무엇일까?

"후회하지 않겠느냐?"

유강의 걱정스런 물음에 주원은 오래도록 대답을 하지 못했다. 후회할 것이다, 아마도. 그러나 그곳을 떠나 다른 곳에서 왕후의 최후를 바라볼 자신이 없다.

그는 천천히 고개를 끄덕였다.

"……예."

주원의 얼굴에 드리운 슬픔을 보아버린 탓일까? 내내 마음이 편치 않다. 그것은 홍영 때문이기도 하다. 주유를 다녀온 후 홍영은 아무것도 필요 없고 그 여자만 다시 사천 지방으로 돌려보내 달라고 통사정을 했었다. 그러나 유강은 그 말을 들어주지 않았다. 담연의 낯을 보아 차마 그럴 수 없었고, 양현의 여식 또한 돌아가는 것을 원치 않았다. 미리 이런 사태를 짐작했던 걸까? 양현은 제 딸에게 자신이 부르기 전에는 대연을 떠나오지 말라는 엄명을 내렸다고 했다. 달리 방법이 없다, 홍영을 달래는 수밖에.

유강은 팔을 뻗어 홍영의 어깨를 당겼다.

"양현의 여식이 여전히 마음에 들지 않느냐?"

그걸 말이라고 묻나 싶어 홍영은 대답조차 하지 않았다. 유강의 명이라면 당장 이 자리에서 죽을 수도 있지만 그 여자와 부부의 연을 맺는 것만은 죽기보다 더 싫으니 어쩌랴.

"어찌 되었건 이곳에 머무는 동안은 너의 책임이니 잘 보살펴라."

쳇! 무슨 상관이람.

홍영은 입을 삐죽 내밀었다. 소천궁에 들어서자마자 미월에게 맡긴 후 한 번도 들여다보지 않았다.

"시비장님이 잘 보살펴 주겠지요. 어차피 함께하지 않을 사람인데 다시 보아 무엇 합니까?"

유강은 홍영의 어깨를 울컥 당겨 얼굴을 코앞으로 가져갔다. 그리고 들릴 듯 말 듯 속삭였다.

"본인이 죽기 전에는 가지 않겠다고 저리 버티니 돌려보내려면 시신을 만들어야 하는데 네가 하려느냐?"

목에 칼을 들이대는 것보다 더 무서운 말을 남기고 슬쩍 물러나던 유강이 다시 다가와 볼이 떨어져 나가도록 입을 맞추었다. 기겁을 하며 달아나려던 홍영은 골목 끝에서 비치는 그림자를 발견하고 마지못한 채 유강에게 붙들려 있었다. 유강도 이미 그림자의 존재를 눈치챈 듯 짧은 호흡에 긴장감이 돈다.

"내가 그리도 좋으냐?"

유강의 뜨거운 입김이 볼을 스치자 한껏 들어간 술이 뱃속에서
울렁 요동을 쳤다. 홍영은 참을 수 없는 듯 몸을 부르르 떨었다.
일그러진 홍영의 얼굴을 보며 유강이 웃음기를 머금은 채 어깨를
감싸 안았다.

"그 마음 변치 말거라. 변심을 하는 날엔 나도 네놈도 함께 황천
길로 가느니라. 알겠느냐?"

홍영은 유강의 어깨에 기댄 채 골목에 숨은 그림자를 살폈다.

"왕후의 그림자가 아닌 듯합니다."

늘 짝을 지어 따라다니던 그림자가 아니다. 그러나 잠깐 사이
그림자는 사라져 버렸다. 골목에 휑한 바람이 인다. 왕후의 경계
가 느슨해진 틈을 타 또 다른 누군가가 뒤를 쫓는 걸까? 아무리 생
각해도 그 대상을 짐작할 수가 없다.

대연으로 돌아온 지 한 달여 만에 대화궁을 찾은 유강이 시체
같은 경왕을 멀뚱히 내려다보다가 돌아갔다. 아소왕후는 어느 때
보다 느긋한 마음으로 그 모습을 지켜보았다. 유강에 대해서는 이
제 더 이상 신경 쓰지 않기로 했기 때문이다.

그토록 신경을 거슬리게 하던 유강의 존재는 무한국 공주와의
혼인과 함께 그 끝점에 도달해 버린 듯하다. 오랜 주유에서 돌아
온 후 벌이고 있는 감당하기 힘든 그의 행각들은 귀족들을 완전히
돌아앉게 만들었다. 마지막까지 그에게 미련을 버리지 않고 있던
적저군마저 고개를 돌림으로써 왕실 또한 유강을 버렸다. 오랜 세
월 온 신경을 곤두세우며 싸워온 존재치곤 너무 허무한 몰락이다.

"무한국 공주는 어찌 지내고 있느냐?"

"여전히 인영전에서 나오지 않고 있답니다."

"그래? 어째 고뿔이 너무 오래가는 것 같구나."

"단순히 고뿔 때문이 아니라……."

늙은 시비는 잠깐 말을 멈추고 주위를 살피더니 한 걸음 다가와 낮은 음성으로 속삭였다.

"공주의 몸이 정상이 아니랍니다."

"그건 또 무슨 소리냐?"

지난번 보았을 때는 분명 멀쩡했는데 이건 또 무슨 소린가? 어느 한곳이 부러지기라도 했단 말일까?

시비는 침을 꼴깍 삼키며 입을 더욱 가까이 가져왔다.

"여인은 여인이나 제구실을 못하는 여인이랍니다."

"……?"

"그러니까, 양물이 잘린 사내가 사내구실을 못하듯 공주 또한 그러하다고……."

왕권 다툼 과정에서 심한 부상을 입었다는 소리는 들었지만 그 정도일 줄은 몰랐다.

"그게 정말이냐?"

"소천궁 시비들 사이에서는 이미 소문이 자자한 것을요."

소천궁에 심어놓았던 눈들을 모두 거두어들인 터라 그 소문을 접하지 못했다. 유강이 공주와 벗으로 지내기로 했다는 소문이 떠돌더니 그것이 다 이유가 있었던 모양이다. 유강은 이 사실을 알고 반겼을까 절망했을까? 그 생각을 하자 저도 모르게 웃음이 비어져 나온다.

유강을 불러 위로의 말이라도 전해야 하나?

유강과 세아는 오랜만에 연지의 다리 위를 거닐었다. 얼어 있던 연지가 어느새 다 녹았다. 옷깃을 파고드는 바람은 여전히 차가운데 연지를 둘러싼 돌 틈 사이엔 제법 파릇한 기운이 감돈다.

"봄이 오려나 봅니다."

처음 이곳에 왔을 때가 여름이었던가? 새벽안개 속에서 보았던 연지를 잊을 수가 없다. 아름다움보다는 슬픔이 먼저 느껴졌던 것은 당시 그녀의 마음이 분노와 고통으로 슬픔 속에 침잠해 있어서일 것이다. 이렇게 쉽게 분노와 고통을 떨칠 수 있었던 것은 이 연지 덕이었는지도 모른다. 눈에 비치는 아름다움이 병든 마음조차 다스려 주는 모양이다.

연지를 바라보는 세아의 얼굴이 평화롭다.

유강이 세아를 처음 보았던 날을 생각할 때마다 떠오르는 것은 그녀의 얼굴이나 모습이 아니라 연지 위로 후둑 떨어지던 눈물방울이다. 그 눈물로 연지 위에 물결 지던 동심원이다. 어찌 그리도 선명히 보였을까? 두고두고 의문이다.

"꽃이 핀 연지도 아름답지만 연잎으로 가득 덮인 연지도 아름다울 거요."

곧 봄이 무르익어 여름으로 들어서면 그런 모습을 볼 수 있을 것이다. 주위를 잠깐 살피던 유강이 세아의 손을 잡았다. 검푸른 눈은 더욱 검푸른 빛을 띠었고 목소리는 어느 때보다 은밀하다.

"꽃이 피기 전에 거사를 마무리 지을 생각이오."

여름이 오기 전에 대화궁의 주인으로 들어앉겠다는 말이다. 그의 눈에는 조금의 의심도 없다. 두려움도 없다. 그래서 안심이 되었다.

유강이 다시 대화궁으로 찾아왔다. 진동하던 술 냄새도, 붉은 얼굴도 볼 수가 없다. 이렇게 말짱한 모습의 유강을 보는 것이 몇 년 만인지 기억에도 가물하다. 아소왕후는 퀭한 눈으로 그를 내려다보았다.

술에 취해 비틀거리는 모습보다 말짱한 모습이 오히려 덜 미심쩍으니 놀랄 일이다. 가끔 무섭도록 번득이던 검푸른 눈이 술기운을 거두고 나니 겁먹은 고양이처럼 초라하고 양순해 보인다. 저것이 유강의 참모습이라는 생각이 든다.

어리석은 녀석. 제법 대적할 만한 놈으로 컸나 했더니 어째 살쾡이만도 못한 놈이 되었구나!

아소왕후는 저도 모르게 끌끌 혀를 찼다.

"그래, 어쩐 일로 오셨소? 설마 날 보러 온 건 아닐 테고?"

유강은 예전처럼 입술을 깨물지도, 주먹을 그러쥐지도 않았다. 아무 의욕 없는 듯 허탈한 눈을 끔뻑이던 유강의 입에서 생각지도 않은 말이 흘러나왔다.

"대연을 떠날까 합니다."

"무슨 소리요?"

"소천궁이 싫어졌습니다."

목숨처럼 귀히 여기며 가꾸던 소천궁이 싫어지다니, 이건 또 무슨 소린가? 미심쩍은 눈으로 내려다보는 아소왕후를 향해 유강이 다시 말했다.

"관포성을 제게 주시지요. 그럼 대연에서 영원히 사라져 드리겠습니다."

말짱한 정신으로 찾아와 하는 말이니 거짓은 아닐 테고, 도대체 무슨 꿍꿍이속일까?

아소왕후는 이해할 수 없다는 눈으로 유강을 노려보았다. 그렇게 쫓아내고 싶어 안달을 낼 때는 꿈쩍도 않더니 왜 갑자기 찾아와 스스로 떠나겠다는 건지 그 속내를 가늠할 수가 없다. 멀뚱히 올려다보던 유강이 그 의문에 답하듯 말했다.

"아바마마의 환후가 심상치 않다 들었습니다."

짧은 순간 아소왕후의 얼굴이 움찔하는 것이 보였다. 유강은 그것을 무시한 채 말을 이었다.

"그분이 숨을 멈추는 날, 제 명 또한 끝이 나지 않겠습니까?"

유강이 너무도 담담한 얼굴로 말을 했기 때문에 아소왕후는 무슨 말을 해야 할지 몰라 잠깐 당황했다. 유강의 말은 정확했다. 유강이 살아 있는 한 왕권에 대한 논란은 끊이지 않을 것이기에 경왕이 숨을 거두는 순간 그녀는 가장 먼저 유강의 목숨을 거두어 버릴 참이었다. 마냥 미련한 놈인 줄 알았더니 이럴 때 보면 제법 눈치가 빠르다. 죽음 앞에서는 천하의 유강도 어쩔 수 없었던 모양이다. 이렇게 도망갈 생각을 했으니. 아소왕후의 입가에 미묘한 웃음이 흘렀다.

"헌데 왜 하필 관포성이오?"

그곳은 대연으로 들어오는 중요한 관문이긴 하지만 산세가 험하고 땅이 척박하다. 그래서 기거하는 백성의 수가 적고 세수稅收 또한 턱없이 모자라 관리들이 발령받기를 가장 꺼려하는 곳이기도 했다.

"홍영이와 숨어 살기엔 그만한 곳도 없습니다."

망설임 없이 뱉어내는 그 말에 아소왕후는 이마를 찌푸렸다. 소문이 아무리 요란해도 제 입으로 남색이라 떠드는 것만은 자제하던 유강이었는데 이젠 아예 다 드러내어 버릴 모양이다. 하긴, 대연을 떠나는 마당에 무얼 조심하고 망설이겠는가.

"그럼 무한국 공주는……."

세아를 어찌할 것인가 물으려던 아소왕후는 유강의 검푸른 눈을 마주친 순간 그만 입을 다물어 버렸다. 그 검푸른 빛깔의 눈에는 분노나 미움보다 더 무서운 무엇이 들어 있는 것만 같다. 차마 입 밖으로 꺼낼 수 없는 말들…….

내 고통을 당신이 아는가?

내 슬픔을 당신이 아는가?

검푸른 그의 눈이 그렇게 묻는 것 같다. 아소왕후는 얼른 고개를 돌려 버렸다. 저 검푸른 눈을 마주하는 것은 언제나 불편하다.

"소천궁은 공주의 거처로 남겨두겠습니다. 무한국과의 관계를 생각한다면 공주를 어찌해야 할지 왕후마마께서 누구보다 잘 아실 테니까 긴말은 하지 않겠습니다."

너무도 무책임한 말처럼 들렸지만 한편으로는 공주를 건드리지 말라는 경고처럼도 들렸다. 그 말의 진위를 알고 싶었지만 유강은 이미 물러가고 없었다. 유강이 사라져 간 문을 오래도록 응시하고 있던 아소왕후의 입가에 서서히 미소가 번지고 있었다.

눈엣가시 같던 유강이 드디어 사라졌다. 때로는 측은했고, 때로는 섬뜩했던 그 검푸른 눈이 드디어 눈앞에서 사라졌다. 이제 시체 같은 경왕만 처리하고 나면 더 이상 앞길을 방해할 자는 없다. 이 대화궁이, 대연이, 아니, 안도국이 이제 온전히 나의 것이 되는 것이다. 남쪽 끝 평원에서부터 북쪽 끝 석주에 이르기까지 나의 명이 닿지 않는 곳이 없으리라. 태자를 제치고 여왕의 자리에 오른다 한들 거리낄 것이 무어냐!

"훗…… 흐흐흐…… 하하하, 아하하하!"

아소왕후는 터져 나오는 웃음을 주체하지 못하여 미친 듯 웃어 젖혔다. 의자가 들썩거리고 탁자가 흔들릴 지경이다. 문밖에서 그 웃음을 듣고 있는 주원의 얼굴에 서글픈 빛이 어린다.

유강 왕자가 소천궁을 버리고 떠났다는 소문이 삽시간에 대연을 들썩거리게 했다. 귀족들은 이미 오래전에 그를 버렸지만 백성들은 여전히 나혜왕후에 대한 아련한 추억들을 기억하고 있었고, 그녀의 유일한 핏줄인 유강에 대해 드러낼 수 없는 측은한 감정과 미련을 가지고 있었었다. 귀족들로부터 핍박받고 외면받는 자신들의 처지와 유강의 처지가 다를 바 없다는 생각에서였다. 그런 그가 소천궁을 버리고, 대연을 버리고, 자신들마저 버리고 떠나 버렸다. 유일한 희망이 사라져 버린 것이다. 백성들은 실망하고 분노했다. 백성들이 소천궁으로 몰려가려 하자 관군이 그 앞을 막았다. 소천궁에 남아 있는 무한국 공주를 보호한다는 명목에서였다.

한바탕 소란을 겪은 후 대연은 다시 일상으로 돌아왔다. 대연의 구석진 곳 비령산 아래에 있는 소천궁은 사람 하나 찾아들지 않은 채 괴괴한 고요가 흘렀다. 조그만 궁을 병풍처럼 둘러싼 병사들은 졸린 눈을 끔뻑이며 간간이 주위를 응시하곤 했다.

갈빛을 띠던 연못가에 간간이 파릇한 기운이 감돌았고 물 위를 비추는 햇살과 떠도는 공기에서도 연한 봄기운이 감지된다. 그러나 피부에 닿는 바람은 아직도 살을 에는 듯 차갑기만 하다. 세아는 어깨를 움츠렸다.

"그만 들어가시렵니까?"

조용히 따르던 미월이 다가와 묻자 세아는 고개를 흔들었다. 살을 파고드는 차가운 기운을 좀 더 느끼고 싶다. 살갗을 아릿하게 파고드는 이 고통이 있어 조금이나마 마음을 달래기가 쉽다. 육체적 고통이 때론 마음의 고통을 덜어주기도 하니까.

이른 저녁노을이 연지 위에 차갑게 내려앉는다. 세아는 조그맣게 한숨을 내쉬었다.

"힘드시지요?"

미월이 다시 다가와 물었다. 유강이 떠난 이후 너무도 견디기 힘든 나날을 보내고 있는 세아다. 날마다 들려오는 소문들이 하나같이 그녀의 가슴에 비수를 꽂는 말들이지만 단 한 마디 응대조차 할 수 없는 처지이니 그 속이 오죽할까 싶다.

"조금만 시간이 흐르면 소문은 사그라질 것입니다."

세아는 미월의 걱정을 들으며 피식 웃었다. 무한국 공주가 실은 여인 구실을 못하는 사람이라느니, 유강이 소천궁을 버린 이유가 그런 공주를 견딜 수 없어서라느니, 무한국인이 있는 한 유강은 절대로 소천궁으로 돌아오지 않을 것이라느니, 하는 따위의 소문들은 이미 예견했던 일인지라 그것 때문에 속이 상하거나 아프진 않다. 오히려 소문이 무성하면 무성할수록 유강의 안위에 도움이 될 것이다. 정작 그녀를 힘들게 하는 것은 그리움이다.

그저 막연히 걱정되고 궁금하여 무진이 있는 황남으로 달려갔던 그때와는 전혀 다른, 무어라 표현할 수 없는 가슴 아림 같은 것이라고나 할까? 막 사랑에 눈뜬 여인처럼 밤마다 유강이 그리워서 잠을 설친다. 그러나 차마 그 말을 꺼낼 수 없으니 이렇게 차가운 바람 속에서 마음을 삭이는 것이다. 그런 생각들을 떠올리며 세아의 얼굴이 노을처럼 붉어졌다.

"부탁한 물건은 준비되었는가?"

"예, 준비는 다 되었습니다만······."

"그럼, 어서 가서 보세."

세아는 잔뜩 기대에 부푼 얼굴로 인영전 쪽으로 바쁘게 걸음을 옮겼다. 미월은 걱정 반 기대 반으로 그 뒤를 따랐다. 도대체 표창이니 활이니 진검이니 하는 것들을 어찌 쓰려고 준비하라는 건지 모르겠다. 신변보호를 위한 거라면 소천궁을 병풍처럼 둘러싼 병사들과 인영전을 겹겹이 싸고 있는 호위무사들만으로도 충분할 것 같은데 말이다. 게다가 위험할 시에는 언제든 유강이 있는 관포성으로 달아날 만반의 준비가 되어 있지 않은가.

세아는 눈앞에 펼쳐져 있는 무기들을 경이로운 눈으로 바라보았다. 작고 날카로운 표창을 만지고 활과 화살을 만지고 진검을 쓰다듬는 그녀의 손이 떨렸다. 날렵한 세검을 들어 코끝에 대어본다. 서늘하게 파고드는 내음에 그녀는 진저리를 쳤다.

얼마 만에 맡아보는 쇠 비린내인가!

세아는 다시 칼끝을 들어 허공을 조준해 보았다. 아버지를 기쁘게 해드리기 위해 칼을 잡았었다. 그리고 사내들에게 지고 싶지 않아 검을 휘둘렀다. 단칼에 수십 명의 목이 낙엽처럼 떨어지고 화살 하나에 서넛의 목을 꿰어버릴 상상을 하며 사내들 틈에 끼어 극한의 체력을 시험받았던 경성단 시절이 떠올랐다. 특별히 빼어나진 못했지만 낙오를 한 적도 없다. 그러니 겨우 두어 해 멀리했다 하여 실력이 사라지진 않았으리라.

날렵한 세검이 순식간에 찬 기운을 가르며 허공에서 바람을 일으켰다. 정신없이 요동치던 칼은 가상의 적 심장 깊이 박히고서야 움직임을 멈추었다.

저만치 떨어진 곳에서 미월이 놀란 눈으로 그 모습을 지켜보았다. 곁에 서 있던 다련이 빙글 웃으며 미월의 귀에 속삭였다.

"보십시오. 호위군사들 여남은 명은 혼자서도 대적하실 거라던 제 말이 틀리지는 않았지요?"

검술의 정도를 가늠할 줄 모르니 그 실력이야 알 수 없지만 그저 호신용으로 배운 칼솜씨가 아닌 것만은 분명하다. 미월의 꿀꺽 침 넘기는 소리가 다련의 귀에까지 들린다.

세아는 만족스러운 듯 칼을 내렸다.

"마음에 꼭 들어."

검은 물론 활도 표창도 원하던 대로 잘 만들어진 듯하다. 세아는 자신이 유강을 위해 해야 할 최우선의 일은 바로 스스로를 지키는 일이라고 생각했다. 스스로를 지켜내지 못한다면 유강 또한 무진처럼 그렇게 허망히 잃어버릴지도 모르니까.

"그대가 없으면 나도 없소."

아프도록 품은 채 속삭이던 유강의 그 말이 뼛속 깊이 박혀 있다.

"다련! 오늘 저녁은 맛난 걸로 준비해 보게. 왠지 입맛이 당길 것 같아."

다련은 반가운 얼굴로 머리를 수그렸다. 유강이 떠난 후 며칠 통 먹지를 못하던 세아가 맛난 음식을 찾으니 이제야 숨통이 트인다. 또다시 지난번처럼 살아갈 의욕을 잃어버리는 건 아닌가 조마조마하던 차였다.

바쁜 마음으로 소주방으로 가는 다련을 미월이 불러 세웠다.

"나 좀 보세."

돌아보는 다련의 눈에 쌩 하니 찬바람이 인다. 유강이 떠나 버린 후 내내 저렇게 사나운 눈을 하고 있으니 아무리 미월이라도 말 걸기가 쉽지 않다.

"흠, 공주마마 말일세. 정말 무예가 그리 뛰어나신가?"

"아까 보셨지 않습니까! 인영전을 에워싼 저 많은 호위들을 혼자서도 충분히 대적해 내실 만한 검술이지요. 우리 공주님이 마음만 먹으면……."

잔뜩 호기롭게 말하던 다련이 문득 의미심장한 눈으로 다가와 속삭였다.

"어째, 겁이라도 나십니까?"

여전히 화가 난다는 듯 분기가 느껴지는 음성이다. 왕자가 남색인 줄 알고서도 다련은 일말의 희망을 가지고 있었다. 세아에게는 늘 친절했고, 스스럼없이 술잔을 기울일 만큼 가까워지더니 급기야는 두어 달이 넘도록 함께 주유를 다녀오기도 했으니까. 설마 그 긴 기간 동안 두 사람이 온전히 벗으로만 지냈을 리 없다고 생각했다. 홍영이 먼저 돌아왔을 때는 어쩌면 유강의 마음이 세아에게로 돌아섰을지도 모른다고 생각했다. 정말 그러기를 바랐다. 그러나 대연으로 돌아온 유강은 더욱 무섭도록 홍영에게 집착했고 들려오는 소문들은 비수처럼 모질었다. 그리고 어느 순간 바람처럼 떠나 버렸다. 세아를 버리는 것도 모자라 이 외로운 소천궁에 칼 찬 병사들로 병풍을 치듯 가두어두고서 말이다. 혹여나 세아가 무한국으로 돌아가 버린다면 자신의 입장이 난처해질 것을 염려해서이리라.

나쁜 사람, 나쁜 놈!

실룩 비틀어지는 다련의 입을 보며 미월이 혼잣말처럼 중얼거렸다.

"여전히 왕자님께 화가 난 게로군?"

"시비장님 같으시면 화가 안 나겠습니까? 우리 전하께 이 소식이 닿는다면 당장 군사를 몰아오시고도 남을 일입니다! 전쟁을 불사하실 거라고요!"

"말이 과하네."

"왕자님이 저지르신 일은 어지간히 모자라서요?"

"어허, 이 사람!"

미월의 고함 소리를 듣고서야 다련은 입을 다물었다. 저 하나만 생각한다면 이보다 더한 말도 할 수 있겠지만 세아를 생각해 참을 수밖에 없다. 간신히 눌러 내린 울컥한 덩어리가 참을 사이도 없이 눈물이 되어 쏟아졌다. 자신의 분한 마음은 둘째 치고 단 한 마디 표현도 하지 않고 있는 세아의 속내가 걱정되고 무서워서다.

"우리 공주님…… 태어나는 순간부터 모후께 버림받은 분입니다. 목숨처럼 아꼈던 백성들과 피붙이에게도 버림받으셨습니다. 이제 이곳에 와서 또다시 지아비에게마저 버림받으셨으니 무슨 마음으로 살아가시겠습니까? 저는 밤마다 잠도 못 자겠습니다. 으흑……."

다련의 비통한 절규에 미월은 아무 말도 할 수 없었다. 시원스럽게 사실을 털어놓을 수도 없으니 지켜보는 마음이 불편하기 그지없다.

"왕자님께서도 공주님을 걱정하고 계신다네. 그래서……."

"흥! 혹여라도 공주님이 사라져 당신을 난처하게 할까 걱정이신 게지요!"

다련은 미월의 말을 채 듣지도 않은 채 돌아서 버렸다. 더 이상 조심할 것도 무서울 것도 없었다. 마흔을 훌쩍 넘어 쉰을 바라보니 그만 산다 해도 아쉬울 것도 없다. 특별히 내 것이다 점지해 둔 사람도 없고, 지켜야 할 재물도 없으니 미련도 없다. 오직 세아, 가엾은 우리 공주님…… 남은 생, 슬픔 없이 살 수만 있다면 자신의 목숨쯤 어찌 되어도 상관없다 싶다.

대화궁에서 귀한 음식과 약재들, 그리고 어의를 보내왔지만 세아는 음식만 감사히 받겠다 전하고 약재와 어의는 되돌려 보냈다, 그런 것들로 나을 병이 아니다란 말과 함께.

유강과 안도국의 처사에 대한 최소한의 불만의 표시를 보인 것이다. 세아는 다시 젊고 재바른 시녀를 뽑아 지금 자신의 처지와 하소연을 적은 서찰을 쥐어 소천궁을 빠져나가게 했다. 다련은 반드시 왕께 이곳의 사정을 제대로 전하라며 눈물로 배웅을 했다. 그 모습을 물끄러미 바라보던 세아는 미월을 통해 호위대장을 불러들였다.

호위대장 우치는 유강이 가장 신뢰하는 사람이라고 하며 남겨두고 간 사람이다. 그는 지난번 주유 때 함께 다녔던 사람이라 안면이 있었고, 또 얼마나 믿을 수 있는 사람인지도 경험으로 알고 있었다. 우치가 긴장한 얼굴로 들어서자마자 세아는 명을 내렸다.

"방금 소천궁을 빠져나간 시녀를 쫓아 잡아라. 왕후가 알도록 요란스럽게 잡되 서찰만 그쪽으로 넘기고 그 아이는 이리로 데려와야 한다."

우치는 이런 일을 벌이는 세아의 뜻을 알 수 없어 잠깐 대답을 망설였다. 자신이 유강으로부터 받은 명령은 목숨을 던져서라도 공주를 지키라는 것이었다. 가급적이면 아소왕후의 눈에 띄지 않게, 거사가 성공할 때까지 최대한 몸을 낮추고 있는 듯 없는 듯 지내라는 명도 받았었다. 그런데 지금 공주는 오히려 아소왕후의 신경을 자극하려 일부러 일을 꾸미고 있다. 도대체 왜 이런 일을 벌이시는가?

세아가 그의 궁금증에 답하듯 말했다.

"난 무한국과 안도국의 화친을 위해 이곳으로 보내진 사람이다. 그러나 이곳으로 오자마자 모든 것이 거짓이라는 걸 알았어. 왕자님의 상태는 네가 알다시피…… 그러했고, 결국은 이렇게 버림을 받고 유폐당하듯 갇혀 있다. 네가 만약에 이런 상황에 직면했다면 어찌하겠느냐?"

우치는 바짝 긴장한 얼굴로 세아를 바라보았다.

"내가 아무 움직임을 보이지 않는다면 저들은 아마 나는 물론 왕자님까지 의심할 것이다."

공주의 말이 맞다. 소천궁에 남아 있는 군사들 또한 공주를 보호하기 위해서가 아니라 달아나지 못하도록 지키기 위해 남아 있는 것이 되어야 아소왕후의 의심을 사지 않을 것이다.

우치가 나가고 나자 미월이 근심 어린 눈으로 다가왔다.

"괜찮으시겠습니까? 아소왕후의 감시가 심해질 텐데요."

"걱정 말게. 이러나저러나 감시의 눈길을 피하기는 어려운 일, 차라리 드러내는 게 편할 걸세."

"왕자님께서 아시면 걱정하실 것입니다."

"말하지 않으면 되지 않는가."

"마마!"

"그저 숨어서 그분의 보호만 받길 원했다면 난 이곳에 남지 않았을 걸세. 아니, 남을 수 없었겠지."

일이야 어찌 되든 기어이 유강을 따라갔을 것이다. 그의 곁이 아니면 이 안도국에서 자신이 안심할 곳은 없는 듯하니. 그러나 세아는 그러고 싶지 않았다. 함께하기로 한 이상 이 일은 더 이상 유강 혼자만의 싸움이 아닌 것이다.

"왕권을 두고 싸운다는 것이 어떤 건지 난 이미 한 번 경험해 보았네. 그 싸움에서 패자가 된다는 건 곧 죽음을 의미하지. 난 두 번 죽고 싶진 않네."

조용히 바라보는 세아의 눈빛에 미월은 저도 모르게 고개를 수그렸다. 더 이상 죽은 듯 멍한 눈으로 연지를 내려다보던 그 공주가 아니다. 마냥 보호해야 할 사람인 줄 알았는데 어느새 믿고 따라야 할 주인이 되었다는 생각이 든다. 유강이 어떻게 세아를 혼자 두고 떠날 수 있었는지도 조금 알 것 같다.

이런 사람이 정말 왕후가 된다면 유강이 얼마나 든든할까 하는 생각이 든다. 그러나 적저군도, 월령도, 변방의 장수들도 그것을 원치 않는다. 어떻게든 그들을 설득해 보겠지만.

미월은 들릴 듯 말 듯 조그맣게 한숨을 내쉬었다.

"잠깐, 얘기 좀 나눌 수 있겠는가?"

세아는 미월을 데리고 연지로 나왔다. 여전히 황톳빛 물만 일렁이는 연지를 보며 세아는 처음 이곳에 왔던 때를 떠올렸다. 연록의 잎들이 온통 연지를 뒤덮고 아름다운 꽃을 피워 저 흐린 물을 감추고 있던 그때 그 느낌들, 이 연지가 얼마나 위로가 되었었는지 모른다.

다리 위를 두어 번 오갈 때까지 세아는 말이 없었다. 결국 답답해진 미월이 먼저 물었다.

"공주마마, 무슨 고민이라도 있으신지요?"

그 물음에도 한동안 말이 없던 세아가 어느 순간 걸음을 멈추었다. 그녀는 여전히 연지로 눈을 향한 채 무심히 물었다.

"자네는 여전히 내가 마땅찮은가?"

"무슨 말씀이신지……?"

"내가 무한국 여인이라 왕자님의 짝으로 가당찮다 여기는가 묻는 걸세."

미월은 당황하듯 고개를 저었다.

"제가 어찌 감히 그런 마음을 먹겠습니까? 모든 결정은 왕자님이 하시고 소인은 그저 따를 뿐입니다. 왕자님이 선택하신 분이면 저희들 또한……."

"자넨 처음부터 내게 엄청난 거부감을 보였지? 우리 무한국인들도 안도국인을 그다지 좋아하지 않지만 그만큼 심하지는 않네. 하지만 이곳 소천궁은 발을 들여놓던 그 순간부터 날 거부하는 것 같았어. 자네도 그렇고 화원에 있는 그 사람, 월령도 그렇고…… 왕자님 주위의 내가 만난 모든 이들이 그래."

의구심이 가득한 세아의 눈을 감히 마주 볼 수 없어 미월은 그저 고개를 숙이고 있었다. 이대로 고개를 든다면 자신의 눈에 가득한 분기가 공주에게로 향할 것만 같아서다. 자신도 이럴진대 유강의 마음은 어떨까? 그럼에도 불구하고 공주를 선택한 유강의 마음이, 그 사랑이 쓰리고 아프다. 또한 앞으로 긴 세월 그 모습을 지켜보아야 할 자신이나 월령에게도 측은한 마음이 들었다. 망각의 병이 덮쳐 그 일을 지워주지 않는 한 평생 안고 가야 할 고통이다. 미월은 가슴 가득한 고통을 숨기고 처연히 말했다.

"다들 큰일을 앞두고 신경들이 예민해 있었던 게지요. 특별히 공주님께 거부감이 있었던 것은 아닙니다."

그러나 세아는 그 말을 믿지 않았다. 유강은 무한국과 관련해 큰일을 겪은 것이 분명했다. 혼인을 하겠느냐고 물으며 자신은 무한국인을 끔찍하게 싫어하던 유강의 그날의 눈빛을 잊을 수가 없다.

"말해주게. 왕자님에 관해 내가 몰라야 할 것은 아무것도 없네. 이유도 모른 채 평생 거부감을 안고 살아간다면 나 또한 편치는 않을 것일세. 이제 왕자님의 아픔은 곧 내 아픔이니까."

애틋한 세아의 얼굴을 보며 미월은 잠깐 고심했다. 영원한 비밀이 될 수도 있겠지만 만에 하나 공주가 알게 된다면 그것은 다른 사람이나 유강이 아닌 자신의 입으로 말하는 편이 차라리 나을 것이라고 생각했다. 그녀는 긴 한숨을 토해내며 연지를 바라보았다. 그리고 눈으로 그곳을 가늠했다. 저 조그만 전각에서 왼편이었던가? 오른편이었던가? 이제는 기억에도 가물한 소천궁의 아름다웠던 옛 모습……

다시 긴 한숨 소리가 들리더니 미월의 입에서 놀라운 말이 흘러나왔다.

"이 연지는 나혜왕후와 진서 왕자의 무덤입니다."

"……!"

이 아름다운 연지가 무덤이었다니 도무지 상상이 가지 않는 이야기다. 놀란 세아의 얼굴을 보며 미월은 이야기를 이어갔다.

경왕의 외면을 견디다 못한 나혜왕후는 산달을 겨우 한 달 앞두고 소천궁으로 나왔다. 아기를 낳고 산후조리를 하는 동안 그녀는 내내 경왕을 기다렸다. 그러나 이미 어린 비 아소에게 마음을 빼앗긴 경왕에게는 왕자의 탄생조차 특별한 일이 되지 못했다.

그렇게 한 달이 지나고 백일이 지나도록 소천궁을 찾는 이가 없었다. 왕은 물론 왕실과 백성들에게조차 완전히 잊혀진 존재가 된 것이다. 함께 따라 나왔던 시비들과 시종들은 물론 궁을 지켜주던 군사들마저 하나둘 떠났다. 소천궁은 괴괴한 고요만이 흘렀다. 앙앙대는 어린 왕자의 울음소리만이 유일하게 살아 있는 사람의 소리였다.

무한국 군이 들이닥친 것은 검푸른 빛이 스며들던 새벽녘이었다. 말을 몰고 들이닥친 그들은 닥치는 대로 약탈을 하고 시비들은 물론 나혜왕후마저 유린하였다.

"유린을 하다니……?"

그들이 짐승처럼 왕후를 겁탈하기라도 했다는 뜻일까?

그러나 미월은 대답 대신 고개를 돌려 버렸다. 그날의 일을 차마 어떻게 제 입으로 되뇔까. 지옥 같았던 그 끔찍한 순간들을……

미월의 눈에 고인 눈물을 보며 세아는 모든 것을 짐작했다. 어떻게 한 나라의 왕후를 그토록 잔인하게 유린할 수 있으며 또 어떻게 그런 상황이 되도록 잔인하게 외면할 수 있었던 것일까? 전쟁이라는 것이 사람을 잔인하게 만드는 것일까? 원래 잔인한 이들이 전쟁을 일으키는 것일까?

　참을 수 없는 현기증이 일어 눈앞이 어지러웠다. 세아는 손으로 머리를 가만 짚었다. 다시 미월의 말이 이어졌다.

　"그러고도 모자라 그들은 왕후마마와 두 왕자님을 전각에 몰아넣고 불을 질렀습니다. 소인들이 정신을 차렸을 때는 이미 소천궁의 모든 전각이 전소된 후였습니다. 월령과 제가 미친 듯 잿더미 속을 뒤지다가 아궁이에 숨어 계신 유강 왕자님을 발견하였지요. 그 작은 몸을 밤송이처럼 웅크린 채 벌벌 떨고 계시던……."

　"그만! 그만하게."

　세아는 휘청거리는 몸을 주체하지 못하고 그 자리에 주저앉아 버렸다. 불길 속에서 두려움에 떨었을 어린 유강을 생각하자 가슴이 막혀 숨이 쉬어지지 않는다. 무한국 군이 이 먼 대연까지 들어와 그런 끔찍한 짓을 저질렀다는 사실이 믿어지지 않는다. 그 명을 내린 이가 아버지 계륜왕이었을까? 갈후 태자를 죽음으로 몰았다는 의심의 눈길을 외부로 돌리기 위한 계책이었는지도 모른다. 어쩌면 어머니 효령왕후의 환심을 사기 위해 저지른 일이었는지도…….

　속이 울렁거려 구역질이 날 것 같았다.

　"괜찮으십니까, 마마!"

세아는 다가오는 미월의 손을 제지했다. 무엇이든 몸에 닿는 순간 모든 것이 바스러져 사라져 버릴 것만 같다. 모든 것이 한순간의 꿈처럼. 이 아름다운 소천궁도, 궁의 주인인 유강도 잠시 비추다 사라지는 달빛처럼 그렇게 자신의 곁에서 사라져 버릴 것만 같다.

쪼그리고 앉은 세아에게서는 숨소리조차 들리지 않는다. 미월 또한 숨소리를 죽인 채 그 모습을 바라보았다. 한참 후 쪼그리고 앉은 공주에게서 말소리가 들렸다.

"어찌…… 함께하자 하셨을까?"

어머니와 핏덩이 같은 아우를 유린하고 죽인 적국의 공주에게.

"그것은 공주님이 세상에 나시기도 전의 일입니다."

"내 아버지인 계륜왕의 명이었겠지?"

"마마."

"어떻게 그럴 수 있지? 내 아버지가 계륜왕이야!"

"변방의 장수들은 간혹 왕의 명이 없이도 움직입니다."

왕의 명이 없이도 움직인다, 그래서 그 일은 계륜왕과 무관하다. 그렇게 스스로를 위안한 것일까?

"왕자님은 당신과 혼인을 한 이상 공주님은 더 이상 무한국인이 아니라 하셨습니다. 그것이 왕자님의 결정입니다."

미월이 단호한 음성으로 말했다. 그러니 어떤 마음의 자책도 가지지 말라는 뜻이다.

"왕자님께서 누군가에게 마음을 여신 것은 공주님이 처음이었습니다. 그렇게 행복해하시는 모습도 처음이었습니다. 언제나 얼음 같으시던 분의 얼굴에서 봄바람이 일지 않겠습니까? 그러니 소인들이 어찌 반대를 하겠습니까.”

미월은 따듯한 미소와 함께 깊은 예를 표하고 그 자리를 물러났다. 세아가 누구보다 당당한 유강의 짝이 되어주길 진심으로 바란다.

세아는 저녁 어스름이 내릴 때까지 연지를 떠나지 못했다. 아무리 해도 무한국인인 자신을 받아들이기까지 겪었을 유강의 고뇌를 다 짐작할 수가 없다. 다만 다시 유강을 만나면 그 얼굴을 어찌 볼까 하는 두려움, 그럼에도 불구하고 미칠 것처럼 유강이 보고 싶다는 생각이 뒤엉켜 몸서리가 쳐졌다.

3

대화궁 녹영전의 깊은 침실.

길게 드리운 휘장 탓에 실내는 밤처럼 어둡다. 한때는 화려했던, 그러나 지금은 온통 어둠 속에 갇힌 방 안을 찬찬히 둘러보던 아소왕후는 들고 온 식판을 탁자에 내리고 천천히 침상으로 다가 갔다. 침상 위에서는 오직 까만 눈만이 살아 있는 듯 번들거린다.

밤새 깨어 있었던가?

어쩌면 그랬을지도 모른다. 전에는 하루의 대부분을 잠으로 보내더니 얼마 전부터 거의 잠을 자지 않는 것 같다. 게다가 정신은 날로 맑아지는 것 같고 한때는 하루가 다르게 굳어가던 몸도 그기세가 꺾였다.

"깨어 계셨습니까, 전하?"

소리를 들었는지 경왕이 눈을 맞춰왔다. 경왕은 어느 때보다 또렷이 그녀의 존재를 인식하는 것 같았다. 약간 벌어진 입술 사이로 당장이라도 무슨 말이 흘러나올 것 같아 아소왕후는 저도 모르게 등골이 오싹해진다.

"미음을 준비해 왔습니다."

그리고 그녀는 얼른 목 아래로 손을 넣어 왕을 안아 올린 다음 베개로 등받이를 만들어 기대게 했다. 반쯤 일어나 앉은 자세가 되자 아소왕후는 식판을 들고 다가앉았다. 미음을 뜬 수저가 다가가는 순간 죽어가던 근육이 다시 살아난 듯 왕의 입술이 실룩 움직였다. 그러나 경왕의 저항은 그것으로 끝이다. 놀란 아소왕후의 손이 잠깐 움찔했지만 이내 입술 사이로 수저를 들이밀었다.

"많이 드시고 얼른 쾌차하셔야지요."

아소왕후는 입안에 머금지 못한 채 주르륵 흘러내리는 미음을 숟가락으로 다시 끌어 올려 야무지게 넣어주었다. 그러나 채 삼키지 못한 채 미음은 다시 흘러내렸고 아소왕후는 그것을 다시 끌어 올려 입안으로 넣는다. 그러기를 수십 번, 결국 미음 그릇은 깨끗하게 비워졌다. 그제야 아소왕후의 입가에 미소가 지어진다.

"잘하셨습니다."

수건으로 입술을 닦아주는 그녀의 손길은 애틋해 보이기까지 한다. 침실을 나온 아소왕후는 시비에게 식판을 건네며 역정을 내었다.

"전하께서 입맛을 잃으신 듯하니 좀 더 맛나게 끓여보아라."

맞은편 자신의 침실로 들어가려던 아소왕후가 다시 한마디 했다.

"근홍이를 불러들여라."

"상인 근홍이를 말씀입니까?"

"그래. 혹, 멀리 장사를 나갔다고 하거든 그 장삿길을 보전해 줄 터이니 당장 돌아와 궁으로 들라 일러라."

납만의 효과가 전만 못하다. 혹시 근홍이 시원찮은 물건을 건네준 건 아닌가 의심스럽다. 그렇지 않고서야 어찌 눈빛이 다시 살아나고, 죽어 있던 입술이 실룩거렸겠는가?

얼른 떠나 버리면 당신도 나도 편할 것을, 쯧.

혀를 차며 돌아서는 그녀의 얼굴이 일그러졌다. 마음이 좋지 않다. 한 번도 이런 적이 없었는데 싸울 상대가 사라져서일까? 유강이 떠나 버린 후 저도 모르게 마음이 풀어진 듯하다. 아직 끝을 본 것이 아닌데…….

마음을 다잡으며 그녀는 주원을 찾았다. 언제나처럼 소리 없이 들어온 주원이 뒤에서 허리를 감싸 안았다. 허리에 감긴 강인한 팔이 우울했던 마음을 달래주었다. 주원이라면 언제까지나 곁에서 지켜줄 것 같은 믿음이 조금씩 생긴다. 아소왕후는 허리를 감싼 팔을 떼어내고 돌아섰다. 그녀의 손이 주원의 얼굴로 다가갔다.

"어찌하여 낯빛이 어두운 것이냐?"

그러고 보니 살도 빠진 것 같다.

주원은 얼굴에 닿은 왕후의 손을 잡으며 말했다.

"조금 고단하여 그렇습니다."

낮엔 종일 당신의 안위를 살피느라 온 신경이 긴장하고, 밤엔 죽을 듯 당신을 안느라 온몸이 긴장하여 그렇다고 말했다.

아소왕후의 얼굴이 빨갛게 달아올랐다. 그녀는 붉어진 얼굴을 주원의 가슴에 기댔다.

끝이 보이자 두려움도 함께 느꼈던 것 같다. 모든 것을 가지기 위해 달려오는 동안 많은 이들을 떠나보냈다. 곁에 남은 사람이 아무도 없다. 왕실도 귀족들도 심지어 자식까지도 그녀에겐 경계의 대상일 뿐이었다. 그러나 주원이 부끄럽고 뜨거운 고백을 서슴없이 쏟아내는 순간 마음속에 아슬하게 남아 있던 경계의 벽이 완전히 무너졌다. 주원이라면 모든 것을 믿고 의지해도 되지 않을까? 두려운 이 마음을 감추지 않아도 되지 않을까?

"예전엔 나도 그러하였다."

여전히 얼굴을 기댄 채 아소왕후가 중얼거렸다.

"전하를 바라보는 나의 마음이 지금 날 바라보는 너의 마음과 같았다."

행여나 다른 이에게 눈을 줄까, 마음을 줄까, 온 신경이 그에게 닿아 있었고 밤이면 몸이 부서지도록 매달리고 또 매달렸었다. 그러나 왕의 사랑을 얻기 위해 자신이 잃어야 할 것이 있다는 것을 몰랐다.

경왕은 외척에게 권력이 넘어가는 것을 철저히 경계했다. 처음에 비진족인 나혜를 왕후로 맞아들였던 것도 그것을 계산한 측면이 분명히 있었으리라. 그녀에게는 어떤 기반도 배후도 없었으니까. 그러나 아소는 달랐다. 그녀의 집안은 대연에서도 손꼽히는 명문귀족이었고 범 같은 오라비가 셋이나 있었다. 왕의 총애가 깊어질수록 그녀의 집안은 조금씩 기울어갔다. 처음에는 자신이 부족하여 그런 줄만 알았다. 그래서 집안을 일으키고 아버지와 오라비들을 지키기 위해 경왕에게 매달렸었다. 그러나 결국 돌아온 것은 그들의 죽음이었다. 사방천지 돌아보아도 붙들고 매달릴 끈 하나 없는 신세가 되고서야 그녀는 온전한 경왕의 여인이 될 수 있었던 것이다.

왕후가 되었지만 누구 하나 의논할 사람도 의지할 곳도 없었다. 오로지 왕의 결정만 바라보아야 하는 외로운 처지였다. 왕의 마음이 떠나 버리는 순간 자신 또한 나혜왕후와 똑같은 처지가 되리라는 것은 불을 보듯 뻔했다. 그 외로움이 두려움을 키웠고, 두려움을 이기기 위해 그녀는 권력을 원했다. 모든 것을 쥐어버리면 경왕도 자신을 어쩐진 못하리라 생각했었다.

옛일을 떠올리며 아소왕후는 온몸을 부르르 떨었다.

경왕이 조금만 관대했더라면 자신이 이리되진 않았을까, 생각해 보지만 이제 와서 그것이 다 무슨 소용이란 말인가? 후회도 없고 아쉬움은 더더욱 없다. 쓸데없는 감상에 젖을 이유가 없다. 양심도 무엇도 다 버리고 얻은 권력, 절대 놓지 않을 거다.

아소왕후는 권력을 움켜쥐듯 주원의 허리를 꽉 끌어안았다.

"안아다오."

기다렸다는 듯 그녀의 몸이 휘청 흔들렸다.

칠흑같이 어두운 밤, 소천궁 담을 넘어 인영전으로 숨어들던 그림자 하나가 호위들에게 잡혔다. 호위대장 우치에게나 미월에게나 그것은 용납할 수 없는 일이었다. 벌써부터 구멍이 뚫려 버리면 유강이 대연으로 돌아올 그날까지 버티기가 힘이 든다. 두 사람은 침울한 얼굴로 자객을 취조했다. 그는 어디서 왔는지, 누가 무슨 연유로 보냈는지 어떤 것에도 답을 하지 않았다. 오직 세아를 만나기만을 고집했다.

"공주님을 아느냐?"

"……."

"무한국에서 왔느냐?"

"……."

미월은 병사를 보내 다련을 불러왔다. 다련은 자던 중에 불려온지라 다소 어리둥절한 얼굴이었다. 미월은 다짜고짜 다련을 데리고 광으로 들어갔다. 한 사내가 온몸을 꽁꽁 묶인 채 붙잡혀 있었다.

"보여주게."

그 소리에 우치가 칼끝으로 사내의 얼굴을 들어 올렸다.

"아는 자인가?"

다련은 몇 번이나 고개를 갸웃거리더니 좌우로 흔들었다.

"처음 보는 자입니다."

그리고 무슨 일이냐는 눈으로 미월을 바라보았다.

"자객일세. 인영전으로 숨어들다가 잡혔네."

미월은 자객의 품에서 나온 단도를 보여주었다. 다련은 재빨리 단도를 집어 들었다. 그것은 무한국 사내라면 누구나 하나쯤은 지니고 다니는 칼이었다. 호신용이기도 하지만 일상생활의 도구로 쓰일 때가 더 많다. 그렇다고 사람을 해하지 못할 도구도 아니다.

"무한국인의 칼입니다."

그리고 다시 사내를 살폈다. 갓 스물이 넘었을까 말까 한 앳되어 보이는 얼굴이다.

"정말 자객이오? 정말 공주님을 해하러 온 거요?"

사내는 무엇을 가늠하는 듯 다련의 얼굴만 살필 뿐 여전히 말이 없었다.

"설마…… 수죠 전하께서 보낸 건 아니겠지?"

그 소리에 사내의 눈빛이 심하게 흔들렸다.

설마……!

다련은 두려운 마음으로 한 발 물러났다. 수죠가 보낸 것이 아닐 거라고 믿으면서도 한편으로는 두렵다. 하루아침에 계륜왕을 몰아내고 순식간에 왕권을 차지해 버리던 수죠의 모습을 누가 상상이나 했겠는가. 새를 기르고 꽃에 파묻혀 지내던 그가 말이다. 그러니 세아를 해하지 않으리라는 보장도 없다.

다련은 돌아섰다. 제 귀로 기어이 확인하고 싶지 않았다. 그러나 사내의 목소리가 발목을 붙들었다.

"혹시 무한국인이십니까?"

"그렇다. 공주님을 모시는 사람이다."

다련보다 우치가 먼저 대답했다. 사내는 우치의 대답을 무시한 채 다련의 대답을 기다렸다. 한참 만에 다련이 고개를 끄덕이자 사내의 얼굴에 안도의 빛이 돌았다.

"공주님을 뵙게 해주십시오. 꼭 드릴 말씀이 있습니다."

순간 우치의 칼이 다시 사내의 목으로 향했다.

"무슨 연유로 찾아왔는지 밝히면 뵙게 해주겠다고 하지 않았느냐!"

"당신들에겐 할 말 없소!"

우치를 노려보는 사내의 눈에 적대감이 가득하다. 다련은 어찌해야 할지 몰라 미월만 바라보았다. 지금 이곳을 책임지고 있는 사람이 미월이니 그녀의 허락이 떨어져야 자신도 마음의 결정을 할 수 있다. 그러나 미월은 오히려 다련에게 의견을 물어왔다.

"자네 생각은 어떤가?"

세아가 무한국인을 만나는 것이 상처가 되지 않을까, 또 다른 회오리에 휩쓸리지 않을까 하는 물음이다. 다련이 걱정하는 부분도 바로 그것이다. 어쩌면 이자는 수㐅가 보낸 것이 아니라 수㐅를 반대하는 세력에서 보낸 자인지도 모르는 일이니까.

"유천 장군님 댁의 집사가 제 아버님입니다. 그리 말씀드리면 아실 것입니다."

사내가 다시 간절하게 말했다. 유천 장군은 계륜왕의 오른팔이었고 공포정치 내내 피바람을 일으켰던 장본인이자 마지막까지 계륜왕의 곁을 지켰던 사람이다. 어쩌면 계륜왕의 마지막을 기억하는 자인지도 모른다.

"공주님께 여쭤보겠습니다."

아침이 밝자 다련은 세아에게 어젯밤의 일을 간략히 전하고 조심스럽게 그 사내의 이야기를 꺼냈다.

"처음에는 자객이라 생각했는데 이야기를 들어보니 그것이 아닌 듯하여 말씀드리는 겁니다. 그자의 말이 제 아비가 유천 장군님 댁의 집사였다고 하며……."

말이 채 끝나기도 전에 세아가 놀란 얼굴로 일어섰다.

"아비가 유천 장군 댁의 집사라고? 그리 말한 것이 분명하냐?"

"예, 분명히 그리 말했습니다. 혹시 아는 자입니까?"

천수다!

무진을 그림자처럼 따라다니던, 무진에겐 형제와 같았던 아이다.

"당장 그 아이를 데려오너라, 당장!"

세아는 다급하게 소리쳤다. 그 폭풍 같은 와중에 어떻게 살아남았는지, 무슨 일로 이 위험한 곳까지 찾아왔는지 그런 것은 궁금하지 않았다. 그저 빨리 보고 싶었다.

얼마나 서성거렸을까? 우치가 굵은 밧줄로 포박한 사내 하나를 끌고 들어왔다. 그리고 우악스럽게 무릎을 꿇리고 칼을 빼어 목에 들이대었다.

"허튼짓하면 당장 목을 벨 것이다!"

어젯밤 이자가 소천궁 담을 넘은 일 때문에 우치는 몹시 날카로워져 있었다. 자신의 책무를 다하지 못한 자책도 하는 것 같았다. 세아는 그를 달래듯 고개를 끄덕여 주고 명을 내렸다.

"눈을 가린 것을 풀어라."

눈을 가린 천이 풀리자 잠시 주위를 두리번거리던 사내가 세아를 발견하고 소리쳤다.

"공주님!"

금방이라도 달려나갈 듯 움찔거리는 몸을 우치가 다시 눌러 앉혔다.

"공주님, 소인 천숩니다! 모르시겠습니까?"

울먹이는 사내는 정말 천수다. 겨우 한 살 차이지만 워낙 체구가 작아 늘 어린아이 같았던 천수가 어느새 청년이 된 모습으로 그녀 앞에 꿇어앉아 있었다.

"······천수야."

마침내 세아의 음성이 들리자 그는 참았던 울음을 터트렸다. 세아를 만나기 위해 백일이 넘도록 뒤를 따라다녔지만 좀처럼 기회가 생기지 않았다. 사천에서는 자객으로 몰려 죽을 고비를 넘기기도 했다. 왕자 일행이 떠나고 겨우 그곳을 탈출하였지만 세아의 행방을 알 수 없었다. 그래서 다시 대연으로 숨어들어 지내던 중 온 세상을 떠들썩하게 하는 왕자의 소문을 들었다. 술주정뱅이에 비역질이라니! 차마 믿을 수 없는 그 소문들에 그는 피눈물을 흘렸다. 급기야 왕자가 세아를 버리고 떠났다는 소문까지 들려왔다. 더 이상 망설일 이유가 없었다. 자신이 목숨을 걸고 세아를 찾아온 이유를 하루라도 빨리 알려야 한다고 생각했다. 그래서 소천궁 담을 넘었던 것이다.

"정말 돌아가신 줄 알았습니다."

지난번 백선이 왔을 때도 같은 말을 했었다. 정말 죽은 줄 알았다고, 살아 있어 정말 다행이라고. 그 말로 미루어 무한국에서 세아 공주는 이미 죽은 사람인 것이 분명하다. 입안에서 쓰디쓴 진물이 고이는 것 같다.

"너도 이리 무사하니 참으로 다행이다."

그 소용돌이 와중에 살아남았으니 말이다.

"다른 식솔들은 다들 무사하냐?"

천수는 고개를 끄덕이며 그간의 이야기를 들려주었다.

반란이 있던 날, 유천 장군은 모든 이들의 만류를 뿌리치고 백화궁으로 들어갔다고 했다.

그래, 그는 그러고도 남을 사람이다. 계륜왕에 대한 유천 장군의 충성심은 그런 것이었다. 자신에 대한 무진의 충성심 또한 그와 같았다. 그래서 참 많이도 화가 났었다.

다행히 유천 장군의 시신은 수습했지만 그다음은 어찌해야 할지 몰라 우왕좌왕하고 있는 사이 무진의 죽음이 알려졌고 천수아범은 그날로 모든 식솔들을 데리고 비열흘로 떠났다고 했다.

"비열흘?"

"예. 장군님의 유지셨습니다. 도련님이 돌아오시면 함께 비열흘로 떠나라고, 백화궁으로 가시기 전 그렇게 말씀하셨는데……결국 저희들만 그곳으로 가게 되었습니다."

천수는 울음을 삼키는 듯 입술을 깨물었다. 천수에게는 여전히 무진의 죽음이 가슴 깊이 들어앉은 것 같다. 그녀도 마찬가지다. 이미 다른 이를 사랑하고 있지만 무진의 존재를 어떻게 지우겠는가. 세아는 감정을 다스리기 위해 주먹을 가만 그러쥐었다.

"그런데 어찌하여 날 찾아왔느냐? 보다시피 난 무한국에서는 이미 죽은 몸이고 안도국에서는 별 가치도 없는 볼모일 뿐이다."

"공주마마, 사실은……."

그러나 천수는 더 이상 말을 잇지 못하고 우치의 눈치를 보았다. 그를 좀 물려달라고 말하고 싶은데 서슬 푸른 눈이 두려워 말을 하지 못했다. 세아는 우치에게 나가라는 눈짓을 했다.

"잠깐 물러가 있어라."

"안 됩니다, 마마!"

"수족처럼 부리던 아이다. 괜찮으니 잠시만 물러가 있어라."

조용하지만 단호한 말에 우치는 마지못한 얼굴로 물러갔다. 그가 나가자 천수는 다시 미월과 다련까지 물려달라고 했다. 그의 눈빛은 자못 비장하기까지 하다. 무언가 절실한 이야기가 있는 것이 분명하다.

"자네들도 나가보게."

미월의 걱정스런 눈이 다가왔지만 세아는 안심하라는 듯 고개를 끄덕여 주고 다시 한 번 나가라고 했다. 말도 안 되는 상상이지만 설사 저들의 걱정대로 천수가 느닷없이 자객으로 변한다 해도 혼자서 충분히 막을 자신이 있었다. 망설이던 미월과 다련이 나가고 문이 닫혔다.

"모두 나갔으니 이제 말해보아라."

천수는 여전히 의구심을 거두지 못한 눈으로 주위를 살피다가 무릎걸음으로 두어 걸음 다가왔다. 그리고 겨우 들릴 만큼 작은 음성으로 속삭였다.

"공주님, 소인과 함께 비열홀로 가시겠습니까?"

천수의 입에서 전혀 예상치 못한 말이 흘러나왔다. 세아는 의자 깊숙이 등을 기댄 채 천수를 내려다보았다. 무슨 목적으로 저런 말을 하는지 가늠할 수가 없다.

설마 미래를 도모하자는 건가? 아니면 우치의 의심처럼 또 다른 목적이 있는 건가?

어느 쪽도 용납하고 싶지 않다. 세아의 얼굴에 웃음기가 사라졌다.

"무슨 뜻이냐?"

"이리 지내시느니 차라리……!"

저도 모르게 소리를 높이던 천수는 잠시 말을 멈추고 세아를 살피다가 조심스럽게 말을 이었다.

"이곳 왕자에 대한 소문은 저도 들어 다 알고 있습니다. 도무지 믿을 수 없어 따라다녀도 보았습니다."

그리고 어느 날 밤 저자의 골목 어귀에서 사내를 품고 있는 왕자를 보았다. 세아의 처지가 안타까워 마음이 아프면서도 한편으로는 쾌재를 부를 만큼 기뻤다. 자신이 찾아온 이유도, 그녀가 떠날 이유도 충분할 것 같아서였다.

천수의 안타까운 눈빛을 보며 세아는 피식 웃었다. 저 아이가 오죽 답답하였으면 죽음을 무릅쓰고 담장을 넘었을까? 그 마음이 고마워 코끝이 찡했다.

"내 처지를 안타까워하는 네 마음은 고맙다만 난 이곳을 떠날 마음이 없다."

"마마!"

"원치 않는 일에 목숨 걸고 매달리지 않아도 되고, 이리저리 마음 쓸 일도 없으니 편하고 좋다. 마음을 달래주는 아름다운 연지도 있고, 말벗이 되어줄 사람도 있으니 내 걱정은 할 필요 없다. 너희들이나 어디서든 편히 살아라."

정말 이곳이 아주 마음에 드는 듯 그녀의 얼굴은 평화롭기까지 하다. 지그시 바라보는 그녀의 눈빛은 이 평화를 건드리지 말라는 경고처럼도 보였다. 천수는 망설였다. 과연 어떻게 하는 것이 옳은 일인지 판단할 수가 없다. 그러나 한 가지는 분명하다. 세아도 자신이 알고 있는 사실을 알아야 한다는 것이다. 그다음 판단은 그녀의 몫이다. 그는 망설임을 멈추고 고개를 들었다.

"놀라지 말고 들으십시오, 공주마마."

"······?"

"도련님······ 무진 도련님이 살아 계십니다."

세아의 얼굴이 순식간에 차갑게 굳었다. 옛정을 생각해 고이 대해주었더니 농간을 부리려고 한다. 감히 이 세아 앞에서 다른 것도 아닌 무진의 목숨을 가지고!

그녀는 입안 속살을 가만 깨물었다. 소매 속 주먹도 가만 그러쥐었다. 그러고도 감정 조절이 쉽지 않아 목소리가 떨렸다.

"지금 당장 이곳을 나가거라. 내가 베푸는 마지막 선심이다."

얼음처럼 차가워진 그녀의 눈을 보며 천수는 고개를 흔들었다.

"거짓이 아닙니다. 사실입니다. 소인이 이 두 눈으로 똑똑히······."

"네 녀석이 모르는 모양인데 무진인 마지막 순간에 나와 함께 있었다. 나와 함께 칼을 맞았고 내 품에서 숨이 멎었다!"

"도련님은 살아 계십니다."

"입 다물지 못하겠느냐!"

세아는 탁자 아래에 숨겨두었던 칼을 빼어 들고 다가갔다. 묵은 상처를 건드리는 녀석을 용서할 수 없었다. 무진을 더 이상 상처가 아닌 추억으로 간직하고픈 것이 그녀의 소망이었고 즈음에 와서는 그것이 가능할 것도 같았다. 그런데 느닷없이 나타난 천수가 한순간에 그녀의 마음을 흩트려 놓고 있다.

차가운 칼날이 목에 닿는 것을 느끼며 천수는 눈을 질끈 감았다. 세아는 당연히 믿을 수 없을 것이다. 자신 또한 제 눈으로 확인하고도 믿을 수 없었으니까. 그래서 수십 번을 확인하고 또 확인했었다. 아무려면 자신이 십여 년을 그림자처럼 따라다닌 사람을 잘못 볼 리가 있겠는가! 아무려면 아버지가 십수 년을 자식처럼 키워온 사람을 잘못 볼 리가 있겠는가! 그는 분명 무진이었다.

살아 있는 무진을 확인하고 어찌할 바를 몰라 무작정 찾아왔지만 공주의 혼인 생활이 행복했다면 감히 만날 생각을 하지 못했을 것이다. 그러나 혼인 생활이 순탄치 않다는 것을 안 이상 그냥 돌아갈 수 없었다. 무진이 얼마나 아끼던 분인데 감히 이런 대우를 하나 싶어 피눈물이 쏟아졌었다. 어릴 적 서로를 아끼던 세아와 무진의 모습이 얼마나 아름다웠었는지 기억하기에 외면할 수 없었다.

천수는 다시 눈을 뜨고 세아를 올려다보았다. 그녀의 눈은 분노와 혼란으로 어지러웠다. 자신이 알고 있는 공주의 성정으로 미루어 여차하면 순식간에 칼을 휘두르고도 남으리라. 이젠 믿지 않아도 어쩔 수 없고 칼을 휘둘러도 어쩔 수 없다. 천수는 모든 것을 내려놓은 듯 초연한 얼굴로 입을 열었다.

"처음에는 저희도 그리 믿었습니다. 마마와 도련님이 한날한시에 한자리에서 돌아가셨다고 말입니다. 그래서 도련님 가시는 길이 그나마 행복하셨을 거라고…… 그리 믿었습니다. 비열흘에 도착해 시신 없는 장례도 치렀습니다."

밖을 향해 당장 이자를 끌어내라고 소리쳐야 했지만 세아는 입이 떨어지지 않았다. 너무도 초연한 녀석의 얼굴이 오히려 두렵다. 더 이상 듣고 싶지 않은데 천수의 입은 멈추지 않는다.

"비열흘은 비록 척박하지만 아주 못 살 곳도 아니어서 반년이 지나고 한 해가 되면서 저희들 살림도 어느 정도 자리를 잡아갔습니다. 그러던 어느 날 소인이 비진족 마을에 갈 일이 있었는데 그곳에서 우연히 도련님을 보았습니다."

목에 닿은 칼끝이 바르르 떨렸다. 천수의 목소리도 떨렸다.

"전에 없던 칼자국이 얼굴에 길게 그어져 있어 긴가민가했지만 왼쪽 눈을 가린 검은 안대와 유달리 검푸르던 눈을 본 순간 도련님이라는 것을 확실히 알아보았습니다."

"안대를 하고 눈이 검푸르다고 하여 어찌 무진이라 확신하느냐!"

"제가 어찌 도련님을 몰라보겠습니까? 제 아버님이 어찌 도련님을 잘못 보겠습니까? 저희 식솔들이 여럿 확인했습니다. 하나같이 모두 도련님이라고 확신했습니다."

세아는 떨어지려는 칼을 다시 고쳐 잡았다. 입술을 깨물고 눈을 부릅떴지만 떨려오는 몸을 주체할 수가 없다. 천수가 왜 이토록 고약한 거짓말을 할까? 무얼 잘못 보고 와서 이토록 사람을 놀래키는가 싶어 화가 났다.

"네 이놈……."

그러나 세아의 떨리는 입술에서는 더 이상 말이 나오지 않았다. 천수의 담담하고 초연한 눈이 전하는 진실 앞에 그녀는 더 이상 버틸 힘이 없었다. 천수가 다시 쐐기를 박듯 말했다.

"믿기지 않겠지만 사실입니다."

세아는 두어 걸음 뒤로 물러나다 의자에 주저앉았다. 믿을 수 없는 사실 앞에 잠시 의식이 달아난 듯 아무 생각이 나지 않았다. 코를 찌르던 피비린내가 울컥 치받아 속이 울렁거렸다.

무진이 살아 있다고?

눈물이 핑글 돌았다. 그리고 저도 모르는 사이 볼을 타고 눈물이 주르륵 흘러내렸다. 너무 기뻐도 눈물이 나는 모양이다. 세아는 주체할 수 없이 흐르는 눈물을 닦아내고 물었다.

"그래, 다른 상한 곳은 없더냐?"

한쪽 눈을 잃어버린 것처럼 다시 신체의 어느 한곳을 잃어버린 것은 아닐까 더럭 겁이 난다.

"예, 아주 건강해 보였습니다."

다행이다, 정말.

그제야 격해졌던 마음이 조금씩 가라앉았다. 좀 더 자세한 얘기를 듣고 싶었다. 그가 어떻게 살아남았고, 지금은 또 어찌 살고 있는지. 그러나 천수는 세아의 다그침에도 좀처럼 입을 열지 못했다. 지금껏 한 말이 모두 거짓이냐고 소리라도 치려는데 그제야 입을 열었다.

"하온데…… 하온데 도련님께서 소인들을 알아보지 못하셨습니다."

"그게 무슨 소리냐? 무진이 분명하다고 하지 않았느냐!"

"도련님은 분명하지만 본인이 본인임을 알지 못합니다."

이건 또 무슨 소린가?

"옛일을 모두 잊어버리셨습니다. 제가 도련님은 비진족이 아니라 무한국인이라고 하자 제 목에 칼까지 들이대던걸요."

"스스로를 부정하더란 말이냐?"

"그것이 아니오라 진심으로 아무것도 기억하지 못하시는 듯했습니다."

무진은 자신이 무엇을 하던 사람인지, 어째서 그토록 험한 얼굴을 가지게 되었는지도 기억하지 못했다. 다만 비진족이 알려준 사실만을 진실로 믿고 있었다.

비진족들에 의해 알려진 그의 과거는 이러했다.

그는 안도국인의 피가 섞인 비진족이며 아주 어릴 적 무한국 장수의 노예로 끌려갔었다고 한다. 그리고 십여 년 만에 시체 같은 몸으로 다시 비열흘에 버려졌다고 했다. 죽은 그를 거두어 다시 살린 것은 비진족이었다. 때문에 그는 무한국인에 대한 증오심이 대단했으며 천수의 말은 아예 귀담아들으려 하지도 않았다고 한다.

처음은 무진이 아닌 듯하지만 뒤에 이어지는 이야기는 무진일 가능성이 다분하다. 아니, 직감적으로 무진이라는 것이 느껴진다. 모두들 죽은 줄 알았지만 사실은 목숨이 붙어 있었던 무진을 누군가 비열흘로 피신시켰는지도 모른다. 다행히 그는 살아났지만 심한 부상의 후유증으로 기억을 잃은 것이다.

　거기까지 생각을 정리한 세아는 호흡을 가다듬었다. 도무지 믿을 수 없지만 믿지 않을 수 없는 사실이다. 가슴이 오소소 떨린다.

　"비진족은 저희들이 도련님께 접근하는 것을 막았습니다. 더 이상 혼란을 주지 말라고 경고하더군요. 그리고 얼마 지나지 않아 느슨하던 무한국의 변방 정책이 복잡해지면서 그들과 더욱 멀어졌습니다. 무한국인과 비진족이 전쟁이 터지기 일촉즉발의 순간까지 치닫는 것을 보며 다시 도련님을 만나 설득하려 했지만 두 번 다시 만날 수조차 없었습니다. 그래서 마마를 뵙고 의논이라도 해볼 요량으로 찾아왔는데……."

　대연에 번져 있는 왕자에 대한 소문이 너무도 기가 막혀 차라리 비열흘로 함께 가자는 말을 꺼내게 된 것이다. 비록 도망친 처지였지만 유천 장군이 나누어 준 재물만으로도 비열흘에서라면 이곳 못지않게 공주를 모실 형편은 되었다. 사내일 수 없는 사내와 이름뿐인 혼인 관계를 맺고 이렇게 버림받고 사느니 차라리 비열흘로 가는 것이 좋지 않을까 하는 아주 단순한 충심이었다. 그리고 또 한 가지, 세아 공주라면 무진의 잃어버린 기억을 되돌려주지 않을까 하는 기대감 때문이다. 모든 것을 다 잊어도 세아만은 결코 잊지 않을 무진임을 천수는 안다.

무진이 살아 있다.

그 생각을 되뇔 때마다 머릿속이 하얗게 바래지는 것 같다. 그것은 벅찬 감격 같기도 하고 감당할 수 없는 혼란 같기도 하다.

이제 어쩌지?

그 생각을 하다 세아는 화들짝 놀라 고개를 들었다. 당장 비열흘로 달려가 살아 있는 무진을 확인하는 것이 당연한 일인데 몸도 마음도 무겁기만 하다.

그의 생존을 확인한다면 그다음엔 정말 어쩌나? 아무것도 기억 못하는 무진을 만나 나는 너에게 무엇이었다고 얘기해야 하나?

순간 가슴이 콱 막힌다. 무진이 그다지도 바라던 그녀는 이제 이 세상에 없다. 이미 다른 이와 살을 섞고 다른 이에게 온 마음을 주어버린, 그래서 다른 것에는 눈을 돌릴 수도 없는 바보가 된 여자만 있을 뿐이다. 이 모습을, 이 상황을 무진에게 어떻게 보여주며 설명할 수 있을까?

망연히 바라보는 연지 위에 차가운 달이 떠 있다. 며칠째 세아는 이렇게 잠을 이루지 못한 채 연지를 서성이고 있다.

세아는 사흘 만에 다시 천수를 불렀다.

"불편한 것은 없었느냐?"

"예."

간결히 대답한 천수는 불안한 눈으로 세아를 바라보았다. 불편은커녕 분에 넘치는 대우를 받으며 사흘을 보냈다. 자신을 대하는 그들의 태도로 보아 이곳 소천궁에서의 세아의 지위는 결코 가볍지 않아 보였다. 그러나 경계만은 무서울 정도로 철저했다. 가벼운 산책은 물론 뒷간까지 따라다닐 정도니 도무지 답답하여 숨통이 막힐 지경이었다. 이런 곳을 어찌 빠져나갈 수 있을까 싶다. 더구나 비열흘까지는 멀고도 먼 길이니. 그러나 세아가 원하기만 한다면 못할 것도 없다. 무슨 수를 써서든…….

불끈 쥐어지는 천수의 주먹을 보며 세아는 힘겹게 입을 열었다.

"그만…… 돌아가거라."

함께 가자가 아니라 그만 돌아가라고 말했다. 천수는 저도 모르게 발끈한 눈으로 세아를 올려다보았다. 입장이 바뀌어 무진이었으면 세아가 있는 그곳이 지옥이었어도 뛰어들었을 것이다. 이렇게 사흘씩이나 시간을 끌며 고민하지도 않았을 것이다. 무얼 기대했던가? 언제나 무진에게는 냉정하기만 하던 공주였던 걸.

"소인이…… 잘못 찾아온 것입니까?"

잘못 찾아온 것은 아니다. 다만 조금 늦은 것뿐이다. 그래서 아프고 힘이 든다.

"돌아가면 놓치지 말고 무진일 살펴라. 비진족을 자극하지 않는 범위 내에서 철저히 지켜라."

그런 말은 하지 않아도 될 것이다. 아버지에게나 자신에게나 무진은 주인 그 이상이니까. 지금 그가 듣고 싶은 말은 그런 것이 아니다.

"대답해 주십시오. 제가 정녕 잘못 찾아온 것입니까?"

천수는 기어이 대답을 들어야겠다는 듯 다시 물었다. 잘못 찾아왔다 한마디만 해준다면 깨끗이 돌아설 것이다. 구차하게 매달리지도 않을 것이다. 무진이 세아에게 성가신 존재가 되어 외면받는 것은 너무 슬픈 일이니까. 무진이 너무 가여우니까.

그러나 세아는 끝내 아무 대답을 하지 않았다.

천수가 떠나고 그날 밤, 연지를 거닐던 세아가 왜 그토록 서럽게 울었는지 그 이유를 짐작하는 사람은 아무도 없었다.

4

세아는 아소왕후의 부름을 받고 대화궁으로 향했다. 어느새 봄이 완연해지고 있는 날씨라 더 이상 몸이 좋지 않다는 핑계도 댈수 없었고 피할 도리도 없었다. 미월과 우치가 그 길을 동행했다. 마중을 나온 시녀는 곧장 녹영전으로 그들을 안내했다. 왕후의 집무실이 가까워지자 날카로운 눈빛의 무사가 앞을 가로막았다. 지난번 왕후의 전갈을 들고 소천궁으로 찾아왔던 바로 그자다. 그는 우치의 몸을 가볍게 수색하고 차고 있던 칼을 달라고 했다. 가벼운 실랑이가 있었지만 우치는 결국 그에게 칼을 건넸다.

다시 보아도 아소왕후는 아름답다. 지난번 보았을 때보다 오히려 더 젊어지기까지 했다. 세아는 심호흡을 하고 고개를 깊이 숙였다.

"그간 강녕하셨습니까, 왕후마마."

"난 언제나 잘 지내오만, 공주는 건강이 좋지 않다 들었는데 좀 어떻소?"

"날도 따듯해졌고 심려해 주신 덕분에 이젠 다 나았습니다."

"다행이로군요. 하긴, 이곳 날씨가 공주에겐 좀 매섭긴 할 게요."

"매서운 것이 어디 날씨뿐인가요. 제겐 모든 것이……."

무언가를 쏟아내려던 공주는 그러나 마른침만 꿀꺽 삼킬 뿐 더이상 말을 잇지 못했다. 화친을 위한 혼인이라고 하지만 결국은 무한국으로부터 버림받은 것이고, 그렇게 찾아온 안도국에서조차 이렇게 철저히 버림받았으니 제 처지가 얼마나 서러울까? 어느 곳하나 하소연할 곳이 없고, 들어줄 이도 없으니 그 마음이 오죽 답답할까 싶다.

그러나 어쩌겠는가. 평범하게 태어나지 못한 죄인 걸.

아소왕후는 공주의 처지에 고소를 금치 못하면서도 측은한 마음이 들었다. 눈엣가시 같던 유강마저 사라져 버린 마당에 그녀에게 가시 돋친 마음을 가질 이유가 없었다. 아소왕후는 한껏 따듯한 눈으로 세아를 내려다보았다.

긴 시간 대화궁에 머물렀지만 경왕의 모습은 끝내 볼 수 없었다. 드러내 보이지 못할 만큼 병세가 악화된 것이 분명했다. 잠깐 만난 태자의 모습이 몹시도 불안해 보인 것도 그와 연관 있으리라 짐작되었다. 머잖아 경왕의 죽음과 새 왕의 등극을 맞게 될 것이다. 그러면 유강은……?

그제야 세아는 아소왕후의 따듯한 환대 속에 숨겨진 속내를 짐작할 수 있었다.

유강이 버린 무한국 공주를 자신이 끌어안는 모습을 백성들에게 보이기 위함이리라. 어쨌든 그녀는 화친의 제물이고 화친이 깨트러지는 순간 가장 피해를 볼 사람들은 힘없는 백성들일 테니 말이다. 백성들은 여전히 전쟁의 두려움에 시달리고 있다.

그리고 또 다른 이유는 유강이 다시는 대연에 발을 들여놓지 못하도록 그 싹을 자르려는 의도 같았다. 호기심 가득한 눈으로 조심스럽게 던지는 질문이 그것을 짐작케 했다.

"소천궁을 떠나는 것이 어떻소? 어차피 그곳은 공주껜 이제 더 이상 아름다운 추억의 장소가 되어주지 못할 곳이니."

유강을 떠나라는 말이다. 왕자비의 이름을 버리는 것이 어떻겠느냐는 말이었다. 대신 또 다른 이름으로 안도국에 정착할 수 있도록 도와주겠다고 했다. 왕실의 누군가와 새로운 혼인을 시켜주겠다는 뜻 같았다. 너무도 어이없는 제안에 세아는 뜨악했지만 표를 내진 않았다. 세아는 아소왕후가 보는 앞에서 오래오래 고심했다. 그리고 드디어 대답했다.

"생각해 보겠습니다."

왕후의 입가에 웃음이 지어지는 것을 보며 세아는 녹영전을 나왔다. 미월과 우치가 초조한 얼굴로 기다리고 있었다. 입술들이 바짝 마른 걸 보니 어지간히 마음을 졸인 모양이다.

"가세."

"괜찮으십니까, 공주마마?"

"따뜻한 환대를 받고 좋은 차도 마시고, 그리했네."

은근한 장난기까지 머금은 채 돌아서던 세아의 몸이 일순 굳었다.

"왜 그러십니까?"

귓전에 다가와 묻는 미월의 목소리가 잘 들리지 않았다. 세아의 눈은 무사들에 둘러싸여 녹영전으로 들어서는 한 사내에게 꽂혀 있었다. 머리에 천을 두르고 얼굴을 가리려 목을 움츠리고 옷깃까지 바짝 올린 채 걷고 있지만 이국적인 얼굴을 온전히 감추지는 못했다. 삐죽 비어져 나온 귀밑머리와 덥수룩한 수염이 붉은빛을 띠고 있다. 그리고 검푸른 눈이 번들거리며 주위를 살피고 있었다. 사내의 눈이 자신 쪽으로 향하자 세아는 재빨리 고개를 돌려버렸다.

붉은 수염과 붉은 머리칼, 검푸른 눈을 번들거리며 금전을 요구하던 평원의 왈짜패 두목 육손이다. 무사들과 사내가 왕후의 집무실로 들어가는 것이 보였다. 세아는 미월과 우치를 다그쳐 재빨리 녹영전을 빠져나왔다.

그자가 어떻게 대연에 나타났는지, 그리고 어째서 아소왕후를 찾았는지 생각하던 세아는 순간 머리가 아찔해졌다. 유강과 비진족 간의 비밀스러운 접촉이 아소왕후의 귀에 들어가는 것은 아닐까 하는 불안 때문이다.

"아소왕후가 비진족과 연계를 맺고 있는 것은 아니냐?"

우치는 단호히 고개를 흔들었다.

"절대 그럴 일 없습니다. 소인이 알기로는……."

"아니다. 다시 알아보아라. 아까 녹영전 앞에서 본 그자는 지난번 평원에서도 보았던 자였다."

"평원에서라니요?"

"날 납치해 갔던 자들 말이다. 왕후의 집무실로 들어가던 자가 바로 그 패거리의 두목 육손이란 자였다."

우치의 얼굴이 딱딱하게 굳었다. 비진족과 왕후 사이에 모종의 연계가 있었다면 유강이 모를 리 없다. 그만큼 철두철미하게 지켜보았고 조심했던 일이다. 그래서 절대 아닐 거라 믿지만 만에 하나 공주가 본 것이 사실이라면 그때는 모든 것이 끝이다.

"알아보겠습니다."

다급히 나간 우치가 다시 돌아온 것은 저녁 무렵이었다.

"장사치랍니다. 안도국은 물론 무한국과 진국까지 오르내리는 자랍니다. 아주 오래전부터 아소왕후에게 진상품을 올리고 그 대가로 많은 혜택을 누리며 이득을 취하던 자랍니다."

우치의 말이 모두 사실이라 해도 무언가 미심쩍은 구석이 있다. 평원에서 접했던 그들의 모습으로 미루어보아 장사 이외의 다른 목적도 분명 있을 것이다.

"이번에도 왕후가 특별히 부탁한 물건이 있어 그걸 전하러 왔다고 하더군요."

"혹시 왕후 곁에 우리 쪽 사람이 있는 것이냐?"

우치가 전해주는 말이 너무 상세하여 묻는 말이다. 잠깐 망설이던 우치가 고개를 끄덕였다.

"하오나 누군지는 소인도 모릅니다. 워낙 여러 다리를 거쳐서

오는지라."

전하는 말이 누구에게로 가는지, 전해 듣는 그 말이 누구에게서 온 것인지 알지 못한다는 것이다. 다만 서로 말을 전하고 전해 듣는 두 사람은 철저한 믿음으로 묶여 있다고 했다. 새삼 느끼는 거지만 유강의 치밀함에 무서움이 일 지경이다.

"어쨌든 그자의 일은 왕자님께 알리는 것이 옳지 않겠느냐?"

"예. 소인이 보고하겠습니다."

우치가 더 보고할 일은 없는지 물었지만 세아는 고개만 저을 뿐 아무 말을 하지 않았다. 아소왕후와는 그저 차만 마셨을 뿐 별이야기가 없었다고 말했다. 그리고 비열흘에서 찾아왔던 천수에 대해서도, 연지에서 서럽게 울었던 그 밤에 대해서도 모른 척해 달라고 부탁했다. 미월과 나누었던 대화는 두 사람의 비밀로 철저히 묻기로 했으니 우치에게는 말할 필요도 없었다. 그러나 우치는 공주의 일에 관한 한 발걸음 한 번 내딛는 것까지 빠트리지 말고 보고하라는 명을 받은지라 당장 그러마고 대답할 수가 없었다.

"괜한 걱정을 하실까 염려되어 그런다. 난 이미 그날의 일을 모두 잊었으니 너도 신경 쓸 필요 없다."

그날, 세아가 연지에서 눈물을 쏟던 날, 우치는 쏟아지는 달빛 아래에서 그 모습을 고스란히 지켜보았었다. 그것은 제 속에서 이는 고통과 슬픔을 차마 감당하지 못해 쏟아내던 눈물이었다. 무엇이 공주를 저토록 고통스럽게 하는지, 슬프게 하는지 감히 물을 수가 없어 다가가지도 못하고 돌아서지도 못한 채 그 또한 달빛을 삼켰었다. 그러면서 저도 모르게 공주의 고통에 동조되었던 것 같다. 무언지 모르지만 공주의 슬픔에 마음이 아팠다. 그 고통을 덜어주고 싶었다.

우치는 그날의 일을 떠올리며 세아에게 고개를 끄덕였다. 처음으로 유강의 명을 어기는 것이다.

아소왕후는 붉은 수염의 사내를 노려보았다. 새로운 납만이 필요하여 근홍을 불렀더니 두 번 다시 맞닥뜨리고 싶지 않았던 얼굴이 눈앞에 나타났다. 그동안 근홍에게 납만을 제공했던 자가 바로 그라고 했다. 아소왕후는 시녀들은 물론 그림자처럼 따라다니던 주원마저 내보내고 다시 그를 마주하였다. 그러쥔 주먹이 소매 안에서 떨렸다.

"다시는…… 보지 말자 하지 않았느냐!"

그 조건으로 잠깐 권력이 휘청거렸을 만큼의 엄청난 금전이 건네졌었다. 그만큼을 주고서라도 두 번 다시 대면하지 않기를 바랐던 자다. 초조한 아소왕후에 비해 그는 버릇없다 싶을 만큼 느긋한 음성으로 대답했다.

"뜻대로 흘러주지 않는 것이 인생사 아니던가요? 이렇게 다시 돌아온 것 또한 제 뜻이 아니란 말입니다."

그는 비진족들 사이에서는 더 이상 자신이 설 곳이 없다고 했다. 제 동족에게 내몰림을 당할 만큼 큰 죄를 지은 모양이다. 하긴, 금전을 위해서라면 물불을 가리지 않고 뛰어드는 자이니 무슨 짓인들 저지르지 않았을까.

"마마께서 거두어만 주신다면 소인 남은 생, 충심을 다해 모시겠습니다."

"난 너의 충심 따위 필요치 않다!"

단호한 말에 사내의 얼굴이 일순 굳었다. 비진족을 떠나 더 이상 도망갈 곳 없는 막다른 골목에 몰렸을 때 떠오른 사람이 아소왕후였다. 그녀를 찾아가면 달가워하지는 않겠지만 적어도 자신을 내치지는 못하리라 생각했었다. 그런데 왕후는 단번에 그를 거부했다.

이제 더 이상 더러운 손은 필요 없다는 뜻인가?

그는 검푸른 눈을 번득이며 들릴 듯 말 듯 속삭였다.

"소인이 바툴이라는 이름을 버리고 육손이란 이름으로 살아온 지 벌써 스물한 해가 되었습니다. 비록 나이는 먹고 기억은 가물해졌지만 그 힘과 실력만은 고스란히 가지고 있으니 한번 곁에 두어보시지요. 살다 보면 때론 소인 같은 놈이 필요할 때가 많을 것입니다. 그때처럼 말이지요."

녹영전을 빠져나오는 그의 입가에 기괴한 미소가 번졌다.

아소왕후는 육손이 사라져 간 문을 뚫어져라 노려보았다. 붉은 수염 사이에서 기괴하게 번지던 미소가 떠오르자 목덜미가 서늘해진다.

그때 죽여 버렸어야 했던 것을!

움켜쥔 주먹에서 피가 터질 듯하다.

"주원이 게 있느냐!"

안을 주시하고 있던 주원이 급히 들어왔다.

"방금 나간 자를 주시해라. 한시도 놓쳐서는 안 될 것이다."

"무엇 하는 자입니까?"

"알 필요 없다. 넌 그저 그자만 쫓으면 될 것이다!"

왕후는 전에 없이 날카로워져 있었다. 주원에게만 유일하게 보여주던 따뜻한 눈빛마저 순식간에 사라지고 없다. 그녀의 얼굴에서는 왠지 모를 불안까지 느껴진다. 싸늘하다 못해 투명해 보이는 얼굴과 꽉 깨문 입술, 그리고 가늘게 떨리던 눈을 살피던 주원은 말없이 고개를 숙이고 그곳을 나왔다. 그는 날래고 칼 잘 쓰는 호위무사를 지목해 방금 나간 자를 쫓으라고 명했다. 공주가 있는 소천궁에서도 그에 대해 물어왔었다. 이쪽저쪽에서 모두 신경을 쓰고 있는 걸 보면 분명 무언가 있는 자다.

명을 받은 호위가 사라지는 것을 보고 돌아서던 그는 문득 걸음을 멈췄다. 불안해하던 왕후의 얼굴이 떠오르자 당장 뒤를 쫓아 베어버리고 싶은 욕망이 인다. 베어버리고 나면 어느 쪽도 더 이상 그자에 대해 신경 쓸 일은 없을 것이다. 왕후의 불안도 사라지겠지?

그러나 주원은 걸음을 옮기는 대신 칼을 그러쥐었다. 입술을 깨물고 주먹을 그러쥐었다. 왕후로 인해 아린 마음도 그러쥐었다.

며칠 후, 주원은 아소왕후에게 그동안 알아본 육손이에 대한 보고를 올렸다. 육손이는 이미 근홍이의 상단에 둥지를 틀고 들어앉아 상단 일에 관여하고 있다고 했다. 더욱 놀라운 것은 근홍이 상단이 가진 자본의 상당 부분이 육손이에게서 건너온 것이라는 사실이다. 아소왕후는 경악했다. 완전히 연을 끊어버리고 싶었던 아소왕후에 비해 육손이는 그녀가 건넨 금전으로 그녀를 옥죌 끈을 이어가고 있었던 것이다.

참으로 교활한 자가 아닌가!

지금껏 자신이 거래했던 모든 기록이 그에게 건네졌을 공산이 크다. 이젠 피할 수도 외면할 수도 없게 되었다.

"어찌 처리할까요?"

당장 목을 베어버리라 명을 내리고 싶지만 쉽게 결정할 수가 없다. 그토록 교활한 자가 그만한 대책 없이 자신을 찾아왔을 리가 없다. 섣불리 건드릴 수 있는 자가 아니란 생각이 든다.

"당분간 지켜보아라. 어떤 자와 접촉하는지도 살펴야 할 것이다."

그자가 입을 잘못 놀리는 날에는 20년 공든 탑이 순식간에 무너질 수가 있다.

유강이 화첩 한 권을 보내왔다.

그림 속에는 아름다운 연지가 있었고, 쏟아지는 달빛이 있었고, 여자가 있었다. 그 여자를 훔쳐보는 남자도 있었다. 연지는 아름다웠고, 달빛은 오묘했고, 여자는 슬퍼 보였다. 그 여자를 훔쳐보는 남자는 화가 난 걸까? 어둠보다 더 어두운 눈으로 여자를 응시하고 있다. 연지에는 물안개가 피어오르고 여자의 눈물을 따라 파문이 인다. 그렇게 안개가 피어오르듯 파문이 일 듯 저도 모르는 사이 여자가 제 속으로 들어와 버렸다고, 거부할 수도 외면할 수도 없었다고, 고뇌하는 남자의 얼굴이 그렇게 말하는 것 같다. 너무도 적나라한 그 고뇌를 들여다보던 세아의 눈에서 눈물이 떨어졌다. 그러나 그것은 그림에는 흔적조차 남기지 않을 단 한 방울, 그래서 누구도 눈치채지 못할 눈물이었다.

유강이 군사를 이끌고 대연으로 들어오기 전, 세아는 소천궁을 빠져나가기로 약속되었다. 유강은 이미 모든 준비가 끝났고 때를 가늠하고 있다고 했다. 조심하라, 건강하라 전하는 서찰 속에 애틋함이 묻어났다.

세아는 서찰을 고이 접어 가슴에 품고 화첩은 머리맡에 두었다. 이렇게 잠들면 꿈속에서나마 만날 수 있지 않을까 싶어서다. 언젠가 효진을 대하는 모습을 보고 참으로 모진 구석이 있는 사람이다 생각한 적이 있는데 그 생각이 하나도 틀리지 않았다. 소천궁을 떠난 지 한 달이나 지나서야 이렇게 마음을 전해주다니, 그러나 그런 모짐이 있어 다행이기도 하다. 어떤 일이 생기더라도 쉬이 무너지거나 흐트러지지 않을 사람일 테니…….

아소왕후는 육손이로부터 건네받은 납만 가루를 미음에 섞었다. 그동안은 전의들조차 눈치채지 못할 정도의 극소량만을 사용해 왔었는데 이번에는 미음에 들어가는 양이 느닷없이 많아졌다. 새삼스럽게 되살아나던 경왕의 눈빛을 발견한 그 순간부터 내내 느껴왔던 불안 때문이다. 수년간 계속되어 왔던 이 행위에 대해, 그로 인한 양심의 가책으로부터 그만 해방되고 싶다는 생각이 그녀의 마음을 조급하게 했다.

입술을 벌리고 미음을 밀어 넣는 동안 경왕은 간간이 이를 악무는 듯한 표정을 지었지만 실질적인 행동이 되어 나오지는 못했다. 양심의 가책까지는 아니어도 그런 모습을 바라보는 아소왕후의 마음이 편할 리 없다. 그녀는 이맛살을 찌푸렸다. 납만 가루 가득한 이 미음을 먹고 경왕이 얼른 잠들기를 바란다. 그리고 두 번 다시 눈을 뜨지 않기를 빈다.

경왕의 침실을 나오던 아소왕후는 문에 부딪힐 듯 다가와 있는 주원의 모습에 깜짝 놀랐다. 그녀는 당황과 의구심이 가득한 눈으로 주원을 노려보았다.

"무슨 짓이냐!"

훔쳐보기라도 한 건가?

그러나 그런 것을 채 파악하기도 전에 그녀의 몸이 주원의 가슴으로 빨려 들어갔다.

"어디 계신지 몰라 한참 찾았습니다."

더운 가슴에서 심장의 떨림이 전해져 오자 날카로워졌던 아소왕후의 눈빛이 순식간에 풀어졌다.

"어찌……?"

"이틀이나 뵙지 못했습니다."

마치 투정처럼 들리는 그 말에 아소왕후는 웃음을 지었다. 얼마 전, 싫다는 주원에게 기어이 궁궐 수비대장의 직책을 맡겼었다. 이제 자신의 호위는 물론 궁궐 수비까지 온전히 주원의 손으로 넘긴 것이다. 주원이라면 어떤 상황에서도 이 궁궐과 자신을 지켜줄 사람으로 여겨졌기 때문이다.

"처음이라 바쁜 것이다. 익숙해지면……."

주원은 말을 듣지 않은 채 그녀를 품고 침실로 향했다. 왕후를 그림자처럼 따라다니던 늙은 시녀가 엄한 눈으로 노려보았지만 상관하지 않았다. 누가 보든 어떤 소리가 들리든 그런 것들 때문에 조심할 마음의 여유가 없었다.

잠깐 흥분을 느낄 시간도 없이 주원은 아소를 안고 침상으로 쓰러졌고 다소 거칠다 싶을 만큼 다급한 손길로 그녀를 더듬었다. 예전 같았으면 분명 화가 났을 일이지만 아소왕후는 오히려 달래듯 주원의 등을 쓸었다.

원치 않는 직책을 맡겨 자신에게서 떨어트려 놓은 것이 속이 상했던 모양이다. 왕후의 힘을 빌려 권력도 가지고 부도 취할 법하건만 주원은 여전히 그녀만을 원한다. 그래서 이 어린 사랑 앞에서는 뾰족함조차 더 이상 뾰족함이 될 수 없고, 날을 세우던 권력에의 집착조차 잠시 잊게 된다.

"화가 난 것이냐?"

아소의 물음에 주원은 아무 대답을 않은 채 그녀의 가슴을 베어 물었다.

화가 난다. 유강의 경고를 무시한 채 아소왕후에게 정신없이 빠져 버린 스스로에 대해, 사랑하는 여인을 끊임없이 감시하고 궁지로 몰아넣어야 하는 거부할 수 없는 제 운명에 대해 견딜 수 없이 화가 난다.

"함께 멀리…… 떠나면 안 되겠습니까?"

주원은 아소왕후의 목덜미에 얼굴을 묻은 채 물었다. 그렇게만 된다면 더 이상 그녀를 감시할 일도, 유강을 배신할 일도 생기지 않을 것이다. 자신의 의지로는 도무지 막아지지 않는 사랑과 자신의 사고로는 도무지 깨트려지지 않는 충심 사이에서 그는 더 이상 버틸 자신이 없다.

왕후는 알았다는 듯 다시 그의 등을 다독였다.

"그래, 그러자꾸나. 태자가 보위에 오르면 잠시 이곳을 떠나 있자꾸나."

따듯한 남쪽이든, 인적 드문 북쪽이든, 그것도 아니면 서쪽 끝 어디쯤 바다가 보이는 곳에라도 가서 오로지 둘만이 존재하는 세상처럼 아무 거리낌 없이 양껏 사랑을 나누어보자. 미움도 버리고 욕심도 버리고.

아소왕후는 모진 기운을 놓아버리는 제 마음이 왠지 불편했지만 아주 싫지도 않았다. 한때는 자신도 이렇게 순수하고 열정적으로 사랑만을 갈구하던 때가 있었다. 그것이 얼마나 어리석고 바보스러운 짓인지를 깨달아 버린 것은 행운이었을까, 불운이었을까? 그것이 무엇이었든 주원은 알아채지 못했으면 좋겠다. 아소는 자신이 진심으로 주원을 사랑하고 있다는 생각이 들었다.

등을 쓰다듬는 왕후의 따듯한 손길을 느끼며 주원은 눈을 감아 버렸다. 머지않아 감당할 수 없는 폭풍우가 몰아칠 것이다. 그때 자신은 무엇을 선택하고 어떤 행동을 해야 할까? 알 수가 없다. 이 지독하고 무서운…… 가엾은 이 여자를 어찌해야 할지.

상단을 이끌고 먼 길을 떠난다던 육손이 일행이 대연을 채 벗어나지도 못하고 다시 돌아왔다고 했다. 장삿길을 나선다기에 눈에 보이지 않으면 마음이라도 편할 것 같아 쉽게 허락했던 것인데 어째서 다시 돌아왔을까? 타국과의 무역은 나라에서 허가받은 장사치들만 나설 수 있는 귀한 기회일 텐데 말이다. 육손이의 소식을 듣고 온 호위가 궁금증을 풀어주었다.

"지장산 기슭에 비적들이 들끓어 장삿길을 나설 수 없으니 속히 조치를 취해달라는 호소가 빗발치고 있습니다."

"비적이라니? 느닷없이 그게 무슨 소리냐?"

근년에 들어 한 번도 비적이 나타났다는 소리를 듣지 못했다. 전쟁이 있어 어수선한 것도 아니고, 가뭄이나 홍수 같은 천재지변이 있었던 것도 아닌데 어째서 비적이 생겼다는 말인가?

"당장 병부대신을 들라 일러라. 아니다, 대전회의를 열어야겠다. 속히 대신들을 불러들여라!"

일이 이 지경이 되도록 무얼 하고 있었더란 말인가!

발끈 화를 내며 녹영전을 나서는 아소왕후의 낯빛이 어둡다. 유강이 대연을 떠나고 마음이 풀어졌었다. 주원과의 사랑놀음에 빠져 잠시 정사를 잊고 있었다. 경왕이 여전히 숨을 쉬고 있고 유강 또한 완벽히 사라진 것이 아닌데 말이다.

병부에서도 비적 떼의 실체에 대해서 알지 못했다. 어디서 왔는지, 어떤 불만을 품은 자들인지, 그 세력이 어느 정도인지조차 파악하지 못한 상태였다. 어느 날 갑자기 나타난 비적 떼가 대연으로 들어오는 제1관문인 지장산을 장악하는 바람에 수도 외곽의 다른 성들과 연락마저 두절된 상태라고 했다. 그대로 두었다가는 대연 전체가 독 안에 든 생쥐 꼴이 되고 만다. 당장 군사를 보내

토벌을 해야 하지만 마땅히 조직할 군사가 없다는 것이 문제였다.

외곽 지방에서 군사를 불러들일 수 없으니 결국은 도성수비대를 움직일 수밖에 없는데 그리되면 대연이 무방비 상태가 된다. 저자의 빈민들을 중심으로 여전히 남아 있는 유강의 추종 세력들과 유강에게 여전한 미련을 가진 몇몇 왕실과 또 몇몇 귀족들을 어떻게 통제할 것인가? 그런 부담까지 안고 도성수비대나 자신의 친위부대인 무위대를 토벌군으로 보낼 수는 없다. 그렇다면 방법은 단 하나, 귀족들이 암암리에 거느리고 있는 사병들을 차출하는 수밖에 없는데 과연 누가 먼저 나서줄 것인가가 문제였다.

아소왕후는 날카로운 눈으로 좌중을 훑어보았다. 다들 방법을 모를 리 없건만 어느 누구 하나 선뜻 나서는 자가 없다. 평시에는 간이라도 빼줄 듯이 아부를 하던 자들이 말이다. 자신을 위해 목숨 걸고 충성을 바칠 사람 하나 만들어두지 못했다는 사실이 새삼스럽게 쓸쓸하다. 강압적으로 사병을 차출할 수밖에 없겠다고 생각하며 고개를 들던 아소왕후의 눈에 탁자 끝에 앉은 적저군 서완평이 들어왔다.

그는 아소왕후마저도 함부로 대할 수 없을 만큼 왕실에서 확고한 위치를 차지하고 있지만 한 번도 제 목소리를 내는 법이 없는 사람이었다. 그렇게 있는 듯 없는 듯 조용하지만 그렇다고 쉽게 제 기를 꺾지도 않는 사람이다. 어린 유강이 성인이 될 때까지 버텨온 것도 그런 그의 고집과 힘이 있었기 때문이다. 그래서 아소왕후에게는 늘 눈엣가시 같은 사람이었다. 그런데 지금 이 순간 아소왕후는 그가 호랑이로부터 자신을 구해줄 동아줄처럼 느껴졌다. 단 한 번도 자신을 온전한 왕후로 생각해 주지 않았고 앞으로도 그럴 테지만, 태자인 태강조차 탐탁지 않게 여기고 있다는 것을 알지만 한 가지 분명한 것은 경왕과 안도국에 대한 충성심 하나만은 따를 자가 없다는 것이다.

팔짱을 낀 채 말없이 앉아 있던 적저군이 천천히 눈을 떴다. 그와 눈이 마주치는 순간 아소왕후는 기다렸다는 듯 입을 열었다.

"적저군께서는 어찌 생각하십니까? 토벌대를 꾸릴 마땅한 군사가 없으니, 도성수비대라도 보내야 할까요?"

적저군은 말없이 왕후를 바라보았다. 그리고 다시 좌중을 둘러보았다. 그는 아소왕후가 원하는 대답도 알고 있고 귀족들이 원하는 대답도 알고 있을 것이다. 그 모든 것들이 부담스럽다는 듯 그는 잠시 눈을 감았다가 다시 떴다. 그리고 깊은 심호흡과 함께 입을 열었다.

"적은 수지만 제 사병을 내어놓지요."

순식간에 좌중이 웅성서렸다. 그가 왜 이토록 쉽게 왕후의 뜻을 좇는가에 대해 의심의 눈초리를 보내는 이들도 있었고, 원망의 눈들도 있었다. 그는 그 눈들을 무시한 채 다시 한 번 단호히 말했다.

"비적 떼를 코앞에 두고 도성수비대를 토벌군으로 차출한다는 것은 말이 되지 않습니다."

아소왕후의 입가에 회심의 미소가 지어지고 있었다.

"나라에 변란이 있을 때 사병을 차출하는 것은 흔히 있어왔던 일입니다."

"하지만 지금은 전쟁이 난 것도 아니고 겨우 비적 떼가 출몰한 것뿐이지 않습니까!"

고요하던 귀족들 틈에서 들려온 소리다. 모두들 그 말에 동의한다는 듯 고개를 끄덕이며 웅성거렸다. 적저군은 소란이 가라앉길 기다렸다가 다시 말을 이었다.

"제가 알아본 바로는 비적의 수가 만만치 않습니다. 처음엔 그저 몇백으로 시작된 비적이 점점 불어 이미 수천이 넘었습니다. 삶이 워낙 팍팍하다 보니 선량한 백성들마저 비적 떼로 돌변하고 있는 실정입니다."

은근히 아소왕후의 실정을 비꼬는 듯한 말이었지만 지금은 그것을 따질 때가 아니다. 비적 떼를 토벌하는 것이 우선이었다. 아소왕후의 따가운 눈총을 받던 귀족 몇이 적저군의 뜻에 동조하고 나서자 모두들 어쩔 수 없이 따를 수밖에 없었다. 사병을 차출당하는 것은 둘째 치고 군량미와 군수품까지 차출당할 생각에 하나같이 속이 쓰리다. 좀처럼 나서는 법이 없던 적저군이 왜 갑자기 발 벗고 나서는지 알 수 없다는 듯 퀭한 눈으로 노려볼 뿐이다.

귀족들로부터 차출한 사병이 대연을 빠져나가고 나면 유강의 무혈입성도 가능할 것이라는 말을 들으며 세아는 연지를 내려다보고 있었다.

파릇한 연잎이 물속에서 돋아나고 있다. 저것이 자라 연지를 가득 뒤덮는 모습을 꼭 보고 싶었는데…….

저도 모르게 흘러나오는 한숨 소리에 우치가 걱정스러운 목소리로 물었다.

"안색이 어둡습니다. 불편한 곳이라도 있으신지요?"

"아니다. 괜찮아."

"왕자님이 그리우신 게지요?"

미월이 장난스러운 말을 건넸다. 세아는 답답한 마음을 감추며 웃어 보였다.

그래, 유강이 그립다. 이 그리움이 평생 자신의 삶을 뒤덮을 것 같아 숨을 쉴 수가 없다. 그러나 이미 돌이킬 수 없는 결정이고, 돌이키고 싶은 마음도 없다. 세아는 나약해지는 마음을 다잡듯 입술을 깨물었다.

무진이 살아 있다. 그 사랑을 잊을 수는 있어도 살아 있는 그를 외면할 수는 없다. 기억마저 잃어버린 채 척박한 비열흘에서 혼자 살아갈 그를 생각하면 지금의 이 짧은 망설임조차 사치 같고 바늘 방석에 앉은 듯 불편하다. 유상은 강한 사람이니까 괜찮을 것이다. 그에겐 꿈이 있고, 지켜야 할 것도 많으니 쉬이 무너지지도 않을 것이다. 자신의 존재가 유강에게 결코 도움이 되지 못한다는 것을 안 이상 더 이상 망설임은 필요 없다고 생각했다.

이것은 연지의 비밀을 알아버린 그날 이미 예견되었던 결정이다. 자신을 곁에 두는 대신 유강은 평생 어머니와 아우에 대한 죄책감을 끌어안고 살아갈 것이다. 그에게 그런 고통을 안겨주고 싶지 않았다. 무엇보다 세아 스스로가 당당하게 유강을 바라볼 자신이 없어져 버렸다. 그리고 이것이 올바른 결정이라는 데 확신을 준 이가 또 한 사람 있었다.

며칠 전, 적저군 서완평이 은밀하게 소천궁을 찾아왔었다. 그는 한눈에 보기에도 우직한 믿음이 느껴지는 사람이었다. 동시에 냉철한 차가움도 느껴졌다. 그는 말없이 차를 마시며 세아를 관찰했다. 차를 다 마실 즈음, 이윽고 그가 입을 열었다.

"이미 무한국에서 겪어보셨으니 묻겠습니다. 공주님께서는 왕권을 장악하기 위해 가장 먼저 내 편으로 만들어야 할 세력이 누구라고 생각하십니까?"

"그야…… 귀족들이겠지요."

인정하고 싶지 않지만 귀족들을 무시하고서는 어떤 일도 도모할 수 없는 곳이 무한국이었고, 안도국 또한 다르진 않으리라. 아버지 계륜왕은 귀족을 경계하여 백성을 편애했고 그들에게 힘을 실어주었지만 결정적인 순간, 그 백성들은 어떤 힘도 발휘하지 못했다. 귀족들의 힘은 무섭고도 잔인했다.

세아의 얼굴을 유심히 살피던 적저군이 다시 입을 열었다. 그의 말은 단호하고 직설적이었다.

"안도국 또한 귀족의 뜻을 외면하고서는 왕권을 장악하기 어려운 곳입니다. 유강 왕자님이 무사히 대연을 장악한다 하더라도 이민족 여인을 왕후로 받아들일 귀족은 단 한 명도 없을 것입니다. 저 또한 승산 없는 싸움에 목숨을 걸 뜻은 없습니다."

더 이상의 말은 필요 없었다. 이미 짐작했던 일이다. 무한국인을 아내로 두고서는 귀족들로부터 어떤 지지도 받아내기 힘들 것이라는 것을. 적저군의 도움 없이는 왕실의 지지 또한 받아내기 힘들다는 것을. 자신이 이대로 머문다면 유강은 아소왕후와의 싸움보다 더 지독하고 힘든 싸움을 벌이게 될 것이다. 무한국의 왕, 아버지 계륜왕처럼 피바람을 불러일으키든지 아니면 안도국의 왕인 경왕처럼 결국 저들에게 꺾이겠지. 그리고 자신은 또 다른 나혜왕후가 되어 이곳 소천궁에서 유강을 그리며 살아가게 될지도 모른다. 그런 삶은 결코 원하지 않는다. 유강을 위해서도 자신을 위해서도.

세아가 결정을 내리는 데는 오랜 시간이 걸리지 않았다. 세아는 말없이 고개를 끄덕였다. 아무것도 걱정하지 말고, 망설이지도 말고 유강을 도와달라는 부탁이었다. 그러면 자신도 그들의 뜻을 받아들이겠다는 무언의 약속이었다.

간단하고 단호하게, 아무것도 아니라는 듯 가볍게.

세아는 그렇게 고개를 끄덕였다. 아무것도 모를 때는 귀족들의 반발 따위는 긴장되지 않았다. 그만큼 유강을 사랑했고, 그 사랑의 힘을 믿었다. 그러나 이젠 그녀 스스로를 믿을 수가 없어져 버렸다. 무진을 외면하고 사는 그 삶을, 유강과 함께할 자신의 미래를 사랑할 자신이 없다.

세아는 연지 위를 망연히 떠돌던 눈을 거두고 우치를 돌아보았다.

"토벌군은 언제 떠난다더냐?"

"사병을 모아 군을 조직하고 정비하려면 적어도 열흘은 걸릴 것입니다. 그 열흘 동안 저희들도 떠날 채비를 할 것입니다."

혹시나 모를 위험을 피해 세아 또한 잠시 소천궁을 떠나게 되어 있었다. 그리고 유강이 완전히 대연을 장악한 다음 돌아올 계획이다.

"서초성은 그다지 멀지도 않고 안전한 곳이니 걱정하지 마십시오. 오래 걸리지 않을 것입니다."

우치의 말을 들으며 세아는 천천히 걸음을 옮겼다.

열흘이면 길지 않은 시간이다. 그동안 유강을 위해 무엇을 해야 할까?

그가 대연을 장악하고 대화궁으로 들어서는 순간, 그 걸음이 당당했으면 좋겠고 환영받았으면 좋겠다. 그 누구도 아닌 백성들에게 사랑받는 왕이 되기를 바란다.

이틀 후, 세아는 아소왕후의 갑작스러운 부름을 받고 다시 대화궁을 찾았다. 시녀를 따라 녹영전으로 들어서는데 몇 번 본 적이 있는 눈빛이 날카로운 무사가 앞을 막아섰다.

"왕후마마의 부르심입니다."

시녀의 설명을 듣지 못한 듯 그는 여전히 비켜서지 않았다. 다가오는 그의 모습이 왠지 무언가에 쫓기는 듯 다급해 보였다. 불안한 그의 눈빛을 발견한 우치가 재빨리 칼집을 들어 그의 앞을 막았다.

"물러나시오!"

우치의 외침마저 무시한 채 다가온 그가 알아듣지 못할 말을 중얼거렸다.

"연꽃이 입을 열었소."

무슨 뜻인지 알 수 없어 고개를 갸웃하는 순간 차가운 손가락이 목덜미를 짓누르는 것을 느끼며 세아는 정신을 잃었다.

그녀가 다시 정신을 차린 곳은 소천궁에 있는 자신의 방이었다.

"정신이 드십니까, 마마?"

다련이 그렁그렁 눈물을 머금은 채 내려다보고 있었고 그 뒤에 미월과 우치도 있었다. 다련과 미월의 얼굴을 살피던 세아가 우치에게 물었다.

"어찌 된 거냐?"

우치와 함께 녹영전까지 갔던 것 같은데 그다음엔 기억이 없다.

"너무도 다급하여 소인이 급소를 건드렸습니다. 송구하옵니다."

그래서 혼절을 했다는 얘기다. 도대체 무엇이 얼마나 급하였기에 혼절까지 시켰을까?

"녹영진에서 왕후의 호위부사가 앞을 가로막았던 것이 기억나지 않으십니까?"

"왕후의 호위무사?"

"그자가 바로 왕자님께서 심어놓은 세작이었습니다."

너무도 놀라운 얘기다. 왕후의 가장 가까운 곳에, 그것도 왕후가 목숨을 맡기고 있는 호위무사가 유강의 세작이었다니! 우치도 그 사실에 조금 놀란 눈치였다.

그제야 세아는 그가 앞을 가로막으며 알아듣지 못할 말을 중얼거리던 것을 떠올렸다.

연꽃이 입을 열었다고 그랬던가?

그것은 자신들만 알아듣는 위험신호였다고 우치가 말했다. 그들이 도착하기 전, 녹영전에는 이미 또 한 사람이 있었는데 바로 육손이었다고 한다. 그는 자신이 대연으로 오게 된 연유를 얘기하는 과정에서 평원에서의 일을 털어놓았다고 했다.

금전을 노리고 부유한 집안의 자제로 보이는 어떤 자를 납치했는데 그자를 구하기 위해 유강 왕자는 물론 비진족들까지 나섰다는 것이다. 그리고 놀랍게도 그자가 왕자의 아우라고 하더라는 얘기였다. 유강이 어째서 그 먼 평원까지 갔으며 유강의 일에 비진족까지 나선 것은 또 어찌 된 일인지, 왕후는 그 연유를 알기에 앞서 왕자의 아우라는 자의 정체에 대해 먼저 궁금해했다고 한다. 그 아우가 어쩌면 세아일지도 모른다는 생각에 육손이와 대면시키기 위해 불렀다는 것이다. 그 사실을 안 주원이 다급하게 위험을 알렸던 것이다.

"우선은 피했지만 왕후가 반드시 확인하려 할 터인데, 어쩌지요?"

일단 의심을 시작했으니 이번에는 쉽게 포기하지 않을 것이다. 지난겨울 내내 지병을 핑계로 인영전 문을 닫아걸고 있을 때에도 끊임없이 의심을 했지만 결국 아무것도 확인하지 못한 채 끝을 맺었으니…….

지병을 핑계 대는 데에도 한계가 있고, 지나치게 피하다 보면 오히려 독이 될 수도 있다.

"정 피할 방법이 없으면……."

부딪히는 수밖에 없지 않겠느냐고 말하려는데 우치의 말이 먼저 그 말을 막았다.

"당장 서초성으로 떠나시지요."

"무슨 소리냐?"

"그자와 직접 대면하는 것은 아무래도 위험합니다."

"거사가 임박했다. 내가 사라지고 나면 가장 먼저 왕자님께서 의심을 받을 것이고, 그러면 거사에도 영향을 미칠 것이다. 그럴 순 없어."

"공주님께 조금이라도 위급한 상황이 생길 시에는 어떤 계산도 하지 말고 소천궁을 떠나라는 왕자님의 명을 받았습니다."

"그렇지만……."

이번에는 미월이 세아의 말을 막았다.

"소인의 생각도 같습니다, 마마. 떠나시지요. 뒷일은 왕자님께서 어떤 식으로든 감당하실 것입니다."

두 사람은 당장이라도 떠날 기세로 세아를 설득했다. 그러나 세아의 생각은 다르다. 이제 열흘 남짓 남았다. 한 발 한 발을 조심해야 하는 순간이다. 자신이 사라지는 순간, 모든 화살이 오롯이 유강에게로 향할 것임은 불을 보듯 뻔하다. 그러니 어찌 달아나겠는가? 그럴 순 없다.

"그자와 얼굴을 대면한 것은 횃불 아래에서 잠깐이다. 더군다나 그때는 남장을 하고 있었으니 대면을 한다 해도 쉽게 알아채진 못할 거다."

"하오나 마마……."

"아직 나타나지도 않은 호랑이가 무서워 호랑이 굴을 떠나는 것은 어리석은 짓이야."

세아의 말은 단호했다. 미월은 조그맣게 한숨을 내쉬었다. 이미 여러 차례 세아의 고집을 경험한 터라 절대 뜻을 꺾지 않을 것이라는 것을 안다. 유강은 어쩌자고 이렇게 겁 없고 고집불통인 공주를 힘없는 자신들에게 맡겨두고 떠났나 싶어 한숨이 절로 나왔다.

"두려우신가?"

세아가 웃으며 물었다. 그 웃음이 어스름이 지는 연지 위의 연꽃처럼 아련하게 다가오는 것은 무슨 연유인지 모르겠다. 소천궁에 처음 왔을 때의 느낌처럼 알 수 없는 슬픔이 그 웃음 속에 들어 있는 듯 보인다.

"걱정하지 말게. 정말 위험하다 싶으면 내가 가장 먼저 몸을 숨길 터이니."

세아는 미월을 달래듯 어깨를 도닥여 주고 밖으로 나왔다. 오랜만에 마음껏 검을 휘둘러 볼 참이다. 마음을 다스리는 데는 검술만 한 게 없을 테니.

검을 휘두를 때는 망설임이 있어서는 안 된다고 하던 수츰의 말이 떠오른다. 그때가 여섯 살이었던가 일곱 살이었던가? 어린 세아에게 예쁘게 다듬은 목검을 쥐어주며 그는 또랑또랑한 음성으로 말했었다.

망설임 없는 칼끝이 바람을 가르고 먼지를 가른다. 그 검의 결에 제 마음도 실었다. 순간순간 주저앉으려는 마음을 자르고, 언제부턴가 자꾸만 그녀 속을 기웃거리는 불안과 두려움도 자르고, 눈 속에 담은 아름다운 연지의 풍경도 자르고, 감당할 수 없이 뒤덮어오는 슬픔도 자르고, 눈물도 자르고…… 잘라낸 눈물방울이 후둑 떨어진다.

맞받아치던 우치의 칼이 멈칫했다. 그 순간을 놓치지 않고 세아는 더욱 매몰차게 칼을 휘둘렀다. 우치의 손을 떠난 칼이 공중을 핑그르르 돌아 마당 한 켠에 박혔다. 그제야 세아는 거친 숨을 몰아쉬며 주저앉았다.

만족스럽지 못하다. 검복이 흥건히 젖어오도록 칼을 휘둘렀지만 유강의 흔적만은 그 어떤 것도, 끝내 잘라내지 못했다. 야속한 그리움만 더욱 쌓여 버렸다.

소천궁으로 보냈던 무사가 혼자 돌아왔다. 공주의 상태를 살펴 다시 궁으로 데려오라는 명을 내렸는데 공주는 여전히 어지럼증이 가시지 않아 찾아뵙기 힘들다는 말만 전하며 얼굴조차 내비치지 않더라는 것이다.

괘씸하다. 몸이 얼마나 좋지 않기에 얼굴조차 비치지 않은 채 왕후의 명을 거절할까? 어제도 녹영전 뜰에서 발길을 돌렸다더니?

아소왕후의 눈이 날카롭게 빛났다.

지난겨울, 공주는 두 달 가까이나 인영전에 숨어 칩거를 하더니 유강이 돌아오면서 다시 얼굴을 비쳤다. 그리고 멀쩡히 지내다가 또다시 병을 핑계로 들어앉으려 한다.

마치 도망치듯, 피하듯…… 도망치듯, 피하듯……!

아소왕후는 다시 육손이를 불러들였다. 두 번 다시 인연 맺고 싶지 않은 자였는데 어쩔 수 없이 또다시 끌어들이고 만다.

"너희들이 납치했던 자의 얼굴을 기억하느냐?"

"글쎄요? 횃불 아래에서 잠깐 스쳐 본 것이 전부라……."

"직접 대면하면 알 수 있겠는가 말이다!"

발끈하는 아소왕후를 보며 육손이는 느긋한 표정으로 의자에 등을 기댔다. 왕후가 저렇게 다급히 구는 것을 보면 분명 가벼운 일은 아닌 모양이다. 다시 한 번 왕후의 약점을 잡을 기회가 생길지도 모르겠다. 육손이의 입가에 의미를 알 수 없는 미소가 번졌다.

아소왕후가 귀한 약재와 함께 전의를 보내왔다. 궁에서나 볼 수 있는 이국의 약재들과 왕후의 건강을 살피던 전의가 직접 왔다고 했다. 그 일행 속에 육손이가 끼어 있었다.

그 말을 전하는 우치의 얼굴은 딱딱하게 굳었고, 미월의 얼굴은 하얗게 질렸다. 그러나 세아는 담담히 말했다.

"들여라."

"마마!"

"더 이상 피할 도리가 없지 않느냐? 부딪혀 보는 수밖에."

육손이를 맞닥뜨리는 것은 두려웠지만 아소왕후의 관심이 자신에게로 쏠렸다는 것은 오히려 다행이다. 느닷없이 나타난 비적에 대해서도, 그 많은 사병들이 대연 밖으로 빠져나가는 것에 대해서도, 그리고 그 일에 앞장선 사람이 적저군이라는 것에 대해서조차 별 의심이 없는 것 같다.

전의가 맥을 짚고 병증을 살필 동안 육손이는 날카로운 눈으로 세아를 살폈다. 공주는 초췌하지만 어딘가 모를 기품과 아름다움이 스며 나오는 여자였다. 상상으로 머리를 걷어 올려보고 남장을 시켜보지만 도무지 그림이 떠오르지 않는다. 사실 아소왕후 앞에서는 큰소리를 쳤지만 평원에서 납치했던 그자에 대해서는 곱상한 사내라는 것 외에 특별히 기억나는 것이 없었다. 횃불 아래에서 잠깐 스쳐 본 것이 전부이니 기억이 날 리가 없다.

"맞는 듯 아닌 듯하니 한 번 보아서는 가늠할 수가 없었습니다."

대화궁으로 돌아온 육손이의 첫마디가 그랬다. 아소왕후는 이마를 찌푸리며 혀를 찼다. 비적 떼 문제만으로도 머리가 터질 지경인데 괜한 일로 신경을 곤두세우는 것은 아닌가 하는 생각까지 든다. 왕자의 아우라 한 사가 홍영이었을 수도 있는데 말이다. 어쩌면 그녀의 약점을 잡으려는 육손이의 술책일지도 모른다는 생각이 문득 든다.

의구심 가득한 아소왕후의 얼굴을 살피며 육손이가 중얼거렸다.

"많이 변했더군요."

"……?"

"소천궁 말입니다."

그리고 입가에 비릿한 미소를 지었다.

늦은 밤 어둠을 타고 그림자 두엇이 소천궁으로 숨어들었다. 그림자들은 미월에게 무언가를 건네주고 다시 쏜살같이 사라져 버렸다.

소천궁을 떠난 후 세아에게는 직접적으로 연락 한 번 취하지 않았던 유강이 위험을 무릅쓰고 직접 사람을 보내 전한 것으로 보아 아주 귀중한 물건인 모양이다. 미월은 밤이 늦었다는 것도 잊은 채 세아를 찾았다.

세아는 방 안을 서성이고 있었다. 감당할 수 없을 만큼 가슴이 무거워 침상에 누워 있을 수가 없다. 마치 처음 이곳으로 왔을 때처럼. 서성이는 그곳이 연지가 아니라 방 안이라는 것만 달라졌을 뿐 변한 것은 아무것도 없다. 벌써 이러니 이곳을 떠나게 된다면 또다시 죽음 같은 시간을 보내게 될 것이라는 것은 불을 보듯 뻔하다. 다가올 그 시간들이 두려워 더더욱 잠을 이룰 수 없는 것 같다.

이런 마음으로 유강을 떠나는 것이 과연 옳은가?

생각하던 세아는 이내 고개를 흔들었다. 이미 결정 내린 일, 더 이상 그런 고민은 하지 않기로 했다. 어리석다고 해도 어쩔 수 없고, 이기라고 해도 어쩔 수 없다. 무진을 그렇게 버려둘 수는 없다. 유강의 앞길을 막을 수도 없다.

"마마, 잠시 들어가겠습니다."

미월이 상기된 얼굴로 들어섰다.

"무슨 일인가?"

미월은 대답 대신 황금빛 보자기를 탁자 위에 올려놓았다.

"풀어보십시오."

의아한 마음으로 보자기를 풀자 그 속에서 나무로 만든 조그만 곽이 나왔다. 정성들여 조각한 흔적이 역력한 연꽃 모양의 목곽이다.

"왕자님께서 만드신 것입니다."

미월이 확신하듯 말했다. 세아는 그것을 손바닥 위에 올려보았다. 금방이라도 꽃잎이 벌어질 듯 생동감이 느껴지는 모습에 저도 모르게 감탄사가 흘러나온다. 지난번 보내주었던 화첩의 그림도 놀라운 솜씨였는데 연꽃을 조각한 솜씨는 장인의 솜씨라 해도 손색이 없을 정도다. 간혹 장난스럽긴 하지만 얼음처럼 차가운 그의 내면에 이런 감각이 숨어 있다는 것이 놀라울 따름이다.

"연지를 저리 아름답게 꾸미신 분도 왕자님이시랍니다. 어릴 적부터 이런 쪽으로 재주가 많으셨지요."

미월의 얼굴이 아련해졌다. 어릴 적 유깅은 무엇을 보든 다른 사람이 찾아내지 못하는 아름다움을 가장 먼저 감지해 내던 아이였다. 나혜왕후는 유강의 그런 심성을 걱정하곤 했었다. 그런 심성으로는 거칠고 험한 이 세상을 살아가기가 힘들 것이라며 다그치곤 했었다. 그러나 유강은 그 험한 세상을 잘 견뎌냈다.

세아는 연꽃 모양의 아름다운 곽을 만져 보다가 조심스럽게 뚜껑을 열어보았다. 그리고 놀란 눈으로 무언가를 꺼내었다. 그것은 여인들의 팔목에 채우는 비환臂環이었다. 그런데 그 모양이 너무도 눈에 익다.

"이건……!"

"비환이 아닙니까? 세상에 이걸 어떻게……!"

놀란 음성과 함께 미월은 세아의 손에 들린 팔찌를 낚아채듯 잡아 들여다보았다.

"혹시 아는 물건인가?"

세아의 물음에 그제야 미월은 제 행동을 인식하고 황급히 팔찌를 돌려주었다.

"송구하옵니다, 마마. 소인이 너무 놀라 무례한 행동을 했습니다."

"아는 물건인가 물었네."

"알다 뿐이겠습니까. 죽어서도 잊지 못할 물건이지요."

미월의 눈에 눈물이 그렁그렁 맺혔다.

국경 순시 겸 남방으로 사냥을 나갔던 청년 경왕이 이국의 여인을 데리고 나타났다. 백옥같이 흰 피부와 호수 같은 검푸른 눈을 가진 비진족 여인이었다. 주변의 여느 나라와 마찬가지로 안도국인들 또한 오랜 옛날부터 비진족을 천대했다. 대연을 떠돌아다니는 걸인들 대부분이 비진족이었고 대연에서 일어나는 몹쓸 짓의 대부분을 그들이 저지른다고 믿고 있었다. 게다가 비진족 여인들은 요망하여 그 검푸른 눈으로 사내의 혼을 빼앗는다는 소문도 있었다. 그래서 아무리 부와 권력을 지녔더라도 비진족 여인에게 눈길을 주는 사람은 좀처럼 없었다. 그런데 왕이 비진족 여인을 데리고 나타난 것이다.

왕실과 귀족의 반대가 하늘을 찔렀다. 경왕은 그 여인이 아니면 자손도 두지 않겠다 선언하며 칼을 빼어 들었고, 목이 잘려 나간 귀족이 두엇 있었다. 대연에서 쫓겨난 왕족도 있었다. 더 이상 누구도 두려워서 나서지 못했다. 그렇게 왕후의 자리에 오른 사람이 비진족 여인 나혜다.

왕실의 누구도, 심지어는 부리는 시녀들조차 인정해 주지 않는 이름뿐인 왕후였지만 그녀는 경왕의 곁에 머무는 것을 행복해했다. 두 사람은 바람결에 스치는 서로의 향기조차 사랑했다. 땅이 갈라지고 하늘이 무너져 내려도 변하지 않을 사랑일 거라고 믿었다. 경왕의 마음이 그렇게 변할 줄은 하늘조차도 알지 못했으리라.

"나혜왕후께서는 마지막 순간까지 경왕 전하를 믿고 계셨습니다. 왕께서 잠시 눈이 혼탁하여 마음이 흔들렸지만 결국은 당신 곁으로 오시리라고 말입니다."

미월의 눈이 다시 세아의 손에 놓인 팔찌로 향했다.

"이 비환臂環은 경왕 전하께서 나혜왕후께 사랑의 증표로 주신 것과 닮았습니다. 비록 자잘한 세공은 다르지만 그 모양은 조금도 다르지 않습니다. 왕자님께서 잊지 않고 계셨던 모양입니다. 그 어린 나이에 보신 걸 어찌 잊지 않으셨는지……."

감격에 겨운 듯 울먹이는 미월의 말을 들으며 세아는 말문이 막힌 사람처럼 입을 꼭 다문 채 그 비환臂環을 들여다보았다. 가만히 그러쥐는 주먹이 떨린다.

"그래…… 그 비환은 어찌 되었는가?"

"그 비환은 왕후마마와 함께 잿더미 속에 묻혔습니다."

무한국 군에 의해 전소된 소천궁은 수년간 방치되어 있었다고 했다. 그래서 유강이 추억할 어떤 유품도 남아 있지 않았다. 이 비환은 유강의 기억 속에 남아 있는 어머니의 유품일 것이다. 같은 모양의 비환을 구해 세아에게 보내며 유강은 짧지만 애틋한 글귀를 적어 자신의 마음을 표현했다.

화친을 위해 맺어진 정략적인 혼인이 아니라 진심으로 당신과의 혼인을 원한다고, 자신의 아내가 되어달라고 하는 청혼의 팔찌였다.

미월을 보내고 세아는 오래도록 팔찌를 들여다보았다. 아무리 보아도 너무 닮았다. 확인하기가 두려울 정도로.

그녀는 천천히 옷자락을 걷어 올려 팔목에 걸린 팔찌를 풀어 유강이 보낸 물건 옆에 놓아보았다. 두 비환은 놀랍도록 닮아 있었다. 화원에서 만났던 월령이 왜 그토록 놀라며 자신의 팔목을 잡아챘는지 이제야 알 것 같다. 그러나 같이 놓아두고 보니 두 비환은 분명 다른 물건이라는 것을 한눈에 알 수 있었다. 안도국에서는 이런 모양의 비환이 사랑을 받는 모양이다.

세아는 벗겼던 비환을 다시 차고 유강이 보낸 비환은 연꽃 모양의 나무곽에 다시 넣었다. 이것은 자신이 찰 수 있는 물건이 아니다. 언젠가 유강의 곁을 지켜줄 누군가에게 돌아가야 할 물건 같다.

귀족들의 사병을 중심으로 이루어진 토벌대가 대연을 떠났다. 적저군 서완평이 그들을 이끌었다. 적저군은 젊은 시절 경왕과 함께 수없이 전쟁터를 누빈 사람이라 그가 선봉장으로 나서는 것에 대해 이상하게 여기는 사람은 아무도 없었다.

시끄러운 바깥세상과는 달리 토벌대가 빠져나간 대연은 적막감이 감돌았다. 마치 거대한 장벽 안에 갇힌 듯 드나드는 바람조차 드문 평화롭고 나른한 봄날이었다.

세아는 아지랑이가 피어오르는 연지를 바라보고 있었다.

"꽃이 핀 연지도 아름답지만 연잎으로 가득 덮인 연지도 아름다울 거요."

유강의 말이 피어오르는 아지랑이에 실려 아득히 멀어졌다. 꽃이 핀 연지도, 연잎으로 가득 덮인 연지도 다시는 못 볼 풍경이다. 황토빛 연지 위에 가득 넓인 먼지처럼 세이의 마음도 황량하다. 돌이킬 수 없는 결정이라고, 후회하지 말자고 수없이 다짐해 보지만 아픈 마음을 가눌 길이 없다.

돌아오면 유강은 슬퍼할까? 아니면 분노하고 화를 낼까?

아무래도 상관없다. 그저 스쳐 간 바람인 듯 쉬이 잊기를……

그것만 바랄 뿐이다.

세아는 봄바람에 따가워진 눈을 깜박였다.

그날 밤, 조그만 행렬이 소천궁을 빠져나갔다. 안개처럼 소리 없이, 그러나 바람보다 빠르게 소천궁을 빠져나간 행렬은 거침없이 대로를 지나 대연의 남쪽 관문을 빠져나갔다.

5

고요하다.

너무도 적막하고 고요하다.

유강은 일찌감치 사라졌고, 은근히 신경 쓰이던 왕실과 귀족의 사병들도 사라지고, 경왕의 마지막 보루처럼 여겨지던 적저군도 사라졌다. 태자에게 왕위를 양위하기에 지금이 가장 적기다. 망설일 이유가 없다. 이런 상황에서 왕의 생명이 끝나기를 기다리고 있는 건 어리석은 짓이다.

아소왕후의 입가에 미소가 지어졌다. 그것은 오래된 슬픔이 섞인 비릿한 미소였다.

"중신들을 궁으로 들라 해라. 어전회의를 열 것이다."

갑작스러운 명에 주원의 얼굴에 긴장감이 감돈다. 왕후의 의도를 직감한 것이다. 적저군이 떠나면 양위를 서두를 것이라던 유강의 예견이 놀랍도록 맞아 들어가고 있다. 이다음에 무슨 일이 일어날지, 그리고 또 그다음에는 어떤 일이 벌어날지 이미 모든 그림이 그려져 있다. 유강이 그려놓은 그 그림판 속으로 아소왕후는 무방비로 걸어 들어가고 있는 것이다. 당장 그만두라고, 멈추라고 하는 말이 목젖까지 올라왔지만 주원은 끝내 그 말을 내뱉지 못했다.

"적저군이 돌아오기 전에 일을 마무리 지을 참이다. 그런 다음 함께 주유를 떠나자꾸나. 아무도 없는 곳으로, 둘이서만."

뜨겁게 건너오는 아소왕후의 눈빛을 바라보며 주원은 마른침을 꿀꺽 삼켰다. 당장 왕후를 안고 어디로든 달아나 버리고 싶은 욕망과 이제 유강이 꿈꾸던 대업의 끝이 다가오고 있다는 이성 사이에서 그는 정신을 놓을 듯 혼란을 느끼고 있었다.

하얗게 질린 주원의 얼굴을 보며 아소왕후가 물었다.

"어찌 그러느냐? 몸이 좋지 않은 것이냐?"

"아니, 아닙니다."

고개를 숙이고 밖으로 나가는 주원을 보며 아소는 피식 웃음을 흘렸다. 밤을 꼬박 새운 뜨거웠던 지난밤이 떠올라서다. 아무리 피가 끓는 젊음을 지녔다고는 하지만 지치기는 저나 나나 마찬가지인 모양이다 생각되었다. 가끔 지치지 않고 덤벼들던 주원이 부담스러울 때도 있었기에 핼쑥해진 모습이 오히려 다행스럽게 여겨진다.

어전회의에 나온 왕실의 어른들과 중신들은 경왕을 알현하기를

원했다. 아소왕후는 담담히 그 뜻을 받아들였고, 그들이 경왕의
모습을 직접 확인한 이후 양위 문제는 일사천리로 진행되었다. 누
구도 반대하는 이가 없었고, 반대할 빌미를 찾을 수도 없었다. 소
문으로만 전해 듣던 경왕의 모습이 너무도 처참했기 때문이다.

아소왕후는 미음을 들고 경왕을 찾았다. 입으로 밀어 넣은 미음
이 반도 넘어가지 않은 채 입가로 줄줄 흘러내린다. 그것을 다시
끌어 넣어주며 그녀는 속삭였다.

"참으로 긴 세월이었습니다."

사랑하고 미워하고, 사랑하고 원망하며, 결국은 사랑에 절망했
던 세월. 아비가 죽어가고, 형제들이 죽어가고, 일가친척들이 죽
어가고, 세상천지 의지할 사람이 없다는 것을 알아차린 다음에서
야 그 사랑도 끝이 났다. 경왕은 그녀에게 모든 것을 주었지만 또
한 모든 것을 앗아버렸던 것이다. 그 뜨겁고도 무서웠던 긴 세
월······.

"이제 다 끝났습니다, 전하."

속삭이며 스륵 물러나는 그녀의 눈가가 젖어 있다. 잠을 설친
피로 탓인지, 이제야 끝이 났다는 안도인지 혹은 허물어진 한 인
간에 대한 측은지심인지 모를 눈물이 두 눈 가득 고였다. 어쩌면
무섭도록 잔인해져 버린 스스로에 대한 동정인지도 모르겠다.

눈시울이 뜨거워졌다. 가슴도 뜨거워졌다. 아소왕후는 거칠게
문을 열고 나왔다.

"주원이 어디 있느냐? 주원아!"

감당할 수 없는 이 마음을 달래려면 당장 주원이 필요했다.

"어제오늘, 내내 한 번도 보지 못했습니다."

"어디로 갔단 말이냐? 왜 보이지 않아!"

"무위대로 가셨는지, 훈련장으로 가셨는지……."

"당장 찾아오너라, 당장!"

언제나 그림자처럼 따라다니던 주원이 가장 필요한 순간에 눈앞에 없다는 사실이 너무도 화가 났다. 주원의 존재에 제 마음이 휘둘리고 있다는 사실도 못마땅하다. 자꾸만 치솟는 눈자위의 뜨거움도 견딜 수 없고, 마음을 무겁게 짓누르는 죄책감은 더더욱 견딜 수 없다. 이 모두가 건너편 침소에 시체처럼 누워 있는 경왕의 탓만 같다.

그렇게 안달나게 하지만 않았어도, 불안하게 하지만 않았어도 그런 일은 저지르지 않았을 것이다. 그랬으면 평생 그렇게 유강을 경계할 일도 없었을 것이고, 두려움을 이기려 미친 듯 권력을 탐하지도 않았을 것이다. 아비만 살려주었어도, 오라비만…… 아니, 어리고 귀엽던 아우만 살려주었어도 이리 모질게 굴진 않았을 것이다.

해는 어느새 대화궁의 전각 사이로 사라지고 있는데 주원을 찾으러 간 시녀도 주원도 돌아올 기미가 보이지 않는다. 주원은 도대체 어디로 간 것일까?

그날 새벽, 대연의 남쪽 성문인 지천문이 정체를 알 수 없는 자들에 의해 장악되었다. 이어 성문이 열리자 칠흑 같은 어둠을 뚫고 군사들이 물밀듯이 밀려들어 왔다. 아주 훈련이 잘되어 있는 듯 그들의 행동은 민첩했고 거침이 없었다.

주원을 기다리다 지쳐 까무룩 잠이 들었던 아소왕후는 서늘한 한기를 느끼며 눈을 떴다. 주원이 냉기를 한가득 품은 채 침실에 들어와 있었다. 이틀 동안 흔적 없이 사라져 버렸던 것에 대해 화가 났지만 반가움이 먼저였다. 그녀는 잠을 채 떨쳐 내지 못한 얼굴로 주원을 향해 손을 뻗었다.

"어찌 이제 온 것이냐?"

무슨 일인지 주원은 선뜻 다가오지 못한 채 어둠 속에 얼굴을 숨기고 있었다.

"주원아."

다시 한 번 부르자 그제야 주원이 다가왔다. 그는 목과 다리 아래로 손을 넣어 아이를 품듯 아소왕후를 일으켜 안았다.

"마마."

그의 몸은 흥건히 젖어 있다. 짙은 땀 냄새와 함께 풍겨오는 이 비릿한 냄새는 뭘까? 몰아쉬는 거친 숨결에 제 몸마저 흔들릴 지경이다. 그제야 그녀는 아련하게 머물러 있던 잠에서 완전히 깨어났다.

"무슨 일이냐?"

얼굴을 보려 어깨를 밀쳐 보지만 주원은 꼼짝도 하지 않고 오히려 그녀의 몸을 더욱 끌어안았다. 폭 안겨오는 그 몸이 한 줌처럼 가녀리게 느껴져 가슴이 찢어질 것 같다.

유강의 명에 따라 지천문을 급습하여 장악하고 성문을 열어주었다. 그리고 파도처럼 밀려드는 군사들을 뒤로한 채 그는 정신없이 말을 달렸다.

반드시 저들보다 대화궁에 먼저 닿아야 한다. 도성수비대는 물론 궁궐수비대도 이미 와해시켜 놓았고, 무위대 또한 저들을 감당할 수 없을 것이다. 왕후를 지켜줄 어떤 것도 남아 있지 않다. 다른 누구도 아닌 바로 자신이 그렇게 만들었다. 유강의 명이었고, 그 명을 결코 거부할 수 없었다.

철이 들어 세상에 눈을 뜨던 그 순간부터 그는 유강을 위해 길러진 사람이었다. 자신의 삶도 죽음도 유강이 관장하고 있다고 생각했다. 그러나 단 한 가지, 그 무엇으로도 제어할 수 없는 것이 있었다. 유강이 가장 절실하게 노리는 목숨, 그러나 자신이 가장 절실하게 지키고 싶은 사람, 바로 그를 끝없이 고뇌하게 하고 시험에 들게 했던 아소왕후를 향한 사랑이다.

유강은 절대 그녀를 살려주지 않을 것이다. 어쩌면 가장 잔인한 방법으로 목숨을 앗을지도 모른다.

주원은 으스러질 듯 안고 있던 손을 풀고 아소왕후의 어깨를 움켜쥐었다. 번들거리는 눈이 코앞으로 다가왔다. 흘러나오는 그의 음성은 몹시도 떨렸다.

"마마, 당장 이곳을 떠나셔야 합니다."

"갑자기 무슨 소리냐?"

"마마."

"무슨 소리냐 묻지 않느냐!"

"그들이 곧 들이닥칠 것입니다."

"그들이라니?"

그러나 주원의 말보다 문밖에서 다급한 음성이 먼저 들려왔다.

"마마! 큰일 났습니다!"

침실 문이 다급하게 열리며 늙은 시녀가 뛰어들어 왔다. 그녀의 눈에는 왕후를 안고 있는 주원도 보이지 않는 듯했다.

"어서 피하소서! 반란입니다! 반란군이 몰려오고 있습니다!"

"반란군이라니! 무슨 말 같지 않은 소리냐? 누가, 무슨 연유로 반란을 일으켰단 말이냐?"

있을 수 없는 일이다. 믿을 수 없는 말이다. 지금의 안도국에서 감히 누가 이 아소에게 반기를 든단 말인가!

"모르겠습니다. 아직 아무것도 모릅니다. 우선 피하셔야 합니다. 그자들이 이미 회천문을 넘어 대화궁 코앞까지 이르렀다 합니다!"

"궁궐수비대는, 무위대는 뭘 하고 있느냐? 당장 막아라 해라! 어디서 오합지졸 같은 것들이 몰려오는 모양인데…….."

별일 아니라는 듯 가볍게 명을 내리는 그녀를 일으켜 세운 주원은 다급히 의복을 챙겨 입혔다. 회천문을 넘었다면 머잖아 대화궁에 들이닥칠 것이다. 지체할 시간이 없다.

"뭘 하는 것이냐? 주원이 넌 당장 가서 무위대를 소집해라! 호위들은 어디 간 것이냐!"

소리치며 손을 뿌리치는 그녀를 무시한 채 주원은 다급히 의복을 입히고 허리끈을 단단히 조이며 담담히 말했다.

"그들은 오지 않습니다."

"무슨 소리냐?"

아소왕후는 날카로운 눈으로 주원을 살폈다.

"무위대도 호위들도 오지 않습니다."

"어째서, 어찌해서!"

"아무 걱정 마십시오. 소인이 지켜 드리겠습니다."

이 녀석은 이미 모든 걸 알고 있다. 그러고 보니 짙은 땀 냄새에 섞여 풍겨왔던 것은 피비린내였던 모양이다.

"마마, 어서……."

아소는 허리를 감아오는 주원의 손을 강하게 뿌리쳤다.

"무슨 짓이냐? 나는 달아나지 않겠다!"

"마마!"

"내겐 무위대가 있고 궁궐수비대도 있다. 무엇이 두려워 달아나느냐? 안도국은 이제 나의 나라다!"

왕좌는 태자에게 양위되었지만 태강이 아직 어린 관계로 실질적인 왕권은 그녀가 가지게 된다. 그 권력이 적어도 십 년은 갈 것이다. 그 십 년간, 아니, 어쩌면 그보다 더 오랜 세월 안도국은 온전히 그녀의 것이 되는 것이다. 어떻게 이룩한 자리인데 이걸 두고 떠나겠는가!

"주원이 넌 당장 무위대를 이끌고 가서 저들을 막아라! 호위들은 뭘 하느냐? 어찌 보이지 않아? 당장……!"

순간 주원에게 번쩍 들린 그녀의 몸은 이미 침전을 벗어나고 있었다. 내려놓으라고 발버둥 치는 그녀의 외침이 녹영전을 흔들었다. 그러나 누가 알았으랴, 결코 그곳을 벗어나지 못한 채 그들의 생이 끝나리라는 것을.

발버둥 치는 아소를 들쳐 메고 전각을 빠져나가려는 순간, 가장 무예가 뛰어나고 날쌘 자들로 구성된 별동대가 이미 녹영전 앞마당으로 뛰어들고 있었다. 그 앞을 막아서는 호위들의 모습도 보였다. 주원은 재빠르게 왕후의 입을 틀어막고 몸을 돌렸다.

저들이 이렇게 빨리 도착할 줄은 몰랐다. 아무런 저항도 받지 않은 채 막힘없이 달려왔다는 뜻이리라. 주원이 그만큼 완벽하게 대연의 수비를 무력화시켜 놓았다는 뜻이기도 하다. 오로지 유강을 향한 충성심 하나로 그 모든 일을 수행했다. 아소왕후를 위해 최소한의 방어막만이라도 만들어두어야 했지만 그조차 하지 않았다. 유강을 배신할 수 없었고 아소왕후는 어떤 식으로든 자신이 지켜낼 수 있으리라 생각했기 때문이다.

그러나 그것이 얼마나 순진한 생각이었는지 주원은 그제야 깨닫는다. 유강이 조직한 별동대는 모두가 하나같이 일당백들이다. 저들을 뚫고 나간다는 것은 불가능하다. 그렇다고 전각 뒤로 달아나는 것은 더더욱 위험하다. 철두철미한 유강의 성격상 그곳은 이미 저들의 손에 장악되어 누구든 도망쳐 나오기를 기다리는 범의 아가리가 되어 있을 것이다. 앞노 뒤도 달아날 구멍이 없다.

주원은 살기 위해 도망쳐 나왔던 녹영전의 침실로 다시 뛰었다. 숨어드는 그곳이 더 이상 달아날 곳 없는 독 안이 될 것임을 뻔히 알았지만 멈출 수가 없었다. 당장 몸을 숨길 곳이 그곳뿐이었던 탓이다. 요란한 고함 소리, 칼 부딪치는 소리, 탁! 탁! 탁! 탁! 열두 개의 문이 시녀들에 의해 차례대로 닫히는 소리가 뒤편에서 들렸다.

빛 한 줄기 스며들지 않는 침실 안, 유강은 어둠을 더듬어 침상 위를 살폈다. 그곳에 짐승의 그것처럼 번들거리는 눈이 있다. 그는 마른침을 삼키며 걸음을 옮겨 다가갔다. 휘장을 걷어내자 시체 같은 경왕이 그곳에 누워 있다. 물기가 다 빠져 말라 버린, 그래서 건드리면 바스라질 것 같은 건조된 식물처럼. 다만 번들거리는 눈만이 그가 살아 있음을 말해주고 있었다. 그것은 결코 사람의 형상이 아니었다.

"아……!"

유강의 입에서 감당하기 버거운 탄식이 흘러나왔다.

사람이 어떻게 이렇게 될 수 있는지, 어떻게 이런 몰골을 만들어놓았는지, 이렇게 될 때까지 자신은 또 무얼 하였는지. 한꺼번에 몰려드는 수만 가지 감정을 주체할 수가 없다.

"……아바마마."

그 소리를 힘겹게 목구멍으로 밀어내며 유강은 갈고리 같은 경왕의 손을 움켜쥐었다.

"소자를 용서하십시오."

미워하고 증오하고 아소왕후에 의해 무너져 가는 그의 모습을 보며 고소를 금치 못했던 한때의 그 모든 감정들이 다 소용없어졌다. 다만 처참하게 변해 버린 아비의 모습에 가슴이 무너지는 자식의 마음만 남아 있었다. 후둑 떨어진 눈물이 경왕의 마른 얼굴을 적셨다.

주원의 시신이 발견된 곳은 경왕의 침실과 마주하고 있는 아소왕후의 침실이었다. 그리고 그토록 찾아 헤매던 왕후의 시신도 함께 발견되었다. 그녀의 복부에는 주원의 것으로 보이는 단도가 깊이 박혀 있었고 무언가에서 도망치려고 반항한 흔적이 역력했다. 그에 비해 주원의 시신은 너무도 단정하다. 가슴에 박힌 칼도 단번에 숨이 끊겼을 정도로 정확히 급소를 향했고 쓰러져 있는 자세 또한 오묘했다. 희번득 떠진 왕후의 눈을 손으로 가린 채 품고 있는 모습은 마치 흐트러진 그녀의 모습을 감추고 싶어하는 듯 보였다.

유강은 무어라 표현할 수 없는 감정으로 그 모습을 내려다보았다.

주원은 주어진 임무 그 이상의 것을 해내었다. 왕후의 일거수일투족과 그들의 모든 정보가 주원을 통해서 전해졌고, 무혈입성에 가까울 정도로 손쉽게 대연을 차지할 수 있었던 것도 모두 주원의 공이다. 그런 그가 온몸으로 왕후를 감싸고 죽어 있는 모습을 받아들이기가 힘이 든다.

그토록 완벽했던 충성심도 사랑 앞에서는 이렇게 허물어지는가? 아니, 충성심이 허물어진 것이 아니라 주원은 세 꿈을 놓아버린 것이다. 더 이상 천대받지 않고, 배를 곯지도 않고, 부든 권력이든 원하기만 하면 다 손에 쥘 수 있었을 텐데…… 어리석은 녀석!

너무도 어리석은 선택을 해버린 주원에 대한 측은함에 눈물이 고였지만, 한편으로는 아소왕후에게 칼끝을 휘두를 기회조차 앗아가 버린 주원에게 분노가 일었다. 결코 저렇게 고이 보내주고 싶지는 않았다. 주원은 알았으리라. 아소왕후가 죽음으로 가는 동안 유강이 얼마나 끔찍한 고통을 안길지를. 그래서 차라리 제 손으로 죽이자 생각했는지도 모른다.

꽉 다문 입술과 가슴에 단호히 박힌 칼은 변치 않은 그의 충성심을 말하는 것 같다. 그리고 왕후의 일그러진 얼굴을 가리고 있는 손과 그녀를 감추듯 품고 있는 팔은 유강에게 전하는 주원의 애원 같다.

모든 충성을 당신께 바쳤으니 이것 한 가지만은 눈감아달라고, 아무것도 원치 않으니 이 여자를 빼앗지 말아달라고.

유강은 거칠게 돌아섰다. 더 이상 보고 싶지 않았다.

"저것들을 당장 치워라!"

조금만 더 보고 있다가는 자신의 마음이 어떻게 변할지 모를 것 같아서다.

뒤편에서 자신의 명을 어찌 해석해야 할지 몰라 우왕좌왕하는 것이 느껴졌지만 유강은 모른 척 걸음을 옮겼다. 굶주린 까마귀가 버글거리는 목면산에 버리든, 뜨거운 불가마에 태워 잿가루를 만들어 버리든, 아니면 누군가 자신 몰래 어느 산자락에 묻어주든 상관하고 싶지 않았다. 자신은 왕후의 시신을 보지 못했다! 그것이 아끼던 수하 주원에 대한 최선의 배려 같았다.

유강이 녹영선 마당에 모습을 드러내자 하늘을 찌를 듯한 함성이 울려 퍼졌다. 쏟아지는 아침 햇살이 높이 든 창칼에 부딪혀 눈을 찔러왔다. 유강은 이마를 찌푸리며 하늘을 올려다보았다. 아무 생각이 나지 않아 텅 비어버린 머릿속처럼 구름 한 점 없는 하늘이 너무도 맑다.

　다…… 끝난 건가?

　"와아아아!"

　"유강 왕자님, 만세!"

　다시 한 번 함성이 고막을 찌른다.

　십 년을 별러온 거사는 그렇게 단 하룻밤 만에 끝이 났다. 이어 아소왕후가 경왕을 독살하기 위해 수년간 연독을 사용했음이 밝혀지면서 귀족들도 왕실도 그리고 조정의 신료들 그 누구도 반기를 들 수 없을 만큼 철저하고 완벽한 거사가 되었다.

　오래전, 경왕의 믿음을 한 몸에 받으며 안도국의 병권을 휘어잡고 있던 담연 장군과 왕실에서 가장 큰 힘을 발휘하고 있는 적저군 서완평이 유강의 좌우에 섰다. 그 누구도 그들의 힘에 맞설 자는 없었다. 그렇게 안도국 건국 이래 최초로 이국의 피가 섞인 왕자가 권력을 잡았다.

6

유강은 달빛을 밟으며 대화궁 너른 뜰을 거닐고 있었다.

백 보, 백이 보, 백삼 보…….

헤아리며 걷던 발걸음이 문득 멈추었다. 도무지…… 아무리 하여도 마음이 다스려지지 않는다. 대화궁도 가졌고, 안도국도 가졌고, 왕실과 귀족들의 마음마저도 한 손에 틀어쥐었건만 비어버린 마음을 도무지 채울 길이 없다. 날마다 이렇게 허상 같은 달빛만 쫓고 있다. 달빛 속에 스민 기억만 쫓고 있다.

온천에서 제 몸의 흉터를 두려워하며 달아나려던 그녀를 안아 전각으로 들어갔었다. 그리고 달빛에 비치는 투박하고 미끈한 흉터를 먼저 안았다. 그저 육욕에 들떠 그녀를 안았다면 절대 그러지 못했을 것이다. 그 순간 유강은 진심으로 세아의 몸이 제 몸인 듯 여겨졌었다. 그녀가 가장 감추고 싶지만 또 가장 위로받고 싶은 것이 바로 그 흉터라고 생각되었다. 그것은 자신에게 정말 아무것도 아니라고, 그저 몸 어느 구석에 보일 듯 말 듯 새겨진 점 같은 것, 어디서든 그녀를 알아볼 수 있는 표식 같은 것쯤으로 여길 뿐이라고 말해주고 싶었었다.

그 마음이 전해졌던 걸까? 사랑의 행위가 끝난 후 그녀는 한결 편한 얼굴로 그가 알던 어느 순간보다 많은 말을 했다. 은은한 달빛 속에 조곤조곤 떠다니는 그녀의 목소리가 듣기 좋았다.

"그날…… 제 온몸에 차가운 칼날이 박히던 날 저는 이미 죽었습니다. 살 의욕도 마음도 이유도 없었으니까요. 소천궁에 와서도 마찬가지였습니다. 산목숨을 인위로 어쩔 생각은 없었지만 무심한 듯 살아가고 있는 그 목숨은 이미 제가 아니었습니다. 제 몸이 살아 숨 쉬는 동안은 내내 그럴 거라 생각했습니다."

달빛이 그녀의 나신을 비추었다. 유강은 숨 쉬는 것조차 잊은 채 그녀를 내려다보았다. 세아는 작은 손으로 가슴을 가리고 얼굴을 돌렸다. 그녀는 부끄러워하는 것 같았다. 유강의 손이 팔딱거리는 그녀의 목덜미에 닿았다. 스륵 쓸어내리는 그 손길에 세아는 몸을 떨었다. 유강의 입술이 귓불에 뜨거운 김을 뿜으며 물었다.

"지금도 여전히 그렇소?"

여전히 차가운 칼날이 몸에 박히던 그날의 마음 같은지, 허망한 눈으로 연지를 바라보던 그때의 마음 같은지 물었다.

유강의 입술이 귓불에서 떨어져 나가자 세아는 마른침을 꼴깍 삼켰다. 그녀는 여전히 두 손으로 가슴을 가린 채 부끄러운 눈으로 그를 올려다보았다. 그리고 작지만 단호한 음성으로 속삭였다.

"……살고 싶어졌어요. 당신 곁에서라면 난 다시 예전의 세아 공주가 될 수 있을 것 같아요."

그녀의 눈가에 반짝이는 그것이 눈물인지 달빛인지 분간이 가지 않았다.

그날의 달처럼 크고 환한 달이 어둠을 비추지만 유강의 마음은 캄캄한 암흑 속 같다.

혁명군이 대연을 치기 전, 미리 약속된 대로 서초성으로 잠깐 피했던 세아가 감쪽같이 사라져 버렸다. 세아를 따라갔던 다련과 우치도 함께 사라졌다. 서초성에 있던 그 누구도 그들의 행방을 알지 못했다. 사방으로 사람을 풀어 찾아보았지만 어디에서도 그들의 흔적을 찾을 수 없었다. 처음엔 우치를 의심했지만 이내 고개를 저었다. 우치는 홍영과 마찬가지로 십 년이 넘도록 그림자처럼 유강을 따른 사람이다. 그라면 위험에 처한 세아를 쫓아갔을 가능성이 더 높았다.

만약 누군가 세아를 납치했다면 그것은 아소왕후를 추종하던 세력일 수도 있고, 무한국 왕이 보낸 자들의 소행일 수도 있다.

생각이 거기에 미치자 마음이 다급해졌다. 이성을 잃은 듯 수하들을 독려하던 중 소천궁에서 세아의 서찰이 발견되었다. 서찰은 인영전 세아의 침실 서랍장 깊은 곳에서 발견되었다. 단정한 필체로 또박또박 써 내려간 서찰은 단호한 그녀의 마음을 보는 듯했다.

그녀는 다시 비열흘로 돌아가겠다고 했다. 어느 곳에 누구와 있든 자신이 무한국인이라는 것은 변치 않는 사실이라고도 했다. 눈앞에 있는 화려한 열매에 혹해 잠시 마음이 흔들렸지만 자신 속에는 여전히 무진이 살아 있고 그로 인해 비열흘이 더욱 그립다고 했다. 그런 마음으로 당신의 곁에 머무는 것은 서로를 위해 옳은 일이 아니라고, 미안하고 고마웠다고, 행복하길 빈다고.

짧고도 건조한 서찰이다. 믿을 수 없었고 받아들일 수 없었다. 유강은 세아가 사랑하는 사람은 그자가 아니라 자신이라고 확신했다. 그러니 이 서찰은 세아의 것이 아니다. 세아의 거처에서 발견되었고 세아의 필체가 분명하지만 그녀의 마음은 이것이 아닐 것이다. 이런 결정을 내리도록 세아를 부추긴 무언가가 분명 있다.

그러나 미월의 한마디가 유강의 그런 마음에 찬물을 끼얹었다.

"사실은 왕자님이 떠나시고 얼마 지나지 않아 어떤 자가 소천궁을 월담했습니다. 잡고 보니 비열흘에서 온 자였는데 공주님을 뵙기를 청했습니다. 공주님께서 주위를 모두 물리시고 그자를 만났기 때문에 두 사람 사이에 무슨 말이 오갔는지는 알 수 없지만 아마 그날의 일과 연관이 있지 않을까 싶습니다."

그러나 미월은 자신과 세아 사이에 오갔던 그날의 대화에 대해서는 끝내 말하지 않았다. 그것이 세아의 결심을 부추겼을 것이라는 것을 뻔히 알면서도. 세아에 대한 애틋함보다 유강에 대한 욕심이 더 큰 탓이다. 세아가 사라짐으로써 유강이 왕권을 잡는 데 한결 수월해질 테니까.

"그럼 자네는 공주가 정말 스스로 비열홀로 갔다고 생각하는 것인가?"

"어쩌면……."

유강의 얼굴이 험악하게 일그러졌다.

비열홀, 비열홀! 도대체 그곳에 무엇이 있기에 한달음에 달려가는가? 죽었다던 그자가 살아 돌아오기라도 한 것인가? 화원에서 흘렸던 눈물들은, 그 뜨거웠던 밤은 무엇이었나? 연지에서 나누었던 굳은 맹세가 다 거짓이었던가? 잠시 눈을 벗어났다 하여 순식간에 잊고 떠나 버려도 될 만큼 나란 존재가 그리도 가벼웠던가? 무진이란 이름 앞에 난, 이 유강은 정말 아무것도 아니었나! 저 바람 속에 떠도는 먼지보다 못한 존재였던가!

유강은 끓어오르는 분노를 주체하지 못한 채 서찰을 움켜쥐었다.

'고마웠다. 행복해라' 정말 이 한마디만 남기고 떠나면 그만이라고 생각했을까?

풋, 헛웃음이 새 나온다.

이 유강을 그리도 가벼이 생각했다니 괘씸하지 않은가! 무진, 무진! 그자가 무엇이기에 나를 이리 가볍게 여기는가!

"홍영이 어디 있느냐! 당장 추격대를 조직해 떠나라. 아직 안도국을 벗어나진 못했을 것이다. 평원 어디쯤 숨어 있겠지. 찾아오너라. 비열홀로 가서라도 잡아와!"

설령 무진이 살아 있다 해도. 평생 그자를 그리며 허깨비 같은 존재로 자신의 곁에 머문다 해도 좋다. 눈물 흘리며 원망하여도 좋다. 그러나 놓아줄 마음만은 없다.

그리움도 원망도 미움도 절망도 모두 내 곁에서 앓아라! 그래야 이 분이 풀릴 터이니.

빠득 깨무는 입안에 비릿한 핏물이 고인다.

이렇게 밤마다 달빛 속을 거닐며 마음을 다스려 보지만 분기는 쉬이 사라지지 않는다.

유강이 대화궁을 차지하자 경왕은 기다렸다는 듯 고요히 눈을 감았고 유강은 경왕의 뒤를 이어 안도국의 새로운 왕이 되었다. 그리고 모두들 당연히 적저군 서완평의 여식인 효진이 왕비가 될 것으로 여겼다. 적저군이 유강의 편에 적극 가담했던 것은 바로 그 이유였고, 왕실이나 귀족들이 비진족의 피가 섞인 유강을 큰 반발 없이 받아들일 수 있었던 것도 다 그 때문이었다.

세아를 찾아 나선 추격대에서는 아직 아무 소식이 없다. 분노는 걱정으로, 걱정은 다시 절망으로 그리움으로 변해가고 있다. 어서 왕비를 맞으라는 왕실과 귀족들의 압력을 이겨내기도 점점 힘이 든다. 지금 당장 찾지 못하면 대화궁에서 세아의 자리는 남아 있지 못할 것이다.

유강은 탁자 위에 놓인 연꽃 모양의 목곽을 노려보았다. 손에 깊은 상처를 입어가며 몇 날 밤을 꼬박 새어 만든 물건이다. 뚜껑을 열자 힘들게 구해서 보냈던 비환臂環이 그대로 들어 있다. 자신에 대한 세아의 마음, 단호한 거부의 마음이다. 이것을 볼 때마다 떠난 그녀에 대한 분노보다는 외면받았다는 느낌, 버림받은 기분, 세아의 마음을 차지하고 있는 무진에 대한 무서운 질투가 먼저 치받아 오른다. 그리고 다시 그를 덮치는 것은 지독한 목마름이다. 그리움이다. 이제라도 돌아와 준다면 모든 것을 용서해 줄 터인데, 아무것도 묻지 않고 사랑해 줄 터인데…….

비환臂環을 그러쥐는 손등에 핏발이 선다.

어느 날 적저군이 찾아왔다. 정변 후 그는 모든 것을 가질 수 있었지만 초야로 돌아갔다. 그것이 그를 더욱 무서운 사람으로 만들어 버렸다. 그의 말 한마디가 여론이 되고 오늘 같은 은밀한 행보에조차 사람들은 촉각을 기울인다. 외면하려야 외면할 수 없는 그의 힘을 유강도 느끼고 있다.

"안색이 좋지 않습니다. 너무 조급해 마시고 쉬엄쉬엄하십시오."

정권을 잡은 후, 왕실과 귀족들에 집중되어 있는 부와 권력을 백성들에게 분산시키기 위한 유강의 행보는 거침이 없었다. 그것이 적저군의 눈에는 너무 과격해 보여 하는 말이다. 성급히 서두르다가는 오히려 반발을 불러일으킬 수도 있다.

"적저군께서 도와주시면 좀 더 쉬울 것 같습니다."

그 소리에 적저군은 빙긋 웃었다. 지금은 자신의 힘이 필요하겠지만 결국 자신 또한 유강의 개혁 대상임을 안다. 그래서 일찌감치 떠나 있는 것이다.

"소신이 무슨 힘이 있어 전하께 도움을 드리겠습니까? 저는 그저 초야에 묻혀 있는 듯 없는 듯 지내다 조용히 떠나는 것이 소원일 뿐입니다.”

유강은 꿰뚫어 버릴 듯한 눈으로 적저군을 노려보았다. 적저군은 지금 안도국에서 자신에게 대적할 수 있는 유일한 사람인데 그런 힘을 가진 그가 어째서 은밀하게 찾아와 이런 말을 하는지 그 저의를 파악하기가 어렵다. 왕실과 귀족들의 힘을 한 몸에 업고 있는 자가 있는 듯 없는 듯 지내다 조용히 떠나겠다니…….

“그것이 어디 본인의 뜻대로 되더이까?”

적저군은 유강의 눈을 피해 찻잔을 들었다. 조금 전 한 말은 조금도 거짓이 없는 진심이다. 그는 진심으로 유강이 두렵다. 아니, 권력의 한가운데로 들어서는 것이 두렵다는 말이 옳을 것이다. 그러나 유강의 말처럼 그것이 어디 본인의 뜻대로 되는 것이던가. 바람이 휘몰아치면 어쩔 수 없이 그 소용돌이에 휘말릴 수밖에 없는 것이 또한 권력이다. 그래서 일찌감치 달아나려는 것이다.

적저군은 찻잔을 내리며 천천히 입을 열었다.

“그래서 이리 목숨을 구걸하러 온 것이 아니겠습니까.”

“무슨 말씀이십니까?”

“효진이를 녹영전 주인으로 들이십시오.”

“그럴 순 없소. 원치 않는 일이오.”

“원치 않으셔도 하셔야 합니다. 그래야 소신에게로 쏠린 귀족들의 눈과 귀를 전하의 것으로 만드실 수 있습니다!”

“……!”

“그래야 강인한 군주가 되십니다.”

적저군이 진심으로 원하는 것은 바로 그것이다. 유강이 강인한 군주가 되어 이 안도국을 강력한 힘을 가진 나라로 만들어주는 것.

"적저군."

"효진일 받아들여 왕실과 귀족을 끌어안으십시오."

그들을 외면하고서는 절대 조정을 장악할 수 없다. 힘을 잃은 왕이 어떻게 허물어져 가는지는 경왕을 통해 충분히 지켜보았다.

유강은 그제야 적저군의 뜻은 충분히 알아차렸다. 그러나 그의 말에 쉬이 동조할 수가 없다. 효진을 단 한 번도 여인으로 생각해 본 적이 없다.

"내게 그 아인 누이요."

"혼인을 하시면 마음이 달라지실 것입니다."

그래, 자신 또한 사내인 이상 시간이 흐르면 효진을 바라보는 마음은 달라질 수 있을 것이다. 그러면 세아를 향한 이 마음도 달라질 수 있을까? 견딜 수 없는 이 불면이 사라질까?

"하지만 내겐 비가 있소."

"이미 사라지고 없는 분입니다. 이 대화궁에서 당신의 처지가 어찌 될지 아시기에 스스로 떠난 게지요. 그러니 놓으십시오."

적저군은 자신의 압력 때문에 세아 공주가 떠났을 것이라는 말을 차마 꺼내지 못한 채 궁을 빠져나왔다. 모쪼록 유강이 현명한 판난을 내리길 바랐다. 안도국을 위해, 그리고 스스로를 위해. 그러나 유강과 함께하는 효진의 삶은 서럽고 외로울 것이다. 그것을 뻔히 알면서 막지 못하는 자신의 마음을 효진은 이해할까? 가슴이 아프다. 그러나 이 또한 운명인 걸 어쩌겠는가. 본인 스스로 기어이 원했던 길이니 그 삶 또한 잘 이겨내리라 믿는다.

추격대를 이끌고 떠났던 홍영이 돌아왔다.

"서초성에서부터 평원까지 가는 동안 어디에도 공주님의 흔적은 없었습니다."

대연에서 서초성을 거쳐 평원에 이르는 길은 유강과 함께 수십 번 오가며 손바닥처럼 익힌 길이다. 어디쯤에서 유숙을 해야 하며 어느 정도의 거리에서 말이 지치는지 그리고 지친 말은 어디에서 갈아타야 하는지, 그 모든 것이 빤한 길이다. 그런데 어디에서도 공주 일행의 흔적은 찾아볼 수 없었다. 추격군이 쫓을 길을 미리 알지 않고서는 그렇게 감쪽같이 사라질 수는 없다. 누군가 자신들만큼이나 그 길을 꿰뚫고 있는 사람이 공주를 안내하고 있다는 생각이 들었다.

듣고 있던 유강의 얼굴이 무섭도록 일그러졌다. 아드득 갈리는 이 사이로 분기를 참지 못한 신음 소리가 흘러나왔다.

"우치, 이노옴……!"

유강도 같은 생각을 한 모양이었다. 공주를 안내하고 있는 사람은 바로 우치라고. 그러나 우치에게 유강의 뜻을 어기고 공주를 따를 수밖에 없는 이유가 분명 있을 것이라고 홍영은 생각했다.

"우치의 충심을 의심하지 마십시오. 분명 이유가 있을 것입니다."

그러나 그 말도 유강의 분노를 가라앉혀 주진 못했다. 이유 따위 다 필요 없다. 세아를 다시 자신의 눈앞에 데려오는 것만이 우치의 충심이다.

유강의 눈치를 살피며 홍영이 다시 입을 열었다.

"평원에서야 겨우 꼬리를 잡았는데…… 이미 비열흘로 넘어간 뒤였습니다."

"그럼 건너가서 잡아와야 될 것이 아니냐!"

"무한국에서 국경 수비를 워낙 강화해서 도저히 넘을 수가 없었습니다."

무한국이 국경 수비를 강화하고 있다는 얘기는 익히 들었다. 그와 함께 이민족에 대한 탄압도 심해져 비열흘의 많은 비진족들이 목숨을 걸고 가까운 평원으로 건너오고 있다는 소식도 들었다. 안도국도 맞상대하여 국경 수비를 강화해야 했지만 이미 비진족과 협상을 맺은 상태라 사지를 떠나 찾아드는 그들을 내칠 빌미가 없었다.

무한국이 변방 정책을 강화했다면 세아 또한 신분을 감추기가 힘들 것이다.

무한국 왕이 과연 그녀를 살려둘까? 어쩌자고…… 도대체 어쩔 심산으로 그곳으로 들어간 건가! 정말 그자가 살아 있는 건가? 그자를 만나기 위해서라면 죽음조차 두렵지 않다는 건가?

유강은 입술을 깨물었다. 주먹을 그러쥐었다. 그러나 가슴의 떨림이 멈추지 않는다. 거친 심장 소리가 온몸을 흔들었다. 끓어오르는 분노와 질투에 눈이 멀어버릴 것만 같다. 마침내 차디찬 이성조차 길을 잃었다.

제까짓 게 아무리 달아나 보아야……!

실룩 비틀어지는 입술 사이로 흘러나오는 유강의 음성은 비릿한 웃음이 섞여 섬뜩하게 들렸다.

"라우탄에게 가서 전해라. 내가 비열흘을 찾아주겠다고 말이다."

"예?"

"무슨 말인지 모르겠느냐! 비열흘을 칠 것이다. 무한국으로부터 그 땅을 빼앗아 영원히 비진족의 땅으로 만들어주겠단 말이다. 그러니 준비를 하라 해라. 안도국이 뒤를 봐주겠다면 마다하진 않을 것이다."

그들은 평생 소원하던 비진족의 땅을 가지게 되고 나는 세아를 찾는다.

홍영은 무거운 마음으로 궁을 나왔다. 지금껏 그토록 어둡고, 화가 나고, 슬프고, 불안해 보이는 유강의 얼굴은 처음이다. 비진족을 부추겨 비열흘을 치겠다니! 유강은 정말 전쟁을 불사할 모양이다. 꽃 같은 여인들이 널리고 깔린 궁인데 무엇이 부족하여 저리 위험을 감수하려는 걸까? 홍영으로서는 도무지 납득하기 힘든 부분이다. 효진을 곁에 두어 힘과 충성을 한 손에 쥐고 마음껏 여인을 취하면 될 것이 아닌가.

느릿한 그의 걸음이 저잣거리를 지나 살림집들이 즐비한 거리에서 멈췄다. 고개를 들어 거리를 살피던 그의 눈이 높고 긴 담벼락을 지닌 집들 사이에 낀 한 아담한 집에서 멈췄다.

부모가 누군지도 모르니 태어난 곳이 어딘지도 모르는 홍영이다. 그런 홍영이 처음으로 가진 안식처 '내 집'이다. 유강이 수십 명의 노비가 딸린 고대광실을 하사하려 했지만 홍영은 그것을 마다했다. 왠지 몸에 맞지 않은 옷을 입은 듯 불편했고, 내 집이라는 느낌이 들지 않아서였다.

대문을 밀고 들어서자 작은 병아리들이 개나리 꽃잎 같은 날개를 파닥거리며 마당을 종종거리고 있었다. 홍영은 놀란 마음으로 다가가 쪼그리고 앉았다.

어린것들이 길을 잃은 건가?

어미를 잃고 헤매다 이 마당으로 들어온 모양이다. 홍영이 애틋한 마음으로 손을 뻗자 병아리들이 화르륵 달아났다. 세상이 무섭고 사람이 무섭고, 그래서 칼같이 날을 세우며 살았던 어린 날의 자신이 떠올랐다. 하루하루가 얼마나 힘겨웠던지, 두려웠던지…….

모이를 좀 구해와야겠군, 생각하며 일어서는데 어디선가 고소한 냄새가 풍긴다. 조물조물 나물을 무치는가, 전을 굽고 있나? 아니, 매운 내가 섞인 걸 보니 얼큰한 장국을 끓이는 모양이다.

킁, 킁 냄새를 맡으며 그는 주린 배를 쓰다듬었다. 이럴 줄 알았으면 궁에서 요기라도 하고 올 걸 그랬나? 그럴 게 아니라 부엌살림을 맡길 할멈이라도 하나 들여야 할까 보다.

바쁜 몸이니 자신을 대신해 집안 구석구석 청소를 할 사람도 필요하고, 옷가지를 손질해 줄 침모도 하나 들여야 할 것 같고, 하사받은 땅을 가꾸어줄 일꾼도 필요하다. 필요 없다고 돌려보냈던 노비들을 다시 주십사 해야 할까?

집만 덩그러니 있다고 그게 '내 집'이 되는 건 아니구나 생각하며 마루에 오르려던 홍영은 어디선가 들리는 소리에 멈칫했다. 아무도 없는 집 안에서 무슨 소리가 들린다. 빈집이라고 도적이라도 든 건가?

그는 소리를 따라 살금살금 걸음을 옮겼다. 그의 걸음이 멈춘 곳은 부엌 앞이다. 달그락거리는 소리가 선명히 들린다. 누군가 이 안에 있다. 그는 품고 있던 단도를 빼어 들고 거칠게 문을 밀쳤다.

"웬 놈이냐! 누군데 남의 집에 들어와……!"

화들짝 놀라며 바가지를 떨어뜨리고 돌아보는 사람은 꿈에서도 보고 싶지 않았던 양현의 여식, 그의 신부 반이다.

이 사람이 어찌 여기에 있는가?

"서방님!"

어지간히 반가운지 눈물까지 맺힌 채 화색이 도는 얼굴로 다가오는 그녀를 보자 홍영은 화들짝 놀라며 뒤로 물러났다. 그리고 어이없는 말이 그의 입에서 튀어나왔다.

"지, 지금 남의 집에서 뭘 하시는 겁니까?"

반이의 얼굴이 경직되었다. 금방이라도 흘러내릴 것 같던 눈물도 쏙 들어가 버렸다. 남의 집이라니, 정말 이 사람의 마음속에는 아내라는 존재가 전혀 없었던가 보다.

어디론가 자취를 감춰 버린 공주를 대신해 소천궁을 지키며 유강이 대연을 장악하는 모습까지 지켜보았지만 함께 돌아왔을 홍영은 끝내 그녀를 찾지 않았다. 땅을 하사받고 집을 마련한 것도 그가 다시 떠난 다음에야 알았다. 너무도 화가 나고 서러웠지만 어쩔 수 없었다. 아버지는 죽기 전에는 혼자서는 절대 사천으로 오지 말라는 엄명을 내렸고, 유강 또한 홍영의 곁을 떠나지 말라는 명을 내렸다. 그리고 무엇보다 자신이 그를 원했다. 아무리 외면하고 미워해도 싫지 않은 걸 어쩌겠는가. 그 아름다운 얼굴이 가슴이 미어지도록 보고 싶은 걸 어쩌겠는가.

그래서 이 집으로 들어와 살림을 시작했다. 마당에는 닭을 기르고 꽃씨를 심고 반짝반짝 윤이 나도록 온 집 안을 쓸고 닦고 가꾸었다. 이런 모습을 보면 그의 마음이 조금은 열리지 않을까 싶어서였다. 그러나 그것이 얼마나 허황된 기대였는지 이제 알겠다. 이 사람에겐 아내란 존재가 없는 것이다. 그래도 내가 사천에서는 누구에게나 사랑받고 존중받던 사람이었는데…….

억울하고 부아가 났다. 감히 자신을 어찌 보고 이리도 천대하는가 싶었다. 못난 것이 어찌 나만의 죈가! 바짝 오기가 인다.

함지박만 한 그녀의 입가에 묘한 웃음기가 번졌다.

"남의 집이라니요? 여기가 우리 집이 아니었습니까? 에구머니, 어쩌나! 나는 그것도 모르고 날마다 허리가 휘도록 쓸고 닦고 했지 뭡니까?"

그녀는 남의 집을 쓸고 닦고 한 것이 억울해 죽겠다는 듯 울상을 지었다. 그 모습이 너무 못나서 홍영은 정말 울고 싶었다.

그녀를 피해 윤이 나도록 반짝이는 대청마루로 올라서던 홍영의 눈이 나뭇결의 모양에 닿았다. 그 모양이 마치 일렁이는 물결을 보는 듯하다. 반짝이는 이것은 햇살에 비친 물비늘이라 해도 좋겠다. 그 아름다운 모양에 홀린 듯 내려다보고 있는 홍영의 귀에 반이의 목소리가 들렸다.

"결 좋은 나무로 대청마루를 새로 깔았습니다."

방 안으로 들어서자 그곳의 풍경도 낯설다. 침상을 가린 휘장도 가운데 놓인 탁자와 의자도 원래의 것들이 아니다. 말없이 방 안을 들여다보고 있는 홍영의 뒤에서 반이가 머뭇거리며 말했다.

"침실이 너무 어둡고 무거워……."

그 소리에 홍영은 버럭 화를 내었다.

"누가 마음대로 바꾸라 했습니까!"

그는 화를 주체하지 못하겠다는 듯 서성거리다가 그녀와 눈이 마주치자 다시 버럭 화를 내며 밖으로 뛰쳐나가 버렸다. 거친 걸음으로 휘적휘적 걷던 그는 골목을 완전히 돌아 나오자 그제야 걸음을 멈추었다.

저런 곳에서 어찌 잠을 자라고……!

어릴 적에는 이슬만 피할 수 있으면 어디서든 잠이 들었다. 겨울에는 얼어 죽을 곳만 아니면 되었다. 썩은 내가 진동하는 다리 아래나 칙칙하고 어두운 흙구덩이에서 잔 적도 있고, 폐가에서 만난 같은 처지의 사람들과 서로의 몸을 온기 삼아 기대어 자기도 했다. 아침에 눈을 뜨면 싸늘한 시신이 나뒹굴고 있던 적이 한두 번이 아니다. 유강을 만난 후 더 이상 그런 비참한 생활을 하지 않아도 되었지만 잠자리는 여전히 고쳐지지 않았다. 그는 어디를 다니던 어둡고 칙칙하고 좁고 구석진 방을 원했다. 그가 편히 잠들 수 있는 곳은 언제나 그런 곳이었다.

그런데 그렇게 따뜻하고 안온한 느낌의 방이라니! 손으로 더듬어보고 싶었던 아름다운 결의 대청마루와 위를 자극하던 냄새가 풍기는 부엌이라니! 종종거리며 마당을 헤집고 다니던 병아리들까지. 무엇 하나 마음에 드는 것이 없다. 모든 것이 불편하게만 느껴진다.

못난 것이 사람을 어찌 이리 불편하게 만드는 건가? 못난 것이…… 못난 것이……!

다시는 이곳에 오지 않으리라. 저렇게 못난 얼굴을 날마다 보면서 살 수는 없다. 살 집이야 또 구하면 될 것이고, 계집이 그리우면 모란각을 찾으면 될 것이다.

알 수 없는 무엇이 자꾸만 뒤통수를 잡아채는 것 같았지만 모른 척 돌아섰다. 그리고 다음날로 홍영은 유강의 명을 받고 다시 평원으로 떠나 버렸다.

7

비열흘을 영원히 비진족의 땅으로 만들어주겠다고?

이토록 엄청나고 달콤한 제의가 또 있었던가 싶을 만큼 안도국 왕의 제의는 온 방 안을 술렁이게 했다. 우루수 노인도 다왁도 믿기지 않는 얼굴로 서로를 바라보았다.

"비열흘을 영원히 비진족 땅으로 만들어주겠다니, 그것이 과연 가능키나 한 얘긴가?"

무한국이 변방 정책을 강화하고 있는 것은 그만큼 불안하기 때문이다. 왕권은 귀족들에 휘둘려 땅에 떨어졌고 언제 누가 반란을 일으킬지 모를 만큼 정국이 불안하다고 들었다. 안이 그렇게 두려우니 밖을 단속하는 것이다. 어쩌면 지금이 비열흘을 차지할 수 있는 절호의 기회인지도 모른다. 조상 대대로 꿈꾸던 비진족의 나라가 생기는 일이다.

아소왕후를 몰아내는 과정에서 비진족이 수도 대연으로 올라가는 변방의 군사들을 막아주지 않았다면 유강이 그리 쉽게 대연을 장악하진 못했을 것이다. 그 협상의 대가로 유강은 비열흘을 찾아주겠다는 것이다. 참으로 음흉한 자가 아닌가! 제 땅을 주긴 아까우니 남의 땅을 빼앗아 주겠다고 전쟁을 부추기는 것이다. 그런데 그 어이없는 제안에 자꾸만 마음이 끌린다.

이곳 평원에 머물며 안도국으로부터 얻어낼 수 있는 대가는 비진족의 집단 정착지를 허락받는 것뿐이다. 자치권도 군대도 그들은 허용하지 않을 것이다. 기어이 그것을 가지겠다면 안도국과 전쟁을 치르는 길밖에 없다. 그 전쟁의 끝은 불을 보듯 뻔하지 않겠는가. 그러니 정말 비열흘을 차지할 수만 있다면 유강의 제안이 절대로 나쁜 제안은 아니다.

며칠 비진족 마을이 술렁거렸다. 부족의 운명이 어떻게 결정되어질까? 모든 눈과 귀들이 우루수 노인을 비롯한 부족회의의 수장들에게 집중되어 있었다. 어렵게 강을 건너온 사람들로부터 비열흘에서 자행되고 있는 무한국 군의 횡포와 비참한 비진족의 실상이 전해지자 마을은 더욱 술렁거렸다.

머리나 식히자며 강변으로 나온 라우탄이 마른 먼지가 이는 척박한 땅을 건너다보며 옆에 선 레이에게 물었다.

"레이, 넌 어떻게 생각해?"

부족회의의 뜻은 비열흘을 빼앗아 비진족의 나라를 세우자는 쪽으로 기울고 있지만 평원의 이 기름진 땅을 두고 척박한 비열흘로 가는 것이 과연 옳은 일인지 라우탄은 여전히 모르겠다.

레이는 라우탄의 눈이 머물고 있는 강 건너 땅을 바라보았다. 저곳은 자신이 나고 자란 땅이며 조상 대대로 뿌리를 내리고 살아온 땅이다. 척박함 따위는 아무 문제가 되지 않을 만큼 행복한 기억이 더 많은 곳이다.

평원이 아무리 기름진들 뭐 하나? 결국은 남의 땅인걸!

"당연히 돌아가야지!"

레이는 무엇을 망설이냐는 듯 단호히 대답했다.

라우탄은 그 모습을 멀뚱히 바라보았다. 모두들 하나같이 똑같은 반응들이다. 힘들었지만 아름다운 기억으로 남아 있는 그리운 땅, 꼭 돌아가야 할 비진족의 고향이라서 그럴까? 그러나 라우탄에게는 저런 그리움이 없다. 그곳에서의 삶이 기억에 없으니 어쩌면 당연한 건지도 모른다.

레이는 라우탄의 우울한 얼굴을 보며 그의 손을 꼭 잡았다. 라우탄이 생각에 잠기면 레이는 겁이 난다. 잃어버린 기억의 조각들이 그 생각 속으로 들어오지나 않을까 두려워서다. 그가 아무것도 떠올리지 않으면 좋겠다. 그냥 이대로, 할아버지가 들려준 이야기 속의 라우탄만을 기억했으면 좋겠다. 레이의 손가락이 얼굴에 길게 그어진 흉터에 닿자 라우탄은 저도 모르게 움찔 물러났다. 그의 예민한 반응에 레이는 얼른 손을 뗐다.

"아, 미안."

라우탄은 이 흉터에 대해 끔찍한 기억이 있는 것 같다. 흉터보다 더 큰 상처인 안대를 찬 눈에 대해서는 별다른 반응이 없는데 유독 이 흉터에 대해서만은 예민하다.

"날 비열흘에 버리고 간 사람들, 정말 몰라?"

"응?"

"네가 처음 발견했다고 했잖아."

"모, 몰라. 물을 길러 나갔다가 풀밭에 쓰러져 있는 널 발견했어. 얼마나 기겁을 했는지, 정말 죽은 줄 알았다니까."

레이는 그날의 일이 다시 떠오르는 듯 온몸을 부르르 떨었다.

그날, 새벽같이 물을 길러 나갔던 레이는 강가를 달려오는 말을 발견했다. 거침없이 달려온 말이 레이의 앞에서 멈췄다. 금방이라도 쓰러질 듯 거품을 물고 있는 말에서 한 사내가 훌쩍 뛰어내렸다. 아주 큰 칼을 찬 무서운 얼굴의 무사였다. 그는 시체 하나를 말에서 끌어 내려 레이의 앞에 툭 던졌다. 레이는 기겁을 하고 그 자리에 주저앉았다.

"우루수 노인을 아느냐?"

레이는 정신없이 고개를 끄덕였다. 그제야 그는 무릎을 굽혀 시체를 살피더니 다시 레이에게 말했다.

"노인께 전해라. 숨이 붙어 있는 듯하니 최선을 다해 살려보라고 말이다. 그리고 혹시라도 이자가 살아나면 두 번 다시 무한국으로는 돌아오시 말라고 해라. 유천 장군의 뜻이다."

사내는 그 말을 남기고 다시 말에 훌쩍 올라 바람처럼 사라져 버렸다.

할아버지는 그자에 대해 무언가 알고 있는 것 같았지만 한마디도 해주지 않았다. 그리고 레이에게도 함구령을 내렸다. 호기심 어린 눈으로 들여다보는 부족민들에게는 그저 오래전 무한국 장수의 노예로 팔려갔던 아이가 큰 부상을 입고 돌아왔다고만 했다. 다행인지 불행인지 달포 만에 의식을 회복한 라우탄은 아무것도 기억하지 못했다. 자신의 이름조차도.

레이는 생각에 잠긴 라우탄의 몸을 흔들었다.

"그런 것 자꾸 생각하지 마. 앞으로 살아갈 날만 생각해. 근데 혹시 라우탄은 비열흘로 돌아가는 것에 반대하는 거야?"

"아냐, 그런 거. 그냥 잠깐 생각이 많아져서 그래."

"생각? 무슨 생각?"

"나라. 우리 비진족 나라."

라우탄은 주먹을 그러쥐며 강 건너 비열흘을 바라보았다. 제 땅도 없이 천대를 받으며 수백 년을 떠돌아다녔던 비진족에게 나라가 생기는 것이다. 생각만 해도 가슴이 두근거린다.

사천에서 유강과 비진족의 비밀스러운 만남이 이루어졌다. 협상에서 안도국은 무기와 군량미를 지원하겠다고 했다. 직접적인 전쟁 개입은 하지 않겠다는 뜻이다. 그것은 비진족도 바라는 바다. 안도국 군이 비열흘에 입성하게 해서는 안 된다. 그런데 유강의 입에서 나오는 말은 그들의 뜻과 다르다.

"단, 나의 정예부대가 그대들과 함께 비열흘에 들어갈 거요."

"군사는 보내지 않겠다고 하지 않았습니까!"

"물론, 그들은 전쟁을 치르진 않을 거요. 따로 할 일이 있소."

칼 한번 휘두르지 않고 비열흘을 꿀꺽 삼키기라도 하겠다는 건가?

마주 앉은 비진족들의 눈이 일순간에 불꽃이 튀길 듯이 이글거렸다. 유강은 빠른 대답 대신 천천히 차를 마셨다. 비진족에게 나라를 만들어주는 것은 내키지 않는 일이지만 언제나 골칫거리였던 그들을 안도국에서 완전히 몰아낼 수 있는 기회이기도 하다. 비진족이 비열흘을 차지하고 나라를 세운 후의 일은 그때 가서 생각하면 된다. 지금 유강에게는 오로지 한 가지 목적뿐이다.

숨이 막힐 듯한 긴장이 흐르고 드디어 유강이 입을 열었다.

"사람을 찾고 있소. 우린 그 사람만 찾으면 바로 빠질 거요."

안도국 왕이 어째서 비열흘에 있는 사람을 찾는지, 도대체 누구기에 전쟁을 불사하면서까지 찾으려고 하는지 궁금했지만 유강은 어떤 말도 해주지 않았다.

평원으로 돌아온 며칠 후, 다시 다왁의 집에서 비진족 회의가 열렸다. 회의를 시작하기 전 이미 비진족의 결정은 내려졌고 이제 우루수 노인의 선언만 남은 상태다. 검푸른 눈들이 우루수 노인에게로 향했다.

우루수 노인은 나이 지긋한 촌장들 사이사이에 앉은 청년들을 살폈다. 나라가 없다는 것이 얼마나 서러운 일인지 저들은 아직 다 모를 것이다.

주변국에 전쟁이 터지면 비진족은 자신들의 의지와 상관없이 화살받이로 내몰린다. 승리의 환호 속에 끼어들 수 없고, 패배의 책임에선 벗어날 수 없다. 천재지변도 인재도 모두 비진족의 책임이다. 어떤 부당한 일에도 반기를 들 수 없고, 호소할 곳도 없다. 이리저리 내몰리며 바람에 떠도는 먼지보다 못한 삶이지만 그래도 살아야 하는, 그것이 비진족의 운명이었다. 그러나 저 젊은이들에게만은 그런 운명을 지워주고 싶지 않다. 우루수 노인은 심호흡을 하고 드디어 입을 열었다.

"지난 수백 년간 우리 조상의 땅이었던 비열흘을 되찾아……."

그의 음성이 떨렸다.

"……비진족의 나라를 세울 것이다. 안도국과 무한국에 빌붙어 살던 비천한 종족 비진족은 이제 없다!"

방 안에는 숨소리조차 들리지 않았다. 모두들 알고 있었지만 막상 모든 사람이 모인 자리에서 선포를 하자 그것은 거대한 파도가 되어 그들을 삼켜 버렸다. 한 번도 경험하지 못했고 상상조차 하지 못했던 낯선 세상이 밀려오는 것 같았다. 두려움과 설렘이 뒤엉켜 쉬이 감당하기가 힘들다. 누군가 꿀꺽 침 넘기는 소리가 정적을 깨트렸다.

"정말…… 비진족 나라가 생기는 것입니까?"

스무 살도 되어 보이지 않는 어린 청년이 검푸른 눈을 반짝이며 물었다.

"반드시 그렇게 되도록 만들어야지. 허나…… 많은 희생이 따를 것이다. 수많은 목숨이……."

우루수 노인의 말이 채 끝나기 전에 청년이 소리쳤다.

"그래도 해야지요! 하겠습니다! 나라를 세울 수만 있다면 죽음

따위 두렵지 않습니다!"

"저도요!"

"저도 그렇습니다!"

"저희들이 앞장서겠습니다!"

벅찬 기대와 다짐들에 두려움은 어느새 저만치 사라져 버렸다. 어느 나라 어떤 군대와 대적해도 물러나지 않을 기개들이다.

회의 내용이 밖으로 새나가지 않도록 단단히 입단속을 시키고 청년들을 돌려보낸 후, 우루수 노인은 다왁과 라우탄만 데리고 다시 은밀한 방으로 들어갔다.

"안도국의 정예부대가 우리와 함께 비열흘에 들어가는 것에 대해 어찌 생각하는가?"

"사람을 찾는다 하지 않았습니까?"

"과연 그럴까?"

순진하고 무심한 라우탄의 대답에 비해 다왁은 부정적이다. 우루수 노인은 신중한 눈으로 다왁의 의견을 다시 물었다.

"사람을 찾는다는 것은 빌미일 뿐 결국은 비열흘을 탐낼 것입니다. 우리가 그들에게 속은 것이 어디 한두 번입니까?"

무한국과 안도국, 두 나라의 전쟁에 끼어 자치권을 약속받고 용병을 보냈지만 결국은 아까운 청년들만 죽음의 길로 내몬 것이 수십 번이다. 그들은 늘 그런 식으로 비진족의 목숨과 세금을 착취해 갔다.

"무한국도 믿지 못하지만 안도국 또한 믿을 수 없습니다."

"그래, 나도 그렇게 생각하네."

우루수 노인도 그 말에 동의한다는 듯 고개를 끄덕였다. 라우탄은 두 사람의 말을 들으며 안도국 왕을 떠올렸다. 사람을 찾는다고 말하던 그의 눈빛은 결코 거짓 같아 보이지 않았었다. 몹시도 절박한 느낌이 들던 그 눈빛. 라우탄은 왠지 그 눈빛이 이해가 갔다. 그 마음도 알 것 같았다. 자신에게도 그런 것이 있으니까. 그 대상이 누구인지도 모른 채 늘 안개처럼 가슴속을 떠돌고 있는 이 절박한 그리움…….

다시 우루수 노인의 음성이 들렸다.

"그러나 우린에겐 그 조건을 거부할 빌미가 없어."

"안도국 왕이 찾는다는 그자를 우리가 먼저 찾아낸다면 좋을 텐데 혹, 방법이 없겠는가?"

다왁의 물음에 라우탄은 고개를 흔들었다. 이름도 얼굴도 모르는 자를 어떻게 먼저 찾을 수 있겠는가? 그러나 다음 순간 라우탄은 머리를 스치는 생각에 눈을 번득였다. 언젠가 육손이 패거리에게 납치를 당했던 그자, 당시 왕자의 아우라고 하던 그자가 아닐까?

그날, 인질의 얼굴을 보진 못했지만 멀리서 보았던 뒤태만으로도 그자가 여인이라는 것을 직감했었다. 그리고 그자를 향해 다가가던 왕자의 눈빛과 행동들, 그것 또한 분명 여인을 향한 것이었다. 그제야 그때 인질이 달아났던 방향이 비열홀 쪽이었다는 것이 떠올랐다. 그를 납치한 육손이를 배제하고라도 흡사 그자는 달아나고 있고, 왕자는 쫓고 있는 그런 형국이었다. 다시 누군가에게 납치를 당한 건지, 아니면 스스로 달아난 건지 모르겠지만 비열홀과 연관이 있는 사람임에는 분명하다. 라우탄의 입가에 회심의 미소가 번졌다.

"어쩌면 방법이 있을지도 모르겠습니다."

"짐작 가는 사람이라도 있는가?"

"지난번 육손이 패거리에게 납치되었던 자 말입니다. 왕자의 아우라는……."

"그자가 왜?"

"그때 그자는 왕자의 아우가 아닐 겁니다. 남장을 하고 있었지만 얼굴이 몹시도 곱상했다고 들었습니다. 그자는…… 사내가 아니라 여인일 겁니다."

"그럼 지금 안도국 왕이 찾고 있는 사람도 그 사람이란 얘긴가?"

"제 짐작은 그렇습니다. 그 사람이 다시 누군가에게 납치되었거나 아니면 스스로 비열흘로 달아났거나."

다왁은 별 신빙성이 느껴지지 않는 듯 고개를 갸웃했지만 라우탄은 점점 더 확신이 들었다. 다왁의 말처럼 안도국 왕보다 먼저 그자를 찾는다면 몹시도 훌륭한 거래감이 될 것이다.

거사 일을 며칠 앞두고 서초성에 도착한 세아는 성안 이곳저곳을 살피며 바쁜 시간을 보냈다. 그렇게 며칠이 지나자 이번에는 성 밖 구경까지 하고 싶다고 했다. 단순히 새로운 곳에 대한 호기심쯤으로 생각했다. 소천궁에 있을 때도 가끔 그런 일을 감행하고 싶어했으니까. 이미 대연을 빠져나왔고, 이곳엔 공주의 존재를 아는 사람도 없으니 괜찮지 않을까 하는 생각이 들었다.

공주는 남장을 하고 칼을 차고 나서며 호위는 필요 없다고 했다.

"우치 너 하나면 충분하지 않겠느냐?"

우치도 그 말에 동의했다. 호위를 여럿 달고 나가 굳이 시선을 집중시킬 필요는 없다고 생각했다. 아주 잠깐 저자나 구경하고 들어올 테니까.

저자를 구경하던 공주가 무슨 일인지 구석진 골목으로 들어갔고 급하게 뒤를 따르던 우치의 목에 느닷없이 서늘한 칼날이 들어왔다. 그는 본능적으로 칼을 쳐내고 공주가 있는 곳으로 몸을 날렸다. 목숨을 버려서라도 공주를 무사히 지켜내는 것이 그에게 주어진 책무였다. 뒤따르는 칼을 피해 공주를 감싸려는 순간 다시한 번 서늘한 칼날이 목젖을 겨누었다. 그것은 놀랍게도 공주의 칼이었다.

"마, 마마!"

어느새 세 명의 무사가 그를 에워쌌다. 모두들 처음 보는 낯선 얼굴이었다. 그들에게 끌려간 곳에 공주를 그림자처럼 따르던 늙은 시녀 다련이 있었고, 남장을 한 어린 시녀가 십여 명이 더 있었다. 모두들 무한국에서 데려와 소천궁에 함께 머물던 사람들이다. 그렇다면 자신을 공격했던 무사들 또한 무한국인이었다는 소리다. 공주가 어째서 이런 일을 저질렀는지, 도대체 무슨 일이 벌어지고 있는지 가늠할 수가 없었다.

무한국을 떠나올 때 함께 왔던 호위들을 모두 돌려보냈지만 끝까지 돌아가지 않고 대연에 머물렀던 자들이 있었다. 경성단 시절부터 함께했고, 세아에게 절대적인 충성을 맹세했던 호위들이다. 그들은 비열흘로 돌아가겠다는 세아의 결정에 환호를 하며 기뻐했다. 대연 바닥에 자자하게 떠돌던 유강 왕자에 대한 소문을 들으며 피눈물을 흘리던 차에 세아의 연락을 받았던 것이다.

세아는 양팔을 뒤로 묶인 채 의자에 앉은 우치의 혼란스러운 얼굴을 무심히 바라보았다. 마지막 순간까지 망설였던 일이지만 결국 이리되었다. 돌이킬 수 없는 결정을 내린 것이다. 옳다고 생각해서 내린 결정이다. 그러니 절대 망설임도 후회도 있어서는 안 된다. 세아는 단호한 마음으로 입을 열었다.

"우린 비열흘로 가려고 한다. 우치 네가 길 안내를 좀 해주어야겠다."

"공주마마께서 갑자기 왜 이러시는지 소인은 도무지 알 수가 없습니다."

"갑자기가 아니다."

"그럼……?"

"그래. 기회를 잡지 못했을 뿐 내내 생각해 왔던 일이다."

우치는 도무지 믿을 수 없다는 얼굴로 세아를 바라보았다. 유강을 위해 위험을 무릅쓰고 소천궁에 남았고, 아소왕후를 만났다. 삼깐이었지만 함께 지내며 유강에 대한 믿음만큼이나 공주에 대한 믿음도 컸었다. 그런 사람이 내내 비열흘로 도망칠 궁리를 하고 있었다니, 경악을 금치 못하겠다. 소천궁을 떠나며 유강은 자신을 대하듯 공주를 대하라고 했었다. 무엇보다 중요한 것은 공주의 안전이라고 신신당부를 했었다.

저 아름다운 얼굴로 유강을 유혹하고 그 마음을 이용했더란 말인가?

우치는 입술을 질끈 깨물었다. 자신에게 맡겨진 책무는 이제 끝났다고 생각했다. 그러니 선택은 한 가지뿐이다.

"소인은 차라리 죽음을 택하겠습니다."

그 말을 남긴 우치는 더 이상 미동도 하지 않았다.

추격군이 따라붙었다는 것을 알아차린 것은 서초성을 떠난 지 사흘 만이었다. 세아는 잠시 행렬을 멈추고 상황을 지켜보았다. 정상적인 경로로 가다가는 얼마 못 가 잡히고 말 것이다.

"평원으로 가는 다른 길은 없느냐?"

세아의 물음에 우치는 여전히 입을 꼭 다문 채 대답을 하지 않았다. 그냥 이렇게 며칠 우왕좌왕하다 추격군에게 잡혀주는 것이 그의 솔직한 바람이다. 철석같이 믿었던 공주의 변심을 그는 아직도 받아들이기 힘이 든다.

세아는 주위를 모두 물리고 우치와 마주 앉았다. 그는 십여 년간 유강의 조련을 받은 사람이다. 유강의 명이 없이는 절대 마음을 돌릴 사람이 아니다. 그의 도움을 받기 위해서는 먼저 스스로 마음을 돌릴 수 있도록 그를 이해시켜야 할 것 같았다.

"나의 행동이 갑작스럽겠지만 이럴 수밖에 없는 내 마음도 이해해 주었으면 좋겠다."

그제야 우치는 고개를 들고 세아를 바라보았다.

"전 아무것도 이해 못하겠습니다."

"내가 안도국에 온 것은 처음부터 내 뜻이 아니었다."

"그렇지만 오셨지 않습니까? 그리고 잘 적응하셨지 않습니까?"

"그런 척했던 거지. 무한국인인 내가 안도국인들 사이에 섞여 어찌 편히 지낼 수 있었겠느냐? 편안해 보였다면 나의 거짓에 네가 속은 것이다."

"그럼 왕자님과 나누신 그 마음도 모두 거짓이었습니까?"

세아의 얼굴이 굳었다. 우치는 그 순간을 놓치지 않고 다시 한번 다그쳤다.

"왕자님은 제게 가장 우선해야 할 것은 공주님의 안전이라 하셨습니다. 만약 무슨 일이 생기면 모든 것을 버리고 공주님만 택하라 하셨습니다. 왕자님을 모신 지 십 년이 훨씬 넘었지만 그런 결정, 그런 모습 처음입니다."

유강의 마음을 단번에 읽을 수 있는 말들이다. 울컥 올라온 뜨거운 덩어리에 숨통이 막혀 세아는 말을 할 수 없었다. 한참 만에 감정을 추스른 세아가 진지한 음성으로 물었다.

"넌 왕자님께서 대업을 이루시고 대화궁에 들어가시면 그곳에 내 자리가 있다고 생각하느냐?"

"당연히······!"

"아니! 그곳에 내 자리는 없다. 안도국의 어느 귀족이 적국의 공수를 왕후로 받아들이겠느냐? 왕자님의 모후이신 나혜왕후를 보아라. 그분의 삶이 어찌 되었는지!"

"왕자님은 경왕 전하와는 다르십니다. 평생 그 마음 변치 않으실 분입니다."

"나혜왕후께서 그리된 것이 진정 경왕 전하의 사랑이 식어 그리되었다고 생각하느냐? 아니다. 세상의 힘을 이기지 못해서다. 뿌리박힌 편견과 거부를 감당하지 못한 것이다!"

세아는 잠시 말을 멈추고 감정을 추슬렀다. 잠시 후 다시 그녀의 조용한 음성이 들렸다.

"하지만 난 그런 것 따윈 두렵지 않아. 그것이 두려웠다면 애초에 왕자님의 마음을 받아들이지 않았을 것이다. 내가 가장 두려운 건 그로 인해 왕자님께서 평생을 소원하던 그 자리를 스스로 놓아 버리지나 않으실까 하는 것이다."

우치는 무슨 말을 해야 할지 몰라 한참을 망설이다가 겨우 입을 열었다.

"왕자님은 강하신 분입니다."

무슨 일이 있어도 공주를 지켜낼 것이고 왕좌도 굳건히 지켜낼 것이다. 우치의 마음은 그런 생각으로 여전히 굳건해 보인다. 저 고집을 어찌 꺾을까? 차라리 우치에게 마음을 모두 드러내 보이자 싶었다. 그럼 어쩌면 이해해 주지 않을까? 세아는 힘겹게 말을 꺼냈다.

"……내가 없으면 아무것도 아닐 사람이 비열흘에 있다."

우치의 놀란 눈이 세아의 얼굴을 훑었다. 두 눈은 핏발이 선 듯 경직되었고 입술은 차마 말을 뱉지 못한 채 떨고만 있었다. 그 모습이 마치 유강의 분노를 보는 듯하다.

"왕자님은……."

겨우 꺼낸 한마디가 다시 떨림 속에 묻혀 버렸다.

"왕자님은 내가 없어도 잘 버텨내실 분이다. 꿈이 있고 희망이 있으시니."

하지만 무진에겐 아무것도 없다. 위로받고 추억할 기억조차.

"죽은 줄 알았는데 얼마 전에 살아 있다는 걸 알았다. 내겐 피붙이보다 더 피붙이 같은 사람이다."

우치는 마치 자신이 유강이 된 듯 화가 났다. 공주에 대한 유강의 마음을 알기에 더욱 참을 수 없었다. 우치에게서 분노 어린 음성이 흘러나왔다.

"공주님의 마음속엔 그자만 있습니까? 우리 왕자님의 존재가 그자에 비해 그리도 가벼우셨습니까?"

"경중輕重으로 따질 마음들이 아니다!"

유강을 사랑하는 이 마음을 그 무엇에 비견할 수 있겠는가! 무진이 가엾고 그리운 이 마음을 또 무엇에 비견하겠는가! 누구에게도 말할 수 없고 이해받을 수도 없겠지. 오롯이 혼자서만 끌어안고 살아야 할 두 마음이리라. 대연에서는 무진을 걱정하고 아파하며, 비열흘에서는 유강을 그리워하고 아파하며 평생 그렇게 사는 것이 그녀의 운명이 되고 말았다.

세아의 눈에 눈물이 고였다.

"이런 마음으론 어느 곳에서든 편한 삶을 살지 못할 것이라 생각했다. 그렇다면 내가 할 수 있는 최선의 선택은 무엇이겠느냐? 그 사람에 대한 죄책감에서 벗어나고 왕자님을 힘들게 할지도 모른다는 이 마음의 무게도 벗어던질 수 있는 길을 택해야 했다. 이것은 누구를 위해서도 아닌 나를 위한 선택이다."

우치는 공주의 눈에 고인 눈물을 바라보았다. 문득 공주가 가엾다는 생각이 들었다. 저 눈물의 의미를 아주 조금은 이해할 것도 같다. 다시 공주의 음성이 들렸다. 어느새 감정을 추스른 듯 건조한 목소리다.

"소천궁을 떠나기 전 이미 적저군과 모종의 밀약이 있었다."

"밀약이라니, 무슨 말씀이십니까?"

"적저군은 내가 왕자님의 곁을 떠나는 조건으로 사병들을 움직였다. 왕실과 귀족들의 힘도 왕자님께 모아주기로 했다. 그러니 이젠 돌아갈 수가 없다."

우치는 안타까운 눈으로 세아를 바라보았다. 적저군이 그런 조건을 내걸었으리라고는 상상조차 못했다. 그러나 받아들인 이상 이젠 정말 돌이킬 수조차 없겠다. 이대로 유강이 보낸 추격군에 잡힌다면 적저군은 물론 귀족들도 그녀를 살려두려 하지 않을 것이다. 그렇다고 무한국에서 그녀를 위해 힘을 써줄 것 같지도 않다. 돌아갈 곳도 기댈 곳도 없다. 그런 공주를 끝까지 나 몰라라 외면할 수가 없다. 유강이 알면 당장 목을 칠 일이겠지만 그는 자신의 이성적 판단을 따르기로 했다. 유강을 위해, 공주를 위해, 그리고 비열흘에 있다는 그자를 위해 이 길이 가장 옳은 것 같다.

그렇게 마음을 돌린 우치의 안내를 받아 정상적인 경로로 오는 것보다 훨씬 오랜 시간이 걸려 평원에 도착했다. 유강이 보낸 추격대가 이미 한 차례 훑고 간 다음이었다. 평원은 승리의 기쁨에 한껏 부풀어 있었다. 비진족은 혁명군을 도와 안도국의 새로운 왕을 세우는 데 일조를 했으니 자신들의 삶에도 변화가 올 거라고 기대하고 있었다.

비열흘로 갈 길을 알아보기 위해 나갔던 호위들이 돌아왔다. 그들이 전하는 비열흘의 상황은 상상 이상으로 험악했다. 무한국은 지금 왕권이 약화되어 변방 지역에 대한 통제가 힘들다고 했다. 변방 중에서도 최고의 변방인 비열흘은 이미 군대의 지휘 체계마저 무너지고 있다고 한다. 무한국 관군들이 비진족의 재물을 약탈하고 죽이기를 서슴지 않는다고도 했다. 그로 인해 강을 건너오는 비진족이 날로 늘어난다고 했다.

"도대체 나라를 어찌 이끌기에……!"

세아는 수秀에게 참을 수 없는 분노가 일었다. 겨우 이러려고 아버지를 죽이고, 유천 장군을 죽이고, 자신과 무진까지 그리 만들며 왕위를 찬탈했던가!

그런 험악한 곳에서 무진이 살고 있다고 생각하니 불안을 떨칠 수가 없었다. 그러나 국경 어디에도 도무지 틈이 보이지 않는다는 호위들의 전언이다. 저자에서 우연히 다시 만난 랴우신이의 안내를 받아 두 사람의 호위가 먼저 비열흘로 가서 그곳의 상황을 알아오기로 했다.

그들이 떠나고 세아는 불안한 마음을 달래기 위해 객잔의 정원으로 나왔다. 지난번 유강과 함께 왔을 때는 차가운 겨울이었는데 평원의 계절은 어느새 봄에서 여름으로 흐르고 있었다.

소천궁의 연지도 이제는 푸른 연잎으로 뒤덮였을까? 그 모습이 꽃이 핀 연지만큼 아름답다 했는데…….

처음 연지를 보았던 날이 떠오른다. 세상을 놓아버린 막막한 눈에도 아름다움은 비치는구나. 잠시라도 마음을 둘 곳이 생겨 다행이다. 그런 생각이 들었었다.

"공주마마."

돌아보니 우치다. 할 일이 끝났으니 이제 떠나도 된다고 했는데 그는 여전히 세아 곁을 떠나지 않고 있다.

"어째서 아직 떠나지 않았느냐?"

"갈 곳이 없습니다."

우치는 씁쓸히 웃으며 그렇게 대답했다. 지금 이대로 유강에게 돌아간다면 어떤 벌이 내려질지 모른다. 그렇다고 따로 돌아갈 고향도 가족도 그에게는 없다. 홍영과 마찬가지로 우치 또한 저잣거리를 떠돌다 유강을 만나 지금까지 왔던 것이다.

"너에겐 정말 할 말이 없다. 어쩔 수 없었던 너의 상황을 내가 서찰로 적어주면 안 되겠느냐?"

"벌을 받을 것이 두려워 돌아가지 못하는 것이 아닙니다."

"그럼?"

"왕자님를 뵈올 자신이 없습니다."

자신의 책무를 다하지 못한 자책이다. 그리고 공주의 부재를 견디지 못해 스스로와 힘겨운 싸움을 벌이게 될 유강을 지켜볼 자신이 없어서다. 유강에게 공주가 얼마나 소중한 존재였는지 공주는 모를 것이다. 비열흘에 공주가 아니면 아무것도 아닐 사내가 살고 있다면 대연에도 공주가 아니면 아무것도 아닐 또 한 사내가 살고 있다는 것을 그녀는 모를 것이다.

우치는 많은 말들을 삼키고 건조한 음성으로 말했다.

"공주님을 지키는 것은 여전히 제게 주어진 책무입니다."

묵묵히 고개를 숙이는 우치에게 무슨 말을 해주어야 할지 모르겠다. 잠깐이었지만 그는 어떤 호위들보다 우직하고 편한 사람이었다. 무한국에서 데려왔던 호위들보다 오히려 우치에게 더 편함을 느끼니 그 짧은 기간에도 정이 든 모양이다. 게다가 누구에게도 내보이지 않았던 진심 어린 속마음을 비친 뒤라 우치에게 한결더 친근함이 느껴진다. 떠나지 않아 고맙다는 말이 혀끝을 맴돌았지만 미안함에 끝내 하지 못했다.

비진족이 비열흘을 칠 것이라는 소문이 저잣거리에 은밀하게 떠돌았다. 세아는 고개를 갸웃 기울였다. 비열흘에서 쫓겨난 비진족들 사이에 그런 여론이 일 수는 있다. 그런데 과연 실현 가능한 소문일까?

"저들에게 그럴 만한 힘이 있느냐?"

세아의 물음에 우치는 생각에 잠겼다. 평원의 주력군이 대연으로 향한 동안 변방을 지켜낸 것이 비진족이니 그들의 군세가 약하다고 할 수는 없다. 그러나 평원에서는 비진족이 군대를 가지는 자체가 불법이라 한 번도 그 군세를 외부로 드러낸 적이 없다. 한가지 무서운 것이 있다면 비상시가 되면 들판의 유목민은 물론 저자의 장사치도 병사로 돌변하고, 그들을 괴롭히던 왈패들도 병사로 돌변하는 것이 비진족이라는 사실이다. 하지만 그렇게 결성된 군대가 무한국의 정규군을 상대로 전쟁을 치를 수 있을지는 미지수다.

"아무리 비열흘이 혼란스럽다 하나 나라도 없는 비진족이 무한국 군을 쉽게 이겨내진 못할 것이다. 가엾은 희생만 늘어날 테지."

대답 없는 우치를 대신해 세아가 말했다. 그러나 우치는 다른 생각을 하고 있었다.

"만약 비진족의 뒤에 안도국이 있다면요?"

"무슨 소리냐, 그게?"

우치는 한참을 망설인 끝에 다시 입을 열었다.

"유강 왕자님은 비열흘을 가만두지 않을 것입니다."

지금껏 소중했던 어머니와 아우, 그리고 자신의 생을 불행으로 몰고 간 아소왕후를 무너트리기 위해 모든 힘을 쏟았다면, 그들만큼 소중하다 생각했던 공주를 앗아가 버린 그 사내와 그 사내가 살고 있는 비열흘은 이제 유강이 무너트려야 할 또 다른 대상이 되었을 것이다.

세아는 연지에서 처음 만났던 그날의 유강을 떠올렸다. 가을 물빛처럼 차갑고 날카롭던 그의 눈빛이 떠오르자 모골이 송연해진다.

정말 유강의 칼끝이 비열흘과 무진에게로 향할까?

8

효진을 왕후로 들이는 것을 두고 빚어진 대신들과의 갈등에 지쳐 소천궁으로 나온 유강은 며칠째 연지의 다리 위를 서성이고 있었다. 걱정이 된 미월이 몇 번이나 다가가 대화궁으로 돌아갈 것을 권했지만 물러가라는 말뿐이다. 미월은 어쩔 수 없이 다리를 내려와 멀리서 유강을 지켜보았다. 뒷모습이 너무도 외로워 보인다. 스스로 대화궁을 떠나와 이곳 소천궁에 머물며 경왕을 기다리던 생전의 나혜왕후의 모습이 바로 저랬다. 따가운 햇살 아래 벌을 서듯 하염없이 서 있던 그 모습…….

십 년을 하루같이 꿈꾸어왔던 일을 다 이루었건만 정작 유강은 버림받은 사람처럼 외롭고 허하다. 어떻게 그렇게 감쪽같이 사라져 버린 건지, 미월은 새삼 세아가 원망스럽다. 차라리 아무 말도 하지 말 걸 그랬다. 소천궁과 이 연지의 비밀을 얘기해 주지 않았다면 공주가 떠나지 않았을까?

세아를 쫓고 있는 추격대에서는 여전히 소식이 없고, 계절은 어느새 봄을 지나 여름이 되었다. 소식을 기다리는 하루하루가 두렵고 지친다. 마음이 지치니 꿈조차 지친 걸까? 매일 밤 꿈속을 찾아오던 세아가 더 이상 보이지 않는다. 몸도 달아나고 마음도 달아나고 이젠 혼령마저 영원히 안도국 땅을 벗어나 버린 모양이다.

한동안 짙푸르기만 하던 연지에서는 푸른 연잎 사이로 연꽃들이 하나둘 봉우리를 내밀고 있다. 유강은 그 모습을 물끄러미 내려다보았다. 마치 어머니 나혜왕후와 아우 진서가 그를 위로해 주려 고개를 내민 듯 느껴진다.

"어마마마……."

그리움이 사무치도록 밀려온다.

"진서야……."

외로움이 폐부를 찌른다.

"……."

소리 없이 불러보는 그 이름에 불덩이 같은 분노가 치민다. 견딜 수 없는 자괴감에 유강은 눈을 감아버렸다.

무한국인이라니! 처음부터 가당치도 않은 일이었다. 무한국인이라면 살이 떨리고 피가 끓어오르던 시절이 있었다. 그 시절을, 그 느낌을 잠시 망각하고 살았다. 미안하다. 어머니께, 진서에게. 그리고 어린 날의 자신에게 너무도 미안하다. 다시는 잊지 않으리라 다짐하며 무한국 장수에게 유린당하던 어머니의 절규를 가슴에 담았다. 찢어질 듯 들려오던 아기 진서의 울음소리도 가슴에 담았다. 그 아비규환 속에 영혼을 놓아버린 어린 자신의 모습도 가슴에 담았다. 잊은 줄 알았던 슬픔과 분노가 다시금 죽은피를 일깨운다. 호흡이 거칠어지고 심장박동이 빨라진다.

드디어 유강은 눈을 떴다. 햇살이 부서질 듯 연지 위에 쏟아지고 있다. 부서진 햇살의 파편이 가슴으로 쏟아져 박힌다. 폐부를 찔러오는 고통에 유강은 비로소 살아 있는 자신을 만난다. 너무나 오랜만에 느껴보는 고통의 바다다. 분노의 바다다.

그는 피식 웃음을 흘렸다.

그래, 고통을 고통스러워하며 분노에 분노하며 그리 살면 되는 것이다. 자신을 고통스럽게 하는, 분노케 하는 그것에 복수의 칼을 들이대는 것이다. 그것이 지금껏 그를 살게 한 힘이었다. 이제 다시 그리 살 것이다.

"대화궁으로 가자!"

그는 돌아섰다. 지금의 이 결정을 조금도 후회하지 않겠다는 듯 단호한 걸음을 옮겼다. 그러나 자신을 집어삼킨 이 고통과 분노가 이전의 그것과는 전혀 다른 빛깔을 띠고 있다는 것을 유강은 알지 못했다.

'비열흘을 교두보로 하여 무한국을 치겠다.'

그것이 대화궁으로 돌아온 유강의 결정이었다. 그리고 그가 내어준 것은 왕후의 자리였다.

세아가 버리고 가버린, 그러나 그녀를 위해 기어이 지키고 싶었던 자리지만 이젠 소용이 없다. 돌아온다 하여도 돌려줄 마음이 없다. 자신이 아닌 다른 사내를 찾아 가버린 여자다. 그자를 위해 울고 웃고, 그자의 품에서 뜨거워지고 차가워지고, 그자와 함께 꿈을 꾸는 그런 여자가 되어버렸다. 한 푼어치의 미련도 두지 않으리라!

유강은 주먹을 그러쥐었다. 가슴에서 불같이 이는 이 복수심과 증오만이 자신의 진심이라고 생각했다. 비진족을 이용해 비열흘을 쓸어버리고 무한국의 수도인 황성까지 곧장 집어삼킬 것이다. 그래서 어머니와 아기 진서의 원혼을 달래줄 참이다. 그리고 어릴 적 다짐했던 그대로 무한국이란 이름을 이 땅에서 영원히 지워 버릴 것이다.

비진족은 언제든 전쟁을 치를 준비가 되어 있었다. 잘 훈련된 말도 군사도 충분하다. 사실은 두 나라 사이에 끼어 살아온 긴긴 세월이 모두 전쟁의 연속이었다. 그 전쟁 내내 비진족은 자신들의 몫을 찾지 못했을 뿐이다. 처음부터 자신들의 땅이었던 비열흘을 이제야 찾을 마음을 먹은 것이다.

청년들을 모아 군대를 정비하고 막바지 훈련이 바쁜 와중에도 라우탄은 은밀히 사람을 풀어 계집처럼 곱상한 미소년, 아니, 어쩌면 애초에 여인이었을지도 모를 그림자의 흔적을 쫓았다. 그리고 드디어 꼬리를 잡았다.

낯선 사내들이 랴우신이를 찾아와 비열흘로 갈 길을 물었다고 한다. 랴우신이는 지난겨울 왕자의 아우라는 자와 함께 육손이 패거리에 납치되었던 아이다. 아이는 고개를 푹 숙인 채 제 형의 손에 이끌려 라우탄의 앞에 섰다. 여남은 살쯤 되었을까? 그러나 녀석은 기어이 고개를 짤래짤래 흔들며 모른 척을 하고 있었다.

"정말 어디서 온 누군지 전혀 모르는 자들이냐?"

"예."

"거짓이면 혼이 날 것이다."

"정말입니다! 낯선 사람들이 찾아와 꼭 비열흘로 가야 하는데 국경이 막혀 갈 수 없다고, 강을 건널 길을 알려주면 은자 두 냥을 주겠다고 했습니다. 여기 보십시오."

옷섶을 뒤적여 대가로 받은 은자까지 보여주며 증명해 보이지만 여전히 무언가 숨기고 있다는 것이 느껴진다. 라우탄은 아이의 곁으로 다가갔다. 얼굴을 스륵 가까이 가져가자 랴우신이는 놀란 듯 한 발 물러났다. 그 모습에 라우탄은 빙긋 웃었다.

"내 얼굴이 무서우냐?"

신이는 아무 말을 못한 채 침만 꼴깍 삼켰다. 비진족 아이들 사이에서 외눈박이 라우탄은 유명하다. 그는 아주 어릴 적 무한국 장수의 노예로 끌려갔지만 남몰래 무예를 익혀 청년이 되자 그 장수를 베고 다시 비열흘로 돌아왔다고 한다. 칼 다루는 솜씨가 어찌나 뛰어난지 평원성의 안도국 장수들조차 함부로 못한다고도 했다. 그래서 아이들에게 라우탄의 험한 얼굴은 그가 얼마나 용맹한지를 보여주는 표식 같은 것으로 여겨지고 있었다.

"아뇨. 하나도 안 무서워요."

랴우신이는 조그만 주먹을 불끈 쥐고 그렇게 대답했다. 아이에게서 조그만 결기 같은 게 느껴진다. 비진족이라면 모두가 가지고 있는 감정이다. 라우탄은 아이의 어깨를 꼭 잡고 그 눈을 마주 보았다.

"랴우신이야, 이건 우리 비진족의 운명이 걸린 일이란다. 그러니까 바른대로 말해. 정말 모르는 자들이었느냐?"

아이는 쉬이 대답을 못한 채 머뭇거렸다. 비진족의 운명이란 말이 마음을 건드린 모양이었다. 라우탄은 다시 어깨를 꼭 잡으며 물었다.

"혹시 지난번에 너와 함께 육손이 패거리에 납치되었던 자였느냐?"

"……."

"혼자 왔더냐?"

다시 다그치는 소리에 신이의 눈에 눈물이 그렁 맺혔다.

"공자님은 나쁜 사람이 아니에요."

"그자가 맞는 게로구나?"

"헤어진 동무가 비열홀에 산다고 하셨습니다. 그래서 그곳으로 가야 한다고 하셨습니다."

"그래서? 안내해 주었느냐? 이미 강을 건넌 거야?"

신이는 다시 입을 다물고 훌쩍였다.

"잡으면 죽이실 건가요?"

"아니다. 우린 그자를 보호하려는 거다."

그제야 랴우신이는 울음을 그쳤다.

"정말이죠?"

"그래. 그러니 빨리 말해."

신이가 말하는 공자라는 사람은 예상대로 지난겨울 육손이 패거리에 납치되었던 그 사람이라고 했다. 얼마 전 그 사람이 다시 나타나 비열흘로 갈 수 있는 길을 물었고 녀석이 안내해 주었다는 것이다. 그런데 강을 건넌 사람은 그자가 아니라 그자의 수하들이었다고 한다.

"그 사람들이 먼저 건너가서 그쪽 상황을 알아보고 온다고 했습니다."

"그럼 그 공자라는 사람은 어디 있느냐?"

"모릅니다. 그러고는 한 번도 만나지 못한걸요?"

아직 평원에 있는 것이 분명하다. 그자가 아직 평원에 있다는 것을 안다면 안도국 왕은 그자만 취한 후 이번 전쟁에서 발을 빼버릴지도 모른다. 그러니 안도국 왕이 알아채기 전에 먼저 그자를 찾아야 한다.

평원의 지리에 밝은 청년들이 저자에 깔렸다. 그들은 객점과 유곽은 물론 저자의 조그만 주막들까지 은밀하게 수색을 했다. 그러나 어디에서도 그 공자라는 자의 흔적은 찾을 수 없었다.

비진족 청년들이 곱상한 얼굴의 공자를 은밀하게 찾아다닌다고 했다. 얼마 전 머물렀던 객잔으로 짐을 찾으러 갔던 시녀들이 알아온 소식이다. 유강이 보낸 추격대를 피해 민가의 집을 구하여 피한 건데 정작 그녀를 쫓고 있는 사람은 유강이 아니라 비진족이다.

어찌 된 걸까? 정말 비진족의 뒤에 안도국이 있는 걸까? 유강이 정말 비열흘을 치려는 걸까?

마음이 혼란스럽다.

불안한 걸음을 옮기는 세아를 따라 우치도 불안한 걸음을 옮겼다.

공주의 바람대로 유강은 왕실과 귀족들의 별다른 반대 없이 무사히 왕위에 오른 것 같다. 공주가 곁에 있었다면 결코 쉽지 않았을 일이다. 결국 공주의 판단이 옳았던 것일까? 그런데 왜 이렇게 불안한지 모르겠다.

며칠 전 저자를 둘러보다 대연에서 내려온 장사치로부터 놀라운 소식을 전해 들었다. 그것은 바로 적저군 서완평의 여식인 효진이 왕후가 되었다는 소식이었다. 예상하지 못했던 것은 아니지만 유강의 선택이 너무도 빠르다. 자신이 알고 있는 한 세아 공주에 대한 유강의 마음은 분명 특별한 것이었다. 이렇게 빨리 그녀를 잊고 새로운 삶을 살아갈 줄은 몰랐다. 결국, 왕실과 귀족들로부터 인정받기 위해 어쩔 수 없는 선택을 한 것일까?

"대연에서는 곧 무한국과 전쟁이 날 거라는 소문이 자자합니다. 새 왕의 모후께서 무한국 군에 돌아가셨지 않습니까? 가만있지 않겠지요. 암요! 에휴, 그나저나 왕께서야 모후의 원수를 갚는다지만 전쟁통에 죽어나는 건 힘없는 백성들일 텐데 걱정입니다요."

장사치의 말을 듣고 있자니 유강이 단순히 비열흘만을 노리는 것이 아니라는 생각이 들었다. 공주에게 마음을 주며 많이 잊은 줄 알았는데 무한국에 대한 분노가 여전히 사그라지지 않은 것이다. 공주보다는 모후의 원수를 갚는 것이 우선인 것일까? 그래서 효진도 그렇게 쉽게 받아들인 것일까?

우치는 문득 자신이 유강의 마음을 잘못 헤아리고 있었던 것은 아닌가 하는 생각이 들었다. 유강에겐 공주가 그다지 큰 존재가 아니었는지도 모른다. 그래서 공주의 안위쯤 벌써 잊었는지도 모른다.

"너도 어디든 의탁할 곳을 알아보는 것이 어떠냐?"

어느새 공주가 다가와 있었다.

"내가 떠나기 전에 알아보아라. 널 이대로 두고 떠난다면 내 마음이 편치 않을 것이다."

유강에게 돌아갈 수 없는 것은 물론 목숨까지 위험한 처지에 놓였으니 우치에겐 정말 미안한 마음밖에 없다. 우치는 걱정이 가득한 공주의 눈을 보며 대답했다.

"소인 걱정은 마십시오."

우치는 유강이 왕후를 맞아들였다는 말을 끝내 하지 못했다.

비열흘로 갔던 호위들이 돌아왔다. 그들은 직접 눈으로 보고 온 비열흘의 상황을 전해주었다. 관군들의 횡포가 심해지면서 비진족의 생활은 이곳에서 전해 듣던 것보다 훨씬 더 참혹하다고 했다. 그들의 모든 재산은 세금의 명목으로 빼앗아갔고 그조차 없는 이들은 건장한 사내는 노예로, 젊은 여인들은 무한국인들의 노리갯감으로 이리저리 팔려가기도 한다고 했다. 세아의 얼굴에 두려움이 일었다.

"무진인, 무진인 찾았느냐?"

호위들은 대답 대신 한 사내를 데리고 들어왔다. 지난번 소천궁으로 찾아왔던 천수였다.

반신반의한 마음으로 호위들을 따라왔던 천수는 눈앞의 세아를 보고 놀라움을 감출 수 없었다. 소천궁을 떠나오며 공주의 마음속에 이제 무진은 없다고 생각했다. 몸도 마음도 온전히 바쳤지만 비천한 비진족의 피가 흐르기에 무진은 결국 공주에게 버림받은 것이라고 생각했었다. 그런데 느닷없이 호위들이 비열흘로 찾아왔던 것이다.

"공주마마!"

"그래, 오랜만이구나. 무진인…… 무사하겠지?"

무사하리라 믿는다. 무사해야 한다. 그래야 유강을 떠나온 스스로를 용서할 수 있을 테니까.

천수는 쉬이 대답을 못한 채 머뭇거렸다.

"잘 지키라 하지 않았느냐! 설마 무슨 일이 생긴 건 아닐 테지?"

"도련님은 비열흘에 계시지 않습니다."

"그게 무슨 소리냐?"

"대연에서 공주님을 뵙고 다시 비열흘로 돌아갔을 때 도련님은 이미 그곳을 떠나고 없었습니다."

"떠나다니! 도대체 어디로 갔단 말이냐?"

"비진족의 최고어른인 우루수 노인을 따라갔다고 하니 아마 이곳 평원에 계실 것입니다."

평원에…… 이곳에…… 무진이 있다고?

저자를 서성이던 비진족 청년들이 떠올랐다. 그들 사이 어디에선가 무진이 서성이고 있었는지도 모른다.

"비진족들은 도련님을 라우탄이라고 부릅니다. 쉽게 찾을 수 있을 것입니다."

"라우탄……."

세아는 고요히 그 이름을 되뇌어보았다. 참으로 비진족스러운 이름이다.

"찾는다 하더라도 쉽게 접근할 수는 없을 것입니다. 비진족들이 워낙 도련님을 둘러싸고 있고 도련님도 우리가 다가가는 걸 꺼려하셨습니다. 어떤 말도 들으려고 하지 않았습니다."

무한국인에 대해 진저리를 칠 정도로 강한 거부감을 보였다는 것이다. 기억은 없지만 아프고 힘들었던 지난 일들이 무진의 의식 깊은 곳에 남아 있는 모양이다.

다음날 아침, 세아는 다시 남장을 하고 저자로 나섰다. 랴우신이를 찾을 요량이었다. 그 아이라면 우루수 노인이 이끄는 비진족 무리가 평원의 어느 곳에 정착해 있는지 알 거라는 생각에서였다. 한참을 살피고 있는데 사람들 사이를 다람쥐처럼 빠져나가는 랴우신이의 모습이 보였다. 또 무얼 훔쳐 달아나는 모양이라 생각하며 녀석을 따라 걸음을 떼려는 순간 우치가 세아를 제지했다. 그는 세아를 데리고 재빨리 골목으로 숨어들었다. 잠시 후, 다시 랴우신이의 모습이 보였다. 여전히 다람쥐처럼 사람들 사이를 휘젓고 다니던 녀석이 금세 또 사라졌다. 그러기를 두어 번 하는 동안 비진족 청년 서너 명이 아이를 따라다니는 것이 보였다. 여남은 걸음 떨어져서 어슬렁어슬렁 따라다니는 모양이 흡사 미끼를 풀어놓고 지켜보고 있는 사냥꾼을 연상시킨다.

"며칠 전부터 객잔을 뒤지던 자들입니다. 한둘이 아닌 것 같습니다."

우치가 가리키는 곳마다 어슬렁거리는 비진족 청년들이 보였다. 저들이 어째서 자신을 찾고 있는지 세아는 도무지 알 수 없었다. 해가 질 무렵 호위가 눈물범벅이 된 랴우신이를 안고 들어왔다. 골목에 숨어 있다가 녀석을 낚아채어 온 모양이었다. 신이는 겁을 잔뜩 먹은 얼굴로 세아를 올려다보았다. 맛난 것을 내어오고 따뜻한 말을 건네자 녀석의 얼굴이 조금씩 풀렸다.

"많이 놀란 모양이구나. 미안하다. 내가 꼭 물어볼 것이 있어 널 데려오라 했다."

"소인은 아무것도 몰라요. 그냥 그 사람들이 저자를 자꾸 돌아다니라 해서……."

우루수 노인과 라우탄에 대해 물어보려 했는데 신이의 입에서 생각지도 않은 말이 흘러나왔다. 분명 누군가 그녀를 잡기 위해 이 아이를 이용했다는 뜻이다. 세아는 아이의 손을 잡고 다시 물었다.

"그 사람들이 누구지?"

"다왁 님의 집에 모인 그……!"

순간, 신이는 당황한 듯 두 손으로 제 입을 막았다. 다왁의 집에 비진족 청년들이 모이고 있다는 것은 절대 비밀이라고 했다. 그 사람들의 면면도 함부로 말해서는 안 된다고 한 형의 말이 떠올랐다.

"다왁?"

"평원에 있는 비진족 촌장입니다."

아이 대신 호위가 먼저 대답했다. 세아의 눈빛이 날카롭게 변했다.

"그 사람들이 왜 날 찾지?"

"그 사람들이 갑자기 절 잡아가서 공자님이 어디 계신지 말하라고 했어요. 아무것도 모른다고 하니까 며칠 동안 제 뒤만 따라다닌걸요. 하온데 제가 공자님을 찾으면 죽이실 거냐고 물으니 그 사람들 말이 공자님을 보호해 주려고 찾는다고 했어요."

"날 보호해 준다고?"

"예! 지난번에도 육손이패에 잡혀서 죽을 뻔하셨지 않습니까. 그래서 그런가 봐요."

아무리 생각해도 신이의 말이 납득이 가지 않는다. 어째서 비진족이 자신을 알며, 또 어째서 보호해 주겠다는 건지? 그들 뒤에 어쩌면 정말 유강이 있을지도 모르겠다고 세아는 생각했다. 얼른 무진을 찾아 이곳을 떠나야겠다. 절대로 찾을 수 없는 곳으로 영원히 사라져 주는 것이 유강을 위해 해줄 수 있는 최선의 선택 같다.

"너 비열홀에서 왔다고 했지?"

"예."

"그럼 우루수 노인을 알겠구나?"

"그분은 비열홀 안성촌의 촌장이시고 우리 비진족의 최고어른

이십니다."

아이의 작은 얼굴에 자부심이 이는 것으로 보아 그는 비진족들로부터 존경을 받고 있는 모양이다. 다시 라우탄에 대해 물으려던 세아는 멈칫했다. 여기서 나가게 되면 분명 다왈이라는 자가 이 녀석을 추궁할 것이다. 그래서 함부로 라우탄이란 이름을 입 밖으로 꺼낼 수가 없다. 잠시 생각하던 세아가 다시 아이에게 물었다.

"안성촌 사람들이 평원의 어디에 정착했는지는 아느냐?"

"그 사람들은 저기 강변에 있는 벌판에 터를 잡았습니다."

강변의 벌판. 그곳으로 가면 무진을 만날 수 있겠다. 세아는 자신을 만났다는 사실을 함구하라고 몇 번이나 다짐을 받은 뒤 신이를 돌려보냈다.

"괜찮을까요? 당분간 잡아두는 것이 낫지 않겠습니까?"

호위의 말에 세아는 고개를 흔들었다.

"그냥 보내라."

아이가 없어진 걸 알면 저들의 수색이 더욱 살벌해질 것이다. 그럼 움직이기가 힘들어진다. 그리고 랴우신이가 아주 생각이 없는 아이가 아니니 쉽게 입을 열지는 않을 것이다.

다음날 세아는 평원성을 빠져나와 강변의 너른 벌판이 내려다보이는 언덕에 섰다. 벌판 곳곳에 비진족의 거주지인 둥근 천막들이 쳐져 있고 그 너머 너른 목초지에서는 우마牛馬들이 한가로이 풀을 뜯고 있다. 저렇게 목초지를 찾아 떠돌아다니며 가축을 기르는 것이 비진족의 주업이라고 했다. 어느 한곳에 정착해서 살지 않으니 특별한 내 땅이 필요 없었고, 그래서 지금껏 제 나라를 가지지 못한 건지도 모른다.

세아는 조그맣게 한숨을 내쉬었다. 곧 무진을 만날 텐데 이상하게 가슴이 떨리거나 설레지 않는다. 다만 두렵다. 아무 기억에도 없는 먼 사람처럼 자신을 바라볼 무진을 어찌 대할까. 그런 무진을 자신이 혹시라도 먼 마음으로 바라보지는 않을까 하는 두려움이다. 그 먼 마음속에 누군가가 되살아날까 봐, 그것을 어떻게 감당할까 하는 두려움이다.

세아는 주먹을 그러쥐었다. 스스로 선택한 길이다. 미리 두려워 말자. 무진을 생각하면 아직도 이렇게 마음이 아픈데 그 마음이 어찌 멀어지겠는가. 천수의 말처럼 무진이 모든 걸 잊어도 이 세아만큼은 절대 잊지 않았을 거라 믿는다.

저자에 나갔던 천수가 상기된 얼굴로 들어왔다. 저자를 떠돌아다니는 아이들 사이에서 '외눈박이 라우탄'이란 이름이 유명하다고 했다. 그는 아주 어릴 적 무한국 장수의 노예로 끌려갔지만 남몰래 무예를 익혀 청년이 되자 그 장수를 베고 다시 비열흘로 돌아왔다고 한다. 천수가 비열흘에서 들었던 내용과 똑같은 이야기다.

"도련님이 분명합니다!"

천수의 확신에 세아도 고개를 끄덕였다. 무진이 이곳에 있다는 것이 확실해졌다. 그런데 어째서 저자의 아이들에게 그 이름이 유명하다는 걸까? 한쪽 눈이 없다는 것이 호기심의 대상이 되었던 모양이다. 순간 마음이 아파온다.

"그래, 어디서 어찌 지내는지는 아느냐?"

"그것이……."

천수는 한참을 망설인 끝에 다시 입을 열었다.

"아이들 말이 라우탄의 한마디에 비진족 청년 수백 명이 일시에 모이고 흩어지고 한답니다. 대명산 지천골이란 곳에서 그들에게 직접 무예도 가르친다고 했습니다. 아무래도 도련님이 비진족 청년들을 이끌고 있는 듯합니다."

"비진족이 전쟁 준비를 하고 있다는 것이 사실이란 말이지?"

천수는 대답 대신 고개를 끄덕였다. 자신이 알아본 바로는 저자에 떠도는 소문이 모두 사실이었다. 비진족은 무한국과의 전쟁을 준비하고 있고 그 한가운데에 무진이 있다. '무진'은 무한국의 진정한 용사가 되란 뜻으로 지어준 이름인데 그런 그가 무한국을 향해 칼을 겨눈다. 세아도 천수도 서로를 마주 볼 뿐 한동안 입을 열지 못했다.

비록 비진족의 피가 섞였다고는 하지만 무진은 무한국 최고의 장수였던 유천 장군의 아들이다. 그리고 무한국은 무진이 충성을 맹세했던 조국이다. 결코 그런 일을 하게 해서는 안 된다.

"대명산 지천골로 가야겠다."

"위험합니다."

"무진일 만날 방법이 그것밖에 없지 않느냐! 만나야 해. 만나서 자신이 누군지 알려줘야 해."

"그럼 저희들이 가겠습니다."

호위들이 나섰지만 세아는 고개를 흔들었다. 천수를 기억하지 못한 무진이 호위들을 기억해 낼 리가 없다. 더군다나 누구보다 무진을 멸시하고 괴롭혔던 자들이 아닌가. 하지만 자신은 다르다. 무진의 머릿속 모든 기억이 사라져도 자신만은, 이 세아 공주만은 절대 잊지 않았을 거라 확신한다.

마음이 너무 조급했다. 당장 구하지 않으면 또다시 그를 잃어버릴 것만 같았다. 무진이 더 이상 상처를 입어서는 안 된다. 그녀는 다시 남장을 하고 칼을 찼다. 누구도 세아를 말릴 수 없었다. 다련과 시비 일행은 함께 데리고 갈 수 없어 잠시 그곳에 두기로 했다.

9

효진은 무거운 몸을 침상에서 일으켰다. 아랫도리가 불에 덴 듯 뜨겁고 쓰라려 다리를 뻗을 수도 오므릴 수도 없다. 북방의 모질고 차가운 바람인 듯, 혹은 마른장작에 붙은 불꽃인 듯 유강은 순식간에 그녀를 할퀴고 태우고 떠나 버렸다. 그러나 혼인하던 그날도, 보름 전의 그날도, 그리고 지난밤도 효진은 유강을 만나지 못했다. 그녀를 할퀴고 태운 사람은 그저 태산처럼 쌓인 욕정을 풀러 온 거친 사내였을 뿐이다. 그는 따뜻한 손길도 입술도 주지 않았다. 심지어 한마디 말조차 건네지 않았다. 오로지 쌓인 욕정을 토하고, 토하고, 또 토해내었을 뿐이다. 그러고도 조금도 만족하지 못한 채 나가 버렸다.

십수 년 바라보아 왔던 사랑이 너무도 아프다. 그의 분노 어린 몸짓이 세아 공주를 향한 그리움이란 걸 알기에 효진은 더욱 아프다. 그녀는 힘겹게 일어나 옷을 찾아 입었다.

"밖에 있느냐?"

문이 열리고 사가에서부터 부리다 궁으로 데리고 들어온 시비 은옥이 웬 여자를 데리고 들어왔다. 처음 궁으로 들어올 때부터 아소왕후를 가장 가까이서 모시다가 병이 들어 사가로 나간 퇴궁 시녀다. 유강이 대화궁을 차지한 후 왕후를 모셨던 모든 시녀들이 죽임을 당했지만 일찌감치 궁을 나갔던 덕에 그녀는 목숨을 부지할 수 있었다.

"살수가 필요하다."

침실로 들어서자마자 들리는 효진의 음성에 그녀는 석고처럼 굳어버렸다.

이십여 년 전에도 누군가 저런 명을 내렸었지. 얼음보다 더 차가운 살기가 눈 속에 가득했던 그녀의 주인이었던가?

그리고 그때 보았던 주인과 똑같은 살기를 지닌 어린 왕후가 또다시 그녀에게 말한다. 감쪽같이 임무를 마치고 사라져 줄 최고의 살수가 필요하다고.

비진족은 이미 모든 준비를 완벽하게 끝내고 이제 곧 도착할 폭풍우 같은 바람을 기다리는 노도怒濤와 같았다. 망설임도 두려움도 없었다. 의심은 더더욱 없었다. 그리고 드디어 그들이 기다리던 폭풍우 같은 바람이 평원에 도착했다.

"안도국 왕이 평원성으로 들어섰습니다."

보초병의 전갈에 우루수 노인과 촌장들의 얼굴에 흥분이 인다.

드디어 때가 왔다!

"지천골에 가서 출병 준비를 서두르라고 해라."

명을 내리는 우루수 노인의 음성이 떨린다. 명을 받은 병사가 흥분된 얼굴로 방을 나가자 다왁이 슬며시 다가왔다.

"성 밖에 잡아둔 그자는 어찌할까요?"

"안도국 왕의 의도를 다시 한 번 알아본 다음에 결정하도록 하세. 라우탄에게도 아직은 함구하고 있게. 젊은 혈기에 급히 서두르다 보면 실수를 할 수도 있으니."

"알겠습니다."

다왁이 나가고 나자 우루수 노인의 얼굴이 순식간에 어두워졌다. 그는 늙은 이마를 찌푸리며 성 밖 비밀가옥에 잡아둔 자들을 떠올렸다. 그들은 안도국 왕이 찾는 자라고 짐작하며 쫓고 있던 곱상한 얼굴의 그 공자와 공자를 호위하는 자들로 보이는 사내들이었다. 공교롭게도 그들을 잡은 곳은 대명산 지천골 입구였다. 대명산 지천골은 워낙 험준한 계곡이라 평원에 사는 사람들도 잘 오르지 않는 곳이다. 특별한 목적이 있는 것이 분명한데 아무리 추궁해도 도무지 입을 열지 않고 있다. 처음엔 멋모르고 거칠게 다그쳤지만 그 곱상한 공자가 라우탄의 추측대로 남장한 여인이란 걸 안 다음부터는 한층 조심스럽게 대하고 있다. 게다가 우루수 노인을 더욱 조심스럽게 만든 것은 그자들 사이에 낀 낯익은 얼굴 때문이다. 비열흘에서부터 끊임없이 라우탄의 주위를 맴돌던 자. 그는 라우탄을 보자마자 도련님이라 부르며 매달리던 무한국인이었다. 그렇다면 그 남장한 여인도 무한국인일 가능성이 높다는 이야기다.

방 안을 서성이던 우루수 노인은 마구간으로 가서 말을 한 필 끌어내었다.

"레이에게 잠시 다녀와야겠다. 다왁이 찾으면 그리 전해라."

우루수 노인은 따르는 수하마저 떼어버린 채 급하게 말을 달려 성을 빠져나갔다. 라우탄이 결코 그자들을 만나는 일이 없도록 만들어야 한다. 그것이 유천 장군의 뜻일 테고 또한 자신의 뜻이기도 하다. 라우탄은 누가 뭐래도 비진족의 아들이다.

성 밖에 외따로 마련되어 있는 서너 채의 집은 겉으로 보기에는 평범한 살림집처럼 보이지만 사실은 땅속 깊이 토굴을 뚫어 비진족이 비밀스러운 군사기지로 사용하고 있는 곳이다.

"여전히 어떤 물음에도 답을 하지 않고 있습니다."

그들을 취조하던 군관의 말이다. 또한 호위들이 번갈아 번을 쓰며 제 주인 곁을 철저히 지키고 있다고도 했다. 아무래도 보통 신분의 여인은 아닐 성싶다.

실내로 들어서자 호위들이 병풍처럼 둘러싸고 남장여인을 지키고 있었다. 호위들은 한눈에 보기에도 어지간한 병사 여남은 명은 혼자서 대적할 수 있을 만큼 무예로 단련된 자들이다. 그는 가로막고 선 호위를 무시한 채 성큼 걸어 세아의 앞에 섰다. 그가 입을 열기 전 천수가 먼저 다가와 세아에게 속삭였다.

"우루수 노인입니다."

세아는 그제야 고개를 똑바로 들고 노인을 바라보았다. 검푸른 빛깔의 눈이 강렬하게 다가왔다.

"잠시 주위를 물려주겠소?"

그는 다짜고짜 그렇게 말했다. 세아는 천수와 호위들에게 나가라는 눈짓을 했다. 망설이던 호위들이 나가자 어린 여자아이가 차를 들고 들어왔다. 뜨거운 차를 후루룩 마신 노인은 다시 단도직입적으로 물었다.

"라우탄을 찾아온 거요?"

노인은 이미 모든 것을 짐작하고 찾아온 듯했다. 그러니 더 이상 숨길 이유가 없었다. 세아는 사내 같은 표정도 음성도 버렸다. 그녀는 담담한 음성으로 대답했다.

"그렇습니다."

"비열흘에서 이미 충분히 설명하였을 텐데 어째서 여전히 라우탄을 찾는 거요? 그 아인 그대들이 찾는 사람이 아니라 우리 비진족 사람이오. 그러니 조용히 떠나시오. 언제든 놓아줄 의향이 있으니……."

"그는 비진족 라우탄이 아니라 무한국인 무진입니다!"

기억을 잃은 무진을 데려가 거짓 기억을 심어주고 자신들의 이익을 위해 이용하는 것이 화가 났다. 엄밀히 따지면 납거拉去나 마찬가지가 아닌가!

격한 세아의 반응에 비해 우루수 노인은 초연한 음성으로, 그러나 단호하게 말했다.

"한때 무한국인이었던 적이 있었는지 모르겠지만 지금은 비진족 라우탄이오. 그 속에서 그는 행복하오."

그러니 건드리지 말라는 경고처럼 들렸다. 그러나 그것은 무진이 스스로 원한 삶이 아니라고 말하려 했지만 세아는 저도 모르게 목에 메어 말이 잘 나오지 않았다. 무진이 비진족 속에서 행복하다는 말 때문이다. 무한국인으로 사는 동안 무진이 행복했던 날이 과연 있기나 했을까? 그러나 세아는 이내 고개를 흔들었다. 그것 또한 진정한 행복이 아니다. 자신이 누구인지도 기억 못하는 사람이 어떻게 진심으로 행복할 수 있단 말인가. 무진은 언제나 그녀 곁에서만 행복해했다.

"이름을 바꾸고 거짓 기억을 심어준다고 하여, 그리고 비진족 속에서 잠시 행복해한다고 하여 무진이 라우탄으로 변하는 건 아닙니다. 당신들이 아무리 그리해도 무진은 결국 무진일 뿐이지요. 언젠가 기억이 돌아오면 당신들을 원망할 겁니다. 보아하니 나쁜 분 같지는 않은데 조금이라도 무진을 생각한다면 당장 그를 놓아주세요. 더 이상 힘들게 하지 마십시오."

그녀의 말속에는 애원이 섞여 있었다. 진심으로 라우탄을 걱정하고 있다는 느낌도 들었다. 그러나 그녀의 마음이 아무리 진심이라 해도 라우탄을 놓아줄 마음이 없다. 지금 비진족에게는 라우탄이 절대적으로 필요하다.

우루수 노인은 그녀를 지그시 바라보며 팔짱을 끼었다. 겁도 없이 지천골까지 찾아든 걸 보면 쉽게 포기할 사람 같지가 않다. 무언가 특단의 조치가 필요했다.

"기어이 고집을 부린다면 그대를 안도국 왕에게 넘길 수밖에 없소."

반응을 살피려 던져 본 말에 여자의 얼굴이 순식간에 변하는 것을 보며 우루수 노인은 자리에서 일어났다. 안도국 왕이 쫓는 자가 분명하다. 그런데 어째서 라우탄을 찾고 있을까? 이 여자에 대해 좀 더 알아보아야겠다.

우루수 노인이 나가고 한동안 초조하게 방 안을 서성이던 세아가 말했다.

"이곳을 빠져나갈 방도를 찾아보아라."

"그자가 무슨 말을 했습니까?"

"아무래도 저들이 나의 이력을 알아차린 것 같다."

기어이 고집을 부리면 안도국 왕에게 넘기겠다고 했지만 그들의 뜻대로 조용히 떠난다 해도 이미 이력이 드러난 이상 비진족의 감시망을 벗어나긴 힘들 것 같다. 결국은 안도국에 인계되고 말 것이다.

앞서 보냈던 정예부대가 이미 평원에 닿았다는 전갈을 받고 유강은 서둘러 화원을 떠났다. 한시라도 화원에 더 있고 싶지 않았다. 피곤을 풀기 위해 들렀던 곳에서 피로만 더 쌓였던 것 같다. 온천을 가득 채우고 있는 세아의 흔적들, 기억들, 그녀를 품었던 그날의 열기가 그를 집어삼킬 것 같았다. 그러나 실은 그것이 자신의 마음속에 가득한 흔적이고, 기억이며 열기라는 것을 유강은 깨닫지 못했다.

며칠 전에 당도한 정예부대와 함께 임시로 평원성의 성주를 맡고 있는 홍영이 유강을 맞았다.

"비진족의 움직임은 어떠냐?"

"우루수 노인의 말에 의하면 언제든 강을 건널 준비가 되어 있다고 합니다. 하온데 아무리 살펴도 비진족의 군세가 오리무중입니다."

"오리무중이라니?"

"비진족 마을은 여느 때와 다름없이 평온하고 병사의 수는 물론 훈련장조차 공개하지 않으니 저들에게 과연 전쟁을 치를 능력이 있을까 하는 의문마저 듭니다."

"비진족은 원래 일상과 전시가 구분되지 않는 종족이 아니더냐. 그들이 준비되었다면 된 것이다."

"그렇긴 합니다만……."

"괜한 시간 낭비 하지 말고 서둘러라. 비진족이 강을 건너는 즉시 우리 정예부대도 강을 건넌다. 나머지 주력군은 사천에서 대기토록 하라!"

유강은 세아에 대해서 묻지 않았다. 애초에 이 전쟁을 지원한 것이 세아를 찾기 위한 것이 아니라 무한국을 삼키기 위한 전략이었다는 듯 온 신경을 그것에 집중하고 있었다.

"비열흘 지리에 밝은 자를 정예부대에 배치해 두겠습니다. 공주마마를 찾으려면 아무래도……."

유강이 홍영의 말을 끊으며 단호히 말했다.

"목적이 바뀌었으니 그럴 필요 없다."

아주 오래전, 처음 만나 대업을 모의할 때 유강은 자신의 궁극의 목표를 무한국 정벌이라고 했었다. 하늘 아래에서 무한국이라는 이름을 영원히 지워 버릴 것이라고 했다. 무한국에 대한 유강의 증오는 그런 것이었다. 그러나 세아를 만나면서 그 목적은 희미해졌다. 세상을 태울 것 같던 분노도 세아 앞에서는 봄눈 녹듯 사그라지는 듯 보였다. 그 모습을 지켜보며 홍영은 어쩌면 유강이 정말 행복해질지도 모른다고 생각했었다.

공주가 사라지고 난 후 유강은 잠시 잊었던 그 분노를 다시 끄집어낸 것 같다. 아소왕후를 경멸하던 그때처럼 입가에는 차가운 냉소가 흐르고 검푸른 눈은 더욱 어둡게 침잠해 있다. 세아 공주가 돌아온다 해도 저 분노를 가라앉히기는 어려우리라.

안도국 왕인 유강의 왕자 시절 비가 달아나 버렸다고 했다. 더구나 유강이 이끄는 혁명군이 대연을 장악하던 그때라는 것이다. 어째서 왕후의 지위를 코앞에 두고 달아나 버린 건지, 우루수 노인은 세작의 보고를 이해할 수 없었다.

"그 비가 실은 안도국인이 아니라 무한국인이었답니다."

"무한국인?"

"무한국의 왕권 다툼에서 패하고 죽었다던 공주 말입니다. 유강 왕자의 비가 바로 그 공주였답니다."

"그게 사실이냐?"

"소인이 대연에서 직접 확인한 사실입니다. 달아난 사실을 알고 안도국 왕이 곧장 추격대를 보냈지만 결국 찾지 못했답니다. 아마 비열흘로 도망친 모양입니다."

그래서 안도국 왕이 비진족에게 비열흘을 치도록 제안했다는 것이다. 너무나 놀라운 사실에 우루수 노인은 잠시 정신을 가다듬어야 했다. 세작의 말이 모두 사실이라고 해도 여전히 이해되지 않는 부분이 있다. 무한국에서 버림받은 공주가 왜 무한국 땅인 비열흘로 도망친단 말인가? 순간 우루수 노인의 얼굴이 하얗게 질렸다.

성 밖 비밀가옥에 잡혀 있는 여자는 라우탄을 찾는다고 했다. 라우탄이 시체 같은 몸으로 비열흘에 버려진 시점이 바로 무한국에서 정변이 일어났던 그때였다. 두 사람 사이에 분명 연관이 있다는 뜻이다. 우루수 노인은 점점 복잡해지는 머리를 감당하지 못해 눈을 감고 의자에 머리를 기댔다.

"어르신, 라우탄이 왔습니다."

다왁과 함께 들어서는 라우탄을 그는 잠시 멍하니 바라보았다. 산에서 내려와 곧장 온 듯 그의 복장은 거칠고 험했다. 그러나 그에게서 풍기는 기운은 이전보다 훨씬 단호하고 강하다.

"왜 그러십니까?"

"아, 아니다. 그래, 그곳 상황은 어떠냐?"

"모두들 사기가 충천합니다. 당장이라도 강을 건널 준비가 되어 있습니다. 이곳은 어떻습니까?"

"여기도 모든 준비가 끝났다."

"그럼, 이제 마지막 명령만 남은 겁니까?"

라우탄의 음성이 흥분되었다. 얼른 강을 건너 비열흘의 그 마른 벌판으로 말을 달리고 싶었다. 청년들과 함께 훈련을 하며 라우탄의 신념은 더욱 굳건해졌다. 무한국과 안도국, 어느 쪽에도 휘둘리지 않는 완전한 주권을 가진 비진족의 나라를 세우는 데 힘을 보태고 싶었다. 더 이상 비천한 종족으로 멸시받으며 사는 일이 없도록 만들고 싶었다.

"아참! 안도국 왕이 찾는다는 그자는 어찌 되었습니까? 찾았습니까?"

"그자는 얼마 전……."

순간 우루수 노인이 다왁의 말을 막았다.

"아직 찾지 못했다. 흔적도 없는 걸 보면 이미 강을 건너 버렸는지도 모르지."

우루수 노인이 가장 신뢰하는 라우탄에게 왜 그자를 잡은 사실을 숨기는지 다왁은 알 수 없었다.

청년들이 돌아오면서 오랜만에 부락이 북적였다. 들판 곳곳에서 연기가 피어오르고 기름진 음식 냄새가 들판 가득 번졌다.

레이는 잘 익은 양의 뒷다리 살을 챙겨 라우탄에게 내밀었다.

"어서 먹어. 다른 사람들이 다 먹겠다!"

다들 먹느라 정신이 없는데 라우탄 혼자 먹는 둥 마는 둥 하고 있는 모습이 속상하다. 게다가 지난번보다 얼굴도 마른 듯하고 얼굴이 마르니 흉터가 더욱 짙어져 날카로워 보인다. 얼굴에 살이 붙으면 훨씬 부드러워 보일 텐데 이렇게 날카로운 느낌의 라우탄은 왠지 대하기가 어렵다. 라우탄은 그런 레이의 마음을 아는지 모르는지 여전히 음식에는 손도 대지 않은 채 들판 이곳저곳에서 벌어진 놀이에 온통 마음을 빼앗기고 있었다. 어느덧 배를 채운 젊은이들이 한바탕 씨름판을 벌이고, 또 한 켠에서는 목검을 겨누며 검술시합이 벌어지고 있었다.

"제법인데."

들릴 듯 말 듯 중얼거리며 라우탄은 검술시합에서 눈을 떼지 못했다. 왠지 익숙한 모습이다. 노예로 팔려간 무한국에서 많이 보았던 모습인지도 모른다. 지천골에서 훈련을 하며 자신의 검술 실력이 생각보다 훨씬 뛰어나다는 것을 알았다. 그 수많은 칼들을 거침없이 받아내었던 것은 단순한 노력이나 재주가 아니라 오랜 훈련으로 인해 몸에 익어 있는 감각들이었다.

"이봐, 라우탄! 앉아만 있지 말고 이리 나와!"

여러 명의 상대를 떨어트린 청년이 자신만만한 얼굴로 라우탄을 불러내었다. 몇 번 사양하던 라우탄은 사람들의 성화에 떠밀려 마지못한 얼굴로 가운데로 걸어나갔다. 의기양양한 얼굴로 마주 선 청년의 모습을 보며 라우탄은 빙긋 웃었다. 그의 눈에 비친 청년의 모습은 온통 허점투성이다. 두 합 아니면 세 합? 더 이상은 필요 없을 것 같다. 예상대로 청년은 단 세 합도 받아치지 못한 채 고꾸라졌다. 사람들의 놀란 얼굴과 잠깐의 정적, 그리고 다시 함성 소리가 이어졌다.

라우탄은 문득 궁금해졌다. 무한국에서의 자신의 삶은 어땠는지.

살수였을까, 용병이었을까? 아니면 목숨 걸고 칼을 휘둘렀던 노예 검술사였을까?

어쨌든 고단하고 험한 삶을 산 것만은 분명할 것이다. 이렇게 험한 얼굴과 한 자락의 기억조차 떠올리지 못할 만큼 강한 거부감이 드는 걸 보면.

다음날 아침, 일찌감치 성안으로 들어와 휘적휘적 저잣거리를 걷던 라우탄은 온갖 장신구들을 늘어놓은 난전에서 걸음을 멈추었다. 작은 구슬이 박힌 머리꽂이도 눈에 들어오고 고운 빛깔의 옥가락지도 눈에 들어온다. 레이에게 어울릴 만한 것이 무엇이 있을까 살피는 그의 얼굴이 행복에 젖어 있다.

지난밤 레이가 부끄러움이 가득한 얼굴로 단도를 선물했었다.

"어디를 가든 네가 항상 무사하기를 바라는 나의 마음이야."

화려한 장식 없이 간결하고 묵직해 보이는 단도였다. 그래서 더더욱 레이의 진심이 느껴졌다. 단도를 가슴에 품자 마음이 따뜻해졌다. 비진족 안에서 자신이 결코 혼자가 아니라는 사실을 다시 한 번 깨달았다. 험한 얼굴과 알 수 없는 과거로 인해 잠시 우울했던 마음이 단번에 사라져 버렸다.

이런저런 물건을 살피던 라우탄의 눈이 어떤 물건 앞에서 문득 멈추었다. 그는 손을 뻗어 그 물건을 들어 보았다. 유난히 마음이 끌리는 팔찌다. 라우탄이 관심을 보이는 것을 알았는지 안면이 있는 비진족 장사치가 슬쩍 옆으로 다가왔다.

"비환臂環이라고 다 같은 비환臂環은 아니야. 이걸 봐. 겉보기엔 비슷해 보여도 이건 특별히 잘 다듬어진 물건이야. 뛰어난 장인의 솜씨라고 할 수 있지. 이런 건 대연의 귀족 여인들이나 가질 수 있는 아주 귀한 물건이야."

사내의 설명처럼 자세히 보니 정교하고 아름다운 꽃무늬가 새겨져 있는 아름다운 비환臂環이다. 레이의 팔목에 걸어주면 정말 어울릴 것 같다.

"비싸겠죠?"

라우탄의 물음에 사내는 대답 대신 난감한 미소를 지어 보였다.

"우리 같은 비진족에게 가당키나 하겠어? 무한국이나 진국에서 넘어온 상인들에게 넘길 물건이었는데 시절이 하수상하니 상인들도 뜸하고, 그래서 이러지도 저러지도 못하고 있는 거야."

라우탄은 안타까운 마음으로 비환臂環을 들여다보았다. 레이에게 꼭 사주고 싶은데 수중에 가진 거라곤 겨우 은자 한 닢이 전부니 감히 욕심낼 수 있는 물건이 아닌 것 같다. 그런데도 왠지 쉬이 놓아지지 않는다. 아쉬운 얼굴로 비환臂環을 만지작거리고 있는 라우탄을 살피던 장사치는 큰마음을 먹은 듯 말했다.

"꼭 사고 싶으면 은자 한 닢만 주고 가져가."

"정말, 그래도 되겠어요?"

"나로서는 엄청난 손해지만 라우탄 너니까 주는 거야."

그는 기분 좋은 얼굴로 라우탄의 손에 비환臂環을 쥐어주었다.

우루수 노인과 각 집단의 촌장들 사이에 유일하게 나이가 어린 라우탄이 끼어 있었다. 유강은 그를 발견하자마자 저도 모르게 인상을 찌푸렸다. 저 험악한 얼굴을 볼 때마다 마음이 껄끄럽다. 도대체 무슨 일을 겪었기에 저런 인상을 풍기는 걸까? 갓 스물을 넘긴 어린 녀석의 얼굴에서 풍기는 인생의 무게가 곁에 앉은 우루수 노인을 능가하려 한다.

"내달 보름 우리 비진족은 강을 건널 것입니다."

우루수 노인이 말했다.

내달 보름이면 스무 날도 채 남지 않았다. 빠르면 빠를수록 좋다. 유강은 흡족한 듯 고개를 끄덕였다.

"좋소. 그때에 맞춰 무기와 군량미를 준비해 두겠소."

"안도국 정예부대의 안내는 저희 비진족에서 맡겠습니다."

젊고 건조한 음성이 들렸다. 유강은 음성이 들리는 쪽으로 고개를 돌렸다. 역시나 목소리의 주인공은 라우탄이다. 깊은 흉터 속에 가려진 검푸른 눈이 섬뜩하게 빛났다. 유강은 다시 이마를 찌푸렸다. 그의 눈은 안도국 왕인 자신을 전혀 신뢰하지 않는다는 뜻을 노골적으로 드러내고 있었다.

"안내는 필요 없소. 우린 우리의 일을 할 뿐……."

"안도국을 어찌 믿습니까?"

무례하고 당돌한 눈빛에 유강을 호위하고 있는 무장들이 발끈하며 칼자루를 쥐었고 순간 실내에는 싸늘한 긴장감이 감돌았다. 우루수 노인과 촌장들이 바짝 긴장한 것에 비해 라우탄의 얼굴은 조금도 동요의 빛이 없다. 팔짱을 낀 채 그 얼굴을 물끄러미 바라보던 유강이 다시 흔쾌히 고개를 끄덕였다.

"좋을 대로 하시오."

비진족들은 모두 안도한 얼굴로 돌아갔다. 그러나 오직 한 사람, 라우탄만은 여전히 의심을 다 거두지 못한 얼굴이었다. 안도국 왕의 입가에 번지던 미소가 왠지 거슬린다. 그 미소 속에 숨긴 진정한 저의가 무엇인지 가늠할 길이 없다.

비진족이 관을 빠져나가는 것을 확인한 홍영이 다시 집무실로 들어왔다.

"정말 비진족의 안내를 받으실 생각이십니까?"

"굳이 안내를 해주겠다면 마다할 이유가 있겠느냐? 그들만큼 비열흘의 지리에 밝은 자들도 없을 터이니."

"하지만 무한국을 치겠다 하지 않았습니까?"

"비열흘을 비진족에게 찾아주겠다고도 하였지."

유강이 도대체 무슨 소리를 하는지 모르겠다. 도대체 무한국을 치겠다는 건지 말겠다는 건지? 그러나 유강은 그저 웃을 뿐 더 이상 답해주지 않았다.

라우탄…… 역시나 만만히 볼 자가 아니다. 속엣말을 그렇게 겁 없이 뱉어내다니. 그런데 정말 어쩌다 그런 험한 얼굴이 되었을까? 얼핏 보았지만 말짱한 얼굴이었으면 꽤나 수려한 용모였을 텐데 말이다.

뜰을 거닐던 유강은 후끈 끼쳐 오는 더운 공기에 짜증이 났다. 몸도 덥고 마음도 덥다. 평원의 여름은 정말이지 견디기 힘들다. 그것이 비단 더위 탓만이 아니란 걸 알면서도 유강은 다시 차가운 목욕물을 준비하라 명했다. 얼음처럼 차가운 물에 몸을 담그면 불이 일 것 같은 가슴이 조금은 나아질 것 같아서다.

그렇게 차가운 물에 몸을 담그고 유강은 오늘도 더위를 식힌다. 불타는 가슴을 식힌다. 가슴에 가득한 분노를 식힌다.

저자의 구석진 골목 어느 살림집 마당에서 십여 구의 도륙된 시신이 발견되었다. 소식이 전해지자 평원성이 순식간에 발칵 뒤집혔다. 시신은 모두 남장을 한 여인들이었다고 한다. 보고를 듣던 홍영이 자리에서 벌떡 일어났다.

"방금 뭐라 했느냐?"

"시신들이 모두 남장을 한 여인들이었다고 했습니다."

"이런, 제기랄!"

홍영은 누구에겐지도 모를 욕지거리를 내뱉으며 집무실을 나섰다. 제발 아니기를 빌지만 그 시신들이 세아 공주의 일행일지도 모른다는 생각을 떨칠 수가 없다. 사실 처음 그들을 추적해 평원에 왔을 때 누군가 강을 건넌 정황을 찾았지만 그들이 공주 일행이라는 확실한 증거는 찾지 못했었다. 단지 때와 장소가 일치하는 바람에 그들로 오인했을 수도 있다는 생각이 이제야 드는 것이다.

현장에 도착하자 병사들이 사방에 새끼줄을 친 채 집을 에워싸고 있었다. 여름이라 시신의 부패가 이미 시작되었는지 숨을 쉴 수 없을 만큼 퀴퀴한 냄새가 사방을 뒤덮고 있었다. 마당에는 하얀 천에 덮인 시신이 가득하다. 홍영은 잠깐 진저리를 치다가 수하가 건네는 수건으로 코를 막고 시신 가까이 다가갔다. 그리고 칼집으로 천을 슬쩍 걷어보았다. 이미 부패가 시작된 터라 시신의 얼굴은 검은 빛깔을 띠고 있었다. 전혀 낯선 얼굴이다. 떨리는 마음으로 다음 천을 들추었지만 역시나 낯선 얼굴이다. 그다음, 그다음 천을 들추던 홍영의 걸음이 어느 시신 앞에서 멈추었다. 시신을 내려다보고 있는 그의 눈이 경직되었다.

세아 공주를 그림자처럼 따라다니던 다련! 그녀가 분명하다. 확인하지 않은 시신이 아직 셋. 다리가 떨려 더 이상 걸음을 옮길 수가 없다. 상상조차 하기 싫은 일이 눈앞에 펼쳐질 것 같아 홍영은 숨조차 제대로 쉴 수 없었다. 그러나 다행히 남은 시신에서도 공주는 발견되지 않았다.

홍영의 보고를 받는 동안 유강은 전혀 미동도 없었다.

"함께 있던 시신들은 아마도 인영전의 시비들이 아닌가 생각됩니다."

그 말에도 유강은 반응이 없었다. 침묵이 오래도록 계속되자 홍영의 이마에 식은땀이 흐른다. 유강의 마음을 이토록 가늠할 수 없었던 적은 없다. 고개 숙인 저 너머 유강이 어떤 모습으로 앉아 있을지 감히 상상조차 할 수가 없다. 마른침을 꿀꺽 삼키며 홍영은 간신히 입을 열었다.

"당장 군사를 풀어 수색하겠습니다. 어딘가에 분명 살아 계실 것입니다."

"……."

유강에게서는 어떤 소리도 들리지 않는다. 떠도는 공기마저 삼켜 버릴 것 같은 무서운 침묵에 홍영은 더 이상 입을 뗄 수 없었다.

유강은 모든 생각을 멈춘 채 홍영의 보고를 곱씹었다. 시신들이 끔찍할 정도로 처참하게 도륙을 당했다. 그러나 품에 지닌 금전들은 고스란히 보존되어 있다. 오로지 목숨만을 노렸다는 뜻이다.

어느 쪽일까? 아소왕후의 잔존 세력일까? 무한국일까? 아니면 또 다른 누구일까?

머릿속에 바람이 인다. 이성으로 감당하기엔 힘든 광풍이다. 핏줄을 타고 온몸으로 번져 나간 그 바람은 이글거리는 불이 되어 심장을 관통하고 손끝으로 발끝으로 뻐져나온다. 그러쥔 주먹이 탁자 위에서 떨린다. 그것보다 더 떨리는 음성이 유강의 목에서 흘러나왔다.

"찾아라…… 모든 일을 멈추고 당장 공주를 찾아라!"

죽은 시신은 원치 않는다. 살아 숨 쉬는 공주를 잡아 눈앞에 대령해라. 상처 입은 모습도 싫다. 자신이 기억하는 그 모습 그대로의 세아를 찾아 그녀의 삶도 죽음도, 그리고 몸과 마음의 상처마저도 온전히 제 손으로 관장해 버리고 싶었다. 시비들처럼 세아 또한 시신으로 발견된다면 그녀를 정말 용서할 수 없을 것 같다. 유강은 끓어오르는 감정을 주체하지 못한 채 홍영을 향해 다시 한 번 소리쳤다.

"당장 찾아라!"

세아 일행이 바깥 공기를 쐴 수 있는 시간은 하루에 두 번, 아침을 먹고 난 다음 잠깐의 산책과 해가 진 다음에 다시 잠깐의 산책 시간뿐이다. 그때에도 잘 훈련된 청년들이 그들을 둘러싸고 있었기 때문에 탈출은 꿈도 꿀 수 없었다.

우루수 노인이 다녀간 후 그들은 더 이상 취조를 하지 않았다. 우루수 노인도 오지 않았다. 그러니 세아의 마음은 더욱 불안해졌다. 이들이 언제 어느 순간 안도국에 자신을 넘겨 버릴지 알 수 없는 일이다. 이런 모습으로 유강을 대면할 수는 없다. 두 번 다시,

영원히 그를 만나지 않는 것이 자신이 해줄 수 있는 최선의 일일 것이다.

"우루수 노인을 다시 한 번 만나야겠다."

"그자의 요구를 들어주실 작정이십니까?"

우치의 물음에 천수의 눈이 먼저 세아에게로 향했다. 다시는 무진을 찾지 않겠다고 약속하면 놓아주겠다던 우루수 노인의 제의를 단호히 거절하던 세아가 안도국에 넘기겠다는 한마디에 내내 마음이 흔들리고 있다. 그 모습을 지켜보는 우치의 마음도, 천수의 마음도 복잡하기는 마찬가지다. 세아는 두 사람의 복잡한 눈을 외면한 채 담담히 말했다.

"우선은 이곳을 빠져나가는 것이 중요하지 않겠느냐."

감시하는 병사를 통해 뜻을 전했지만 우루수 노인은 찾아오지 않았다. 그들의 요구만 들어준다면 굳이 붙잡아둘 뜻이 없는 듯 보였는데 마음이 바뀐 걸까? 그러고 보니 왠지 비진족의 분위기가 어수선하다는 느낌이 든다. 다음날은 무슨 일인지 하루도 빠지지 않던 바깥 산책마저 취소시켜 버렸다.

바깥 산책을 하지 못한 지 사흘째 되는 날, 천수가 어지럼증을 호소하며 구토를 하기 시작했다. 탁한 실내 공기 때문이었다. 당장 바깥 산책을 하게 해달라고 요구했지만 거절당했다. 오후가 되자 천수의 상태는 더욱 악화되어 급기야 정신까지 몽롱해졌고 세아를 비롯한 나머지 사람들의 상태도 좋지 않았다. 그쯤 되자 그들도 어쩔 수 없었는지 잠시 동안의 바깥 산책을 허락해 주었다. 실은 그 모든 것이 연극이었다는 것을 알 리 없으니 비진족 병사들의 경계는 어느 때보다 느슨했다.

우치는 날카로운 눈으로 뒤편 담벼락을 살폈다. 무예를 조금만 익혔다면 저 정도 높이는 충분히 뛰어넘을 수 있다. 그런데 공주가 과연 따라올 수 있을까?

슬쩍 돌아보니 세아가 걱정 말라는 듯 고개를 끄덕인다. 마침내 세아의 눈짓에 따라 그들은 주변을 둘러싼 병사들을 순식간에 제압하고 뒤편 담벼락 쪽으로 달렸다. 버둥거리는 천수를 밀어올리고 우치가 마지막으로 담장을 뛰어넘었다.

평원성에 비상령이 내려지면서 출정 준비로 들떠 있던 비진족 마을도 어수선했다. 안도국이 갑작스러운 내부 문제로 출정을 미루었으면 한다는 뜻을 전해온 것이다. 그리고 평원성 관내에 들여놓은 세작으로부터 성내에서 발견된 시신에 대한 이야기가 전해졌다.

"시신은 모두가 남장을 한 여인들이었고 저자에 있는 한 살림집에서 도륙을 당했다고 합니다."

"도대체 누가 그런 짓을 했단 말이냐?"

"알 수 없습니다. 안도국에서도 혈안이 되어 범인을 찾고 있습니다."

출정을 미루면서까지 혈안이 되어 범인을 쫓고 있다는 것은 죽은 시신들이 그저 이름 없는 백성들만은 아니라는 뜻이다. 순간 다와과 우루수 노인은 죽은 이들이 성 밖 비밀가옥에 잡아둔 곱상한 공자의 일행이라는 것을 직감했다.

"밝은 대낮에도 함부로 나다닐 수 없을 만큼 성안 분위기가 살벌합니다."

또다시 부족민에게 피바람이 불어닥칠지 모른다. 이런 일이 생길 때마다 언제나 표적이 되는 것은 비진족이니. 다왁은 쓸데없는 행동으로 목숨을 잃는 사람들이 없도록 각별히 조심시키라는 명을 내리고 다시 안으로 들어왔다. 우루수 노인의 얼굴이 어둡다.

"어르신."

"혹, 이번 일에 우리 비진족이 관련되었는가?"

"아닙니다, 절대로!"

"저자의 왈짜패들은?"

"그들도 대부분 이번 군사훈련에 참가하여 그런 일을 저지를 자들이 없습니다. 이미 다 알아보았습니다."

그렇다면 안도국 내부의 자객이라는 뜻이다. 아마도 무한국 공주였을지도 모를, 그리고 안도국 왕의 비였을지도 모를 그 여자를 노렸겠지? 그런 사람을 인질로 잡아두었으니 아무래도 너무 큰 걸 건드린 것 같다.

"그자들을 당장 안도국에 넘기는 것이 옳지 않겠습니까?"

다왁 또한 우루수 노인과 같은 생각을 하고 있었던 모양이다.

우루수 노인도 고개를 끄덕였다. 그들이 비진족의 군영 근처로 접근해 와서 잡아두었다면 안도국에서도 할 말이 없을 것이다. 더구나 그렇게 잡아둔 덕에 목숨을 건질 수 있었던 건지도 모르는 일이니까. 하루라도 빨리, 그리고 라우탄이 알기 전에 넘겨 버리는 것이 상책일 것이다.

"평원성에 연통을 넣게. 수상한 자들을 잡아두었으니……."

그러나 그 말이 채 끝나기도 전에 비밀가옥을 지키던 병사가 다급히 뛰어들었다. 인질들이 저녁 무렵 산책을 나온 틈을 타 탈출을 했다는 것이다.

"도대체 경계를 어찌했기에!"

"송구하옵니다."

"완전히 놓친 것이냐?"

"아닙니다. 저희들도 쫓고 있고 라우탄이……."

"라우탄이라니? 라우탄에게 연락을 했단 말이냐!"

"그곳이 이쪽보다 가깝고 아무래도 라우탄이 나서야 일이 빨리 해결될 것 같아서……."

우루수 노인의 험악한 얼굴에 병사는 말꼬리를 흐렸다. 병사가 나가고 우루수 노인은 방 안을 서성이며 마음을 가라앉혔다. 라우탄이 그 여자를 만난다고 하더라도 기억이 없으니 당장 걱정할 일은 일어나지 않을 것이다. 다만 자신의 과거에 대해 의문을 가지겠지. 그가 흔들리는 것을 원치 않는다. 지금 비진족은 라우탄의 능력이 절대적으로 필요하다.

라우탄이 비밀가옥에 잡아둔 인질이 달아났다는 보고를 받은 것은 강변에 군영을 차리던 중이었다. 너무도 다급한 보고에 라우탄은 인질들의 정체도 파악하지 못한 채 뒤를 추적했다. 인질들이 달아난 방향과 시각으로 보아 비밀가옥 주변의 비진족 마을을 벗어나지는 못했으리란 계산이 나왔지만 어디에서도 그들의 흔적을 찾을 수는 없었다. 청년들을 두 패로 나누어 인질을 쫓게 한 후 돌아오는 길에서야 인질의 정체가 자신들이 쫓고 있던 자들이라는 것을 보고받았다. 라우탄은 우루수 노인이 어째서 자신에게 인질의 존재를 숨겼는지 알 수 없었다.

"소인이 못 미더우셨습니까?"

"그런 게 아니다, 라우탄."

"그럼 어찌하여 제게 숨기셨습니까? 언질이라도 주셨으면 좋았지 않습니까."

라우탄의 음성에 약간의 속상함이 묻어났다.

우루수 노인은 안타까운 눈으로 라우탄을 건너다보았다. 그의 험한 얼굴을 볼 때마다 언제나 마음이 아프다. 무한국에서의 그 삶이 얼마나 험난했을지 고스란히 보여서다. 라우탄에게 그런 과거를 찾아주고 싶지 않다.

"그자의 정체가 아무래도 심상찮아서 알아보던 중이었다."

우루수 노인의 말에 라우탄의 얼굴이 이내 긴장했다.

"그래서 알아내셨습니까?"

"그자는……."

우루수 노인은 잠깐 심호흡을 하고 다시 말을 이었다.

"네 짐작대로 그 공자는 남장한 여인이었다. 그리고 안도국 왕 유강의 왕자 시절 비이기도 했이."

그러나 그녀가 또한 무한국의 공주였다는 사실은 끝내 말하지 않았다.

"어떻게 그런……!"

라우탄은 그저 놀라운 듯 말을 잇지 못했다.

"권력 쟁탈 과정에서 밀려난 게지."

"그럼 안도국 왕은 어째서 그 사람을 찾고 있습니까?"

"왕의 뜻과 귀족들의 뜻이 다른 것이겠지."

우루수 노인의 설명을 듣고 있자니 그제야 조금씩 이 상황이 이해가 갔다. 그렇다면 성안에서 발견된 시신들은 반대편 세력에서 보낸 자객의 짓일 게 분명하다. 권력의 세계란 원래 그리 냉엄한 모양이다. 라우탄은 저도 모르게 치를 떨며 이마를 찌푸렸다.

"그럼 이제 어찌해야 합니까?"

"어찌하긴. 그들을 찾는 즉시 안도국 왕에게 인계해야지. 그리고 우린 우리 일을 하는 거다."

우루수 노인의 단호한 말에 라우탄도 고개를 끄덕였다. 괜한 일에 말려들 이유가 없다. 고개를 숙이고 나가는 라우탄을 우루수 노인이 다시 불러 세웠다.

"라우탄."

잠깐 서운했던 마음은 이미 모두 잊었다는 듯 돌아보는 라우탄의 얼굴에 서글한 웃음기가 감돈다.

"누가 뭐래도 넌 비진족이다."

라우탄은 무슨 새삼스러운 말이냐는 듯 빙긋 웃었다.

"알고 있습니다, 어르신. 전 제가 비진족인 것이 자랑스럽습니다."

그리고 다시 한 번 고개 숙여 예를 표하고 방을 나갔다.

그래, 라우탄. 넌 자랑스러운 비진족이다.

그러니 설령 과거가 다시 그를 괴롭히는 일이 있더라도 그가 기 댈 곳은 언제나 비진족뿐이라는 걸 잊지 않았으면 좋겠다.

세아 일행은 벌 떼처럼 따라붙는 추적을 따돌리고 어느 살림집 의 헛간으로 숨어들었다. 어느새 평원성으로 들어가는 길은 완전 히 막혀 버렸다. 이 마을을 벗어난다 해도 벌판의 비진족 마을이 나 강 건너 비열홀로 달아나는 길밖에 없다.

세아는 밤새 꿈에 시달렸다. 무진과 유강이 한 덩어리가 되어 그녀를 쫓아왔고 또 그녀에게서 달아났다. 자신이 누구를 피해 달 아나고 누구를 찾아 헤매는지 분간할 수 없었다. 어렴풋이 눈을 떴을 때는 온몸이 물에 젖은 솜뭉치처럼 무거웠다.

"괜찮으십니까?"

어둠 속에서 들려온 것은 우치의 음성이다. 그는 문 앞 기둥에 등을 기대고 있었다. 그렇게 앉아 밤을 꼬박 새운 모양이었다.

우치는 어둠 속에서 물끄러미 세아를 바라보았다. 밤새 악몽에 시달리는 듯 뒤척이는 공주를 보며 생각했다. 무조건 공주의 뜻을 따르는 것만이 옳은 것은 아닌 것 같다고. 공주는 지금 뻔히 보이 는 위험 속으로 무모하게 들어가려 하고 있다. 아마도 그 길밖에 선택의 여지가 없다고 생각해서일 것이다. 결코 유강에게로는 돌 아갈 수 없다고 생각하고 있을 테니.

우치는 마른침을 꿀꺽 삼키고 힘겹게 입을 열었다.

"제가 평원성으로 들어가 전하를 뵙겠습니다."

"그건 안 된다!"

"전하께선 모든 것을 용서하시고 받아주실 것입니다."

"그분을 힘들게 하고 싶지 않다."

"이렇게 달아나는 것이 그분을 더 힘들게 한다는 걸 모르십니까?"

안다. 유강이 얼마나 분노하고 절망하고 있을지를. 어쩌면 스스로를 책망하고 있을지도 모른다. 그러나 그것은 잠시일 뿐, 결국 그는 자신의 길을 갈 것이다. 당당히, 그리고 모질고도 무섭게. 그는 이미 그 길로 가고 있다.

세아는 힘겹게 입을 열었다.

"이미 새 왕후를 맞았다는 것을 알고 있다."

비열흘로 떠날 때까지 모르기를 바랐는데 이미 알고 있었던 모양이다. 우치는 숨소리조차 내지 못한 채 어둠 속의 세아를 살폈다. 그녀의 그림자는 미동도 없다. 한참 후 다시 그녀의 음성이 들렸다.

"함께한다면 결국은 두 사람 모두 불행해질 거다."

우치는 더 이상 아무 말도 할 수 없었다.

작게 뚫어놓은 창으로 달빛이 스며들었다. 대낮처럼 환하게 연지를 비추던 그 달빛이 떠올랐다. 연지의 다리 위에서 슬프게 흔들리던 유강의 그림자가 떠오른다. 검푸른 눈을 번득이며 다가와 '혼인을 하겠느냐' 묻던 그 밤도 떠오르고, '술을 할 줄 아느냐' 묻던 은근한 목소리도 떠오른다. 죽음 같은 절망에 짓눌려 지냈던 그날들 속에 남아 있는 것은 슬픔이 아니라 설렘이고 아름다움이다. 유강과 함께했던 날들은 어느 한순간 아름답지 않은 순간이 없다. 이 생에서 그토록 아름다운 밤들을 또다시 만날 수 있을까?

부질없는 욕심이다. 그저 잠시 마음을 달래주었던, 다시 살아갈 힘을 주었던 좋은 추억이라고 생각하자.

무진을 찾으면 먼 곳으로 떠날 생각이다. 진국으로 떠날까? 바다 건너 어란국으로 떠날까? 어디든 무한국과 안도국의 손이 미치지 않는 곳이면 된다. 어차피 덤으로 살아온 인생, 그 덤을 선물해준 무진과 함께 바람처럼 물처럼 그리 살 생각이다. 그러나 그것이 얼마나 꿈같은 일인지 얼마 지나지 않아 깨달아야 했다. 아침에 눈을 떴을 때 일행이 알아차린 것은 마을을 빠져나갈 길은 어디에도 없다는 사실이었다.

마을을 감싼 지 이틀 만에 공자 일행의 움직임이 감지되었다. 그런데 놀랍게도 그들이 향하는 방향이 강변의 비진족 마을 쪽이다. 비열흘로 가려는 속셈 같았다. 그들이 어째서 기어이 비열흘로 가려는 것인지 라우탄은 이해되지 않았다. 안도국에서 목숨의 위협을 느껴 달아나는 것이라면 서쪽의 위국이나 보월국으로 달아났어야지 어째서 가장 척박하고 위험한 비열흘일까? 왕자의 비였으면 그 신분 또한 만만찮을 텐데 말이다.

"검술이 아주 뛰어난 자들이니 함부로 접근하지 마라. 또한 인질을 다치게 해서도 아 되니 가볍히 조심해야 할 것이다."

라우탄의 명에 따라 비진족 병사들은 최대한 거리를 두고 세아 일행을 쫓았다. 그러나 좀 더 가까운 거리에서 그들의 뒤를 쫓는 또 한 무리가 있다는 것을 라우탄은 알지 못했다.

한 무리의 칼잡이들이 앞을 막아선 것은 숲으로 막 들어섰을 때였다. 우치와 호위들은 반사적으로 칼을 뽑아 들고 세아를 둘러쌌다. 그런데 앞을 막아선 자들은 비진족이 아니었다. 우치는 순간적으로 그들이 유강이 보낸 추격군일 거라고 생각했다. 그래서 저도 모르게 안심하며 칼을 내리는 순간 매서운 칼바람이 귓전을 스쳤다.

"멈춰라! 이분은 무한국 공주시다! 소천궁의 왕자비마마시다!"

그러나 이미 전쟁터처럼 변해 버린 숲에서는 우치의 외침이 들리지 않았다.

매섭게 부딪혀 오는 칼날에서 살의가 느껴진다. 사납게 몰아치는 눈빛에서도 느껴지는 것은 살의다. 누굴까 생각할 겨를도 없이 칼을 맞받았다. 우치나 호위들 그리고 세아까지 모두들 만만찮은 검술을 지닌 사람들이지만 상대는 그들보다 더 무서운 검술의 소유자들이었다. 게다가 수적으로도 훨씬 우세했다. 네 사람은 일순간에 십여 명의 칼잡이들에게 포위당해 버렸다. 천수는 이미 피투성이가 된 채 쓰러져 있었다.

"누구냐! 뭘 하는 자들이냐!"

우치의 호통에 그들은 아무 대답이 없었다.

"평원성에서 나왔느냐, 아니면 대연에서 온 것이냐?"

그 물음에도 그들은 대답이 없었다. 마치 아무 말도 알아듣지 못하는 맹수처럼 살의에 깃든 눈으로 노려볼 뿐이다. 우치는 숨을 고르며 다시 말했다.

"이분은 무한국 공주시다. 소천궁의 왕자비마마……."

순간, 칼잡이들이 약속이나 한 듯 튀어 오르며 세아를 향해 칼을 뻗었다. 재빠르게 몸을 날린 호위 하나가 온몸으로 그 칼을 막았다. 숨 쉴 틈 없이 몰아치는 칼날에 더 이상 버틸 여력이 없다고 판단한 우치는 세아를 향해 소리쳤다.

"마마! 길을 열어드릴 터이니 피하십시오!"

우치가 칼잡이들을 향해 몸을 날리는 것이 보였다. 호위들도 함께 뛰어들었다. 세아는 허술해진 틈을 뚫고 달아났다. 뒤편에서 칼 부딪치는 소리가 요란하게 들린다. 우치와 호위들이 필사적으로 막아서는 모양이었다. 제발 그들이 무사하기를 바라며 세아는 달렸다. 이 등성이만 넘으면 강변이다. 그러나 다시 산더미 같은 그림자에 앞이 막혔다.

검푸른 눈동자와 붉은 머리칼. 어디선가 본 듯한 얼굴이다. 정신을 가다듬어 다시 살펴보니 그는 놀랍게도 비진족 왈짜패 육손이다. 이자가 왜 이곳에 있으며 왜 자신에게 칼을 겨누는지 생각할 겨를도 없이 폭풍처럼 몰아치는 칼을 받아야 했다. 거대한 덩치에서 뿜어져 나오는 강렬한 힘에 칼을 맞받는 세아의 허리가 휘청했다. 무서운 살기다. 세아는 진심으로 두려움이 일었다. 칼을 놓은 지 두 해가 넘었다. 그래서 이런 살기가 깃든 칼을 대적하기가 버겁다. 휘몰아치는 칼을 정신없이 받아내던 세아의 몸이 다시 한 번 휘청 꺾인다. 육손이는 그 순간을 놓지지 않고 온 힘을 모아 칼을 내려쳤다. 세아의 칼이 저만치 날아갔다. 육손이가 회심의 미소를 지으며 다가오는 것이 보였다. 살기가 깃든 칼날 위로 죽음의 그림자가 비쳤다.

그것이 끝이라고 생각했다. 그러나 다음 순간, 그림자 하나가 맹수처럼 그들 사이로 뛰어들었다. 간결하고 묵직한, 그러나 바람보다 빠르고 현란한 칼놀림이다. 어디선가 본 듯한…….

그래서 안심이 되었다. 아직은 끝이 아니구나 싶은 생각과 함께 죽음의 문턱에 다다랐던 마음이 한순간 풀어지며 세아는 정신을 잃었다.

10

　빠른 시일 내로 평원성에 연락병을 보내라는 우루수 노인의 명이 떨어졌지만 라우탄은 머뭇거리고 있었다. 상처 입은 호위들 곁에 쓰러져 있던 한 사내 때문이다. 그는 비열흘에서 자신을 찾아왔던 그 무한국인이었다.

　비열흘 강가에 시체처럼 버려졌던 라우탄은 우루수 노인과 레이의 정성스런 간호로 겨우 목숨을 건졌다. 조금씩 몸이 회복되면서 비진족 청년들과도 이내 친해졌다. 그들은 어릴 적 노예로 팔려 비열흘을 떠났다가 다시 돌아왔다는 그를 형제처럼 반겼다. 그리고 흉측한 그의 얼굴을 자신들의 아픔처럼 여기며 함께 분개해 주었다. 그는 자신이 비진족인 것이 너무나 다행이고 감사하다고 생각했다. 그러던 어느 날 저자에 나갔다가 자신을 알아보는 무한국인을 만났다. 마치 죽은 귀신을 만난 듯한 얼굴로 자신을 바라보던 자는 지금 의식을 잃은 채 사경을 헤매고 있는 바로 그자다.

무경이라고 했던가? 무징이라고 했던가?

그는 라우탄을 그렇게 불렀다. '도련님'이라고도 했던 것 같다. 그것은 무한국인 중에서도 귀한 댁 자제를 부를 때나 쓰는 말이었다. 당시 라우탄은 무한국인에 대해 엄청난 반감을 가지고 있었다. 우루수 노인께 들은 자신의 과거 얘기 때문이기도 했지만 비진족에 대한 무한국 군의 횡포가 너무도 심했기 때문이었다. 그들은 비진족을 사람으로 대하지 않았다. 그런 그들에게 잡혀가 눈을 잃고 목숨까지 잃을 뻔했다고 생각하자 분노가 일었다. 그래서 라우탄은 자신을 찾아온 그자에게 칼을 겨누었다.

"나는 당신이 찾는 자가 아니오! 다시 한 번 찾아와 날 괴롭힌다면 그땐 목숨을 내놓아야 할 거요."

그 후로도 두어 번 찾아왔던 것 같지만 그땐 비진족 청년들이 라우탄을 대신해 그를 쫓았다. 그리고 얼마 후 비열흘을 떠나왔고 그에 대한 기억은 이내 잊었었다.

천막으로 들어서자 의원이 보자기를 챙겨 일어났다.

"좀 어떻습니까?"

"다른 이들은 다들 그만그만한데 저기 저잔 틀렸어. 피를 너무 많이 흘려 살아나기 힘들 걸세."

라우탄은 의원이 턱짓으로 가리킨 침상으로 다가갔다. 이미 죽음이 가까워진 듯 사내의 낯빛은 검푸르다. 이곳에 나타난 것이 우연이었는지, 아니면 또 다른 이유가 있었던 건지, 무한국인인 이자가 어째서 안도국 왕의 비와 함께 있었던 건지? 알아볼 일이 태산 같은데 사내는 입을 꼭 다문 채 죽음을 기다리고 있다. 가슴이 답답하다. 라우탄은 사내를 향해 뻗으려던 손을 거두고 돌아섰다.

"그 공자는 어찌하고 있느냐?"

"호위 하나가 기어이 떨어지지 않아 함께 두었습니다. 헌데⋯⋯."

"헌데?"

"그자가 라우탄 님을 만나게 해달라고 난립니다. 어찌할까요?"

"어째서 나를 만나려 한다더냐?"

"모르겠습니다. 막무가내로 떼를 쓰니 저희들도 감당하기가 어렵습니다."

라우탄은 고개를 갸웃했다. 의식을 잃은 채 쓰러져 있던 공자는 사내 복장을 하고 있었지만 가까이서 보니 여인임이 한눈에 드러날 만큼 빼어난 미모의 여인이었다. 안도국 왕이 새 왕후를 맞이하고도 기어이 찾아다니는 이유를 알 만도 했다. 그런 그녀가 어째서 자신을 만나고자 하는지 도무지 이해할 수가 없다. 호소할 일이 있다면 부족장인 우루수 노인을 찾는 게 옳은 일일 텐데 말이다 문득 천마 안의 의식을 잃은 저자가 이곳에 나타난 것과 연관이 있는 것은 아닐까 하는 생각이 들었다. 어쩌면 저자에 대해 좀 더 자세히 알 수 있을지도 모른다.

라우탄은 병사의 안내를 받아 공자 일행이 머물고 있다는 천막으로 다가갔다. 천막은 병사들이 겹겹이 둘러싸고 있었다. 다가오는 라우탄을 보고 병사 하나가 앞을 가로막았다.

"누구도 들이지 말라는 어르신의 명입니다."

라우탄은 발끈했다. 우루수 노인이 말한 그 '누구도' 속에 분명 자신은 포함되어 있지 않았을 것이라고 생각했다.

"알아볼 것이 있어 만나고자 하니 물러나라."

"하지만 어르신께서……."

다시 발끈하며 다가서려는 라우탄을 누군가 불러 세웠다. 지천골에서 함께 군사훈련을 했던 청년이다.

"당장 막사로 가봐야겠어. 하도 의견들이 분분하니 저러다 큰일이라도 낼 것 같아."

또다시 강을 건너는 일로 실랑이를 벌이는 모양이다. 당장 인질을 만나보고 싶지만 다음으로 미루어야 할 것 같다. 라우탄은 앞을 막아선 병사에게 엄한 눈길을 건네고 돌아섰다.

군영의 막사 안은 긴장감이 감돌고 있었다. 당장이라도 강을 건너 비열홀로 내달릴 기세로 산을 내려온 청년들을 억지로 눌러놓았으니 언제 터질지 모를 봇물처럼 불안하다. 이미 한편에서는 안도국의 도움 따위 필요 없으니 곧장 비열홀로 들이치자며 흥분하는 부류들도 있었다. 이 뜨거운 혈기들을 언제까지 가라앉혀 놓을 수 있을지 걱정이다.

라우탄이 들어서자 시끄럽게 떠들던 청년들의 눈이 일제히 그에게로 향했다. 군사훈련을 책임지며 라우탄에 대한 신뢰는 한층 높아졌다. 비록 자신들보다 나이는 어리지만 군율에 따라 깍듯이 상관으로 모시는 것을 마다하지 않았다.

"육손이는 어찌 되었는가?"

"여태껏 소식이 없는 걸 보면 아직 추적 중인 듯한데……."

"반드시 잡아야 해. 저쪽에서 먼저 잡게 되면 무슨 꼬투리를 잡을지 모르니까."

공자를 향해 내려치는 칼을 받아내고 서너 합을 치르고 나서야 라우탄은 그자가 육손이임을 알아보았다. 육손이가 왜 그녀를 죽이려 한 것인지 알 수 없다. 자신을 버린 부족에 대한 앙심인지, 아니면 안도국의 권력싸움에 끼어들게 된 것인지 모르겠다. 아마도 후자일 가능성이 높다. 금전이라면 물불을 가리지 않고 덤벼드는 자였으니.

"근데 라우탄, 우린 언제 비열흘로 가는 거야?"

"맞아! 언제까지 안도국을 믿고 기다리고만 있어야 해? 당장 가자고! 우리 힘으로도 충분하잖아!"

그래. 비진족의 군사력만으로도 지금의 비열흘을 찾는 데는 아무 문제 없다. 그러나 그것은 군사적 힘만으로 되는 것이 아니다. 안도국의 암묵적 지지 없이 그런 일을 실행하기는 불가능하다.

"흥분하지 말고 기다려! 섣불리 움직였다가 일을 그르치는 수가 있으니까. 이건 단순한 전투가 아니야. 부족의 미래가 걸린 일이라고!"

라우탄의 호통에 순식간에 막사 안이 조용해졌다. 라우탄은 들뜬 청년들을 둘러보며 생각했다. 일을 서둘러야 할 것 같다고. 자신 또한 저들만큼 들끓는 피를 주체할 수 없으니까.

　라우탄이 평원성으로 찾아왔다. 우루수 노인과 부족의 수장들을 배제한 독단적인 방문이었다. 평소 같으면 겁 없이 찾아온 그 당돌함에 호기심이 일었을 테지만 지금 유강은 그 어떤 것도 마음에 들어오지 않는다.

　라우탄은 홍영의 안내를 받아 뒤뜰로 들어갔다. 안도국 왕 유강이 뒷짐을 진 채 느린 걸음으로 뜰을 거닐고 있었다. 그의 심기를 건드릴까 두려운 듯 바람조차 일지 않는다. 성안으로 들어서면서부터 느껴지던 긴장감이 한꺼번에 몰려오는 듯하다. 라우탄은 긴장을 감추려 가만히 주먹을 그러쥐었다. 숨을 죽이고 기다리고 있는데 드디어 유강이 고개를 들었다. 유강은 눈앞에 있는 라우탄을 이해할 수 없다는 눈으로 바라보았다.

　"웬 놈이냐?"

　"비진족 라우탄입니다."

　유강은 라우탄을 무시한 채 홍영을 보며 소리쳤다.

　"어찌 들어왔느냐고 묻는 것이다!"

　홍영이 머뭇거리며 대답했다.

　"들이라고 하셨습니다."

　그렇잖아도 자신조차 쉽게 말을 붙이기 힘들 정도로 신경이 곤두서 있던 유강이 라우탄이 찾아왔다는 소리에 쉽게 고개를 끄덕이는 것이 의문스러웠다. 이제 보니 유강은 의미 없이 그저 고개를 끄덕였던 모양이다. 다시 라우탄을 끌고 나오려는 순간 유강이 불러 세웠다.

"두고 나가거라."

마치 성가신 물건을 대하듯 하는 그의 말투에 라우탄은 화가 났지만 참아 넘기는 수밖에 없었다. 그런 것이 비진족의 운명이라고 들었다.

홍영이 사라지는 것을 보며 유강은 라우탄에게 다가갔다. 그리고 처음으로 그의 얼굴을 자세히 들여다보았다. 검은 안대나 얼굴을 가르는 칼자국보다 먼저 눈에 들어온 것은 짙은 빛깔의 눈이다. 검푸름의 차이가 여타 비진족과는 비교되는 아주 짙은 빛깔의 눈. 이 녀석도 자신처럼 비진족 외에 다른 종족의 피가 섞였다는 뜻이다. 마치 면경 속의 제 눈을 보듯 닮은 빛깔의 눈을 보며 유강은 마음이 불편했다. 그 눈 때문에 언제나 거부를 당해왔던 어린 날의 상처들이 불쑥 고개를 든 탓이다.

유강은 천천히 입을 열었다. 그의 음성은 묵직했고 노기가 서려 있었다.

"기다리란 말을 듣지 못한 건가?"

라우탄은 그의 무서운 눈빛에 잠깐 멈칫했지만 이내 용기를 내어 대답했다.

"들었습니다."

평원성 안에 변고가 생겼으니 비진족들은 각별히 조심하라는 다왁과 우루수 노인의 명이 있었다. 이런 어수선한 시기에 섣불리 잘못 움직였다가 어느 순간에 목이 달아나 버릴지 모르는 일이다. 특별한 이유는 없었다. 단지 그들이 비진족이기 때문이다. 그러나 그런 것 따위 신경 쓰지 않는다는 듯 대답하는 라우탄의 얼굴은 무심하다. 단지 젊은 혈기라고 하기에는 너무도 느긋한 그 모습에 유강은 문득 라우탄이 찾아온 목적이 궁금해졌다.

"하고자 하는 말이 무언가?"

라우탄은 들키지 않게 심호흡을 하고 천천히 입을 열었다.

"전하께서 찾고자 하는 이에 대한 이야기입니다. 또한 얼마 전 평원성에서 일어난 살해 사건에 대한 이야기이기도 합니다."

유강이 움찔 다가오는 것이 보였다. 그러나 라우탄은 말을 멈추지 않았다.

"그 일에 우리 비진족의 힘을 빌리라 여쭈러 왔습니다."

검푸른 눈이 코앞으로 울컥 다가왔다. 번득이는 눈이 짐승의 그것처럼 광채가 인다.

"도대체 무얼 알고 있는 것이냐?"

라우탄은 마른침을 꿀꺽 삼키며 대답했다.

"지난여름 우리가 구해주었던 전하의 아우라는 분을 찾으시는 것이 아닙니까?"

"……!"

"그리고 이번 살해 사건 또한 그분과 연관되어 있습니다."

순간, 우악스러운 손이 목을 조여왔다. 한 번도 언급한 적이 없었는데 비진족은 이미 많은 것을 알고 있다. 뒤를 캔 것일까? 그럴 테지. 그들이라고 어찌 세작이 없겠는가.

유강은 움켜쥔 목을 조이며 다시 물었다.

"그리고 또 무엇을 알고 있느냐?"

마치 이 일의 모든 배후에 라우탄이 있기라도 한 듯 유강의 목소리는 분노에 떨렸다. 그러나 실은 그의 입을 통해 세아가 무사하다는 말을 듣고 싶은 것이다. 그 말만 듣는다면 지금의 이 무례함 따위는 다 용서할 수 있을 것 같았다.

안도국 왕이 이렇게 흔들리는 모습은 처음이다. 그 여자가 안도국 왕에게 어떤 존재인지 짐작이 되었다. 그래서 라우탄은 더욱 쉽게 입을 열 수 없었다. 어떤 방법이 비진족에게 득이 될지 판단해야 했다.

"소인은 더 이상 아는 바가 없습니다. 다만 그 일을 해결하는 데 우리 비진족이 도움이 될 수 있을 것 같아 찾아온 것입니다."

"도움을 주겠다고?"

"평원성의 주인은 안도국이지만 속속들이 아는 것은 우리 비진족입니다. 그들을 통한다면 못 알아낼 것이 없겠지만 또한 그들이 입을 다물어 버리면 어떤 것도 알아내기 힘들 것입니다."

"그렇다면 네 말은 지금 비진족이 입을 다물고 있다는 뜻이냐? 어째서?"

"두려우니까요. 지금의 저처럼."

아무런 잘못이 없지만 언제나 분노의 대상이 되어야 했던 비진족의 운명에 대한 얘기였다. 믿을 수 없지만 라우탄은 지금의 제 처지가 두렵다고 했다. 그러나 그의 얼굴은 조금의 동요도 없다. 험한 흉터 탓에 감춰진 건가?

그제야 유강은 제 가슴에 숨긴 두려움과 분노를 라우탄에게 들켰다는 것을 알았다. 그는 움켜잡았던 라우탄의 목을 신경질적으로 놓아버렸다. 마음이 견딜 수 없이 답답하고 조급하다. 어떤 방법도 떠오르지 않는다. 그래서 아무 일도 추진할 수가 없다. 지푸라기라도 있다면 잡고 싶은 심정, 그것이 지금 이 순간 그의 솔직한 마음이다.

"열흘의 여유를 주겠다. 그 안에 찾아내지 못한다면 오늘의 무례함에 대한 벌을 받게 될 것이다."

"대신 찾아낸다면 그 즉시 약속하신 군량미와 무기를 주시고 강을 건널 수 있도록 허락하셔야 합니다."

"좋다."

"또한 찾을 사람을 이미 찾았으니 안도국 정예군을 비열흘로 보내겠다는 명도 거둬주셔야 합니다."

거절할 빌미가 없는 요구다. 유강은 매서운 눈으로 라우탄을 살폈다. 자신만만한 그 얼굴을 보니 그가 찾아온 진짜 목적은 바로 이 대답을 듣기 위한 것이란 생각마저 든다.

"그러지."

유강의 입가에 의미를 알 수 없는 미소가 번졌다.

라우탄이 사라지기 무섭게 유강은 홍영을 불러들였다.

"라우탄의 뒤를 좀 더 캐보아라. 비진족 마을도 유심히 살펴라."

분명 무언가 알고 있다. 그러니 저토록 당당한 요구를 하는 것이리라. 칠흑 같던 머릿속에 한 줄기 빛이 스며드는 것 같다.

성을 빠져나와 벌판의 군영으로 향하던 라우탄은 다시 방향을 바꿔 비진족 마을로 향했다. 레이를 보지 못한 지 너무 오래되었다. 이번 일이 마무리되면 또다시 출정 준비에 바쁠 테니 그전에 만나야겠다. 전쟁을 마무리 짓고 비열흘로 돌아가면 그땐 레이를 외롭게 만들지 않을 거다.

천막촌 안으로 들어서는 라우탄을 보자 레이는 어린아이처럼 뛰어나왔다. 그리고 부끄러움도 잊은 채 라우탄의 목에 매달렸다. 골목에서 뛰어놀던 아이들이 우르르 몰려들어 낄낄거렸다.

"이러지 마, 레이. 사람들이 보잖아."

그러나 레이는 여전히 목을 놓아주지 않았다. 아낙들이 천막 밖으로 고개를 내밀고 두 사람을 놀렸다.

"라우탄, 너 때문에 레이 목이 한 자는 길어졌단다."

"오늘 저녁에라도 당장 신방을 차려야겠다, 라우탄!"

"까르르."

라우탄은 붉어진 얼굴로 레이의 손목을 잡고 천막촌을 빠져나왔다. 강둑에 닿아서야 두 사람은 다시 얼굴을 마주 보았다. 레이의 눈이 빨갛게 충혈되어 있었다.

"울었어?"

"미안."

부족을 위해 큰일을 하는 라우탄이기에 그 앞에서는 절대 나약한 모습을 보이지 않으려 했는데 막상 보는 순간 저도 모르게 눈물이 왈칵 쏟아졌었다.

"할아버지께 혼나겠다."

남은 눈물을 닦아내며 혀를 쏙 내미는 레이가 사랑스럽기도 하고 안쓰럽기도 하다.

"조금만 참아, 레이. 금방 끝날 거야. 비열흘로 돌아가면 언제나 곁에 있어줄게."

"정말이지?"

라우탄은 대답 대신 고개를 끄덕였다. 비열흘 초원에서 라우탄은 말을 몰고 자신은 가축의 젖을 짜는 모습을 늘 상상해 왔었다. 그 모습이 눈앞의 현실로 다가온 것 같아 레이는 행복한 얼굴로 라우탄의 가슴에 안겼다.

그렇게 레이를 안고 노을이 질 때까지 강둑에 앉아 있었다. 다시 군영으로 돌아왔을 때는 이미 해가 져 사방이 어두워져 있었다. 휘적휘적 걸어오던 라우탄은 어딘가로 바삐 달려가는 병졸을 발견하고 다가갔다.

"무슨 일이냐?"

"의원님을 찾으러 갑니다. 사경을 헤매던 인질이 곧 숨이 끊어질 듯합니다요. 얼른 가보십시오."

급히 천막으로 달려가자 몇 명의 청년들이 시체 같은 사내를 둘러싸고 있었다. 청년들을 비집고 들어가자 놀랍게도 그 사내가 눈을 뜨고 있었다.

"어떻게 된 거야? 숨이 끊어질 듯하다더니?"

다급히 묻는 라우탄에게 청년들은 조용히 하라는 눈짓을 보냈다. 그는 마지막 남은 힘을 모아 이승에 안녕을 고하고 있었다. 청년들은 그런 그를 따뜻한 눈으로 지켜보았다. 이렇게 많은 사람들이 둘러싸고 죽어가는 이의 마지막을 지켜주는 것이 비진족의 오래된 관습이다. 초점을 잃은 듯 허물어지던 사내의 눈이 문득 다시 초점을 찾으며 힘이 실렸다. 그의 눈은 라우탄을 향하고 있었다.

"무슨 할 말이 있는 거요?"

청년 하나가 나직한 목소리로 묻자 그가 입술을 달싹였다. 그러나 아무 소리도 들리지 않았다. 라우탄은 그 모습을 물끄러미 내려다보았다. 사내는 간절한 눈빛으로 라우탄을 올려다보며 입술을 달싹였다. 라우탄은 너무도 간절한 그 눈빛에 끌려 귀를 가져갔다. 그러나 라우탄의 귀에 들린 것은 너무도 미미한 사내의 숨소리뿐이었다. 고개를 들었을 때 사내는 이미 숨이 끊어져 있었다.

의원이 도착해 사내의 죽음을 확인했다. 사내의 시체를 수습하는 청년들을 두고 라우탄은 천막을 나왔다. 무언가 알 수 없는 것이 가슴을 묵직하게 짓누른다. 그 간절한 눈빛과 입술이 자신에게 전하려던 것은 무엇이었을까?

우루수 노인과 다왁을 찾아 평원성에 갔던 일을 보고하고 나온 후에도 그 사내의 마지막 눈빛이 뇌리를 떠나지 않았다. 인질로 잡은 그 여자를 만나 무엇이든 확인해 보는 것이 옳은 것 같은데 왠지 만나기가 두려워진다. 그러나 라우탄은 이내 고개를 흔들었다. 그녀는 안도국 왕의 비다. 그러니 자신과 연관이 있을 리가 없다.

복잡한 마음을 털어내고 걸음을 옮기던 라우탄은 다시 멈칫했다.

그래도 확인은 해보는 게 낫지 않을까?

무한국인인 그자가 어째서 안도국 왕의 비와 함께 있었는지 그 것 또한 궁금한 일이다.

여자가 머물고 있는 천막은 여전히 경계가 삼엄하다. 라우탄이 다가가자 병사 하나가 얼른 앞을 가로막았다.

"인질을 잠깐 살피러 온 것인데 어찌 막는 것이냐!"

"어르신의 명입니다."

"나를 모르는 것이냐? 어찌 나조차 막아서는 것이냐!"

"라우탄 님도 들여보내지 말라는 어르신의 명입니다."

그러니 기어이 들어가려면 우루수 노인의 허락을 받아오라고 했다. 병사의 단호한 말에 더 이상 다그칠 수가 없었다. 우루수 노 인이 왜 자신의 출입마저 막은 건지 라우탄은 도무지 납득할 수 없었다. 당장 어르신을 뵈어야겠다. 흥분한 얼굴로 걸음을 옮기던 라우탄은 다시 몸을 돌려 병사에게 다가갔다.

"오늘 죽은 그자는 무한국인이라던데 어째서 안도국 왕의 비와 함께 있었는지 아느냐?"

잠시 머뭇거리던 병사가 손으로 입을 가리고 다가와 은밀한 목 소리로 속삭였다.

"안도국 왕의 비가 실은 무한국 공주였답니다."

놀란 얼굴의 라우탄을 보고 병사는 으쓱한 얼굴로 물러났다. 평 소 존경하던 라우탄에게 무언가 대단한 비밀을 알려준 것 같아 기 분이 좋았다.

라우탄은 군영에서 조금 떨어진 풀밭으로 나와 어두운 하늘을 올려다보았다. 저 캄캄한 하늘처럼 그의 머릿속도 암흑이다. 아무것도 짐작할 수가 없다.

무한국 공주는 반란을 일으킨 죄로 죽임을 당했다고 들었다. 그런데 그녀가 안도국 왕의 비가 되어 있었다. 그리고 안도국에서도 다시 생명의 위협을 느껴 비열흘로 달아나는 중이다. 거기까지는 자신과 아무 연관이 없는 이야기다. 그런데 죽은 그 사내를 떠올리자 모든 것이 뒤죽박죽이 되어버렸다.

무한국 공주의 반란과 내가 무슨 연관이라도 있었던 것일까? 그래서 그렇게 시체 같은 몸으로 비열흘에 버려졌던 것일까?

라우탄은 새벽이 되도록 그렇게 풀밭에 앉아 있었다. 자신의 과거가 의문덩어리로 다가오는 순간 라우탄은 그동안 눌러왔던 궁금증을 참을 수 없었다. 우루수 노인을 찾아가 볼까 생각했지만 그만두었다. 자신의 출입마저 막은 이상 찾아가더라도 어떤 대답도 듣지 못할 것이라는 걸 알기 때문이다. 그러니 스스로 알아내는 방법밖에 없다. 자신의 과거가 얼마나 비참했는지, 그로 인해 어떤 상처를 받게 될지 모르겠지만 의문이 생긴 이상 이대로 덮어버리고 싶지 않았다.

벌판의 군영은 다시 출정 준비를 하느라 바빠졌다. 이번에는 열흘 안에 반드시 강을 건널 것이라는 말들이 은연중에 떠돌았다. 라우탄은 바쁜 와중에도 인질들이 머물고 있는 천막을 주시하며 기회를 엿보고 있었다. 그리고 마침내 그 기회가 왔다.

늦은 밤까지 계속된 훈련을 마치고 라우탄은 인질들이 머무는 천막 주위를 서성이고 있었다. 그런데 보초병 하나가 갑자기 쓰러지는 것이 보였다. 그 곁으로 서너 명의 보초병들이 우르르 몰려 갔고 그사이 누구의 눈길도 닿지 않는 공간이 생겼다. 라우탄은 그 순간을 놓치지 않고 재빨리 천막으로 숨어들었다.

번개처럼 뛰어든 사내가 세아의 목을 감아 안고 입을 틀어막았 다. 너무도 번개 같은 행동이었기 때문에 그림자처럼 붙어 있던 우치조차 어쩔 도리가 없었다.

"웬 놈이냐? 당장 물러나지 못할까!"

우치의 외침에 사내는 세아의 목을 더욱 틀어쥐며 조용히 하라 는 시늉을 했다. 그리고 나직하고 조심스러운 음성으로 말했다.

"해치지 않을 테니 조용히 하시오."

순간 세아의 몸이 무엇에 놀란 듯 움찔했고 사내는 세아의 목을 단단히 감은 채 구석으로 끌고 갔다. 우치 또한 그 움직임을 따라 천천히 몸을 움직였다. 그 순간에도 우치의 눈은 사내에게서 떨어 지지 않았다.

한쪽 눈을 가린 검은 안대와 온 얼굴을 가르는 험한 흉터, 그리 고 짙은 색깔의 검푸른 눈동자.

공주가 찾던 자인 것 같다. 이미 알아차린 것일까? 세아의 눈동 자가 격하게 흔들리고 있었다. 구석으로 이끌던 그의 걸음이 멈추 자 세아가 다시 몸을 비틀었다. 아마도 그의 얼굴을 보려고 하는 것 같았다. 그가 다시 한 번 목을 틀어쥐며 말했다.

"소리치지 않겠다면 놓아주겠소."

세아가 얼른 고개를 끄덕이자 그의 눈이 다시 우치에게 향하며 물었다. 우치 또한 천천히 고개를 끄덕였다. 목을 감았던 손이 느슨해지는 순간 세아는 다급히 그의 손을 떼어내고 뒤를 돌아보았다. 어둠 때문에 얼굴을 잘 분간할 수 없었다. 그러나 세아는 한눈에 알아보았다. 그가 바로 무진이라는 것을.

한 걸음 다가가자 그는 놀란 듯 한 걸음 물러났다. 그 순간 어둠에 가려졌던 얼굴이 선명하게 드러났다. 검은 안대와 검푸른 눈동자보다 더 먼저 눈에 들어온 것은 얼굴을 가르는 험한 칼자국이다. 사방에서 뻗어오는 칼을 온몸으로 막으며 자신을 감싸던 그날의 무진이 떠올라 세아의 눈엔 순식간에 눈물이 고였다.

"정말…… 살아 있었구나. 살아 있었어."

세아의 입에서 힘겹게 흘러나오는 그 소리에 라우탄은 마른침을 꿀꺽 삼키며 물었다.

"나를 아시오?"

"무진아."

세아가 손을 뻗자 라우탄은 놀란 듯 물러나며 다시 물었다.

"나를 아시느냐 물었소."

그녀의 눈물도, 안타까운 부름도 라우탄은 알아들을 수 없다. 저 애절한 눈빛도 이해할 수 없다. 이 여자는 누굴까?

"나를 모르겠느냐? 정말 아무것도 기억하지 못하는 거야?"

"……."

"이렇게……."

세상 모든 것을 다 잊어도 자신만은, 공주 세아만은 잊지 않았으리라 확신했었다. 그러나 무진은 정말 아무것도 모르는 것 같다. 그저 무심하고 의아한 얼굴로 다그치고만 있다. 나는 누구냐고. 그리고 또 당신은 누구냐고.

무어라고 대답해 주어야 할지 모르겠다.

너는 나의 호위무사였고, 너는 나의 벗이었고, 너는 나의 피붙이보다 더 피붙이 같았고, 그리고 너는 나의 사랑…….

그러나 세아는 더 이상 생각을 이을 수가 없다. 그녀는 힘겨운 숨을 내쉬었다. 무진이 자신에게 무엇이었던 그것은 중요치 않다. 그가 자신의 모든 것을 던져 그녀를 지켜주었던 사람이라는 것, 그로 인해 모든 것을 잃어버린 사람이라는 것. 세아에게는 그것이 중요했다.

"무진아."

라우탄은 다가서는 세아를 피해 다시 한 발 물러났다. 이 여자가 진짜 무한국의 공주라면 비진족인 자신이 감히 바라볼 수도 없는 위치의 사람이었을 텐데 어째서 이토록 슬픈 얼굴로, 애틋한 눈으로 다가오는지 이해할 수가 없다. 그들에게 자신은 짐승보다 못한 존재, 비천한 비진족이 아니던가. 눈을 잃고 시체 같은 몸이 되어 버림받은 비진족. 그러나 이 여자가 기억하는 자신은 그런 모습이 아닌 것 같다.

"……누굽니까, 저는?"

"넌 무한국의 최고장수 유천 장군의 아들이다. 그리고 난 무한국의 공주 세아다. 우린……."

그때 천막의 휘장이 젖혀지며 보초병이 불쑥 들어왔다. 세아와 우치가 재빨리 라우탄을 막아섰다. 그리고 우치가 짐짓 성난 얼굴로 물었다.

"무슨 일이오?"

공자가 여인임을 뻔히 알면서 이렇게 야심한 밤에 불쑥 들어온 것은 용서할 수 없는 무례다. 우치의 험악한 얼굴을 보고서야 그것을 깨달은 듯 병사는 당황하며 손을 휘저었다.

"안에서 무슨 소리가 들린 듯하여 다급히 들어온 거요. 별일 없는 듯하니 다행이오. 그만 주무시오."

병사는 제대로 천막 안을 살피지도 못한 채 달아나듯 나가 버렸다. 놀란 가슴을 쓸어내리며 돌아보았을 때 무진은 이미 사라지고 없었다.

천막의 뒤편으로 빠져나온 라우탄은 군영을 벗어나 어두운 들판으로 달려나갔다. 머릿속이 터질 것처럼 혼란스럽다.

무엇이 진실이고 또 무엇이 거짓일까?

우루수 노인은 분명 그에게 아주 어릴 적 무한국 장수의 노예로 팔려갔었다고 했다. 잃어버린 한쪽 눈과 온몸에 가득한 이 흉터 또한 비참했던 무한국에서의 삶을 대변하는 것이라고 했었다. 그래서 그는 무작정 무한국인을 증오했다. 가슴에 독을 품고 두 눈에는 칼을 심었다. 전쟁을 준비하며 비열흘을 되찾아 비진족 나라를 세우겠다는 꿈도 있었지만 자신을 이렇게 만든 무한국에 대한 복수심도 분명 있었다. 그런데 그 여자는 그에게 너는 비진족이 아니라 했다. 무한국 최고장수의 아들이라고 했다. 그 말이 사실이라면 자신은 지금 제 조국을 향해 칼을 겨누는 사람이 되는 것이다.

"으아아악!"

그는 혼란스러운 머리를 감싸고 풀밭에 주저앉았다. 자신을 바라보는 무한국 공주의 얼굴 어디에도 거짓은 없어 보였다. 오히려 의아할 정도의 애틋한 눈빛과 눈물까지 비쳤다. 정말 비참한 대우를 받던 사람이었다면 공주가 그리 바라보진 않았으리라. 믿고 싶지 않지만 그녀의 눈은 그것이 사실이라고 말하고 있었다.

그의 마음만큼이나 흐린 밤안개가 풀밭을 뒤덮었다. 밤안개가 이슬이 되어 풀밭을 가득 덮어올 때까지 라우탄은 그곳에 앉아 있었다. 아무리 생각해 보아도 그저 캄캄한 어둠뿐, 사라져 버린 기억은 돌아오지 않았다. 그 기억 속의 자신은 어떤 모습이었을지, 어떤 사람들과 어떤 관계를 맺으며 살아왔을지 너무도 궁금하다. 푸른 새벽빛이 걷히며 들판의 안개도 걷히고 있었다. 그러나 그의 마음은 여전히 자욱한 안개에 갇힌 듯 흐리기만 하다.

나는 누구인가? 비진족인가? 무한국인인가?

그러나 한순간 닥친 혼란이 그의 의식을 송두리째 흔들지는 못했다. 우루수 노인과 여러 촌장들, 그리고 무한한 믿음으로 자신을 따르는 청년들과 병사들. 모두 부모 형제 같은 이들이다. 마을의 노인들과 아낙, 아이들, 그리고 사랑스러운 레이…… 그는 여전히 가슴이 저리도록 비진족을 사랑하고 있다.

어느새 아침이 되자 멀리서 군영을 시찰하고 있는 우루수 노인이 보였다. 노인은 백발을 흩날리며 어느 젊은이보다 빠른 걸음으로 군영을 휘젓고 있었다. 라우탄은 불끈한 마음으로 걸음을 옮겼다. 시체 같았던 자신에게 거짓말을 하면서까지 기어이 비진족으로 만들고 싶었던 이유가 무엇인지 묻고 싶었다.

우루수 노인은 멀리서 성큼성큼 걸어오는 라우탄을 발견하고 인자한 미소를 지었다. 짧은 시간에 한 치의 빈틈 없이 출정 준비를 해내고 있는 라우탄의 능력이 놀라울 뿐이다.

"이른 새벽부터 어딜 다녀오는 길이냐?"

전쟁 준비에 신경을 쓴 탓일까? 맑은 햇살에 드러난 노인의 얼굴이 한층 늙어 보인다. 그래서 쉽게 입이 떨어지지 않았다. 어쩌면 라우탄은 우루수 노인이 들려줄 진실을 두려워하고 있는 것인지도 모른다. 라우탄은 그 얼굴에 가득한 주름을 살피며 천천히 대답했다.

"강물을 살피고 오는 길입니다."

그렇잖아도 며칠 전 내린 비 때문에 강물이 불어나지 않았을까 걱정되어 살펴보려던 중이었다. 그런데 어느새 라우탄이 그것까지 살핀 모양이다.

"생각처럼 강이 많이 불어나진 않았습니다. 다시 비가 오지 않는다면 크게 문제될 건 없을 것 같습니다."

"그래? 다행이다."

고개를 끄덕이던 우루수 노인은 예를 표하고 스쳐 가는 라우탄을 다시 불러 세웠다.

"라우탄."

"……"

"너무 무리하지 마라. 그러다 병이라도 난다면 큰일이다. 모든 청년들은 물론 우리 촌장들의 눈도 네게로 향해 있다는 걸 잊지 말거라."

비진족이 라우탄에게 거는 기대가 얼마나 큰지 알 수 있는 말이다. 라우탄이 아니었으면 청년들을 규합하기도 힘들었을 것이고 이렇게 빠른 시일 안에 체계적인 군사훈련을 시키지도 못했을 것이다. 그리고 라우탄이 아니었으면 감히 제 나라를 갖겠다는 용기조차 내기 힘들었을 것이다.

라우탄은 뿌듯하게 바라보는 우루수 노인을 뒤로하고 돌아섰다. 마음을 어떻게 표현할 방법이 없다. 우루수 노인을 향한 이 감정이 아픔인지 분노인지 모르겠다. 거짓된 진실을 만들어 자신의 정체성을 송두리째 흔들어 버린 것은 목숨을 살려준 대가였다고 치자. 그러나 진실을 알고서도 그것을 감추기 위해 자신을 막은 것만은 도저히 용서가 되지 않는다. 우루수 노인이 근본도 모르는 시체 같은 그를 거두어 살리고 자식처럼 따뜻이 감쌌던 것은 오로지 청년 라우탄의 능력이 필요했기 때문이었던 건지도 모른다.

그런 생각이 들자 더 이상 이곳은 자신이 있을 곳이 아닌 것 같다는 생각이 들었다. 그 여자의 말처럼 자신은 정말 무한국인이었을지도 모를 일, 그러니 이제 무한국을 향해 함부로 칼을 뽑아 들 수가 없게 되었다.

그러나 바빠지던 라우탄의 걸음이 다시 느려졌다.

레이는 알고 있었을까? 다른 이들은……?

라우탄은 그만 걸음을 멈춰 버렸다. 온몸이 저리도록 마음이 아프다. 그것이 형제와 같은 비진족 청년들 때문인지, 사랑하는 레이 때문인지, 아니면 우루수 노인에 대한 배신감 때문인지 모르겠다.

무한국 공주가 머무는 천막은 여전히 경계가 삼엄하다. 안도국 왕과 약조한 날이 닷새 앞으로 다가왔다. 그 안에 다시 그녀를 만나 좀 더 자세한 이야기를 들어야 한다. 라우탄은 무한국 공주에 대해 무언지 모를 책임감 같은 것이 느껴졌다. 그녀는 안도국에서 목숨의 위협을 느껴 달아나는 중이었다. 그리고 그녀가 향하던 곳은 비열흘이었다. 알 수 없는 것은 지금 그녀에게 가장 위험한 곳이 바로 비열흘이라는 것이다.

무한국에서 반역의 죄로 추방당한 사람이 무슨 연유로 무한국 땅인 비열흘로 가려 했을까? 도대체 그곳에 무엇이 있기에?

우루수 노인에게 사실을 확인하는 것은 아무래도 어려울 것 같다. 어차피 그는 무한국에서의 라우탄의 삶을 전혀 모를 것이 분명하니 그 여자를 다시 만나보아야겠다.

풀밭에 앉아 생각에 잠겨 있는 그의 앞으로 어린 병사가 달려왔다.

"라우탄 님! 어르신께서 찾으십니다."

제 키만 한 칼을 차고 걷는 병사의 모습이 기특하면서도 애틋하다.

"힘들지 않느냐?"

"힘들지만 즐겁습니다. 우리 비진족 나라를 세우는 일이잖아요."

"두렵지는 않느냐?"

그 말에 뒤돌아선 어린 병사가 알 수 없다는 표정으로 되물었다.

"라우탄 님이 계시는데 뭐가 두렵습니까?"

어린 병사의 그 말이, 그 순진한 눈동자가 너무도 무거운 무게로 라우탄의 가슴에 들어찼다.

우루수 노인은 골똘한 생각에 잠겨 라우탄이 들어서는 것도 모르고 앉아 있었다. 그의 얼굴은 백발의 머리칼이 아무렇게나 흘러내려 한층 더 초췌해 보였다. 비열흘에서 쫓겨나 평원으로 와 새로운 터전을 마련하고, 다시 전쟁 준비를 하는 동안 부쩍 늙어버린 모습이다.

"찾으셨습니까?"

"오! 어서 오너라, 라우탄."

"무슨 생각을 그리 골똘히 하고 계셨습니까?"

"출정이 다가오니 생각이 많아져서 그렇다. 부족의 운명이 걸린 문제니……."

굵게 팬 주름 사이로 무거운 책임감이 들어차 있다.

"내일, 최종적으로 군을 정비하고 각 군을 이끌 장수를 임명할 예정이다. 우군은 다왁이 맡을 테고 라우탄 너에겐 좌군 총사의 임무가 주어질 것이다. 그리 알고 마음 준비를 단단히 하여라."

우루수 노인을 가운데에 두고 평원 출신을 중심으로 한 부대인 우군은 다왁이 맡게 되고 비열흘 세력의 부대인 좌군은 라우탄에게 맡긴다는 소리였다. 오랜 세월 부족을 이끌어온 많은 촌장들을 제쳐 두고 출신조차 분명치 않은 라우탄에게 그런 직책을 맡긴다는 것은 너무도 파격이었다. 받아들일 수 없는 일이다.

"그럴 수 없습니다. 제가 감히 감당할 수 있는 자리가 아닙니다."

"비열흘의 여러 촌장들이 밤새 충분히 숙고하여 정한 일이다."

누가 총사를 맡더라도 이견이 없을 만큼 모두들 다왁에 버금가는 세력을 지닌 촌장들이었다. 그런 그들이 모두 한입으로 라우탄을 총사로 추천했다는 것이다. 순간 라우탄은 가슴이 울컥했다. 어제였다면 분명 기꺼운 마음으로 받아들였을 일이지만 오늘은 그럴 수 없다. 어제의 라우탄과 오늘의 라우탄은 결코 같은 사람이 될 수 없다. 이렇게 흔들리는 마음으로는 그 무엇도 할 수 없다.

"저는……."

그러나 쉬이 말이 나오지 않았다. 그저 모든 것이 혼란스러울 뿐이다.

"잠시 생각할 시간을 주십시오. 안도국 왕에게 인질을 어떤 방법으로 넘길지도 생각해 보아야 하고……."

순간 우루수 노인이 라우탄의 말을 잘랐다.

"그 일이라면 내가 알아서 할 터이니 넌 신경 쓸 것 없다."

단호한 말에 라우탄의 얼굴이 굳었다. 이런 식으로 막으니 더욱 의심이 가는 것이다. 그녀를 만나야겠다는 생각이 더욱 굳어졌다.

"제가 시작한 일이니 마무리도 제가 짓겠습니다."

순간 우루수 노인의 얼굴에 노기가 서렸다.

"라우탄! 넌 군을 총괄해야 할 사람이다. 이런 일로 생각을 흩트려서는 안 된다는 말이다. 너에게 달린 목숨이 수십, 수만임을 잊지 마라!"

너무도 단호한 말에 라우탄은 더 이상 입을 열지 못한 채 그곳을 나와야만 했다. 라우탄이 나가자 우루수 노인의 얼굴이 어두워졌다.

라우탄이 모든 것을 알아버리기 전에 무한국 공주를 얼른 안도국 왕에게 넘겨야겠다.

"라우탄이란 자는 갓난아기 때 비열홀에서 무한국 장수의 노예로 팔려갔었다고 합니다. 그리고 두어 해 전에 시체 같은 몸으로 다시 비열홀에 버려진 걸 우루수 노인이 거두어 살렸답니다. 그렇게 죽었다 살아난 충격 탓인지 지금은 아무것도 기억을 못한다고 합니다. 무한국 어디에서 무얼 하며 살았는지 아는 바가 전혀 없습니다."

홍영은 라우탄에 대해 알아온 것을 유강에게 보고했다. 지난번보다는 훨씬 상세한 보고다.

"험한 흉터와 귀신같은 칼솜씨로 보아 전쟁터로 끌려 다니며 화살받이 노릇을 했던 노예가 아니었겠는가 짐작들을 하고 있었을 뿐입니다."

그러나 유강은 고개를 흔들었다. 화살받이 노예가 그리 빼어난 칼솜씨를 지녔을 리는 없다. 비진족 청년들을 이끌고 협상을 이끌어 나가는 모습으로 보아 오히려 체계적인 군사훈련을 받았다고 하는 편이 옳을 것이다. 도대체 정체를 알 수 없으니 더더욱 찜찜하고 거슬리는 자다.

"비진족 군영은 어떻더냐?"

"특별히 이상한 징후는 없었습니다. 다만 강을 건널 준비에 눈코 뜰 새 없이 바쁜 모습만 보였습니다."

자신은 세아를 찾아 데려오는 데 열흘의 말미를 주었고 그들은 이미 강을 건널 준비를 하고 있다. 그렇다면 그들이 이미 세아의 신병을 확보하고 있다는 뜻이다. 당장 군사를 몰아가서 찾아내고 싶지만 어디에 숨겨두고 있는지 모르니 섣불리 건드릴 수가 없다. 그렇다면 이대로 고스란히 앉아 기다리는 수밖에 없다는 뜻인가?

두렵다 했지만 실은 조금도 두려움 없는 얼굴로 자신을 올려다보던 라우탄의 모습이 떠오르자 또다시 불같은 덩어리가 목구멍을 치밀어 올라왔다. 분기를 삼키는 신음 소리가 홍영의 귀에까지 들렸다.

병사들을 살피고 병장기를 점검하면서도 라우탄의 머릿속은 온통 무한국 공주 일행에 대한 생각뿐이다. 새로 도작한 창검을 살피던 라우탄이 그중 하나를 뽑아 들었다. 한바탕 공기를 가르며 풀을 베어 젖히던 그는 문득 힘없이 칼을 내려 버렸다.

비진족도 아니고 무한국인도 아닌, 혹은 비진족이면서 또한 무한국인인 이런 마음으로는 전쟁을 치를 자신이 없다. 누구에게 칼을 들이대고 누구를 위해 칼을 휘두른단 말인가! 그 칼이 온전한 힘을 발휘하리라고도 생각되지 않는다.

다음날 아침, 라우탄은 우루수 노인의 부름을 받고 군막으로 갔다. 그는 라우탄을 보자마자 작정한 듯 말을 꺼냈다.

"내일쯤 인질을 안도국 왕에게 넘길 참이다. 그 일은 다왁에게 맡길 참이니 넌 병사들이 긴장을 풀지 않도록 다시 한 번 훈련에 박차를 가해라."

"하지만 아직 약속한 날이 사흘이나 더 남았습니다."

"모든 준비가 끝났으니 하루라도 미룰 이유가 없다. 지금 비진족의 사기는 절정에 달해 있다. 이 사기가 시들기 전에 강을 건너야 한다."

우루수 노인의 말은 충분히 이해가 되었다. 자신의 판단에도 하루라도 빨리 강을 건너는 것이 옳다고 여겨졌다. 그러나 무한국 공주를 이대로 보내 버린다면 마음 한구석 평생 의문을 품은 채 살아가게 될 것이다. 그렇게 살고 싶지는 않았다. 그는 무한국인으로서의 과거를 스스로 떨쳐 내고 진정한 비진족으로 되살아나기를 원한다. 그러기 위해서는 반드시 무한국 공주를 다시 만나 이야기를 들어보아야 한다고 생각했다.

"그 일은 처음부터 제가 맡았던 일입니다. 그러니 제가 마무리 짓겠습니다."

라우탄은 지난번과 같은 말을 되풀이했다. 그것이 우루수 노인에게는 기어이 무한국 공주를 만나겠다는 뜻으로 들렸다.

어리석은 녀석!

우루수 노인은 노기를 감추지 못한 눈으로 라우탄을 노려보았다. 아무 기억에도 없는 과거를 기어이 파헤쳐 뭘 어쩌겠다는 것인지 모르겠다. 라우탄이 과거 무한국 장수의 아들이었다는 것이 밝혀지는 날엔 이 군영을 벗어나기도 전에 목숨을 잃을 것이다. 그만큼 무한국에 대한 비진족의 분노는 극에 달해 있었다. 무한국 공주 일행을 군영에 둔 지 보름이 넘었으니 이미 라우탄의 귀에도 그녀의 정체가 들어갔을 것이다. 그리고 얼마 전에는 비열흘에서부터 자신을 쫓던 자의 죽음을 보았으니 라우탄은 지금 제 존재를 의심하고 있으리라.

"무얼 알고 싶은 것이냐, 라우탄?"

단도직입적인 물음에 라우탄은 잠깐 망설였지만 이내 단호한 얼굴로 대답했다.

"저에 대해섭니다. 제가 누구인지, 어디서 무얼 하던 사람이었는지 그것이 알고 싶을 뿐입니다."

"넌 비진족 라우탄이다!"

무한국인 무진일 수도 있습니다!

라우탄은 터져 나오는 그 말을 차마 입 밖으로 뱉어내지는 못했다.

"그들을 만나게 해주십시오. 그들이 저를 알아보았습니다."

"알아보다니? 만났던 것이냐?"

라우탄은 자신이 이미 무한국 공주를 한 차례 만났다는 사실을 털어놓았다. 밤낮으로 보초를 세우고 그토록 철저히 지켰는데도 기어이 만났다는 사실에 우루수 노인은 허탈한 마음이 들었다. 우루수 노인 또한 무한국에서의 라우탄의 삶에 대해 알고 싶었지만 묻지 않았다. 그리고 그들을 만나는 것도 자제했었다. 참혹한 모습으로 돌아왔던 그 모습 그대로 무한국에서의 라우탄의 삶도 그렇게 참혹하지 않았을까? 그래서 두려웠다. 그러나 라우탄이 그들을 만난 이상 이제는 덮어버릴 수가 없게 되었다. 라우탄이 어떤 소리를 들었는지, 그리고 라우탄의 진심이 무엇인지 궁금했다.

"그래, 뭐라 하더냐?"

"그들은 저를 '무진'이라 불렀습니다. 그리고…… 무한국 최고 장수인 유천 장군의 아들이었다고 했습니다."

우루수 노인은 아득한 기억 너머에서 유천 장군을 떠올렸다. 그가 무한국에서 어떤 장수였는지는 알지 못한다. 다만 비열흘을 다스리던 때의 그는 무한국의 그 어떤 관리보다 너그럽고 존경스러운 분이었다. 그래서 라우탄도 맡길 수 있었다.

"그래, 그분이라면 충분히 최고장수가 되셨을 것이다."

"그분을 아십니까?"

너무도 놀라운 사실이다. 그럼 우루수 노인은 처음부터 모든 것을 알고 있었던 것일까? 다 알면서도 자신에게 거짓된 과거를 만들어 들려주고, 그로 인해 무한국을 증오하게 만들고 전쟁의 선봉에까지 세우려 했단 말인가?

"어떻게…… 어떻게 그러실 수 있습니까? 제가 무한국인임을 아시면서 어떻게 무한국과 칼을 맞대게 하십니까!"

"넌 무한국인이 아니다!"

"제 아버님이 무한국의 장수였다지 않습니까!"

소리치는 라우탄의 음성이 몹시도 떨렸다. 자신의 생각으로는 도무지 우루수 노인의 처사가 이해되지 않는다. 어떻게 타인의 생을 이렇게 비틀어 버릴 수 있단 말인가! 그토록 존경했던 비진족의 최고어른이 한순간 비열한 인간의 모습으로 다가오는 것 같아 견딜 수 없었다.

격분하는 라우탄을 잠시 지켜보던 우루수 노인이 다시 입을 열었다. 그리고 또다시 상상할 수 없는 말이 그의 입에서 흘러나왔다.

"그분은 네 친부가 아니다, 라우탄."

라우탄은 고개를 흔들었다. 또 어떤 말로 나를 속이려는 것일까? 어떤 위로도 속임도 원치 않는다. 오직 진실을 알고 싶을 뿐이다.

우루수 노인은 탁자 위에 놓인 라우탄의 손을 붙들었다. 듣고 싶지 않겠지만 들어야 한다. 많은 비진족 청년들이 겪어왔던 정체성의 혼란. 라우탄도 이제 그것을 겪게 될 것이다. 워낙 참혹한 몸으로 돌아왔던 라우탄이기에 마음의 고통만은 겪지 않길 바랐었는데 이젠 어쩔 수가 없다. 처음엔 힘들겠지만 많은 청년들이 그랬듯 라우탄도 결국은 더 튼튼한 비진족 용사로 다시 태어나게 될 것이다.

"라우탄, 넌 갓 백일이 지난 핏덩이의 모습으로 내게 왔었다. 스무 해도 훨씬 전 이맘때였지."

우루수 노인은 아련한 기억을 더듬어 그때를 떠올렸다.

우기가 몹시도 길었던 그해 여름, 갑자기 불어난 강물 때문에 안도국에서 비열홀로 찾아오는 사람도 한동안 뜸했었다. 그런데 놀랍게도 핏덩이 같은 아기를 안고 불어난 강물을 건너온 사람이 있었다.

"안도국인 아비로부터 버림받은 아기입니다. 어르신께서 길러주십시오."

아기는 몹시도 짙은 검푸른 눈을 가지고 있었다. 비진족에게는 부족의 피가 흐른다는 고귀한 표식이지만 안도국이나 무한국에서는 비천한 신분의 표식인 검푸른 눈. 아기가 버림받은 이유는 바로 그 눈 때문이었을 것이다. 우루수 노인은 비통한 심정으로 아기를 받아 안았다. 이렇게 비진족의 피가 섞였다는 이유로 버림받는 아기가 한 해에 수십 명이다. 그나마 이 아기처럼 비진족의 눈에 띄어 거두어진다면 다행이지만 그렇지 못할 경우에는 평생 천대받으며 비천한 신분으로 떠돌다 생을 마감하고 만다. 그래서 이렇게 거두어지는 아기들이 더욱 소중하게 느껴지는 것이다.

또 한 아기가 그렇게 부족의 품으로 돌아왔다. 안도국은 절반의 피를 가진 동족을 버렸지만 비진족은 그 반대의 절반의 피를 소중하게 품었다.

"물도 부족하고 먹을 것도 부족한 사막을 떠돌지만 질긴 생명력을 가진 푸른 눈의 이리, 라우탄. 나는 아기의 이름을 그렇게 지었다."

부정하고 싶지만 부정할 수 없는 진실이 들렸다. 슬프지는 않았다. 다만 안도국에서 비열흘로 무한국으로 그리고 다시 비열흘로 떠돌았을 그 아기가 가여웠다.

"누구였습니까, 저를 데려온 그자가?"

그 사람을 만나면 나를 버린 아비를 찾을 수 있지 않을까?

그러나 우루수 노인은 가만히 고개를 흔들었다.

"그자의 이름이 바툴이라는 것 외에 아는 것이 아무것도 없다."

버려지는 아기를 받아들이면서 비진족은 그 어떤 것도 묻지 않는다. 그리고 기억하지도 않는다. 그것이 관례였다. 자신들을 버린 반쪽의 피를 그들 또한 버리기 때문이다. 그래야만 온전한 비진족이 될 수 있다고 믿었다.

"라우탄."

"……."

"널 끝까지 책임지지 못해 미안하다."

오랜 우기에 기르던 가축이 돌림병이 들었다. 고기 한 점으로 온 식구가 열흘을 버텨야 하는 지독한 기근이었다. 무한국에서 구휼미를 풀었지만 모든 비진족을 구세하기는 역부속이었다. 살기 위한 수단으로 수많은 비진족 아이들이 노예로 팔려갔고 그 속에 라우탄도 있었다. 아니, 아직 핏덩이였으니 노예라고 하기엔 어렵겠다. 더구나 라우탄을 데려간 사람이 유천 장군이었으니.

"유천 장군은 내가 만난 그 어떤 사람보다 비진족에게 관대하셨던 분이다. 또한 내가 존경했던 유일한 무한국인이기도 하지. 그러니 널 어찌 키우셨을지는 보지 않아도 짐작이 간다."

노예가 아닌 아들로 거두었을 거라는 소리다.

안도국인의 피를 받고 태어나 무한국인의 손에 길러졌지만 결국은 비열흘에 버려진 나는 누구인가?

라우탄의 눈에 눈물이 고였다. 무엇을 붙들어야 온전한 자신이 될 수 있을지 알 수 없었다.

"왜…… 진작 말씀해 주시지 않았습니까?"

안도국인도 무한국인도 그리고 온전한 비진족도 못 되는 자신의 존재를 받아들이기가 너무 힘이 든다.

"네가 모르기를 바랐다."

라우탄이 너무도 처참한 모습으로 돌아왔기에 어떤 것으로도 더 이상의 상처는 입히고 싶지 않았었다.

"그리고 유천 장군의 유언이기도 했다."

"유언이라면, 그분이 돌아가셨다는 말씀입니까?"

"아마도……. 그 새벽 말을 타고 온 자가 시체 같은 널 건네주며 말했다. 혹시라도 살아난다면 두 번 다시 무한국으로는 돌아오지 말라고. 유천 장군의 뜻이라고."

그리고 얼마 뒤 무한국의 수도인 황성에서 변란이 일어났다는 소문이 들려왔다.

"황성에 살고 있는 비진족이 어떤 대접을 받고 사는지 넌 상상조차 할 수 없을 것이다."

황성의 귀족들은 비진족을 사람이라고 생각하지 않는다. 아무리 유천 장군의 아들이라고 해도 예외는 없었으리라.

"라우탄, 과거의 너의 삶이 어떠했는지는 중요치 않다. 가장 중요한 것은 현재의 너의 삶이고, 앞으로의 너의 삶이다. 얼마나 너의 가치를 존중받으며 살 수 있느냐 하는 것 말이다."

군막을 나온 라우탄이 휘청거리는 걸음으로 군영을 빠져나와 풀밭으로 향하고 있을 때였다. 어디선가 나지막한 외침 소리가 들렸다. 고개를 들어보니 낯선 얼굴의 사내가 그를 노려보고 있었다. 라우탄이 성가신 듯 그를 외면하며 다시 걸음을 옮기려 할 때였다.

"이봐, 무진!"

그제야 라우탄은 그를 자세히 보았다. 지난번 죽은 자와 함께 상처를 치료받던 자다. 어린 초병 두엇이 앞뒤에 있는 것으로 보아 잠시 산책을 나온 모양이었다. 그는 초병의 눈치를 살피며 들릴 듯 말 듯 중얼거렸다.

"얼굴에 흉터로 덧입혀 놓았다고 해서 우리가 널 못 알아볼 것 같아? 그 천한 눈 하나를 바쳐 공주님께 목숨을 구걸한 네놈의 더러운 피를 말이야?"

입술을 실룩 비틀며 사내는 비열한 웃음을 흘렸다. 라우탄의 가슴에서 스스로도 감당 못 할 적개심이 일었다. 그는 거친 손으로 사내의 멱살을 움켜잡았다.

"언제나 날 그런 식으로 대했나?"

"비천한 주제에 경성단까지 들어왔으면 목숨 바쳐 충성을 했어야지 감히 비열흘을 치겠다고? 단원들이 널 없애자 했을 때 동조를 했었어야 했는데 쓸데없는 자비를 베푼 것이 천추의 한이다. 더러운 비진족 새끼, 퉤!"

흉터 위로 사내의 침이 날아왔다. 순간 라우탄의 주먹도 사내의 얼굴로 날아갔다. 놀란 초병들이 말렸지만 그의 주먹은 멈추지 않았다.

불처럼 끓어오르는 적개심을 멈출 수가 없다. 사내의 말 몇 마디에 갑작스럽게 일어난 감정은 아니다. 어쩌면 오랜 세월 쌓아온 적개심이 무의식적으로 터져 나온 건지도 모른다.

옷자락에 피가 흥건히 튀기고서야 라우탄의 주먹은 멈추었다. 병사들이 달려오고 사내를 수습해 갈 때까지 라우탄은 제정신이 아니었다. 그래서 사내가 절박하게 외치는 소리도 귀에 들어오지 않았다.

"무진! 공주님을 구해라! 제발 기억해 보란 말이야!"

사내의 처참한 몰골이 눈앞에서 사라지고서야 라우탄은 그 자리에 풀썩 주저앉았다. 코를 찌르는 피비린내에 구역질이 났다.

무한국인의 피를 받아 세상에 태어난 줄 알았는데 실은 안도국인의 피를 받아 태어났다. 그러나 지금 자신 속에 흐르는 피는 비진족의 피뿐인 것 같다.

최종적으로 군을 정비하고 열병식이 거행되는 자리에서 라우탄은 좌군의 총사로 임명되었다. 병사들은 발을 굴려 지축을 울리고 터질 듯한 함성으로 환영했다. 라우탄이 어리다 하여 총사를 반대하는 사람은 아무도 없었다.

11

세아 일행을 찾았다는 전갈을 받고 유강은 비진족 군영을 직접 찾았다. 예상치 못한 그의 방문에 비진족은 촉각을 곤두세웠다. 무한국 공주 일행을 인질로 잡고 있었다는 사실이 드러난다면 상황이 어떻게 급변할지 모를 일이었기 때문이다.

난생처음 드러나는 비진족의 군세에 유강은 조금 놀랐다. 그들은 생각보다 훨씬 체계적인 훈련을 받은 군사들로 엄숙하고 비장해 보이기까지 했다.

"아주 훌륭한 군대요. 굳이 안도국의 도움이 필요 있을까 싶을 정도로 말이오."

농담인 듯 진담인 듯 건네는 그 소리에 우루수 노인은 황급히 고개를 저었다.

"앞뒤로 범을 두고 있어 그저 살길이 두려운 어린 짐승일 뿐입니다."

그 어린 짐승이 자라 언젠가는 범이 될지도 모르겠다는 생각을 하며 유강은 주위를 둘러보았다. 백발이 성성한 우루수 노인의 주위로 다왁을 위시한 촌장들이 둘러싸고 있고, 그 뒤를 젊고 건장한 체구의 젊은이들이 병풍처럼 둘러싸고 있다. 마치 하나처럼 닮은 검푸른 눈동자들이 울컥 다가오는 느낌에 유강은 저도 모르게 멈칫했다. 아무리 부정하려 해도 부정할 수 없는 자신의 피의 흔적. 보지 말아야 할 것을 보아버린, 그래서 느끼지 말아야 할 것을 느껴 버린 것 같은 야릇한 감정이 그를 흔들었다. 순간 유강은 이곳을 찾아온 것을 후회했다. 평원성에서 그들을 맞아야 했던 것을…… 그러나 세아를 찾았다는 소식을 듣는 순간 가만히 앉아 기다릴 수가 없었다.

온몸의 피가 들끓어올랐던 것은 여전한 분노와 질투 때문이었으리라. 그러나 그리움이 더 컸다는 것을 부정할 수 없다. 그것이 유강의 마음을 더욱 화나게 했고 조급하게 했다.

우루수 노인은 유강의 조급함을 읽은 듯 다왁과 라우탄만 남긴 채 사람들을 모두 내보내고 세아를 데려오도록 했다. 그 자리에 라우탄을 남긴 것은 무한국 공주가 있어야 할 자리가 어디인지 본인이 눈으로 학인히리라는 뜻에서였다. 그녀는 이세 무한국 공수가 아니라 안도국 왕의 비일 뿐이다.

아침부터 부산하던 군영이 일순간에 쥐 죽은 듯 고요해졌다. 세아는 초연한 얼굴로 다가올 폭풍을 기다리고 있었다.

느닷없이 찾아왔던 그날 이후 다시 찾아올 것이라 생각했던 무진은 그러나 두 번 다시 오지 않았다. 자신을 보고도 아무런 동요를 느끼지 못했다는 뜻이다. 그것은 세아에게 너무도 큰 충격을 안겨주었다. 그리고 십여 년간을 함께해 온 호위가 무진에게 맞아 피투성이로 실려온 날 세아는 깨달았다. 기적처럼 그의 기억이 돌아오지 않는 한 이제 무진은 자신과는 전혀 다른 세상의 사람이 되어버렸다는 것을.

곧 유강을 만나게 될 것이다.

초연하던 세아의 얼굴에 일순 긴장감이 인다. 그의 분노를 어떻게 감당해야 할지, 아니, 그의 슬픔을 어찌 보아야 할지 두렵다. 결코 다시 만날 일은 없기를 바랐었는데 결국 이렇게 되어버렸다. 유강의 마음에 슬픔보다는 분노가 더 크게 자리하고 있기를 바란다. 그래서 본인 스스로 상처 입기보다 차라리 그녀를 증오하고 미워해 주기를 세아는 진심으로 바라고 있다.

젊은 군관이 어린 병사들을 이끌고 천막으로 들어왔다.

"평원성까진 먼 거리요. 공자님 혼자 보낼 순 없소!"

그는 따라나서려는 호위들과 우치를 단호한 손길로 떼어내었다.

"안도국 왕이 군영으로 오셨소."

그리고 얼음처럼 굳어버린 세아를 이끌고 천막을 나갔다.

젊은 군관을 따라 들어오는 세아를 본 순간 유강의 몸은 반사적으로 움찔했다. 그는 뛰쳐나가려는 몸을 안간힘으로 눌러 앉혔다. 떨리는 주먹도 탁자 아래로 숨겼다.

막 새순이 돋던, 그러나 아직도 찬 기운이 옷깃을 파고들던 때였다. 그날 연지의 다리 위에서 약속했었다. 연지에 꽃이 피기 전에 거사를 마무리 지을 거라고, 그대가 없으면 나 또한 없을 거라고, 그러니 그때까지 잘 견뎌달라고.

그때 저 여자는 무어라 대답했더라?

당신을 지키듯 날 지키겠다고, 그러니 아무 걱정 말라고, 기다리겠다고…….

저 붉은 입술로 그렇게 거짓말을 했었지.

질끈 깨문 입술에서 핏물이 배어 나온다.

"찾으시던 분이 맞습니까?"

우루수 노인이 물었지만 유강의 귀에는 그 소리가 들리지 않았다. 그는 눈짓으로 세아의 앞에 선 군관을 물러나게 했다. 군관이 한 발 옆으로 물러나자 그제야 세아의 얼굴이 또렷이 보였다. 백옥처럼 희고 투명하던 얼굴이 가무잡잡하게 그을었고 갸름하던 얼굴은 한층 더 말라 보인다. 숨소리조차 내지 못하고 있는 자신에 비해 그녀의 표정은 건조하다 못해 무심해 보이기까지 하다. 어떤 긴장도 두려움도 없다. 조그만 기대조차 없어 보인다. 그 모습을 바라보던 유강의 입술이 실룩 비틀어졌다.

세아는 천막으로 들어오는 순간부터 숨조차 제대로 쉬지 못하고 있었다. 할 수만 있다면 거품처럼 사라져 버리고 싶은 마음뿐이었다. 그림자처럼 앞을 가리고 있던 군관이 비켜나는 순간 눈앞이 아찔하면서 잠시 정신이 멍해졌다. 자신에게로 향하고 있을 유강의 눈길을 생각하자 온몸이 저리도록 따끔거렸다.

분노의 눈길로 노려볼까? 원망의 눈으로 바라볼까? 그도 아니면 그저 무심함만 가득한 눈으로 바라볼까?

감히 그의 눈을 마주할 용기가 나지 않는다. 그녀는 떨리는 손을 숨기려 옷자락을 그러쥐며 침을 꼴깍 삼켰다. 그리고 호흡을 고르고 천천히 고개를 들었다.

시리도록 검푸른 눈이 심장을 찔러왔다.

"애저녁에 비열흘로 달아나 버린 줄 알았더니 어찌 아직도 이곳에 있는가?"

실룩 비틀어진 입술이 그렇게 물었다. 그가 얼마나 분노하고 있는지 느껴졌다. 그래서 안심이 되었다. 다시 그의 음성이 들렸다.

"자리 좀 비켜주시겠소?"

그제야 세아는 천막 안에 유강과 자신 외에 또 다른 사람들이 있다는 것을 깨달았다. 온 신경이 유강에게 집중되어 다른 사람의 존재를 인식조차 못하고 있었다. 잠깐 기다리는 사이 자신을 안내해 왔던 군관이 먼저 나가고 그 뒤를 따라 다완과 우루수 노인이 나가는 모습이 보였다. 그리고 우루수 노인의 뒤를 따라 천막을 나가고 있는 사람은 무진이다.

무진아!

그 무언의 외침을 들은 것일까? 나가려던 무진이 문득 뒤를 돌아보았다. 그러나 그는 그저 무심한 눈으로 세아를 한 번 훑어보았을 뿐 이내 다시 고개를 돌리고 나가 버렸다. 비진족들이 모두 나가자마자 성큼 다가선 유강은 거친 손길로 세아의 턱을 들어 올렸다.

"어찌 아직도 이곳에 있느냐고 물었다!"

자신을 버리고 달아난 것이 화가 난다는 건지 아니면 완벽하게 달아나지 못한 채 여전히 눈앞에 있는 것이 화가 난다는 건지 세아는 유강의 뜻을 알 수가 없었다. 그를 떠날 수밖에 없었던 현실이 마음 아팠고 완벽하게 숨어버리지 못한 것이 미안했다. 그러나 유강에게 흔들리는 모습을 보이고 싶지 않았다. 그것은 곧 유강의 마음을 흔드는 꼴이 되고 말 테니. 세아는 자신의 단호하고 냉정한 마음만이 그를 강하게 만들 수 있으리라 생각했다.

잡힌 턱이 아픈 듯 잠깐 이마를 찌푸리던 세아가 천천히 입을 열었다.

"국경이 막혀 강을 건널 수 없었습니다."

아무 감정 없는 얼굴로, 한 점의 미련도 없다는 듯 건조하고 무심한 목소리로 그녀는 대답했다. 너무도 단호하고 건조한 음성에 유강은 말을 잇지 못했다. 미친 듯 분노하고 절망했던 자신에 비해 그녀는 너무도 담담하다. 그 모습에 유강은 제 모습이 한없이 작고 초라하게 느껴졌다.

"처음부터…… 처음부터 이럴 계획이었나? 내가 없는 틈을 타 달아날 계획으로 그렇게……."

사랑한다고 거짓말을 하고 기다리겠다고 안심시켰던 것인가?

그러나 그 말은 차마 말이 되어 흘러나오지 못하고 대신 분기에 찬 신음 소리가 그의 입에서 흘러나왔다.

"감히 나를 농락하고도 살아남을 수 있으리라 생각했다면 오산이야. 달아날 생각이었으면 제대로 달아났었어야지."

유강의 입가에 비릿한 미소가 번지고 검푸른 눈은 잔인하게 번득였다. 여전히 조금의 동요도 느껴지지 않는 그녀의 눈을 내려다보던 유강은 잡고 있던 턱을 거칠게 밀어버렸다. 세아의 몸이 휘청 흔들리며 저만치 밀려났다.

"홍영이는 뭘 하느냐? 저 요악妖惡한 죄인을 당장 포박하라!"

멀찍이 서 있던 홍영이 당황한 얼굴로 다가왔다. 아무리 화가 나도 비진족 군영에서 공주를 죄인처럼 포박하여 끌고 나갈 수는 없는 일이다. 망설이는 사이 유강의 다그침 소리가 들렸다.

"뭘 하느냐? 얼른 포박하라!"

"하오나, 전하……."

"안도국과 무한국의 오랜 숙원인 화친을 깨트린 죄인이다!"

"……."

"무얼 망설이느냐? 내 손으로 포박해야겠느냐!"

홍영은 어쩔 수 없이 밧줄로 세아의 몸을 묶었다. 떨어져 있을 때는 지극히 무심해 보였지만 몸을 묶는 동안 홍영은 그녀가 사시나무처럼 떨리는 몸을 감추기 위해 안간힘을 쓰고 있다는 것을 알았다.

곧장 평원성으로 떠날 줄 알았던 유강은 느닷없이 비진족 군영에서 며칠 머물겠다는 결정을 내렸다. 비진족은 환영했다. 그들은 이번 기회에 군량미와 무기 지원 문제를 마무리 지을 생각이었다.

유강은 어둠 속에서 눈을 떴다. 낮에 보았던 세아의 모습들이 그림처럼 스쳐 갔다. 밧줄로 온몸을 꽁꽁 묶는데도 세아는 아무런 반항도 하지 않았다. 모든 것을 인정한다는 뜻이리라, 달아날 기회를 잡기 위해 거짓으로 사랑을 얘기하고 그를 안심시켰다는 것을. 처음부터 작정을 했던 것이다. 주유를 하던 이곳 평원에서, 그리고 화원에서 나눈 그 뜨거웠던 밤조차. 모든 것이 거짓이었다.

침상에서 몸을 일으킨 유강은 깨어질 듯한 머리를 감싸고 주위를 둘러보았다. 이곳은 비진족 군영이다. 그제야 유강은 지난밤의 술자리를 떠올렸다. 무수히 많은 술잔들이 오가는 동안 유강은 자신의 앞으로 내밀어지는 술잔을 한 번도 거절하지 않았다. 태어나 그렇게 많은 양의 술을 마신 것은 처음이다.

무엇이 술을 불렀던가?

비진족의 검푸른 눈동자들은 유강이 사람들 속에 섞일 때마다 항상 느껴왔던 이질감을 잊게 했다. 그래서 마음이 풀어졌던 건지도 모른다. 아니…… 아니다. 술을 불렀던 것은 세아다. 그녀의 무심한 얼굴, 건조한 음성, 메마른 눈동자. 그 모든 것이 술을 불렀다. 뭘 기대했던가? 몸도 마음도 모두 떠난 여자인 것을. 아니, 처음부터 그녀가 준 것은 아무것도 없었다. 다 거짓뿐이었다.

또다시 치밀어 오르는 분노를 이기지 못하고 유강은 침상에서 일어났다. 휘청 흔들리는 몸을 가까스로 지탱하며 그는 천막을 나섰다. 놀라서 따라붙는 호위를 밀쳐 내고 그가 향한 곳은 세아를 가두어놓은 막사다.

"아무도 들이지 마라."

지키고 선 호위에게 명을 내리고 그는 천막 안으로 들어갔다. 천막 밖에서 일렁이는 횃불의 그림자가 실내를 훤히 비추었다. 그 빛에 침상도 흔들리고 그 위에 웅크리고 모로 누운 여자의 뒷모습도 흔들린다. 그것이 밖에서 비쳐드는 횃불 탓인지 아니면 아직도 뱃속을 휘젓고 있는 술 탓인지 알 수가 없다. 그는 흔들리는 걸음으로 침상으로 다가갔다.

눈을 감고도 알 수 있었다. 다가오는 그의 걸음이 얼마나 흔들리고 있는지, 그리고 얼마나 분노에 떨고 있는지. 흔들리던 걸음이 등 뒤에서 멈추었다. 세아의 호흡도 순간 멈추었다. 세상이 멈추어 버린 듯한 그 순간 들려오는 것은 유강의 거칠고 뜨거운 숨소리뿐이다. 뜨거운 숨결이 점점 다가오는가 싶더니 귓가에서 그의 음성이 들렸다.

"눈 떠. 깨어 있는 것 다 알아."

흔들리는 발걸음과 짙은 술 냄새로 미루어 정신이 혼미할 만큼 많이 마신 줄 알았는데 어둠 속에서도 그녀가 깨어 있다는 것을 단박에 알아챌 만큼 그의 정신은 말짱했다.

세아는 죽은 듯 멈추어 있던 숨을 내쉬며 천천히 눈을 떴다. 횃불에 비친 그의 그림자가 술에 취한 듯 일렁이고 있었다. 눈을 두어 번 깜박였을 때 다시 유강의 음성이 들렸다.

"내가 떠난 사이 소천궁에 누가 찾아왔다지?"

"……"

"그자가 비열흘에 살아 있었던 건가?"

"……"

"그런 모양이로군."

허탈했다. 그자가 살아 있다는 것을 안 순간 자신과 나누었던 사랑과 약조는 그녀에게 아무것도 아닌 것이 되어버렸던 모양이다. 참을 수 없는 분노와 질투에 이성을 잃을 것 같았다. 유강은 거친 손으로 밧줄을 잡아채었다. 세아의 몸이 휘청 딸려 올라왔다.

"우선은 비열흘부터 정복하고 당신 죄는 그다음에 묻도록 하지."

비틀어진 입술, 비틀어진 목소리, 살의가 깃든 검푸른 눈동자가 눈앞에서 번들거렸다.

"비열흘에…… 가십니까?"

두려움이 가득한 그 눈을 보며 유강의 마음은 더욱 비틀어졌다.

"그래. 비열흘 다음엔 황성, 그리고 그다음엔 그 남쪽."

"유강."

"차례대로, 하나하나 정복해 주지. 당신에게도 아주 즐거운 일이 될 거야."

번들거리던 눈가에 웃음기가 번진다. 그러나 그 속에 깃든 것은 슬픔이고 분노다. 절망이고 자괴다.

"그러지 말아요."

세아의 눈빛이 공포에 질린 듯 떨렸다. 무한국이 무너지는 것이 두려운 것일까? 아니면 비열흘에 있을 그자가 다치는 것이 두려운 것일까? 그러나 유강은 그 어떤 것도 지켜줄 마음이 없다. 그것들의 절망과 나락을 그녀의 눈앞에 들이대고 싶은 심정뿐이다. 유강의 마음은 점점 걷잡을 수 없이 비틀어지고 있었다. 그는 손가락으로 세아의 턱을 들어 올렸다. 순진하도록 까만 눈이 그를 올려다본다. 이렇게 말간 얼굴로 속삭였던 달콤한 말들이 다 거짓이었다. 그 거짓이 전해준 짧은 행복은 이제 독약이 되어 그의 마음을 할퀴고 있다.

"왜? 두려운가? 날 떠날 때 이런 것쯤은 예상했었어야지."

"대연은, 귀족들은 어쩌시려고……?"

"비열흘에 가면 가장 먼저 그자부터 찾을 거야. 그리고 당신이 보는 앞에서 그자의 목숨을 거두어주지."

검푸른 눈에 살기가 깃들어 있다. 세아는 유강의 말이 조금도 거짓이 아님을 알아차렸다. 제발 그러지 말라고 하고 싶었지만 입이 얼어붙었는지 말이 나오지 않았다. 그저 상처 입은 짐승처럼 번들거리는 유강의 눈만이 가슴에 박혀왔다.

다음날 아침 세아를 따르던 세 명의 경성단 호위들과 우치가 결박당한 채 막사로 끌려왔다. 낯선 호위들을 스륵 살피던 유강의 눈이 우치에게서 멈췄다. 홍영만큼이나, 그리고 주원만큼이나 믿었던 녀석이다. 자신만큼이나 간절한 마음으로 세아를 지켜주리라 믿었기에 맡겼던 것이다. 그러나 녀석의 배신으로 모든 것이 일그러졌다. 소원하던 대화궁의 주인이 되었지만 행복하지 못했다. 왕실과 귀족들을 누르고 왕위에 올랐지만 만족스럽지 못했다. 모든 것을 가졌지만 아무것도 가지지 못한 사람이 되어버린 것 같았다.

스르륵, 칼이 뽑히고 유강이 다가오는 소리가 들렸다. 우치는 조용히 눈을 감았다. 유강이 찾아올 동안 세아를 무사히 지켰으니 그것으로 자신의 임무는 끝났다고 생각했다.

차가운 칼날이 목전에 닿았다. 그리고 칼끝으로 그의 턱을 들어 올렸다. 얼음보다 더 차가운 눈이 저만치 높은 곳에서 내려다보고 있었다.

"어째서 내 명을 어겼느냐?"

"죽여주십시오, 전하."

두려움도 미련도 없는 눈빛이 유강의 화를 더욱 돋우었다. 유강은 망설임 없이 칼을 내려쳤다. 그러나 모질게 떨어지던 칼날이 우치의 목 언저리에서 멈추었다. 유강의 팔을 붙든 것은 세아였다.

"제가 인질로 잡아 겁박했습니다."

꿇어앉은 호위들도 동조하듯 고개를 끄덕였다.

"그리고 마지막까지 저를 지킨 사람도 우치였습니다."

인질로 잡혀 겁박받은 상태에서도 우치는 제 임무를 잊지 않았던 것이다. 그래, 그것이 자신이 내린 명이었다. '무슨 일이 있어도 공주를 지켜라. 모든 것을 포기하더라도 공주만은 지켜라.' 그런 그의 마음을 세아는 배신했다. 유강은 세아의 손을 거칠게 뿌리쳤다.

"우치만 남겨두고 모두들 끌고 가라!"

병사들이 경성단 호위들을 끌고 나갔다. 유강은 머뭇거리는 홍영에게 공주마저 끌고 나가라고 명했다. 세아의 모습이 사라지자 유강은 다시 칼끝으로 우치의 턱을 들어 올렸다.

"비열흘로 가려던 연유가 무엇이냐?"

"……."

"혹, 그자가 살아 있었던 것이냐?"

"……예."

역시나 그것이었던가. 턱을 들고 있던 칼끝이 바르르 떨렸다.

"그래서…… 그자의 행방은 찾았느냐?"

이성을 잃을 듯 흔들리는 유강의 눈을 말없이 바라보던 우치가 천천히 입을 열었다.

"비진족들과 함께 지내고 있다고 했습니다. 그래서 더욱 위험하다고……."

우치는 더 말을 잇지 못한 채 고개를 숙여 버렸다. 유강의 저 분노 앞에 실은 그자가 이곳 군영에 있으며 젊은 비진족 군을 이끌고 있는 라우탄이란 사실을 차마 말할 수 없었다.

안도국 왕과 무한국 공주의 상면을 보고 난 후 라우탄은 왠지 모르게 마음이 무겁고 불안했다. 한 번도 물러서는 법이 없던 대련에서도 서너 합 만에 칼을 내리고 말았다.

"어디가 불편하신 것입니까?"

함께 대련하던 수하 군관이 걱정스런 얼굴로 다가왔다.

"그냥 조금 피곤한 것뿐이야."

"레이를 불러올까요? 대장이 피곤하다고 하면 아마 번개처럼 달려올걸요?"

그의 장난스런 농담에 귀찮다는 듯 손사래를 치고 라우탄은 강변으로 향했다. 넓은 강이 어느새 바닥을 드러내고 있었다. 강을 건너려면 지금이 최적기다. 그 강 너머 모래언덕 위로 무섭도록 따가운 햇볕이 내리쬐고 있었다. 얼마 지나지 않아 저곳은 곧 전쟁터가 될 것이다.

전쟁의 소문은 이미 평원을 넘어 대연에까지 자자하게 퍼진 것으로 아는데 무한국 공주는 어째서 저 위험한 곳으로 가려고 했을까? 왕위 다툼에서 밀려났다더니 다시 그 일을 도모해 보려는 뜻이었을까? 그래서 유천 장군의 아들인 무진을 찾아왔던 것일까? 그러나 아무리 생각해 보아도 비열흘에 가는 것은 위험한 발상 같다. 그것을 몰랐을 리는 없을 터인데…….

문득 그녀를 삼킬 듯 노려보던 안도국 왕의 눈빛이 떠올랐다. 그것은 분노였고 또한 사랑이었다. 기어이 달아난다면 그 목숨마저 앗아버릴 무서운 사랑. 라우탄의 눈에는 그것이 보였다.

그런데도 무한국 공주는 다시 달아날까?

그제야 라우탄은 자신의 마음이 이토록 무겁고 불안했던 이유를 알아차렸다. 어쩌면 그녀가 다시 달아날지도 모른다는, 그래서 죽음의 위협에 몰릴지도 모른다는 생각이 들었기 때문이다. 어디에서 출생했든, 어떤 식으로 성장했든 자신 속에 흐르는 피는 비진족의 피뿐이라고 생각했는데 느닷없이 무한국 공주가 체기처럼 걸려 버렸다.

유강은 흥미로운 눈으로 비진족 군영을 살폈다. 이름만 군영일 뿐 비진족의 모습은 너무도 자유롭다. 엄격한 군율이 잡힌 것도 아니고 훈련이 완벽하여 뚜렷이 정비가 되어 있는 것도 아닌데 하나같이 사기가 충천하고 있다.

"꽤나 어수선해 보이지요?"

우루수 노인이 다가와 말을 걸었다. 겨우 비진족 마을의 한 족장일 뿐인 그이지만 왠지 함부로 대할 수 없는 위엄이 느껴졌다.

"그래도 전쟁에 나서면 가장 용맹한 부대가 비진족 부대이지 않습니까."

그 소리에 우루수 노인은 쓸쓸하게 웃었다.

그것이 어디 진짜 용맹해서 용맹했던가? 뒤에서 몰아치는 창칼이 두려워 앞으로 내달렸고, 마찬가지로 반대편에서 내달려온 동족과 칼을 겨누어야 하는 것이 비진족의 운명이었다. 전쟁의 승리는 비진족의 몫이 아니었지만 패배는 언제나 비진족의 몫이었다.

"한 번도 스스로의 운명을 결정지어 본 적이 없는 비진족입니다. 그런 우리가 스스로 깨쳐 일어났으니 그것만으로도 저들은 세상에서 가장 용맹한 병사들이지요."

어설픈 칼놀림으로 대련을 하고 있는 어린 병사들을 보며 그는 뿌듯한 미소를 지었다. 유강은 그들의 모습을 물끄러미 바라보았다. 비진족의 저 순수한 열망이 자신의 숨은 야망 앞에 무릎을 꿇게 될 것이라 생각하니 약간의 죄책감이 느껴졌지만 이내 떨쳐 냈다.

"우기가 시작되기 전에 강을 건너야겠지요?"

고개를 끄덕이는 우루수 노인의 얼굴에 안도의 빛이 돈다.

"우선 병장기부터 지원하겠소. 군량미는 우리 군이 들고 강을 건널 것이오."

"우리 군이라니, 무슨 말씀이십니까?"

"잊으셨소? 안도국 정예부대가 비진족과 함께 비열흘에 들어갈 거라 하지 않았소."

유강의 표정이 너무도 능청스러워 우루수 노인은 잠깐 당황했다.

"찾으시던 분은 이미 찾아드렸지 않습니까?"

"내가 찾으려는 자는 지금도 비열흘에 있소."

유강은 뒷짐을 진 채 병사들의 훈련을 지켜볼 뿐이다. 표정만으로는 진심인지 억지를 부리는 건지 도무지 가늠할 수가 없다. 그러나 중요한 것은 그 저의가 무엇이든 기어이 고집을 부린다면 비진족으로서는 마땅히 막을 방법이 없다는 것이다. 안도국과 전쟁을 치르지 않은 다음에는. 우루수 노인은 입가에 번지는 노기를 긴 수염 속에 숨겼다.

그 시각, 라우탄은 한 사내를 대면하고 있었다. 청년들이 사천 지방까지 쫓아가서 겨우 잡아온 육손이다. 비진족 특유의 건장한 체구에 부리부리한 눈동자, 구레나룻이 검붉은 빛깔을 띠는 아주 험악해 보이는 자다. 예리하게 살피고 있는 라우탄의 눈을 의식한 듯 그가 눈을 회번득 치켜떴다. 리우탄과 눈이 마주치사 육손이의 눈이 한순간 움찔하는 것이 보였다. 라우탄은 피식 웃음을 흘렸다. 이렇게 험악해 보이는 자가 움찔할 정도면 자신의 얼굴이 정말 어지간히도 험악해 보이나 보다 싶다.

사내의 표정을 살피던 라우탄은 단도를 꺼내 들었다. 그리고 거침없이 사내의 목에 들이대었다.

"네게 무한국 공주를 죽이라 명한 자가 누구냐?"

"무, 무슨 소릴 하는 거요?"

"허튼수작은 안 통해. 성안에서 일어났던 살육 사건도 네놈 짓이란 걸 알고 있다."

확신에 찬 라우탄의 추궁에 발뺌해 보아야 소용없다는 걸 알자 육손이의 얼굴은 오히려 뻔뻔해졌다. 그는 다시 고개를 들고 라우탄을 살폈다. 외눈박이에 험한 흉이 있다 뿐, 아직 머리에 피도 안 마른 애송이처럼 보인다. 이런 어린 녀석이 자신에 대해 뭘 알까 싶다. 비록 왈짜패지만 평원에서 자신이 가진 영향력이 한때는 촌장 다왁 이상이었다는 것을. 지금도 마음만 먹으면 비진족 무리쯤은 한순간에 와해시켜 버릴 힘이 있다고 자신한다. 다만 동족이라 참고 있는 것뿐이다.

"다왁을 만나게 해줘. 너 같은 애송이 따윈 필요 없으니까."

순간, 목을 겨누고 있던 단도가 바짝 치켜 올라왔다. 금방이라도 피가 쏟아질 듯 찌릿한 아픔이 건너왔지만 육손이의 얼굴은 여전히 여유로웠다.

"내가 비진족을 건드리지 않은 건 오로지 동족이라는 이유 때문이었어. 하지만 아무리 동족이라도 내 목숨이 위협받을 땐 나도 가만있지 않아."

은근한 협박까지 한다. 라우탄은 험악한 제 얼굴을 육손이의 눈앞으로 불쑥 들이대었다. 그리고 낮은 음성으로 속삭였다.

"네놈을 쥐도 새도 모르게 죽여 버릴 수도 있지만 다시 한 번 기회를 주는 건 오직 네놈이 비진족이라는 이유 때문이란 것도 알아 둬. 그리고 네놈이 살려달라고 매달려야 할 사람은 촌장님이 아니라 나라는 걸 명심해. 우리에게 어떤 정보를 주느냐에 따라 네놈 목숨이 달렸어. 잘 생각해 보라고."

아프게 겨누고 있던 칼이 치워지자 목에서 검붉은 피가 주룩 흘러내렸다.

"어이! 이놈을 가둬두고 잘 감시해!"

울컥 밀쳐 내는 힘에 육손이가 바닥으로 쓰러지자 청년들이 다시 그를 끌고 나갔다. 씩씩거리고 있던 라우탄이 곁에 있던 청년에게 물었다.

"혹시 촌장님이 저놈한테 약점 잡힌 거 있어?"

"모르지. 평원에 살던 비진족치고 저놈에게 신세 안 진 사람이 없었으니까. 가진 부가 어마어마하다는 소문도 있고, 안도국 왕실에 줄을 대고 있다는 소문도 있고. 사실 우리가 육손이 패거리 때문에 골머리를 앓기도 했지만 또 그 덕분에 비진족이 성안에서도 활보하며 살 수 있었다는 걸 부정할 순 없어."

"그렇다면 어르신과 촌장님껜 더더욱 비밀로 해야겠군. 내 말 무슨 말인지 알지?"

저런 자에게 휘둘리기 시작하면 아무 일도 할 수가 없다. 이리저리 이용당하던 그 시절처럼 또다시 안도국의 권력싸움에 휘말려 이용당할 수도 있다. 청년도 그 뜻을 알았는지 이내 고개를 끄덕였다.

청년이 나가고 나자 라우탄은 참았던 긴 한숨을 토해내었다. 머리가 터질 것처럼 복잡하다.

육손이와 안도국 왕은 모두 무한국 공주를 쫓고 있었다. 한쪽은 죽이기 위해, 또 한쪽은 살리기 위해. 아니면 오로지 차지하기 위해? 그렇다면 공주는 누구로부터 달아나고 있었던 것일까?

육손이를 잡은 사실을 비밀로 하자고 한 것은 안도국 내의 권력 싸움에 휘말리지 않으려는 뜻도 있었지만 무한국 공주를 쫓는 그림자의 정체를 확인하고자 하는 뜻도 있었다. 그것을 알아야만 도와줄 방법도 생길 것이다. 새삼스럽게 기억도 나지 않는 무한국에서의 삶에 미련이 생긴 것은 아니다. 다만 그녀의 안전을 확보해주어야만 가슴속의 이 무거움과 불안으로부터 해방될 수 있을 것 같아서다.

유강은 세아를 곁에 앉혀두고 홍영과 술잔을 기울이고 있었다. 온갖 소문을 흩뿌리고 다니던 그때처럼 술은 홍영이 마시는데 취하기는 유강이 취한 것 같았다.

"그래, 넌 여전히 안사람이 마음에 차지 않는 것이냐?"

무심한 얼굴로 묻는 그 소리가 홍영은 서운하다. 왕위에 오르면 양현의 딸을 어찌해 보겠다 하더니 여전히 감감무소식이다. 아니, 이미 사가에 들어앉아 있으니 대연으로 돌아가면 꼼짝없이 함께 살아야 할 판이다. 예전 같으면 생떼라도 써보고 부아라도 내보겠지만 이제는 그럴 수조차 없으니 애꿎은 술만 마실 뿐이다.

홍영의 불편한 얼굴을 보며 유강이 다시 무심히 말했다.

"내가 그리운가 보구나?"

"전하!"

"그렇지 않고서야 어찌 여인을 싫어해?"

홍영은 어찌할 바를 모른 채 세아를 살폈다. 그녀는 마치 깎아 놓은 인형처럼 처음 그 모습 그대로 꼼짝없이 앉아 있다. 핏기가 하나도 없는 모습이 몹시도 힘들어 보인다. 게다가 듣기 민망한 말들을 저리도 모질게 해대니 그 마음이 오죽 불편할까 싶다. 어서 술을 동을 내어버려야 공주를 놓아줄 것 같다.

"여인도 여인 나름이지요!"

불룩 소리를 지른 홍영이 술을 동이째 벌컥벌컥 들이부었다.

여인도 여인 나름이라⋯⋯ 그래, 여인도 여인 나름이지.

스륵 훔쳐보는 세아의 얼굴은 여전히 변화가 없다. 몸은 옆에 있지만 마음은 어느 먼 곳을 떠도는 사람처럼 무심한 표정만 보인다. 유강은 한 잔의 술에 서러움이 울컥해 버린 제 여린 마음에 부아가 났다.

"여인이 뭐 별다를 줄 아느냐? 어둠 속에서 품으면 다 똑같을 뿐이다."

다시 스륵 훔쳐보는 얼굴은 감정이 없는 나무 인형 같다. 유강은 술잔을 들이켰다. 울컥한 서러움만큼이나 부아가 차올랐고 차오른 부아만큼 얼굴도 붉게 달아올랐다.

"정히 원치 않으면 그림처럼 옆에 두렴. 양현의 지위와 재력 정도면 네 출세에 도움이 될 터이니 말이다. 품고 싶은 여인이야 언제든 구하면 되지 않느냐."

가득 채운 잔을 단숨에 비워내는 그는 이제 눈까지 붉어져 앞이 흐리다. 흐린 눈앞에 술잔이 흔들렸고, 화가 난 홍영이 앉아 있고, 무심한 세아가 앉아 있다. 그는 다시 술잔에 손을 뻗었다.

술잔으로 향하던 유강의 팔이 아래로 툭 떨어지며 쓰러지듯 세아의 무릎으로 몸이 꺾였다. 표정 없는 인형처럼 앉아 있던 세아의 얼굴이 그제야 고통스럽게 일그러졌다. 오랜 시간 버텨온 긴장감이 한순간에 풀리며 그녀 또한 그대로 몸이 꺾일 것 같았다. 그러나 무릎에 느껴지는 유강의 무게감이 그녀를 버티게 해주고 있었다. 술이 조금만 과해도 견디지 못하고 한순간에 쓰러져 잠이 들어버리는 것이 그의 술버릇인 모양이다.

잠깐 지켜보던 홍영은 유강을 침상에 눕히기 위해 다가갔다. 그러나 세아의 손이 그를 막았다.

"잠깐…… 그대로 두세요."

속삭이듯 작은 목소리였지만 홍영에게는 접근하지 말라는 경고처럼 들렸다. 유강의 어깨를 감싸는 그녀의 떨리는 손은 이 소중한 시간을 제발 방해하지 말아달라는 애원처럼도 보였다. 감히 다가갈 수가 없다.

홍영이 무슨 말인가를 하고 나갔지만 들리지 않았다. 세아는 무너질 것 같은 심정으로 유강을 내려다보았다.

강한 만큼 모진 마음도 있으리라 생각했는데 전혀 아니다. 오늘 밤 그는 너무도 여리고 나약하다. 버림받은 아이처럼 서러워하고 있다. 저도 모르게 툭 떨어져 내린 눈물이 유강의 붉은 얼굴을 적셨다.

홍영이 다시 들어왔을 때 세아는 어느새 감정을 수습한 듯 다시 무심한 얼굴로 돌아가 있었다.

라우탄은 우루수 노인의 부름을 받고 무한국 왕이 머무는 막사로 향했다. 다왁을 만나게 해달라는 말을 남긴 채 입을 꾹 다물어 버린 육손이 때문에 잠을 설친 뒤라 몹시도 피곤했다. 안도국 왕이 약속했던 병장기와 군량미는 여전히 도착하지 않고 있고 병사들은 조금씩 지쳐 간다. 이대로 가다가는 강을 건너기도 전에 사기가 떨어져 버리지 않을까 걱정이다. 복잡한 마음으로 막사로 들어서던 라우탄의 걸음이 멈칫했다. 며칠 보이지 않던 무한국 공주가 유강의 곁에 앉아 있었다. 그들의 맞은편에는 우루수 노인과 디왁이 자리를 잡고 있다. 잠깐 머뭇거리던 라우탄은 유강에게 가볍게 목례를 하고 우루수 노인의 옆에 앉았다.

"이미 다 아시겠지만 정식으로 소개를 하리다. 이쪽은 평원의 비진족 촌장이자 이번 전쟁에서 우군 총사를 맡은 다왁, 그리고 이쪽은 좌군 총사를 맡은 라우탄이오."

우루수 노인의 소개에 다시 한 번 목례를 하고 고개를 들었을 때 몹시도 놀란 듯한 무한국 공주의 얼굴이 눈에 들어왔다. 며칠 전보다 더 핼쑥해진 듯하나 눈빛은 훨씬 편해 보인다. 아주 짧은 순간이었지만 라우탄의 눈에는 그것이 다 보였다.

라우탄과 눈이 마주치자 세아는 피하듯 고개를 돌려 버렸다. 너무도 당당한 무진의 모습이 당황스러웠다. 황성에서의 그는 언제나 주눅이 들어 있었다. 저렇게 당당히 눈을 맞춰오지도 않았었

다. 그저 피하거나 외면하는 것이 전부였다. 그가 비진족 속에서
행복하다던 우루수 노인의 말이 떠올랐다.

"사천에서 주조된 병장기들이 곧 도착할 것이오."

유강의 말에 우루수 노인과 다왁의 얼굴이 환해졌다.

"그날은 성대한 잔치를 베풀 것입니다. 함께 참석해 주시겠습
니까?"

우루수 노인의 말에 세아가 유강의 눈치를 잠깐 살폈고, 유강이
고개를 끄덕이자 그녀도 이내 고개를 끄덕였다. 무한국을 상대로
전쟁을 치르려는 군대를 보는 것이 마음이 편치 않았지만 유강의
뜻이니 어쩔 수 없었다. 아침에 눈을 뜨자마자 유강은 세아에게
자신에게서 열 보 이상 떨어지지 말라는 명을 내렸다. 그림자처럼
붙어 있으라는 뜻이었다. 그것이 자신이 내릴 수 있는 최고의 벌
이라도 되는 듯 회심의 미소까지 지어 보였다. 밤사이 무언지 모
를 불안이 그를 엄습한 것 같았다.

막사를 나오며 다시 한 번 바라보았지만 공주는 여전히 라우탄
의 눈을 피했다. 라우탄은 공주가 유강에게 무진의 존재를 숨기고
싶어한다는 걸 알았다. 그래서 드러내 놓고 찾아갈 수도 없을 것
같다. 그녀를 다시 만나 얘기를 나누어보아야 할 것 같은데 방법
이 떠오르지 않는다.

"육손이를 쫓는 일은 어찌 되었는가? 무슨 소식이라도 있는
가?"

다왁이 은근히 다가와 물었다.

"아직 아무 소식이 없습니다. 그자가 은신할 만한 곳이 어디인

지 혹시 짐작 가시는 곳은 없습니까?"

라우탄이 도리어 은근한 목소리로 묻자 다왁의 얼굴에 왠지 모를 안도감이 스치는 것이 보였다.

"그걸 알면 내가 벌써 달려가 잡았겠지."

그리고 다시 우루수 노인에게 말했다.

"추적군들을 그만 불러들이심이 어떠신지요?"

"무슨 소린가?"

"일도 하나씩 풀려가는데 괜히 긁어 부스럼 만들지 말잔 말이지요. 그러니 그 일은 안도국에 맡겨두고 우린 그만 빠지자는 말입니다."

"범인을 알고도 입을 다물잔 말인가?"

"그자가 잡혀보아야 우리 비진족에 득될 것이 없지 않습니까?"

맞는 말이긴 하지만 왠지 찜찜하다. 돌아보니 라우탄 역시도 그리 생각하는 듯 고개를 가만 저었다.

"그 일은 좀 더 신중히 생각해 보세."

우루수 노인은 이것을 평원에 터를 잡고 살고 있던 비진족과 비열흘에서 넘어온 비진족 사이에 나타나는 생각의 차이라고 여겼다. 비열흘을 되찾고 나라를 세운다고 하더라도 온전한 국가의 형태를 갖추기까지는 아무래도 오랜 시일이 걸릴 것 같다.

기다리던 병장기가 도착한 날, 비진족은 성대한 잔치를 열었다. 마을의 아낙들이 음식을 만들어 왔다. 그 속에 레이도 끼어 있었다. 출정 전까지 찾아오지 말라는 할아버지의 엄명이 있었지만 라우탄이 보고 싶어 도저히 참을 수 없었다.

아낙들 틈에 끼어 음식을 나누어 주는 레이를 보고 청년들이 놀려댔다.

"시집도 안 간 처녀가 사내들만 버글거리는 군영엔 웬일이야?"

"어느새 혼인이라도 한 모양이지?"

"그래서인가? 더 예뻐졌는걸! 라우탄이 밤 재주가 좋은가 봐?"

낯익은 청년의 그릇에 양고기를 집어 올려주던 레이가 매섭게 눈을 흘기며 주먹을 치켜들었다.

"죽을래?"

"어허! 새신부가 왈짜패같이 주먹질부터 하면 안 되지!"

"까불지 말고 얼른 먹고 라우탄이나 찾아와! 할아버지 아시면 난 죽어."

목소리를 낮추며 목이 잘리는 시늉을 해 보이자 청년이 키득키득 웃으며 물러났다. 이런 놀림은 마을을 나설 때부터 아낙들에게 하도 들어 부끄럽지도 않다. 근데 라우탄은 뭐가 그렇게도 바쁜지 저 많은 병사들 사이에서 뒤통수도 비치지 않는다.

무장을 갖춘 비진족 정예병사들이 화려한 대련과 창검술을 선보이고 있었다. 정예부대만의 적은 병사로도 군세를 짐작할 수 있을 만큼 그 품새가 절도 있고 아름답다. 그러나 화려한 창검술보다 더 눈에 띄는 것은 풀밭 한가운데에서 전체적인 대련과 검술을 지휘하고 있는 라우탄이다. 짧은 시간 안에 이토록 정비된 부대를 길러내다니, 오랜 기간 체계적인 훈련을 받지 않고는 불가능한 일이다.

무한국에서 무얼 하던 자이기에……?

느긋하게 앉아 있던 유강의 얼굴이 조금씩 굳어갔다.

유강의 곁에 앉아 있던 세아의 얼굴도 바짝 굳었다. 말로만 듣던 전쟁이 눈앞으로 불쑥 다가온 느낌이다. 세아는 놀라움과 함께 두려움이 울컥 밀려왔다. 그들이 펼쳐 보이는 창검술과 대련이 경성단의 그것과 다를 바 없어 보였기 때문이다. 무진이 길러낸 병사들이란 뜻이다. 기억을 모두 잃었다더니 몸에 익은 동작들은 조금도 잊혀지지 않은 모양이다. 저렇게 키운 병사들을 이끌고 무진은 무한국 땅을 치러 갈 것이다. 제 칼이 겨누는 그곳이 조국인 줄도 모른 채.

"강을 건너는 날을 닷새 후로 잡을까 합니다."

우루수 노인의 말에 유강은 흔쾌히 고개를 끄덕였다. 그 기간이면 사천에 있는 본진을 데려오기에 충분한 시간이다.

"군량미는 차질 없이 보급되겠지요?"

"물론!"

"그럼, 강변에 머무는 안성촌 사람들이 안도국 정예부대 뒤를 따르겠습니다."

순간 유강의 이마가 살짝 찌푸려졌다. 그렇게 되면 정예부대가 마음대로 활동할 수가 없게 된다. 설마 우리 정예부대를 앞뒤로 에워싸겠다는 뜻인가? 그리되면 뒤를 따를 대규모 본진이 무슨 짓을 저지를지 모른다. 어쩌면 대규모 살육이 벌어질지도…….

생각만 해도 머리가 지끈 아파온다.

창검술 시범을 마친 부대원들을 해산하고 그 자리에서 유희가 벌어졌다. 비진족의 고유의상과 화장법으로 치장한 아름다운 무희들이 전통 춤을 선보였고, 조그만 소년들이 놀라운 기마술을 선보이며 나났다 사라지기도 했다. 온몸을 자유자재로 구부리고 말아 올리는 소녀의 재주는 실로 놀라울 정도였다. 유희장에는 평원의 저자에서 보았던 재주꾼들이 다 모인 듯했다.

굳어 있던 유강의 얼굴에도 웃음기가 번졌다. 조그만 세아의 웃음소리도 들렸다. 실로 오랜만에 느껴보는 작은 평화다. 그래서 마음도 한결 너그러워졌다. 소피를 보고 오겠다는 세아의 말에 흔쾌히 고개를 끄덕일 만큼.

볼일을 끝내고 다시 유강이 있는 유희장으로 가던 세아는 순식간에 비진족 청년들에게 둘러싸여 어디론가 끌려갔다. 그들은 군영과 한참이나 떨어진 강변에 이르러서야 세아를 놓아주었고 이내 사라졌다. 놀란 마음으로 두리번거리는데 강변 둑에 무진이 앉아 있는 것이 보였다. 세아는 천천히 그에게로 다가갔다.

"⋯⋯무진아."

그가 돌아보았다. 황남에서 보았던 것처럼 몹시도 나른하고 순한 눈빛이 올려다본다. 그의 입에서 당장이라도 '공주마마!' 란 말이 튀어나올 것 같아 세아는 저도 모르게 움찔하며 한 발 물러났다. 세아를 발견한 무진이 자리에서 벌떡 일어났다. 그리고 고개를 숙여 예를 표했다.

"무례를 용서하십시오."

이렇게 갑작스럽게 납치하듯 그녀를 데려온 것은 이런 방법이

아니고서는 만날 방법이 없어서였다. 그녀의 곁에는 언제나 안도
국 왕이 있었고, 호위들이 병풍처럼 둘러싸고 있었기 때문이다.

무진은 소맷자락에서 하얀 천을 꺼내어 풀밭 위에 깔았다. 그리고
세아에게 앉으라는 손짓을 했다. 이런 모습은 하나도 변하지 않았
다. 세아가 뭉클한 마음으로 자리에 앉자 무진도 그 옆에 털썩 앉
았다. 그리고 한동안 강물만 내려볼 뿐 아무 말이 없었다.

무슨 생각을 하는 건지, 혹시 조그만 기억이라도 돌아온 건
지……?

세아는 다시 조심스럽게 그의 이름을 불러보았다.

"무진아."

"그곳에서는 절 그렇게 불렀던 모양이지요?"

돌아보는 눈은 역시나 무심하다.

"넌 유천 장군의 아들 무진이다. 진정한 무한국의 용사가 되란
뜻으로 지었다고 들었다. 그런 네가 무한국을 향해 칼을 든다는
것은……."

"이곳에서의 저는 라우탄입니다!"

라우탄은 단호하게 말했다. 그분이 자신의 친부가 아니라는 사
실을 공주는 모르는 모양이었다. 그러나 그 사실을 공주에게 말하
고 싶지는 않다. 지금은 무한국에서의 제 처지나 삶이 중요한 게
아니니까. 지금 자신은 비진족이고, 그 사실이 절대 바뀔 일도 없
다. 그러니 과거의 삶은 영원히 모른 채 묻어버리고 싶다.

"이곳으로 오기 전 혹시 누군가에게 쫓기고 있었습니까?"

다른 말은 듣고 싶지 않다는 듯 그가 단도직입적으로 물었다.

"글쎄? 모르겠다. 안도국 왕께서 날 쫓았겠지."

"그분 외에 또 다른 짐작이 가는 사람은 없습니까? 가령 안도국 왕의 반대 세력이라던가, 아니면 무한국 쪽……."

"무슨 일이 있는 것이냐?"

"얼마 전 성안에서 십여 구의 시신이 발견되었습니다. 잔인하게 도륙을 당한 걸로 보아 작정하고 살인을 저지른 것입니다."

"시신이라니, 무슨……!"

순간 세아는 성안 민가에 두고 온 다련과 시비들을 떠올렸다. 설마 그들을 두고 하는 소린 아닐 테지?

라우탄이 그 의문에 답하듯 말했다.

"우리 쪽 정보에 의하면 공주님의 일행이 분명합니다."

"모두…… 죽었단 말이냐? 다련도, 시비들도?"

라우탄이 고개를 끄덕였다. 그러나 세아는 여전히 믿어지지 않는다. 어떻게 그런 일이 있을 수 있단 말인가! 자신 때문에 안도국에 왔고, 자신 하나만 믿고 그 위험하고 먼 길을 따라다닌 사람들이다. 더구나 다련은 세아에겐 어머니 같은 사람이다. 주체할 수 없는 눈물이 후드득 떨어졌다. 두 손에 얼굴을 묻고 울음을 터트리는 세아를 무진은 당황스러운 마음으로 바라보았다.

"누가, 도대체 누가 그런 짓을 했단 말이냐? 설마…… 전하시냐?"

안도국 왕 유강이냐고 묻는 그녀의 눈 속에는 절망감이 가득했다.

"그쪽에서도 범인을 쫓고 있는 걸 보면 그건 아닌 것 같습니다."

그제야 흔들리던 눈빛이 조금 안정을 찾는 듯하다. 공주도 전혀 짐작을 못하고 있는 존재라면 무한국보다는 안도국 쪽의 자객일 가능성이 높다. 공주의 존재가 달갑지 않을 사람이 누구일지 자신으로서는 알 수 없는 일이지만 그녀가 안도국에서 환영받지 못했다는 것만은 분명한 사실 같다. 그래서 달아났던 것일까?

무심히 살피던 라우탄은 세아의 눈과 마주치자 도망치듯 고개를 돌려 버렸다. 이상하게 그녀와 눈을 마주치는 것이 불편하다.

세아는 자신의 눈을 피해 달아나는 무진을 안타까운 마음으로 바라보았다. 무진이 죽어서도 잊지 않을 이름은 세아 공주일 거라 생각했는데 지금 무진은 죽음보다 더 깊고 먼 곳으로 가버린 것 같다. 서운하거나 슬픈 마음이 들지는 않았다. 다만 안타까울 뿐이었다.

"넌…… 넌 이곳에서의 삶이 만족스럽니? 행복해?"

"예."

무진은 망설임 없이 그렇게 대답했다. 비록 가진 것도 부족하고, 제 나라도 없는 부족이지만 제 부족에 대한 자부심은 누구보다 대단하다. 서로를 아끼는 마음 또한 어떤 부족들보다 대단하다. 그리고 무엇보다 중요한 것은 비진족에게 있어 라우탄은 꼭 필요한 존재라는 사실이다.

무진의 얼굴은 자신감이 가득하나. 누군가에게 제 존재를 인정받았을 때 사람은 저런 표정을 짓는다. 황성에서는 한 번도 볼 수 없었던 모습이다. 세아는 그 모습이 생소하면서도 가슴 뭉클했다.

이런 곳에서 무진을 데리고 나간다는 것이 과연 옳은 일일까? 무슨 의미가 있을까?

문득 그런 생각이 들었다.

"비열흘로 가실 생각이었습니까?"

무진이 문득 물었다. 세아는 잠깐 망설이다가 고개를 끄덕였다.

"그곳이 얼마나 위험한 상황에 놓여 있는지 아실 텐데 왜 기어이 가려 하셨는지 모르겠군요. 혹시 무슨 특별한 이유라도 있는 겁니까?"

은근히 묻는 무진의 눈빛이 왠지 날카롭다. 비열흘에 대해 새로운 정보라도 얻으려는 사람처럼. 세아는 쓴웃음이 지어졌다. 저를 찾아 그곳으로 가려 했다는 것을 안다면 무슨 표정을 지을까? 그러나 세아는 그것에 대한 답은 말하지 않았다.

"정말 아무 기억이 나지 않는 것이냐?"

"예, 아무것도 기억나지 않습니다."

"내 이름도……?"

자신의 이름도 기억 못하는데 어떻게 공주의 이름을 기억할 수 있을까? 라우탄은 의아한 마음으로 고개를 가로저었다.

세아에게서 작은 신음 소리가 들렸다. 아니, 그것은 울음을 삼키는 소리 같기도 했다. 그녀가 왜 저토록 애틋한 눈으로 자신을 바라보는지, 무슨 말을 하고 싶어 입술은 저토록 떨리는지, 다가오다 안간힘으로 멈추어지는 저 손길은 또 무슨 의미인지 라우탄은 알 수 없었다.

왠지 마음이 아프다는 생각을 하며 다시 공주를 바라보는데 멀리서 그를 부르는 소리가 들렸다.

"라우탄! 여기서 뭐 하는 거야? 레이가 왔어!"

라우탄은 알았다는 손짓을 하고 자리에서 일어났다.

"좀 전에 모시고 왔던 청년들이 다시 모셔다 드릴 겁니다. 그럼 소인은 이만."

그리고 그는 돌아섰다. 세아는 그를 붙잡지도 못하고, 불러세우지도 못했다. 성큼 걸음을 내딛던 그가 다시 돌아섰다.

"혹, 도움이 필요하시면 언제든 말씀하십시오."

그것이 자신이 해줄 수 있는 최선이라는 듯 말하고 단호히 돌아섰다. 그리고 성큼성큼 내딛던 걸음이 점점 빨라지더니 이내 달려가고 있었다. 레이라는 사람이 그에게는 몹시도 중요한 모양이었다.

무진은 마지막까지 자신이 누구였는지, 무슨 일을 하던 어떤 사람이었는지 묻지 않았다. 조금도 관심이 없다는 뜻이다. 비진족으로서의 삶이 만족스럽고 행복하다는 무진을 기어이 과거의 기억 속으로 끌어들이는 것이 과연 옳을까?

다시 생각해도 모르겠다. 무진을 설득할 자신이 없다. 세아는 이곳을 떠나야겠다고 생각했다. 유강을 위해서, 무진을 위해서, 그리고 자신을 위해서. 세 사람이 같은 공간에 있다는 것은 지극히 위험한 일이다. 자신을 쫓고 있는 그림자의 존재가 누구인지는 모르지만 유강에게서 자신이 사라지는 순간 그림자의 존재도 사라지리라는 짐작만 할 뿐이다.

주위를 둘러싸고 있던 청년들이 어느새 사라지고 없었다. 고개를 들어보니 군영이 눈앞에 있었다. 작게 심호흡을 하고 다시 걸음을 내딛으려는데 커다란 그림자가 앞을 가로막았다. 고개를 들지 않아도 알 수 있었다. 그림자의 주인이 유강이라는 것을.

고개를 들어보니 냉엄한 눈동자가 그녀를 내려다보고 있었다.

"어딜 갔다 오는 거요?"

목소리 역시나 눈빛만큼이나 차갑다.

"소피를 보고…… 잠깐 강변을 구경하였습니다."

"강 건너 비열흘을 보았겠지!"

실룩 비틀어진 입술에 분노가 가득하다.

유희에 취하여 웃고 있는 그녀를 보며 잠시 마음이 풀어졌었다. 거짓 웃음과 거짓 마음으로 자신을 속이고 언제 어느 순간 사라져 버릴지 모를 사람이라는 걸 깜빡했다. 그녀가 사라진 잠깐 사이 유강은 또다시 배신감에 치를 떨어야 했다. 당장 군사를 풀어 강변을 봉쇄하라는 명을 내리려는 찰나에 그녀가 나타난 것이다. 그리고 너무나 평온한 얼굴로 강변을 구경하였다고 말한다. 유강은 거친 손으로 세아의 손목을 잡아끌었다. 군막으로 들어온 유강은 잡고 있던 손목을 거칠게 던졌다. 세아의 몸이 휘청 흔들렸다.

"도대체……!"

돌아서며 소리치던 유강이 멈칫했다. 세아의 눈이 붉어져 있다는 것을 그제야 발견한 것이다. 다시 만난 이후, 세아는 한 번도 자신의 감정을 드러내지 않았었다. 한마디 변명도 반항도 없었었다. 그런 그녀가 어딘가에 숨어서 울고 온 것일까? 이 상황이 두려워서? 아니면 그자가 그리워서?

"그대는 죄인이다. 나라 간의 맹약을 깨트린 죄인! 내 허락 없이 함부로 움직일 수 없는 사람이란 뜻이다. 잊었나?"

"유강."

"또다시 그럴 시엔……."

"이제 그만…… 절 놔주세요."

이제 그만 저를 놓아주시고 당신도 자유를 찾으세요.

다련과 인영전 시비들이 그토록 잔인하게 도륙을 당했다면 자신과 함께 있는 유강 또한 그 세력에서 안전하지 못하다는 뜻이다. 자신을 유강에게서 완전히 떼어놓아야 안심을 할 세력, 아마도 적저군을 위시한 왕실 세력일 것이다. 그들의 힘이라면 왕의 지위마저 빼앗아 버릴 만큼 막강한 힘을 가지고 있겠지?

"방금 뭐라…… 했나?"

"저를 그만 놓아달라 했습니다. 이미 새 왕비도 들이셨으니……."

그녀는 너무도 말짱한 얼굴로, 붉게 충혈되었으나 물기 없는 마른 눈으로 그만 놓아달라고 했다. 당신에겐 새 왕비가 있지 않느냐고 했다. 그 새 왕비가 자신에겐 아무 의미가 없는 것을, 발목에 걸린 족쇄처럼 거치적거리기만 한 존재인 것을 그녀는 진정 모르는 것인가?

"그대가 떠나지만 않았다면 들이지도 않았을 사람이오!"

그랬다면 당신은 여전히 대화궁을 차지하지 못한 채 힘겨운 싸움을 벌이고 있겠지요.

"다련과 인영전 시비들이 변을 당했다고 들었습니다."

감히 누가 그 소식을 공주에게 전했나? 무섭게 치켜뜬 유강의 눈이 홍영에게로 향했다. 홍영은 재빨리 고개를 흔들었다. 호위들도 다급히 고개를 흔들었다.

"성안에서 자자한 소문이 이곳엔들 나지 않았겠습니까?"

유강은 아무 말을 못한 채 세아를 노려보았다. 다련과 인영전 시비들은 그녀가 거느린 유일한 식솔들이었다. 이제 세아는 이 세상에 오롯이 혼자가 된 것이다. 두려움에 떨며 기대어온다면 한껏 품어줄 터인데 그녀는 여전히 그럴 뜻이 없는 듯하다.

"이곳을 떠나게 해주십시오."

"그자들이 노렸던 사람은 시비들이 아니라 그대였소. 하지만 불행인지 다행인지 그대는 이렇게 살아 있고 자객 또한 잡히지 않았소."

여전히 어딘가에서 그녀를 노리고 있는 자들이 있다는 은근한 위협이다. 그의 곁을 떠나는 순간 죽음의 위험이 도사리고 있다는 것을. 그러나 세아는 조금도 흔들리지 않는 얼굴로 다시 말했다.

"전하께서 절 놓으시면 그자들 또한 절 쫓지 않을 것입니다."

"그 말인즉슨 그대를 노리는 자들이 무한국인이 아니라 우리 안도국인이라는 뜻이오?"

세아는 대답하지 않았다. 그것은 유강이 짐작하고 판단할 일이다.

세아를 군막에 가두어두고 나온 유강은 내내 고심에 빠져 있었다. 무한국이 아니라면 안도국에서 그녀의 목숨을 노릴 만한 세력이 누굴까? 그것은 적저군뿐이다. 그러나 그는 그런 일을 저지를 만큼 무모한 사람이 아니다.

"자객을 쫓는 일은 어찌 되었느냐?"

"그것이…… 도무지 흔적을 찾을 수가 없습니다."

유강은 손끝으로 홍영을 가까이 불렀다. 그리고 은밀한 목소리로 명을 내렸다.

"담연 장군께 사람을 보내라. 가서…… 왕후 주변을 은밀히 살피라 전해라."

아무리 생각해도 이런 짓을 저지를 사람은 효진, 그 아이밖에 없다. 유강은 지그시 입술을 깨물었다. 그제야 자신이 무언가 중요한 것을 간과하고 있었다는 것을 깨달았다.

"우치를 데려오너라."

초췌한 얼굴의 우치가 호위들에게 끌려와 유강의 앞에 무릎을 꿇었다.

"너는 공주가 대연을 떠난 이유가 무어라 생각하느냐?"

우치는 잠시 망설였다. 그리고 아주 힘겹게 입을 열었다.

"비열흘에…… 공주님이 아니면 아무것도 아닐 이가 살고 있다고 했습니다."

유강에게서는 숨소리조차 들리지 않는다. 죽음보다 더 무서운 침묵의 시간이 흐르고 다시 유강의 목소리가 들렸다.

"또!"

"정변이 성공한다 하더라도 대화궁에는 당신의 자리가 없다고 하셨습니다."

"나를 믿지 못하였군."

세아는 자신이 나혜왕후처럼 되지 않을까 두려웠던가 보다. 유강의 음성이 한결 누그러졌다.

"그리고 또……."

우치는 망설였다. 공주의 뜻대로 이 말을 영원히 묻어야 할지 아니면 유강에게 전해야 할지. 그러나 망설임은 짧았다. 모든 결정은 유강이 하는 것이고 자신은 진실만을 그에게 알리면 되는 것이다. 그것이 진정한 충성이라고 생각했다.

"실은…… 소천궁을 떠나기 전 공주님께서 적저군을 만나셨습니다."

"어째서?"

무슨 연유로 적저군이 공주를 찾았던 것일까?

"적저군은 공주님께서 전하의 곁을 떠나는 조건으로 사병을 움직이셨습니다."

자신이 대연으로 무혈입성을 할 수 있었던 이유는 적저군이 귀족들의 사병을 밖으로 끌어내었기 때문이었다. 그런데 그것이 세아가 떠나는 조건이었다니, 유강은 잠시 할 말을 잃었다.

어떻게 그런 바보 같은 결정을 내렸을까? 내가 그토록 미덥지 못했던가?

세아에게보다 스스로에게 화가 났다. 불처럼 끓어올랐던 마음이 가라앉으면서 흔들렸던 이성이 조금씩 제자리를 찾았다. 여전히 용납할 수 없지만 그녀가 떠날 수밖에 없었던 이유가 조금은 이해되었다. 그러나 무진이라는 자를 향한 질투는 도무지 감당이 되지 않는다.

공주 세아가 아니면 아무것도 아닐 사람. 세상에 오로지 그녀뿐인 사람.

세아에게는 그자가 그런 사람인가 보다.

라우탄은 재잘거리는 레이의 곁에 멍하니 앉아 있었다. 왜 이렇게 마음이 무겁고 불안할까? 두 손에 얼굴을 묻고 울던 무한국 공주의 모습이 머릿속을 떠나지 않는다. 행복하냐고 묻던 그 음성이 귓가를 떠나지 않는다.

"무슨 생각을 그렇게 골똘히 해?"

"아, 아냐."

"아니긴. 얼굴에 근심이 가득한걸?"

레이의 손가락이 찌푸린 미간을 매만졌다. 얼굴의 흉터보다 레이를 더 신경 쓰이게 하는 것은 라우탄의 어두운 얼굴이다. 무슨 생각을 하는 건지, 잃어버린 기억의 한 자락이 그를 찾아온 것은 아닌지, 그래서 그 기억을 찾아 떠나 버리지나 않을까 늘 불안하다.

"비열홀에 가면 우리 혼인하자, 라우탄."

레이가 빨개진 얼굴로 말했다. 여인으로서 먼저 이런 말을 하는 것이 부끄러웠지만 이렇게라도 약조를 받아두지 않으면 불안해서 견딜 수가 없을 것 같다.

"응? 혼인하자, 라우탄."

"어르신께서 허락하셔야……."

"할아버지도 흔쾌히 허락하실 거야. 널 얼마나 아끼시는데."

조르듯 매달리는 레이를 보며 라우탄은 짠한 마음이 들었다. 시체 같은 자신을 거두어 간호해 준 사람이 레이다. 외톨이 같은 자신을 비진족 속으로 끌어들인 사람도 레이다. 레이가 없었으면 지금의 자신도 없었을 것이다. 그런 레이를 어떻게 거절할 수 있을까?

"그래, 비열흘에 가면 우리 혼인해."

"정말? 정말이지?"

폴짝폴짝 뛰며 좋아하던 레이가 가슴에 안겨왔다. 라우탄은 아프도록 레이를 끌어안았다. 그렇게라도 해서 가슴속의 불안을 떨치고 싶었다. 무한국 공주의 모습을 지우고 싶었다. 숨 막히도록 안고 있던 라우탄이 문득 팔을 풀고 소매 속에서 무언가를 꺼내었다.

"팔 이리 줘봐."

"응?"

레이가 고개를 갸웃하며 팔을 내밀자 라우탄이 무언가를 끼워주었다. 그것은 아름다운 문양이 새겨진 비환臂環이다. 레이는 황홀한 눈으로 그것을 내려다보았다.

"이걸 지니고 있으면 절대 다치지 않을 거야. 왜냐면 내가 늘 그 곁에 있을 거니까……."

내가 늘 그 곁에…… 있을 거니까…….

갑자기 그 말이 이명처럼 귓속에서 울려 퍼졌다. 어디서 들은 소리일까? 몹시도 귀에 익은 말이다. 이 비환臂環도, 이런 풍경도 낯설지가 않다.

"창피하게 먼저 고백하는 게 아니었는데…… 조금만 더 참을 걸 그랬어."

그렁한 눈으로 올려다보는 레이의 얼굴이 눈에 잘 들어오지 않았다. 희뿌연 안개가 눈앞을 가려 어지러웠다.

"라우탄?"

이상한 낌새를 느낀 레이가 얼굴을 가까이 가져갔다. 라우탄은 아찔한 현기증을 느끼며 레이를 잡기 위해 손을 뻗었다. 그러나 그의 손은 허공을 가르며 그대로 옆으로 쓰러졌다.

"언제까지나 곁에 있겠습니다. 소인이 지켜 드리겠습니다."

누구에게 저토록 강렬한 맹세를 한 것일까?

그것은 도무지 떨칠 수 없는 무게로 그의 의식을 지배하고 있다. 움직여지지 않는 몸을 허우적거리며 그의 의식은 어딘가로 달리고 있었다. 목숨을 걸고 지켜야 할 사람이 있다. 그러나 그가 누군지를 모르겠다. 뜨거운 피가 용솟음치듯 튀어 오르자 피비린내가 온몸을 덮치고 누군가 그 몸을 감싸는 것이 느껴진다.

"무진아!"

날카로운 외침 소리에 라우탄은 눈을 떴다.

"라우탄! 정신이 들어? 내가 누군지 알아보겠어?"

"어찌 된 게야? 괜찮은 것이냐?"

레이와 우루수 노인이 걱정스런 얼굴로 내려다보고 있었다. 그는 군막 안의 침상 위에 누워 있었다. 라우탄은 놀란 듯 몸을 일으켜 앉았다.

"어떻게 된 거야?"

"몰라. 나랑 얘기하다가 갑자기 쓰러졌어. 놀랐잖아! 네가 어찌되는 줄 알고 흑……."

레이가 눈물을 흘리며 목을 끌어안았다. 라우탄은 등을 다독이며 그녀를 달랬다.

"울지 마. 난 이렇게 멀쩡하잖아. 봐! 아무렇지도 않아."

여전히 어지럼증이 느껴졌지만 라우탄은 멀쩡한 듯 몸을 흔들어 보였다.

"그래, 레이. 호들갑 떨지 말고 그만 돌아가. 또다시 찾아와서 라우탄의 마음을 혼란케 하면 그땐 이 할애비한테 혼이 날 줄 알아라."

"할아버지!"

"어서 돌아가!"

레이는 호랑이 같은 할아버지가 원망스럽기만 하다.

"그래, 레이. 난 괜찮으니까 그만 돌아가."

"정말? 정말 괜찮은 거야?"

"응."

라우탄이 고개를 끄덕이자 레이는 마지못해 군막을 나갔다. 레이가 나가자 우루수 노인이 다가와 앉았다.

"어찌 된 것이냐?"

"모르겠습니다. 잠깐 어지러웠는데……."

깨어보니 군막 안이었다.

"정말 괜찮은 것이냐?"

"예."

아주 먼 여행을 다녀온 듯 조금은 낯설고 피곤할 뿐이다. 걱정스런 눈으로 살피던 우루수 노인이 나가자 라우탄은 다시 쓰러지듯 침상에 누웠다.

누굴까? 절규하듯 부르던 그 목소리의 주인은?

강을 건너기 직전 비진족의 마지막 훈련이 있었다. 전군이 참여하는 대규모 훈련이었다. 좌군과 우군으로 나누어진 가상의 전투가 벌어졌고 라우탄이 이끄는 좌군의 완승으로 끝이 났다. 언덕 위에서 그 모습을 지켜보던 유강이 세아에게 말을 걸었다.

"저자의 검술이 그대의 검술과 아주 유사한데 어찌 생각하오?"

"누굴 말씀하시는지……."

"라우탄 말이오. 어린 녀석이 아주 대단해. 검술은 물론 지략까지 뛰어난 걸 보면 체계적인 훈련을 받은 자 같지 않소?"

"글쎄요."

"어릴 적 무한국 장수의 노예로 끌려갔었다고 하던데…… 아무래도 저자의 과거가 의심스럽단 말이오."

세아는 아무 말을 못한 채 언덕 아래 비신족 군만 노려보고 있었다.

라우탄이 무진인 걸 안다면 유강은 정말 그를 죽일까?

지금의 유강이라면 정말 그러고도 남을 것 같다. 얼핏 스쳐 본 유강의 눈빛은 푸른빛을 뿜어내는 범 같다.

"정말 저들과 함께 비열흘로 가실 참입니까?"

"물론!"

유강의 대답은 거침이 없다. 비열흘로 가서 우선 무진이라는 자를 처단하고, 그다음은 황성을 장악해 내 어머니와 아우가 그랬듯 그들의 왕실을 처절하게 짓밟아 버릴 참이다. 그리고 그 남쪽까지 온전히 장악하여 세아가 달아나 숨을 만한 곳을 완전히 없애 버릴 것이다.

"제가 이곳에서 멈춘다면요? 그래도 가실 것입니까?"

그 소리에 유강은 쓸쓸한 조소를 흘렸다. 몸은 이곳에 있으나 그녀의 마음은 여전히 그자를 향해 달려가고 있다고 생각했다. 때로 질투는 이성을 무너트린다.

유강은 세아의 손목을 거칠게 잡아끌었다. 넘어질 듯 넘어질 듯 끌려가던 몸이 순식간에 유강의 품속으로 빨려들었다. 뜨거운 입술이 아프게 짓눌러 왔다. 호위들이 모두 보고 있는 자리였지만 유강은 주저하지 않았다. 거칠게 떨어져 나간 입술이 무섭게 속삭였다.

"어릴 적 내 꿈이 무엇이었는지 아시오?"

하늘 아래에서 무한국이라는 이름을 지워 버리는 것이 그의 꿈이었다. 그러나 그녀를 사랑하며 무한국에 대한 분노도 잠시 잊었었다. 거짓말처럼 연지의 꽃들이 아름다워 보였다. 그녀와 함께라면 어쩌면 행복할지도 모르겠다고, 어머니도 잊고 진서도 잊고 행복한 삶을 살게 될지도 모르겠다고 생각했었다.

“잊고 있었던 꿈을 일깨워 줘서 아주 고맙군.”

유강은 싸늘한 웃음을 남기고 언덕 아래로 휘적휘적 내려가 버렸다.

라우탄은 언덕 위의 두 사람을 바라보고 있었다. 공주의 몸이 유강의 품속으로 휘청 딸려 들어가더니 두 사람은 오래도록 입을 맞추었다. 민망한 생각에 잠깐 고개를 돌렸다가 다시 보았을 때 안도국 왕이 혼자 휘적휘적 언덕을 내려가는 모습이 보였다. 그리고 한참 후, 무한국 공주가 쓰러지듯 자리에 주저앉는 모습이 보였다. 두 손에 얼굴을 묻고 우는 모습도 보였다. 아주 먼 거리였지만 라우탄의 귀에는 지척처럼 그녀의 울음소리가 들렸다. 아니, 그것은 그의 생각이 빚어낸 소리인지도 몰랐다.

라우탄은 주먹을 불끈 쥐고 언덕을 노려보았다. 생각 같아서는 당장 뛰어 올라가고 싶었지만 그럴 수 없었다. 안도국 왕이 모든 이의 접근을 차단한 채 그녀를 감시하고 있다는 것을 알기 때문이다. 한참을 그렇게 바라보고 있으려니 이상하게 마음이 저렸다.

무진아!

꿈속의 그 목소리가 다시 들리는 듯했다.

“라우탄! 라우탄!”

어깨를 두드리는 손길을 느끼고서야 라우탄은 레이를 발견했다.

“무슨 생각을 하느라 부르는 소리도 못 들어?”

“응, 잠깐…… 근데 넌 또 어쩐 일이야? 어르신 아시면 불호령이 떨어질 텐데?"

"걱정 마. 이번엔 할아버지께서 부르셔서 온 거니까."

"어르신께서?"

"응, 급히 가져다 드릴 물건이 있어서. 근데, 정말 무슨 생각을 그렇게 골똘히 한 거야?"

레이는 라우탄이 뚫어지게 바라보고 있던 언덕으로 눈을 돌렸다. 그러나 그곳에는 짙푸른 갈대만 흔들릴 뿐 아무것도 없었다. 라우탄은 피곤한 듯 팔베개를 하고 풀밭에 드러누웠다. 구름 한 점 없는 하늘이 눈에 들어온다.

저렇게 아무런 의혹도 두려움도 없는 세상이라면 얼마나 좋을까? 그러나 자신의 머릿속은 한 치 앞도 가늠할 수 없는 안개로 가득 차 있는 것 같다.

"머리가 복잡해."

레이가 다가앉으며 머리칼을 쓸었다. 검은 안대와 거친 흉터가 가득한 얼굴에 근심까지 드리워지니 라우탄의 표정은 더욱 어두워 보였다.

"전쟁이 걱정되는 거야?"

"아니."

"그럼?"

"누가…… 누군가 자꾸 날 부르는 것 같아서."

레이는 두려운 마음으로 그 얼굴의 흉터를 쓰다듬었다.

"……누가?"

"몰라."

라우탄은 쏟아지는 햇살을 손등으로 가렸다. 가려진 눈 속에 그의 고뇌가 숨어 있는 듯하다. 레이는 안타까운 마음으로 그의 손을 꼭 잡았다. 라우탄의 머릿속에 숨어 있는 지난 과거가 하나둘 껍질을 벗고 어떤 모습으로 나타나더라도 그녀의 마음은 변함이 없다. 라우탄을 처음 발견한 것도 자신이고 살려낸 사람도 자신이다. 그러니 마지막까지 함께할 사람도 자신이어야 한다. 그 누구에게도 빼앗기고 싶지 않다. 다만 두려운 것은 라우탄의 마음일 뿐이다.

"누가 부르더라도…… 그래도 아무 데도 가지 마, 라우탄."

눈을 가린 손등을 치우자 눈물이 그렁한 레이의 눈이 보였다. 그가 처음 눈을 떴을 때 눈앞에 앉아 있던 그때의 레이도 저런 눈으로 자신을 보았었다.

"살아난 거야? 정말 살아난 거야?"

그렇게 자신을 살렸고, 그리고 살아가게 만들어준 레이. 라우탄은 손을 뻗어 레이의 얼굴을 쓰다듬었다.

"내가 널 두고 가긴 어딜 가?"

오로지 그만 바라보며, 그가 최고인 줄 아는 여자. 그가 아니면 아무것도 아닐 여자.

이런 레이를 어떻게 떠날 수 있겠는가?

그렁하게 맺혀 있던 눈물이 툭 떨어져 라우탄의 얼굴을 적셨다. 라우탄은 레이의 얼굴을 당겨 따뜻한 입술로 그 눈물을 닦아주었다.

　멀리 들판 한가운데에 라우탄의 모습이 보였다. 그 옆에는 늘씬하고 아리따운 처녀가 나비처럼 나풀거리고 있다. 나풀나풀 뛰놀던 처녀가 까르르 웃음보를 터트리자 라우탄이 그녀의 허리를 감싸고 풀밭 속으로 사라졌다.

　세아는 당황스런 마음으로 고개를 돌렸다. 자신에게는 손길 한 번 뻗지 못하던 무진이 다른 여인의 허리를 감싸고 풀밭으로 사라지는 모습은 그녀에게 충격으로 다가왔다. 이곳에서 만나는 무진의 모든 모습은 생소하고 충격적이다. 당당하게 청년들을 이끄는 모습이나 저렇게 행복하게 웃는 모습이나. 황성에서는 상상조차 할 수 없었던 일들이다. 어둡고 침울한 얼굴로 언제나 공주 세아에게만 박혀 있던 그의 눈은 결코 행복과는 거리가 멀어 보였다. 잠시 후 다시 고개를 돌렸을 때 무진은 무릎을 굽힌 채 깍지 낀 손을 그녀 앞에 내밀고 있었다. 오로지 공주 세아에게만 해 보이던 행동을 다른 여인에게 하고 있는 것이다. 그녀는 그 손을 밟고 말 위에 당당히 올랐다. 주위를 두어 바퀴 돌던 말이 들판 끝으로 사라질 때까지 무진의 눈은 그녀를 향해 있었다.

　무한국 공주로부터 은밀한 연락이 왔다. 소식은 식사를 나르던 아이가 들고 왔다.

　"저녁 무렵 지난번 만났던 강변에서 뵀으면 좋겠다고 하셨습니다."

라우탄은 의아한 마음으로 고개를 끄덕였다. 안도국 호위들이 병풍처럼 둘러싸고 있을 텐데 어떻게 빠져나올 요량인지, 무슨 긴요한 이야기가 있기에 그런 위험을 무릅쓰는지 짐작할 수 없었다.

라우탄은 저녁 무렵 내내 강변에 앉아 있었다. 약속한 시간이 지나고 해는 어느새 산자락을 넘어가고 있었다.

"무진아."

지난번 꿈속에서 들었던, 그리고 며칠 전 환청처럼 들리던 목소리다. 고개를 돌리자 무한국 공주가 거친 호흡을 가다듬으며 가까이 다가왔다.

"언제나 절 그렇게 부르셨습니까?"

"응, 그랬어."

비천한 비진족이기에 누구나 이름을 불렀을 수도 있고 특별한 존재이기에 이름을 불러주었을 수도 있다. 자신에게 그녀는 어떤 존재였기에 이렇게 마음을 혼란스럽게 만드는 것일까?

"어떤 사람이었죠, 제가? 무얼 하던 사람이었는지 궁금합니다."

의문이 가득한 무진의 얼굴을 보며 세아는 마른침을 삼켰다. 그가 자신에게 어떤 존재였는지 그 명확한 의미마저 이젠 자신이 없어져 버렸다.

나를 위해 모든 것을 희생했던 가엾은 무진. 그 이상도 그 이하도 아닌 존재, 그저 고맙고 가엾을 뿐인 무진. 그것이 너라고 말해 줄 수가 없다.

"넌 나의 호위부대 소속이었다. 그래서 그리 불렀던 것이다."

그녀의 무심한 대답에 라우탄은 가슴속에서 무언가 툭 떨어져나가는 느낌이 들었다. 그것이 안도인지 실망인지 모르겠다.

"하온데 절 보자 하신 연유가……."

"날 이곳에서 빼내어줄 수 있겠느냐?"

상상도 못했던 부탁에 라우탄은 재빨리 주위를 살폈다. 이렇게 위험한 부탁을 스스럼없이 하다니 용감한 건지 뭘 모르는 건지 분간이 가지 않는다.

"그것이 얼마나 위험한 일인지 아십니까?"

"알아. 전하께서 얼마나 분노하실지도 알고."

성안에서 있었던 살해 사건과 그녀를 쫓는 무리를 생각했을 때 지금은 안도국 왕의 곁에 있는 것이 가장 안전하다는 것을 알 텐데 어째서 이런 위험한 선택을 하려는 건지 모르겠다.

"기어이 그분을 떠나시려는 연유를 여쭈어도 되겠습니까?"

라우탄이 조심스럽게 물었다.

"전하를 떠나려는 것이 아니라……."

한참 동안 망설이던 공주가 다시 입을 열었다.

"난 그분을 멈추게 하려는 것이다."

"무엇을 멈추게 하신다는 건지?"

"짐작하겠지만 그분은 무한국과의 전쟁을 원하신다."

라우탄은 보이지 않게 주먹을 그러쥐었다. 역시나 짐작하던 대로 유강의 속셈은 그것이었다. 비진족을 앞세워 비열흘을 치고, 비열흘을 교두보로 하여 무한국을 침략할 목적이었던 것이다. 비진족과 함께 들어간 소수의 정예부대로 비열흘을 장악한 다음 대규모 병력을 불러들일 심산이었던 모양이다.

"그건 비진족도 원치 않는 일일 테지?"

당연히 비진족은 그런 식으로 이용당하는 것을 더 이상 원치 않는다.

"나도 원치 않아. 비록 버림받아 떠나왔지만 무한국은 나의 나라였고, 내 백성들이 전쟁으로 고통받는 걸 원치 않는다. 그래서 그분을 막으려는 것이다."

"그런데 어찌 달아나려 하십니까?"

곁에서 설득하고 말리는 것이 방법이 아니던가?

"내가 사라지면……."

한동안 말을 잊은 채 강 건너 비열흘을 바라보던 공주가 천천히 입을 열었다.

"그분은 나를 쫓으실 거다."

모든 것을 잊고, 버리고, 아이 같은 서러움만 가득 안은 채 유강이 자신을 찾아올 것이라고 세아는 확신했다.

그녀는 안도국 왕의 사랑을 절대적으로 믿고 있었다. 그것은 그를 향한 그녀의 사랑 또한 그런 것이라는 것을 뜻하는 것이기도 하리라.

라우탄은 잠시 할 말을 잃은 채 강물만 내려다보았다. 그들의 사랑이 부럽기도 하고 두렵기도 하다. 스스로를 삼순 채 서로에게 상처 입힌 사랑이 과연 어떤 모습으로 다시 만날지.

"나는 아주 나쁜 사람이다."

우는 것일까? 공주의 목소리는 몹시도 떨렸다.

세아는 쏟아지는 눈물을 저녁 으스름에 감추었다. 아무리 기억이 없는 무진이지만 그 앞에서 유강에 대한 사랑을 이렇게 적나라하게 드러내는 자신이 얼마나 모진 사람인지, 그리고 유강의 마음을 이런 식으로 이용하는 자신이 또 얼마나 모진 사람인지를 깨달았다.

"그럼 빠른 대답을 기다리겠다."

세아는 재빠르게 군영 쪽으로 걸음을 옮겼다. 잠시 유강의 눈을 피해 나온 것이니 들키기 전에 돌아가야 했다.

라우탄도 그녀의 빠른 걸음을 쫓았다. 도무지 안심이 되지 않는 여자다. 안도국 왕이 왜 그렇게 험악한 얼굴로 가두어두는지 알 것 같다.

군영은 어느새 어둠이 내려 횃불이 하나둘 켜지고 있었다. 정신없이 걷고 있는데 검은 그림자가 앞을 가로막았다. 역시나 험악한(그러나 실상은 겁에 질린) 얼굴의 유강이다. 검푸른 눈이 무섭게 다가왔다.

"어딜 갔다 오는 거요?"

"잠시 바람을 쐬러……."

그녀의 변명이 채 끝나기도 전에 뒤편에서 라우탄이 불쑥 다가왔다.

"길을 잃으셨습니다. 그래서 소인이 모시는 중이었습니다."

유강의 얼굴이 스륵 다가왔다. 막 내리기 시작한 저녁 빛이 더해져 유강의 눈은 더욱 검푸르게 번들거렸다. 번들거리는 그의 눈이 라우탄의 검은 안대에 닿았다. 그리고 다시 얼굴을 가르는 흉터를 스륵 훑어내려 갔다. 잠시 후 건조한 음성이 들려왔다.

"고맙군."

유강은 다시 세아를 살폈다. 그녀는 고개를 돌린 채 그를 외면하고 있었다. 그는 치받아 오르는 분기를 억누르며 그녀의 손목을 움켜잡았다. 꼼짝도 못하게 아주 꽁꽁 묶어두어야겠다. 잠시도 마음을 놓을 수가 없으니⋯⋯.

그 밤, 유강은 다시 술을 마셨고 그리고 까무러치듯 쓰러져 잠이 들었다. 홍영은 그 많은 술을 다 비우고도 말짱한 얼굴로 그의 곁을 지켰다. 언제나 그랬다. 술은 홍영이 마시고 취하기는 유강이 취했다.

"대연은 어떻습니까?"

세아가 잠든 유강을 살피며 조심스럽게 홍영에게 물었다. 유강이 이렇게 오랫동안 대연을 떠나 있다는 것이 그녀로서는 납득이 가지 않았다. 왕권을 차지한 지 겨우 반년 남짓, 여전히 불안하고 위험한 상황일 것이다.

"적저군이 계시니 안심하셔도 됩니다."

초야에 묻혔다고 하지만 적저군의 힘은 여전히 안도국 왕실을 좌지우지할 정도인 모양이다. 그런 사람의 딸을 왕후로 앉혀두었으니 홍영의 말대로 안심해도 될 것 같다. 유강이 잠시 뒤척이자 숨소리조차 멈추고 있던 세아가 한참 만에 다시 물었다.

"정말 무한국과 전쟁을 치르실까요?"

홍영은 잠든 유강을 바라보다가 답했다.

"아마도⋯⋯."

무한국이 이 세상에서 사라지지 않는 한 그는 이 전쟁을 멈추지 않을 것이다. 공주는 두려운 눈으로 유강을 내려다보고 있었다. 자신의 섣부른 판단이 잠들어 있던 유강의 분노를 일깨웠다는 것을 공주는 알까?

"소천궁의 연지는……."

무슨 말인가 하려던 홍영은 그만 입을 다물어 버렸다. 그날의 일을 안다면 공주가 정말 달아날지도 모른다고 생각했다. 지금 유강을 위로해 줄 사람도, 멈추게 할 사람도 오직 공주뿐이다.

"새 왕후를 들이신 것은 전하의 뜻이 아니었습니다."

홍영은 유강의 마음속에는 여전히 그녀뿐임을 넌지시 전하며 공주를 살폈다. 그러나 세아의 표정은 전혀 변함이 없다. 무슨 생각을 하는지 그저 잠든 유강만 뚫어지게 바라볼 뿐이다.

세아가 사라진 것은 비진족이 출정을 하루 앞둔 날 새벽이었다. 전날 밤까지 침상에 누운 걸 보고 나왔었는데 새벽에 다시 들여다보았을 때 그녀는 감쪽같이 사라져 버렸다. 밤새 번을 바꿔가며 지키던 호위들마저 전혀 낌새를 채지 못하고 있었다.

사라진 사람은 세아만이 아니었다. 우치와 함께 가두어두었던 무한국 호위들도 함께 사라졌다. 함께 잠들었던 우치조차 그들이 사라진 것을 모를 지경으로 감쪽같았다.

평원성에 있던 이백의 정예부대가 비진족 군영으로 들이닥쳤다. 그러나 군영 내 어디에도 세아의 흔적은 없었다. 세아를 지키던 것이 안도국 왕의 호위부대였기에 섣불리 비진족에게 책임을 물을 수도 없었다.

유강에게서는 거의 숨소리조차 들리지 않았다. 홍영은 그가 극한의 의지로 분기를 참아내고 있다는 것을 알았다. 호위들은 모두 유강의 앞에 읍소한 채 언제 달아날지 모를 제 목을 생각하며 두려움에 떨고 있었다.

누군가 도움을 주지 않고는 이렇게 감쪽같이 사라질 수가 없다. 유강은 그들이 누굴까를 생각했다.

우루수 노인, 다왁, 라우탄.

비진족에서 그만한 힘을 쓸 수 있는 사람은 이 세 사람뿐이다. 그러나 아무리 생각해도 비진족이 세아를 빼돌릴 이유가 없다. 그들 또한 당황하기는 마찬가지였다. 그렇다면 우치일까? 그러나 그가 도왔다면 함께 달아나지 혼자 남았을 리가 없다. 어쨌든 세아는 또다시 달아났다.

기어이 전쟁을 치르기를 원하는가!

유강의 입술이 파르르 떨렸다.

비열흘로…… 그자를 구하러 간 것인가?

앙다문 입속에 핏물이 고인다.

사방으로 흩어졌던 추격대에서 연락이 왔다. 국경이 아닌 성안에서 공주의 흔적을 찾았다는 것이다.

"비열흘 길이 아니더냐?"

"평원성을 거쳐 사천 지방 쪽으로 빠져나가신 듯합니다."

사천? 어째서 비열흘이 아니라 그쪽인가?

"시비들을 살해한 자객이 달아난 쪽이 어디라 했느냐?"

"사천……!"

대답을 하던 홍영의 얼굴이 하얗게 질렸다. 추격대는 사천 지방 즈음에서 그자가 감쪽같이 사라졌다는 보고를 올렸었다.

유강의 얼굴도 딱딱하게 굳었다. 다련과 시비들을 범했던 세력이 또다시 세아에게 손을 뻗은 것인지도 모른다고 생각했다.

대연에서 움직이는 세력이 있다! 적저군, 아니면 아소왕후의 잔존세력?

밖에서는 출정식을 치르는 비진족의 함성 소리가 하늘을 찌를 듯하다. 내일이면 저들은 강을 건너 비열홀로 향할 것이다. 그 뒤를 안도국 정예부대도 따르기로 되어 있다. 그러나 유강은 지금 어떤 결정도 내리지 못하고 있다. 기어이 비열홀을 거쳐 황성으로 치달을 것인지 아니면 방향을 틀어 세아를 쫓을 것인지.

비진족 군영은 밤새 출정의 흥분으로 횃불이 타올랐고 유강의 가슴에서는 밤새 고뇌의 눈물이 흘렀다. 어머니와 아우를 향한, 그리고 자신의 불우한 유년을 향한 비탄의 눈물이었다. 끝없이 달아나는 여인을 기어이 놓지 못하는 집착 같은 자신의 사랑을 증오하는 눈물이었다.

결국 유강은 정예부대의 절반을 홍영에게 맡기고 사천을 향해 말을 달렸다.

라우탄은 언덕 위에서 알 수 없는 감정에 사로잡혀 멀어지는 유강을 바라보았다. 자신이 떠나면 안도국 왕도 결국 따라올 것이라던 공주의 말이 거짓이 아니었다. 어떻게 자신에게 그토록 분노하

는 자에게 그런 믿음을 가질 수 있으며 또 어떻게 자신을 그토록
분노케 한 여인을 향해 저렇게 거침없이 달려갈 수 있는지 라우탄
으로서는 이해할 수가 없었다.

12

　세아는 평원성을 빠져나올 때까지 비진족 청년들의 안내를 받았다. 그 속에는 무진도 끼어 있었다. 호위들의 눈을 피해 군영을 빠져나올 때 무진의 눈은 검푸른 새벽빛보다 더욱 검푸르게 번득였고 얼굴에 그려진 흉터 탓인지 때론 야생스럽게도 보였다. 그토록 생생하게 살아 있는 무진의 모습은 처음이었다. 그래서 세아는 안심이 되었다. 떠나는 마음이 죄스럽지도 않았다. 이제 무진은 더 이상 걱정하지 않아도 될 것 같았다. 무진은 비진족 속에서 새롭게 태어나 새로운 생을 시작하고 있다. 그 새로운 생 앞에 자신은 기억되어서는 안 될 과거일 뿐이었다. 그의 삶이 다시는 불우하지도, 고통스럽지도 않기를 바란다.

　사천 지방으로 들어선 세아는 말을 세우고 잠시 망설였다. 갈 곳이 없었다.

무작정 세아를 따라나섰던 호위들의 얼굴에도 난감한 기색이 역력하다. 공주가 향한 곳이 무한국 방향이 아니라 안도국의 내지라는 사실을 그제야 깨달은 모양이었다.

"방향을 잘못 잡으신 것이 아닙니까?"

그러나 세아는 단호히 고개를 흔들었다.

"무한국에는 가지 않겠다."

"하지만 경성단은 여전히 공주마마를 기다릴 겁니다!"

설사 경성단이 자신을 기다리고 있다고 해도 세아는 결코 무한국으로 돌아갈 수 없다. 그것은 곧 수츄와의 전쟁을 뜻한다. 결코 용서할 수 없는 수츄이지만 그렇다고 다시 피비린내 나는 싸움을 하고 싶지는 않았다.

세아는 문득 적당한 곳을 떠올렸다. 화원으로 가야겠다. 아는 곳이 그곳뿐이기도 했지만 월령은 누구보다도 자신이 유강의 곁을 떠나기를 바라는 사람일 거라는 생각이 들어서다. 그녀라면 유강으로부터 가장 안전하게 자신을 숨겨줄 수 있을 것 같다.

초췌한 모습의 세아 공주가 화원의 문을 두드렸다.

월령은 공주가 왜 유강의 곁을 떠났는지 누구보다도 잘 알고 있었다. 언젠가는 자신늘이 해야 할 일, 아니면 유상이 할 수밖에 없을 거라 여겼던 일을 그녀 스스로 판단해 결정한 것이리라. 유강과 미월이 공주가 강한 사람이라 했던 말은 그런 면을 두고 했던 말인지도 모른다.

한눈에 보기에도 공주는 진지한 얘기를 나눌 수 없을 만큼 지쳐 보였다. 그래서 월령은 아무것도 묻지 않은 채 세아를 맞아들였다.

화원에 온 며칠 동안 세아는 온천물에 몸을 담그고, 깊은 잠을 자고, 맛난 음식을 먹었다. 그 며칠 동안 월령은 수하들을 풀어 추격군을 흩트렸다. 유강이 화원에 오는 시간을 조금이라도 늦춰볼 요량에서였다.

사실 월령은 세아의 상황을 이미 모두 파악하고 있었다. 대연을 떠난 공주가 비진족 군영에서 유강에게 잡혀 있다는 사실을 알고 빼돌릴 방법을 강구하던 중이었다. 공주가 비진족 군영을 탈출한 사실은 그녀가 화원에 도착한 다음날이 되어서야 보고되었다. 그런데 공주가 달아난 방향이 도무지 이해되지 않았다. 유강을 피해 달아난 사람이 왜 유강이 가장 잘 알고 있는 화원으로 온 것인지? 혹시 다시 유강의 곁으로 돌아오려는 생각이 아닐까 하는 의구심이 들었다. 그런 일은 절대 있어서는 안 된다. 차를 들고 나서는 월령의 얼굴에 찬바람이 인다.

화원에 온 지 사흘 만에 세아는 다시 월령을 찾았다. 월령은 소천궁에서 마셨던 얼음 같은 차를 내어왔다. 세아는 연지의 전각에서 유강과 처음 차를 마셨던 그날을 떠올렸다. 삶이 재미없는 모양이라고 단번에 그녀의 마음을 꿰뚫어 보던 유강…….

세아는 생각을 털어내며 차를 한 모금 머금었다. 연한 단맛이 혀끝을 스쳐 가더니 시원하고 은은한 향이 입안 가득 번졌다. 찻잔을 내리며 드디어 세아가 입을 열었다.

"자네가 날 좀 숨겨주어야겠네."

"무슨 말씀이신지……?"

"비진족 군영에서 도망쳤어. 이미 알고 있겠지만 전하께서 우릴 쫓고 있네."

빤히 바라보는 세아의 눈은 이미 월령의 속내를 모두 알고 있다는 듯 당돌하다. 그러나 월령은 모른 척 넌지시 물었다.

"전하께 다시 돌아오시고자 이곳에 오신 것이 아닙니까?"

"내가 왜 전하 곁에 머물 수 없는지는 누구보다 자네가 잘 알 것이 아닌가?"

무심한 듯 툭 던지는 그 말에 월령은 그만 할 말을 잃었다. 미월을 시켜 나혜왕후와 진서 왕자의 죽음에 대한 전말을 이야기하게 하고, 적저군을 통해 유강의 곁을 떠나도록 종용한 사람이 바로 월령, 그녀였기 때문이다. 지난 이십여 년, 오로지 유강을 왕위에 올리겠다는 일념 하나로만 살아온 그녀였다. 그런데 왕위를 눈앞에 두고 무한국 공주가 복병처럼 나타났던 것이다. 무슨 방법을 써서든 공주를 제거해야 했다. 미월은 유강이 마음을 다칠 거라 염려하며 말렸지만 앞으로 가질 것들에 비하면 공주 하나쯤 잃는 것은 아무것도 아니라고 생각했다.

"날 가장 철저히 숨겨줄 사람은 자네일 거란 생각이 들어 찾아왔는데 아닌가?"

다시 묻는 물음에 월령은 천천히 고개를 끄덕였다.

어지럽게 흐트러졌던 흔적들이 하나로 모이면서 쫓아온 곳은 뜻밖에도 화원이다. 유강은 망연자실한 얼굴로 그 앞에 섰다.

처음 분노로 쫓았던 마음은 차츰 후회로 변했고 이내 걱정과 두려움으로 변했다. 그리고 화원에 도착한 지금은 일말의 기대로 부풀었다. 어쩌면 세아가 이곳에서 자신을 기다리고 있을지도 모른다고 생각했다.

문이 열리고 유강은 무너지듯 화원으로 들어갔다.

"세아…… 공주가 이곳으로 오지 않았느냐?"

의아한 눈으로 바라보는 월령을 밀치고 온천으로 전각으로 내달렸다. 그러나 추격대를 풀어 넓은 화원을 이 잡듯이 뒤졌지만 세아의 흔적은 찾을 수 없었다.

유강은 온천탕 조그만 전각 앞에 서 있었다.

"전하."

월령이 다가가 불렀지만 미동이 없다.

"전하?"

다시 한 번 부르자 그제야 들릴 듯 말 듯한 소리가 흘러나온다.

"날…… 믿지 못한 게야."

"……?"

"아바마마처럼, 내가 저를 지켜주지 못하리라 생각한 거다. 그래서 떠난 모양이야."

돌아서던 그의 몸이 휘청 흔들렸다. 놀란 월령이 엉겁결에 팔을 붙들었고 붙든 그 팔이 무섭도록 떨리고 있어서 월령은 다시 놀랐다.

"내가 잘못하였다. 마음에도 없는 소리로 겁박하고 모진 말로 괴롭혔어. 그러지 말았어야 했는데…… 진심은 그게 아니었는데……."

유강의 검푸른 눈동자에 이슬이 맺혔다. 누구에게도, 심지어는 스스로에게조차 들키고 싶지 않았던 마음이 월령 앞에서 쏟아져 나왔다. 분노하며 쫓았지만 걱정하는 마음이 더 컸고, 무진을 죽이고 무한국을 짓밟아 버리겠다고 소리쳤지만 실은 그 모든 것을 그만둘 터이니 제발 떠나지 말라고 매달리고 싶었다.

월령은 유강의 눈물이 당황스러웠다. 가질 수 있는 모든 것을 가질 수 있게 만들어주었는데 어째서 이렇게 불행한 얼굴로 눈물을 비치는지 이해할 수 없었다. 그 눈물을 용납할 수 없었다. 자신과 미월은 유강을 이렇게 나약하게 키우지 않았다. 섣부른 감정 따위에 흔들려 대의를 그르칠 만큼 어리석게 키우지 않았다.

"공주님 찾는 일은 소인에게 맡기시고 전하께서는 그만 대연으로 돌아가시지요."

"공주를 찾기 전에는 돌아갈 수 없다."

"만백성이 기다리고 있습니다!"

월령의 얼굴에 노기가 서렸다. 어릴 적 미월의 품에 안겨 눈물을 보일 때마다 월령은 이렇게 노기 띤 얼굴로 다그쳤다. 그러면 유강은 금세 알아듣고 눈물을 뚝 그치던 영특한 왕자였다. 지금도 잠시 헛된 감정에 흔들리고 있지만 이렇게 일깨워 주면 금세 그때처럼 마음을 다잡을 것이라고 생각했다.

그날 밤, 유강은 온천의 뜰을 거닐며 월령의 말을 떠올렸다. 월령은 만백성이 왕이 돌아오기를 기다리고 있다고 했다. 그러나 유강은 자신을 기다릴 만백성이 가슴에 들어오질 않는다. 오직 세아가 어디 있을까? 그것만 궁금하다.

이런 내가 왕이 되어도 괜찮을까?

그러나 고뇌는 길지 않았다. 그것은 세아를 찾으면 다시 고민해 볼 일이다.

추격대가 쫓은 곳은 분명 화원인데 월령이 아무것도 모르고 있다는 사실이 미심쩍었다. 이 먼 화원에 있으면서도 대연에서 일어난 일들을 손바닥 보듯 다 꿰고 있을 만큼 그녀의 정보력은 빠르고 광범위했다. 유강은 월령이 거짓말을 하고 있다는 것을 직감했다.

막 잠자리에 들려던 월령은 유강의 부름을 받고 다시 온천으로 나왔다. 유강은 달빛을 벗 삼아 정원을 거닐고 있었다.

"어찌 주무시지 않으시고……?"

한동안 대답 없이 거닐던 유강이 문득 걸음을 멈추고 물었다.

"적저군을 움직였던 게 자넨가?"

월령이 대답을 못하고 머뭇거리는 사이 유강이 불쑥 다가왔다.

"자넨 언제나 뒤에서 내 선택을 좌지우지했어."

"모두가 전하를 위한 일이었습니다."

"나를 위한 게 아니라 내가 가질 왕좌를 위한 것이었겠지."

월령은 할 말을 잃은 채 유강의 매서운 눈빛을 망연히 바라보았다. 왕좌를 갖기 위한 싸움 자체가 유강을 위한 일이었다. 한 번도 사심을 가져본 적이 없다.

"적저군을 움직인 것 외에 또 무슨 짓을 했느냐?"

유강의 차가운 눈빛이 서운했다. 그래서 흘러나오는 대답도 퉁명스럽다.

"왕자님을 위한 일이라면 무엇이든 했습니다."

"연지에 대해서도 얘기한 건가?"

"그에 대한 얘기는 미월을 시켜서 전했습니다."

그 얘기를 들었으니 세아는 더욱 머물기 어려웠으리라. 유강은 떨리는 주먹을 그러쥐었다. 이 모든 사실들이 세아의 마음을 더욱 부추겼으리라. 몰랐다면 그렇게 쉽게 떠나진 않았을 텐데. 유강은 원망스런 마음으로 월령에게 물었다.

"내 마음은 생각하지 않았더냐?"

"전 언제나 전하만을 생각합니다."

그녀의 단호한 대답 앞에 유강은 할 말을 잃었다. 원망스럽지만 원망할 수 없고 분노하지만 그 목에 칼을 들이댈 수도 없었다.

"어버이 같은 자네에게 칼을 들이대고 싶진 않아. 그러니 말하게. 공주는 어디 있는가?"

"모릅니다."

월령의 대답은 역시나 단호하다. 분을 이기지 못한 채 성큼 다가서던 유강의 걸음이 문득 멈추었다. 무언가 떠오르는 생각에 그는 순간적으로 월령의 멱살을 움켜쥐었다.

"혹…… 공주에게 자객을 보낸 깃도 자넨가?"

"무슨 말씀이십니까?"

"추격하던 자객이 이곳 사천에서 감쪽같이 사라졌다. 그래도 자네가 아닌가!"

"아닙니다, 절대! 그 일에 대해서는 소인도 백방으로 알아보았으나 도무지 어느 쪽의 소행인지 알 수가 없었습니다."

유강은 잡고 있던 멱살을 던지듯 놓아버렸다. 말로 해서는 아무것도 알아낼 수 없을 것 같다. 그렇다고 칼을 들이댄다면 더더욱 입을 닫을 월령이다.

유강은 추격대의 군장軍裝을 풀어버렸다. 세아의 행방을 알기 전에는 떠나지 않겠다는 뜻이었다.

홍영으로부터 전령이 온 것은 그로부터 열흘 후였다.

비진족 군은 거침없는 행군으로 닷새 만에 비열흘의 중심지인 안성촌까지 장악했다고 한다. 지금은 황북 지방을 경계로 하여 무한국 군과 대치 중이라고 했다. 비진족 마을이 워낙 황폐화되어 사람의 흔적이 드물어 무진이라는 자에 대한 행방은 아직 찾을 수가 없다고 했다. 무한국인이 주로 거주하는 황북 지방까지 장악하고서야 그 행방을 알 수 있을 것이라고 했다. 그리고 라우탄이 전투 중 부상을 입었다는 말도 적혀 있었다. 그의 몸이 회복되어야 황북 지방을 칠 수 있을 것이라 한다.

서신을 읽어 내려가던 유강의 눈이 무섭게 번득였다. 말미에 적힌 내용 때문이었다. 예전에 세아를 납치했던 비진족 왈짜패 육손이라는 자가 강변에 있는 비진족 군영에 잡혀 있는데 그를 잡은 곳은 사천 지방이며 그 죄목은 알 수 없다고 적혀 있었다. 유강은 서신을 움켜쥐고 벌떡 일어났다.

그는 이십여 명의 군사를 차출해 전령과 함께 떠나도록 했다.

당장 비진족 군영으로 달려가 육손이란 자를 찾을 것이며 찾는 즉시 이유 불문하고 평원성으로 압송하라는 명을 내렸다.

그들이 떠나고 나자 유강은 다시 온천물에 몸을 담갔다.

서신의 내용으로 보아 무한국은 생각보다 혼란스러운 듯하다. 그러나 닷새 만에 비열흘의 대부분을 장악해 버린 비진족의 군세도 놀랍다.

라우탄이라는 자…… 그의 부상만으로 공격을 멈출 정도면 비진족 군에게 그가 미치는 영향력은 절대적이라는 뜻이다. 육손이를 잡아놓은 것도 그자의 짓일까?

그럴 공산이 크다. 그러나 그들은 출정하는 그날까지 자객의 존재는 함구하고 있었다. 라우탄의 험한 얼굴을 떠올리던 유강은 주먹으로 수면을 내려쳤다.

전령이 도착하고 분주하던 유강이 겨우 병사 이십여 명만 보내고 다시 주저앉아 버리자 월령은 한숨을 내쉬었다. 왕권을 장악한 지 겨우 반년 만에 이렇게 오랜 기간 대연을 비워두고 있으니 왕실의 움직임도 심상찮고 귀족들의 움직임도 불안하다. 아무리 적저군이라 해도 그들의 거센 불만을 다 막아내기는 힘들 것이다. 여전히 살아 있는 이왕자, 삼왕자의 존재도 신경 쓰인다. 그러나 유강은 이 모든 불안은 안중에도 없는 듯 유유자적 온천을 즐기고 있다. 도대체 무슨 생각인지…….

유강이 신경질적으로 수면을 내려치는 모습이 보였다. 멀리서 그 모습을 지켜보고 있던 월령이 천천히 다가갔다. 좀 전의 화난 모습과는 달리 유강은 뒷머리를 바위에 기댄 채 평온한 얼굴로 하늘을 올려다보고 있었다.

"너무 오래 들어가 계셔도 몸에 이롭지 않습니다."

"달리 할 일이 없으니……."

나른하게 들리는 그 소리에 월령은 이마를 찌푸렸다.

"대연에 가시면 태산같이 많은 일이 기다리고 있을 것입니다."

"가고 싶지 않네."

"무슨 말씀이십니까?"

"혼자서는 가지 않겠다는 말일세."

"소인은 아무것도 모른다고 하지 않았습니까."

"그럼 알아내면 될 것이 아닌가. 자네가 가진 정보력이 나를 능가한다는 걸 알고 있어. 그 먼 대연의 소식도 손바닥 보듯 다 알고 있는 사람이 어찌 화원에 숨어든 공주의 소재 하나 파악하지 못한단 말인가!"

유강이 거칠게 수면을 내려치자 튀어 오른 물방울들에 월령의 옷자락이 흠뻑 젖어버렸다. 그러고도 유강은 여전히 분을 이기지 못한 채 식식거리고 있었다. 그 모습이 꼭 막무가내 떼를 쓰는 아이 같다.

"대연이 심상치 않습니다. 이렇게 오래 비워두시면 위험합니다."

"상관없네."

그 소리에 월령의 얼굴이 노기에 떨렸다. 흘러나오는 목소리마저 떨린다.

"그 자리를 위해 우리가 지난 이십여 년을 어떻게 살았는지 잊으셨습니까? 그런 말씀은 함부로 하시는 게 아닙니다."

"함부로 하는 소리가 아닐세."

"……!"

"대화궁을 차지하고, 왕위를 물려받고, 넘치는 금전으로 권력을 휘두르고…… 그렇게 모든 것을 가지고 나면 행복할 줄 알았네. 한땐 그것만이 삶의 목적이었으니까. 헌데 그렇지 못했네. 짧은 기간 대화궁에서 지내는 내내 조금도 행복하지 않았어. 모든 것을 다 가졌지만 아무것도 가지지 못한 사람처럼 외롭고 불행했어. 그래서 가고 싶지 않단 소리야. 공주와 함께하지 못하는 한 이 마음에서 벗어나긴 힘들 것 같네."

유강은 복받치는 감정을 주체하기 힘든 듯 물속에 깊이 잠겨 버렸다. 그리고 오래도록 나오지 않았다.

사천 외곽에 위치한 조그만 집으로 세아를 안내해 주었던 월령이 며칠 만에 다시 찾아왔다. 며칠 만에 다시 보는 세아의 얼굴은 한결 활기차 보인다.

"며칠 곰곰이 생각해 보았는데 자네에게 장사를 배워볼까 하네."

"장사를요?"

"그래. 나도 이제 스스로 살길을 찾아야 할 것이 아닌가."

"그래서 상인이 되시겠다고요?"

"응."

세아는 자신만만하게 고개를 끄덕였다. 공주가 참 강인한 사람이라는 생각이 들었다. 붉어진 눈을 감추며 물속으로 숨어들던 유강의 모습과 대비된다. 월령은 조그맣게 한숨을 내쉬었다.

"전하 곁에 계셨으면 그런 고민은 하지 않으셔도 되었을 텐데…… 소인들이 원망스럽지 않습니까?"

그 소리에 세아는 피식 웃었다. 유강의 곁에 머물렀다면 자신은 무진을 외면했다는 죄책감에 평생 시달렸을 것이다. 유강을 완벽하게 사랑하지도 못하고 무진을 놓지도 못한 채 불편한 삶을 영위하고 있겠지.

"내게 미안한 마음 가질 필요 없네. 오히려 고마워하고 있으니까."

서운한 마음이 들 정도로 세아의 얼굴은 너무도 평온하다.

"전하를 사랑하셨던 게 아니었습니까?"

세아는 한동안 말이 없었다. 한참 만에 고개를 든 그녀는 가벼운 얼굴로 입을 열었다.

"무한국에 있을 때 사랑하던 사람이 있었네. 열다섯에 나로 인해 한쪽 눈을 잃었고, 스무 살에 목숨마저 잃었던 사람이었어."

죽은 연인에 대한 이야기를 하면서도 공주의 얼굴은 그저 평온하기만 하다.

"헌데 죽은 줄 알았던 그 사람이 살아 있다는 소식을 접했어. 소천궁을 떠나기 직전이었지."

소천궁을 떠나기 전에 이미 유강의 곁을 떠나기로 결심했다는 뜻이다. 월령은 놀란 눈으로 세아를 바라보았다. 유강의 눈물이 떠오르자 저도 모르게 야릇한 배신감이 느껴진다.

"그래서…… 그분을 만나셨습니까?"

세아가 고개를 끄덕이자 월령의 얼굴이 굳어졌다.

"그런데 어찌 화원으로 오신 겁니까?"

그 사람과 멀리멀리 달아나 다시는 눈에 띄지 않았다면 유강이 저렇게 힘들어할 일도 없었을 터인데 말이다.

"그 사람은…… 내가 찾던 그 사람이 아니었어. 아니, 내가 예전의 내가 아니었다고 하는 게 옳겠네. 처음 소천궁에 왔을 때 난 살아 있는 사람이 아니었어. 그 사람이 죽던 그 순간 나도 죽었다고 생각했지. 헌데 시간이 지나면서 어느 순간 내가 다시 살아나는 느낌이 들기 시작하더군."

"전하를 만나셨군요?"

약간 흥분한 듯한 월령의 목소리에 세아는 쑥스러운 표정으로 웃었다.

"가졌던 모든 것을 버리고 선택했던 사람이었고, 그가 죽는 순간 나 또한 죽었다고 생각할 만큼 내 전부였던 사람이었는데 그때의 그 감정이 기억이 나지 않아. 가엾고, 미안했던 마음은 기억이 나는데 사랑했던 기억은 희미해져 버렸어. 그저 그것이 나로 인해 눈을 잃고 목숨을 잃은 사람에게 생긴 견딜 수 없는 죄책감이고 연민이었다는 생각만 들어. 그 당시엔 분명 사랑이라고 생각했을 텐데 말이야."

쉽게 변해 버린 자신의 마음을 조소하듯 세아의 입가에 씁쓸한 미소가 번졌다.

"그래서 누구를 사랑한다는 말은 함부로 쓰고 싶지가 않네."

세월이 지나 이 순간을 어떻게 기억할지 모르겠지만 지금 이 순간 유강을 생각하는 공주의 마음은 분명 사랑이라는 확신이 들었다. 유강을 사랑했기에 그렇게 쉽게 떠날 수 있었고, 사랑하기에 또 이렇게 힘들게 달아나려 하는 것이리라.

이런 분이라면 유강의 곁에 머물러도 좋지 않을까? 힘들겠지만 잘 이겨낼 수 있지 않을까?

그런 생각이 들었다. 얼른 유강을 만나보아야겠다. 머리를 맞대면 좋은 방법이 생길지도 모르니까. 화원으로 향하는 월령의 발걸음이 나는 듯 빠르다.

그 시각, 유강은 평원성에서 육손을 대면하고 있었다. 포박된 채 끌려온 그는 모진 취조를 받은 듯 험한 몰골을 하고 있었다.

"그래, 좀 알아낸 것이 있느냐?"

"누군가의 사주를 받고 공주마마를 쫓은 것 같은데 그자가 누군지 도무지 입을 열지 않습니다."

취조를 맡았던 호위의 말이다. 성큼 다가선 유강이 머리채를 잡아 젖혔다. 지난겨울 평원성 저자에서 세아를 납치했던 자가 분명하다. 그때 제대로 벌하였더라면 이번 일은 생기지 않았을지도 모른다. 다시는 이런 일이 일어나지 않도록 하겠다는 비진족의 약조를 믿은 것이 잘못이다.

"누구의 사주를 받았느냐? 혹시 비진족이냐?"

"아닙니다."

육손은 재빨리 고개를 흔들었다. 제 부족에게 해될 일은 하고 싶지 않은 모양이다. 유강은 다시 한 번 육손의 머리를 거칠게 젖히며 물었다.

"그럼 누구냐!"

유강이 얼굴을 울컥 들이밀자 육손의 눈동자가 일순 흔들렸다. 유강은 그 순간을 놓치지 않고 구슬리듯 낮은 음성으로 말했다.

"실토한다면 너의 죄는 얼마든지 감해질 수 있다. 그러나 기어이 입을 다문다면 참형을 면치 못할 것이다. 혹시라도 널 사주한 자들이 널 구해줄 거라 생각한다면 착각이야."

유강의 검푸른 눈이 스륵 스치자 힐끗 훔쳐보던 그의 눈에 공포심이 깃들었다. 유강은 그를 다시 가두라고 명했다. 잠시 가두어두었다가 대연으로 끌고 갈 참이다. 산 채로 끌고 가야 쓸모가 있을 터이니 말이다.

깨질 듯한 머리를 감싸며 무진은 눈을 떴다. 어느새 사방이 어두워져 있었다. 어디선가 후끈 끼쳐 오는 피비린내에 속이 울렁거렸다. 얼른 일어나 속을 게워내고 싶었지만 몸이 말을 듣지 않았다. 머리가 너무 무거웠다. 이곳은 어디인지, 자신이 무엇을 하고 있는지 정확히 인지가 되지 않았다. 그는 다시 눈을 감고 정신을 차리려 애썼다.

어디선가 칼 부딪치는 소리가 들린다.

챙! 챙! 챙!

순간 무진은 용수철에 튕기듯 벌떡 일어났다. 침상을 내려서던 몸이 어지럼증을 이기지 못하고 기우뚱 흔들렸다. 그러나 그는 흔들리는 몸으로도 정신없이 사방을 더듬었다.

칼…… 칼을 찾아야 해! 내 칼!

더듬거리던 손끝에 칼자루가 잡힌다. 칼자루를 간신히 움켜잡은 그는 조그맣게 빛이 새어드는 쪽으로 걸음을 옮겼다. 칼 부딪치는 소리가 점점 크게 들리고, 그의 가슴도 요동치듯 두근거렸다. 잠시 호흡을 고른 그는 장막을 찢으며 뛰쳐나갔다.

"핫!"

높이 치켜든 칼 아래에서 낯선 청년들이 놀란 눈으로 그를 바라보고 있었다.

건장한 체구, 검푸른 눈동자…… 그들의 얼굴에 반가운 미소가 번진다.

"라우탄!"

"대장!"

"이제 정신이 든 것이냐?"

백발의 노인이 다가와 물었다. 무진은 마른침을 꿀꺽 삼키며 되물었다.

"공주마마는……?"

"무슨 소리냐, 라우탄?"

"기뻐해, 라우탄! 우리가 비열흘을 완전히 장악했어!"

"우리 비진족에게도 나라가 생긴 거야!"

기쁨을 감추지 못한 채 격하게 안아오는 청년들 속에서 무진은 혼란한 머리를 흔들었다.

관군의 무리에 갇혀 세아를 감싸며 칼을 겨누고 있었던 기억,

그리고 말을 타고 벌판을 달리며 무한국 군을 쫓던 기억.

어느 쪽이 진짜 기억인지 알 수가 없다. 그러나 혼란스런 마음을 추스르고 다시 살피니 주변은 모두가 낯익은 얼굴들이다. 그리고 백발의 노인은 바로 우루수 노인이었다.

"모든 기억이 되살아난 것이냐?"

"예."

미처 정리되지 못한 기억들이 엉클어져 조금 혼란스럽지만 많은 것들이 기억났다.

"무한국에서의 일도?"

우루수 노인이 두려운 눈으로 물었다.

"……예."

무한국에서의 일은 물론 비진족이 되어 살았던 기억도 고스란히 남아 있다. 그래서 더욱 혼란스럽다. 고개 숙인 무진을 향해 우루수 노인은 단호히 말했다.

"그래도 넌 여전히 라우탄이다."

그러나 무진의 귀에는 그 말이 제대로 들리지 않는다. 이십여 년을 제 나라로 알고 살았던 무한국에 칼을 들이대었다. 이것은 반역이다. 아버지 유천 장군에 대한 배반이다. 그리고 세아……죽음을 무릅쓰고 자신을 찾아온 그녀를 알아보지 못했다. 지켜주지 못한 채 또다시 위험 속으로 떠나보냈다. 아무리 기억이 없었어도 어떻게 세아를 알아보지 못했을까?

무진은 미칠 것 같은 마음으로 자리에서 벌떡 일어났다.

"평원으로 가겠습니다. 공주마마를 찾아야 합니다."

칼을 들고 나서려는 그의 앞을 우루수 노인이 막아섰다.

"지금은 전쟁 중이다, 라우탄!"

"저와는 상관없는 전쟁입니다."

비진족으로 살았던 기억이 조금도 없는 듯 차고 무심한 음성이었다.

"넌 무한국인이 아니라 비진족이다. 내가 해주었던 얘기를 기억하지 못하느냐?"

기억난다. 안도국에서 버림받아 비열흘로 왔고, 비열흘에서 다시 무한국으로 보내졌다는 사실, 그리고 존경하던 아버지 유천 장군이 실은 친부가 아니라는 사실도. 그러나 지금 그에게 그 사실은 조금도 중요하지 않다.

"공주마마를 찾아야 합니다. 그분을 지켜야 합니다."

우루수 노인은 다시 무진의 옷자락을 붙들었다.

"그분은 이미 안도국 왕의 비가 되었다! 모르느냐?"

무진은 칼자루를 움켜쥐었다. 자신이 사라진 지난 두 해 동안 세아에게 무슨 일이 일어났는지 알지 못한다. 그러나 평원에서 만난 세아는 분명 안도국 왕에게서 달아나려 했고, 또 다른 누군가에게 쫓기고 있었다. 그녀의 신변이 위험하다는 뜻이다. 그런 위험을 무릅쓰면서까지 자신을 찾아왔다는 것은 세아의 마음속에 여전히 자신이 있다는 뜻이다. 그것이면 된다.

무진은 우루수 노인의 손을 단호히 떼어내었다.

"가겠습니다."

가벼운 목례를 건네고 그는 군막을 빠져나왔다. 그리고 불을 피우고 승리를 자축하고 있는 청년들의 눈을 피해 말을 달렸다. 지금도 위험한 도피를 하고 있을 세아를 생각하며 채찍질을 가했다.

13

　다시 화원으로 돌아온 유강은 아무 일이 없었다는 듯 온천에 몸을 담갔다. 월령은 한숨을 쉬며 다가갔다. 이런 유의 기 싸움에서는 자신이 언제나 지고 만다는 것을 안다. 그럼에도 불구하고 그녀는 오기를 부리듯 다시 물었다.

　"왕실 부소군이 귀족들을 끌어 모으고 있다 합니다. 정말 돌아가시지 않을 작정입니까?"

　"공주 없이는 아무 의미 없는 자리야. 연연해할 필요 없네."

　유강은 듣기 싫다는 듯 물속으로 들어가 버렸다.

　"언제까지 이렇게 떼를 쓰실 작정입니까!"

　그러나 물속에서는 기포만 올라올 뿐 유강은 고개를 내밀지 않았다. 분을 이기지 못하고 발을 꽝 굴리던 월령이 한숨을 토하듯 소리쳤다.

"그 자리, 잘 지켜내겠다 약조하십시오!"

말이 채 끝나기도 전에 유강이 물속에서 솟구쳐 올라왔다.

"아무리 힘들어도 포기하지 않겠다고 약조하십시오. 그럼 공주
마마를 찾아드리겠습니다."

"당연하지! 어떻게 차지한 자린데 내가 그걸 포기하겠는가!"

입가에 번진 미소가 얄밉기도 하다.

바스락, 소리에 세아는 화들짝 놀라며 뒤를 돌아보았다. 역시나
바람이다. 그녀는 다시 초조한 마음으로 마당을 서성인다.

낮에 월령이 다녀갔다. 그녀는 유강을 데려오겠다고 했다. 자신
의 힘으로는 도저히 유강을 막을 수 없으니 공주님이 막아보라고,
떨쳐 내어보라고 말했다. 만약 떨쳐 내지 못한다면 몹시도 힘든
길을 가야 할 것이라고도 했다. 저 범 같은 귀족들과 왕실을 상대
로 전쟁 같은 싸움을 벌여야 할 것이고, 백성들에게 뿌리 깊이 내
려 있는 무한국인에 대한 편견과도 싸워야 할 것이라고 했다.

"그런 것들에 지지 않을 자신이 있으시면 전하를 떨쳐 내지 않
으셔도 됩니다."

"……!"

"전하께서 혹여 나약한 마음에 그 자리를 쏘기하려 하실지라노
마마께서는 포기하시면 안 됩니다. 쓰러지면 일으켜 세우시고, 물
러나면 뒤를 받쳐 주십시오. 마마라면 충분히 그러실 수 있을 것
같습니다. 그러니 부디…… 전하 곁에 머물러 주십시오."

마침내 월령이 무릎을 꿇었다. 세아는 당황스런 마음으로 그녀를 내려다보았다. 월령으로 하여금 이렇게 자신 앞에 무릎을 꿇고 매달릴 수밖에 없도록 만든 유강의 행동들을 다 짐작할 수는 없다. 그러나 그의 절박함만은 고스란히 느껴진다.

거부할 재간이 없었다. 자신을 택함으로써 유강이 얼마나 힘든 길을 가게 될지 뻔히 알면서도 세아에게는 달아날 의지가 남아 있지 않았다.

다시 바스락 소리에 놀라 돌아보니 나무 아래에 조그만 토끼 한 마리가 보였다. 복스러운 털이 귀여워 다가가자 저만치 달아나 버린다. 다시 살금살금 다가가자 어느새 또 저만치 달아나 버렸다. 세아는 그 자리에 쪼그리고 앉아 토끼를 건너다보며 중얼거렸다.

"그분의 걸음이 널 닮았으면 좋았을 걸…… 그랬으면 이렇게 가슴 졸이며 기다리지 않아도 될 터인데."

다시 바람이 일자 토끼가 화들짝 놀라며 달아나 버렸다.

심장이 터질 듯 달려온 그곳에 세아가 있었다. 그녀는 나무 밑에 쪼그리고 앉아 무슨 말인가를 중얼거리더니 실망한 듯 다시 일어선다. 그리고 그를 향해 몸을 돌렸다. 순간, 서로를 확인한 두 사람은 얼음처럼 굳어버렸다.

어둠 탓에 서로의 얼굴을 확인할 수 없었지만 세아는 알 것 같았다. 그의 얼굴에 아이 같은 서러움이 가득하다는 것을. 고집스럽게 그러쥔 주먹이 그것을 말해주었다.

성큼 다가온 유강이 세아의 손목을 잡아끌었다.

"호위들로 병풍을 치고 담을 쌓아 한 발자국도 움직이지 못하게 가두어둘 것이오! 식사도 산책도 내 앞에서만 가능할 것이오! 잠을 잘 땐 침상에 다리를 묶고, 뜰을 거닐 땐 그 손목을 묶어……!"

"용서하십시오."

울컥울컥 딸려가던 세아의 입에서 흘러나온 말이다. 유강이 걸음을 멈추고 돌아보았다. 어둠에 드러난 그의 얼굴은 상처 입은 짐승처럼 일그러져 있었다.

"무엇을 용서하라는 거요?"

"기다리겠다는 약조를 어기고 떠났던 것을요. 그리고 간신히 찾아온 당신을 두고 또다시 달아났던 것을요."

유강의 입술이 실룩 비틀리더니 차가운 조소가 흘렀다.

"달아난 게 뭐 대수라고? 이렇게 찾아 붙잡으면 그만인 것을."

다시 울컥 당기는 힘에 세아는 아무 저항도 못한 채 끌려가야만 했다.

정신없이 끌고 온 세아를 화원의 전각에 가두어두고 유강은 다시 달빛 아래 섰다. 화를 내지 말자 하면서도 그것이 잘 되지 않았다. 몸은 이렇게 붙들어 가두어두지만 그녀의 마음은 여전히 '무진'이라는 자를 향해 있다는 것을 생각할 때마다 심장이 오그라들었다. 세아 앞에서 점점 작아지는 제 존재를 견딜 수 없었다.

이렇게 잡아두는 것이 과연 옳은 것일까?

모르겠다. 기어이 고집을 부려 월령의 마음을 꺾었지만 왕실과 귀족들의 마음을 꺾고, 백성들의 마음을 돌릴 때까지 자신의 마음이 여전히 지금 같을지, 눈에 보이지 않는 존재를 향한 이 무서운 질투를 이기지 못해 세아를 괴롭히고 있지나 않을지 문득 두려워진다.

사흘 만에 다시 들여다본 세아는 침상 위에 묶인 채 지친 듯 잠들어 있었다. 웅크린 작은 몸을 내려다보며 유강은 비틀어질 대로 비틀어진 제 마음을 들여다보았다.

못났다. 이러려고 붙잡은 것이 아니다.

유강은 자괴감에 그 자리에 풀썩 주저앉고 말았다.

인기척에 눈을 떠 무의식적으로 다리를 움직이던 세아는 갑갑하던 발목이 풀려 있다는 것을 알아차렸다.

유강이 다녀간 걸까?

그러나 방 안 어디에도 유강의 기척은 없다.

그녀를 이곳에 가둬둔 후 그는 사흘째 모습을 나타내지 않고 있다. 무슨 말이든 건네보고 싶었지만 얼굴을 볼 수 없으니 마음 한 자락 전할 길이 없다.

다음날 새벽, 세아는 다시 인기척에 눈을 떴다. 어둠 속에 유강의 그림자가 비쳤다. 그는 깊은 생각에 잠긴 채 의자에 앉아 있었다. 잠시 후 의자에서 일어선 그가 다가왔다. 다가서던 그는 세아가 깨어 있는 것을 발견하고 잠시 멈칫했지만 이내 외면했다.

"유강."

다급히 불렀지만 그는 여전히 외면한 채 침상에 묶인 그녀의 팔을 풀기 시작했다. 묶인 끈을 푸는 그의 손이 왠지 떨리는 것 같았다. 며칠 만에 자유로워진 팔이 어색해 잠시 누워 있는데 유강의 음성이 들렸다.

"미안하오."

그의 음성에는 오랜만에 분기가 빠져 있었다.

"더 이상 잡지 않겠소."

그의 말이 너무도 단호해서 당황스럽다.

"갑자기 왜……."

"강제로 취할 수 없는 것이 사람의 마음이라는 걸 알면서도 잘 되지 않았어. 못난 사내의 어리석은 욕심이었다고…… 널리 이해하기 바라오."

그의 얼굴은 무언가를 놓아버린 사람의 그것처럼 허탈하고 또 조금은 편안해 보였다.

"갈 곳이 정해질 때까지 이곳에 머물러도 좋소. 정해지면 월령에게 말하시오. 그 사람이 알아서 잘 도와줄 터이니……."

잠시 머뭇거리던 유강은 더 이상 말을 잇지 못하고 돌아섰다. 놓아주는 것이 이렇게 쉬운 것을 왜 좀 더 일찍 그러지 못했나 후회했다. 성큼 걸음을 내딛는데 다급한 손길이 옷자락을 붙들었다.

"유강."

그러나 유강은 돌아보지 않았다. 그녀의 얼굴을 보면 또다시 어리석은 욕심이 고개를 들 것 같아서다. 뒤로 손을 뻗어 그녀의 손을 떼어내려는데 다시 다급한 음성이 들렸다.

"제가 어떻게 해야 화가 풀리겠어요? 침상에 묶여 죽은 듯이 지내라면 그렇게 하겠습니다. 평생 소천궁에 갇혀 지내라면 그렇게도 하겠습니다."

유강은 의아한 얼굴로 그녀를 돌아보았다. 놀랍게도 그녀의 눈은 제발 자신을 포기하거나 외면하지 말아달라고 말하고 있었다.

놓아주겠다는 말을 믿지 못하는 걸까? 그래서 이렇게 마음에도 없는 말로 그를 안심시키려는 건지도 모른다.

"무슨 마음이오?"

세아는 마른침을 삼키며 힘겹게 대답했다.

"곁에…… 있고 싶습니다. 머물게 해주십시오."

유강의 입가에 허탈한 웃음이 번졌다.

"다른 이를 마음에 품고 있는 여인을 더 이상 지켜볼 힘이 내겐 없소."

허탈한 웃음이 노기로 변하더니 이내 그것마저 사라져 버렸다. 유강은 담담한 얼굴로 돌아섰다. 그러나 그 마음이 얼마나 흔들리고 있는지 스스로도 짐작하지 못했다.

세아는 돌아서는 유강을 향해 다시 한 번 용기를 내어 물었다.

"그 사람이 제 마음에 없다면요? 그래도 허락지 않겠습니까?"

유강은 더 이상 걸음을 떼지 못했다.

"당신 때문에…… 마음에 들어온 당신이 너무 커져 버려서 그 사람과 나누었던 마음이 기억이 나지 않아요."

그녀의 음성에 가득한 원망과 절박함이 결국 유강을 돌아서게 만들었다. 세아는 터질 것 같은 가슴을 움켜쥔 채 울고 있었다. 진심이 느껴졌고 그 마음이 이해가 될 것도 같았다. 그래서인지 유강의 음성은 한결 부드러워졌다.

"그런데 왜 달아났던 거요?"

"그 사람이 살아 있다는 소식을 듣고 두려웠어요. 나로 인해 모든 것을 잃은 사람인데 위험에 놓인 그 사람을 외면한 채 당신과 행복하게 살 자신이 없었어요."

"그리고 날 믿지도 못했겠지."

"……?"

"적저군을 만났다더군. 그가 당신에게 무슨 말을 했는지 다 들었소."

"당신에게 짐이 되고 싶지 않았어요."

"그렇게 떠나는 것이 내게 상처가 될 거란 생각은 하지 않았나?"

다시금 그때의 아픔이 되살아나는 듯 유강은 일그러진 눈으로 그녀를 내려다보았다. 그 참담한 좌절감과 외로움이 생생하게 떠올라 어느새 볼에 닿은 세아의 손을 떨쳐 내지도 못했다.

"당신이 잘 이겨낼 줄 알았어요. 하찮은 사랑 따위……."

유강은 볼에 닿은 세아의 손을 아프도록 움켜쥐었다.

"당신에겐 하찮은 것이었는지 몰라도 난 아니었어. 난생처음이었고, 그래서 그게 전부처럼 여겨졌으니까."

이런 심정을 이 여자는 알까? 가슴에 들어온 그가 너무 커져 버렸다고 고백하는 이 순간도 그녀에겐 그저 하찮은 사랑 따위일까?

"당신을 다시 만났을 때 알았어요. 내가 당신에게 얼마나 큰 상처를 주었는지, 내 마음이 진정 어디에 있는지……."

유강은 거칠게 입술을 포갰다. 가슴을 짓누르고 있던 서러움이 눈 녹듯 사라졌다. 이것으로 되었다. 더 이상의 긴 설명도, 확인도 필요 없었다. 괜한 고집과 자존심으로 이 순간의 고백을 놓치고 싶지 않았다.

세아는 유강의 가슴에 기댄 채 침상에 누워 있었다. 지난겨울, 온천을 달구었던 열기보다 더 뜨거운 사랑을 나눈 뒤끝이라 꼼짝할 힘이 없었다. 그렇게 가슴에 얼굴을 기댄 채 그의 심장 소리에 귀를 기울였다. 그의 힘찬 심장박동만큼 그녀의 심장도 두근거렸다.

유강은 긴 손가락으로 그녀의 머리를 쓸어내렸다. 가슴이 터질 듯 안으며 느꼈던 절정의 순간도 좋았지만 이렇게 가만히 안고 있는 것만으로도 충분히 좋았다. 그녀의 숨결이 가슴을 스칠 때면 감당 못할 전율이 일기도 했다. 그럴 때마다 유강은 그녀의 머리칼에 오래도록 입술을 묻곤 했다. 한동안 그렇게 묻고 있던 입술을 떼고 그가 어렵게 물었다.

"그 사람…… 보고 싶지 않겠소?"

이렇게 다시 대연으로 돌아가면 두 번 다시 '무진'이라는 자를 찾아 나설 기회는 없을 것이다. 후회하지 않을까? 다시 힘들어하지 않을까?

세아는 잠시 망설였지만 곧 답했다.

"이미 보았는걸요."

놀란 유강이 몸을 벌떡 일으켰기 때문에 세아도 덩달아 일어났다. 가슴을 가리고 있던 이불이 스륵, 흘러내리자 그녀는 얼른 당겨 감싸고 다시 그의 가슴에 기댔다.

"제 곁에 있을 때보다 훨씬 당당하고 빛이 났어요. 그래서 절 드러낼 수 없었어요. 다시 그 빛이 사라질까 봐……."

세아는 잠시 말을 멈추었다가 다시 입을 열었다.

"그 사람을 생각할 때마다 가슴을 짓누르던 죄책감이 사라지니 연민도 사라졌어요."

그래서 더 이상 마음이 아프지 않다. 유강은 아무 말이 없었다. 무진의 얘기가 그를 다시 침울하게 만든 건 아닌가 걱정되었다. 더 이상 무진의 얘기는 하고 싶지 않았다. 그녀가 듣고 싶은 것은 오직 그의 마음이고, 그 또한 오직 그녀의 마음만 확인하고 싶을 테니.

세아는 유강의 마음을 확인하듯 가슴을 가만 쓸었다.

"절 찾지 못하면 정말 그 자리도 버리실 생각이셨습니까?"

월령이 말했다. 유강이 어렵게 차지한 왕좌마저 포기하려 한다고. 그러니 어서 유강의 곁으로 돌아와 그 자리를 함께 지켜달라고.

"정말 그럴 생각이셨습니까?"

"응."

망설임 없이 나오는 대답에 세아는 잠시 힐 말을 잃었다. 그 사랑이 버거워 눈물이 날 것 같았다. 그녀는 이불 속으로 얼굴을 숨겼다. 그의 뜨거운 가슴에 얼굴을 기대고 허리를 꼭 껴안았다. 그가 누구보다 훌륭한 왕이 되기를 바란다. 만백성들에게 존경받고 사랑받는 왕이 되기를. 그러기 위해서 꼭 필요한 사람은 바로 그녀 자신이라는 것을 안다. 그녀의 사랑은 세상 그 무엇보다 유강을 강하게 만들어줄 것이다.

그녀의 입술이 어느새 허리를 지나 더 아래로 내려가고 있었다. 그녀의 몸이 움직일 때마다 유강의 몸은 뜨겁게 요동쳤다.

평원성에 다녀온 유강의 표정이 전에 없이 어둡다. 그러나 무슨 일인지 묻는 세아에게는 아무 일 아니라며 그저 웃을 뿐이다. 뜨거운 입술로 그녀의 질문을 막을 뿐이다.

세아가 잠든 것을 확인한 유강은 조심스럽게 침상을 빠져나왔다. 온천은 달빛 아래에서도 뜨거운 김을 뿜어내고 있었다. 그는 거치적거리는 옷을 벗어 던지고 천천히 온천에 몸을 담갔다.

어떤 다그침에도 입을 꾹 다물고 있던 육손이 무슨 마음에선지 모든 것을 술술 자백했다. 그는 세아를 살해하도록 명한 사람이 왕비 효진이라고 말했다. 어렴풋이 짐작은 하고 있었지만 귀로 직접 듣는 사실은 더욱 충격적이었다. 효진을 그렇게 만든 데에는 자신의 태도도 일조를 했겠지만 그래도 그녀는 절대 용서받을 수 없는 짓을 저질렀다. 이제 대연으로 돌아가면 적저군을 적으로 돌려야 할지 모를 상황이 되었다.

유강은 복잡한 머리를 식히듯 온천 속에 깊이 잠겼다가 다시 솟구쳐 올랐다.

비진족이 비열흘을 완전히 장악했다고 했다. 그러나 그곳 어디에서도 무한국인 무진을 아는 사람은 없었다고 한다. 어쩌면 잘된 일인지도 모른다. 자신으로서는 그의 행방을 모르는 것이 마음 편한 일일 테니까. 어쨌든 더 이상 그에 대해서는 신경 쓰고 싶지 않다.

잠결에 옆자리가 빈 것을 발견한 세아는 의아한 마음으로 밖으로 나왔다. 유강이 달빛 아래에서 온천을 즐기고 있었다. 세아를 발견한 유강이 가까이 다가와 들어오라는 손짓을 했다. 싫다며 고개를 흔들자 그가 짓궂게 물을 뿌렸다. 그리고 물 밖으로 성큼 걸어 올라왔다. 달아나려던 세아는 순식간에 허리를 잡혀 버렸다. 강인한 팔이 꼼짝 못하게 그녀를 감싸 안았다. 몸을 빙글 돌린 유강이 그녀에게서 옷자락을 걷어내었다. 조금 당황했지만 세아는 그의 손을 제지하지 않았다. 온천을 들여다보는 눈은 없었다. 오직 달빛과 유강만이 그녀를 볼 수 있었다. 달빛 아래 하얀 나신이 드러나자 세아는 부끄러운 듯 그의 품에 안겼다. 그들은 달빛을 피해 온천으로 숨어들었다.

유강은 세아의 젖은 몸을 깨끗하게 닦아준 뒤 침상에 뉘었다. 그 옆에 자신의 몸을 누이고 그녀의 몸을 당겨 안았다. 촉촉한 머리칼에서 약한 유황 냄새가 풍겼다.

"아무 데도 가지 않겠다 약조하시오."

"약조하겠습니다."

"매일 매 시각 나만 생각하겠다 약조하시오."

그 소리에 세아는 조그맣게 웃으며 답했다.

"그것도 약조하겠습니다."

"무슨 일이 있어도 나를 믿겠다는 것도 약조하시오."

세아는 고개를 들어 그를 올려다보았다. 어느새 날이 밝아오는지 창으로 들어온 검푸른 새벽빛에 유강의 얼굴이 선명히 드러났다. 세아는 그의 눈을 가린 머리칼을 쓸어 넘겼다. 새벽빛에 드러난 검푸른 눈이 아름다웠다. 곧은 콧등을 따라 내려오던 세아의 손가락이 그의 입술에 닿았다.

"전하를 믿습니다."

"오래 걸리지 않을 거요."

내가 견딜 수 없을 테니까.

유강이 깊은 입맞춤을 건네자 세아도 그의 목을 끌어안았다.

유강은 곧 대연으로 떠날 것이다. 세아는 이곳에 두고 간다. 효진이 왕후의 자리에 있는 한 대연은 세아에게 너무도 위험한 곳이다. 그래서 그 위험을 완전히 제거할 때까지 이곳에 두려는 것이다.

뜨거운 입술이 그녀의 가슴을 베어 물자 세아는 온몸으로 번지는 전율을 이기지 못한 채 몸을 비틀었다. 허리선을 쓸어 내려간 손이 비밀스러운 숲을 더듬었다. 그리고 그 손에 이끌려 들어온 뜨거운 남성이 깊은 곳으로 파고들자 세아에게서 옅은 신음 소리가 들렸다. 유강은 그녀의 엉덩이를 깊이 당겨 안았다. 아랫도리를 가득 채워오는 포만감에 세아는 그의 가슴에 얼굴을 묻고 온몸을 떨었다. 천천히, 깊이 파고들던 유강의 움직임이 점점 빨라지고 급기야 정신이 혼미해지는 순간 세아의 입에서 그의 이름이 흘러나왔다.

"유강……."

유강은 머릿속이 아뜩해지는 것을 느끼며 그녀의 가슴에 얼굴을 묻었다. 몸에서 뜨거운 무엇이 빠져나간다. 그것이 세아에게로 흘러들었다. 마치 하나가 된 듯한 일체감을 느끼며 두 사람은 처음으로 완벽한 절정에 이르렀다.

14

비진족과 함께 비열흘로 떠났던 정예부대 백여 명이 평원으로 돌아왔다. 본진을 이끌고 들어가 그곳을 장악하고 황성으로 향하겠다던 유강의 마음이 바뀌면서 그들을 다시 불러들인 것이다. 유강은 그들이 도착하자마자 대연으로 떠날 차비를 서둘렀다. 얼른 돌아가 해야 할 일이 많았다.

홍영은 비열흘에서 돌아온 이후 내내 유강의 주위를 맴돌며 쭈뼛거렸다. 자신이 알고 있는 사실을 보고해야 할지 입을 다물어야 할지 판단이 서지 않았다. 그러나 마지막 순간 결정했다. 모든 판단은 유강이 하는 것이고 자신은 그 앞에서 어떤 것도 숨겨서는 안 된다는 사실이었다.

홍영은 늦은 밤 유강의 침소를 찾았다.

"전하, 드릴 말씀이 있습니다."

"이 야심한 밤에 어찌 내 침소를 찾은 것이냐? 너나 나나 이젠 서로를 잊어야 한다는 걸 모르느냐?"

오랜만에 듣는 기름진 농담에도 홍영은 웃지 않았다. 그제야 유강은 진지한 얼굴로 다시 물었다.

"무슨 일이냐?"

"그자, 무진에 관한 이야기입니다."

"찾지 못하였다 하지 않았느냐?"

"돌아오는 마지막 날에 알아냈습니다."

유강은 주먹을 그러쥐었다. 세아가 이미 만났다고 했으니 그는 어쩌면 평원 어딘가에 있을지도 모른다. 영영 몰랐으면 좋았을 것을. 그러나 알아온 사실을 듣지 않을 수가 없다.

"그래, 그자가 어디에 있다더냐? 혹 평원에 있다더냐?"

홍영은 한동안 입을 열지 못하다가 유강이 답답한 표정을 짓자 그제야 입을 열었다.

"비진족이 되어 살고 있다고 합니다."

"비진족이 되어?"

그래, 세아는 언젠가 그자의 눈이 자신의 눈과 닮았다고 했었다. 비진족의 흔적인 검푸른 빛깔의 눈.

"하온데 그자의 이름이……."

유강과 눈이 마주치자 홍영은 다시 입을 다물어 버렸다. 영영 묻어버릴 것을 괜히 꺼냈다고 후회해 보지만 소용이 없다. 홍영은 다시 용기를 내었다. 그리고 단번에 말했다.

"그자의 이름은 라우탄입니다."

유강은 자신의 귀를 의심했다. 그래서 다시 되물었다.

"누구?"

"외눈박이 라우탄 말입니다. 그자가 바로 무진이란 자입니다."

유강의 동공이 멈추었다. 홍영이 무엇을 잘못 알아온 것은 아닌가 의심했다. 그러나 모든 것이 사실이라는 것을 단번에 깨달았다.

무진이라는 자는 세아로 인해 한쪽 눈을 잃었다고 했다. 그리고 그녀의 목숨을 구하려 싸우다가 수십 개의 칼을 벌집처럼 꽂은 채 죽어갔다고 했다.

라우탄은 어릴 적 무한국에 노예로 끌려갔다가 시체 같은 몸으로 다시 돌아왔다고 했다. 그리고 모든 기억을 잃었다. 그는 비진족 청년들을 이끄는 외눈박이 라우탄이 되었다. 그가 선보이던 검술은 무한국의 검술, 병사들을 다루던 훈련의 방식도 무한국의 것이었다.

"이미 만난걸요."

"제 곁에 있을 때보다 훨씬 당당하고 빛이 났어요. 그래서 절 드러낼 수 없었어요. 다시 그 빛이 사라질까 봐……."

아무것도 기억하지 못하는 그 앞에서 세아는 자신의 정체를 드러낼 수 없었으리라.

유강은 주먹을 그러쥐었다. 홍영이 무어라 말을 했지만 잘 들리지 않았다. 그저 조용한 음성으로 나가라고만 했다.

"혼자 있고 싶으니 나가라."

유강은 밤새 한숨도 자지 않은 채 그렇게 앉아 밤을 꼬박 새웠다. 견딜 수 없는 분노와 질투가 온몸을 집어삼킬 듯 몰려왔지만 그는 이성을 잃지 않으려 애썼다. 세아는 그에 대한 죄책감과 연민이 사라지니 더 이상 마음이 아프지 않다고 했다. 가슴에 들어온 자신이 너무 커서 그와 나누었던 마음이 기억나지 않는다고 했다. 유강은 세아의 말을 믿었다. 비진족 군영에서 감쪽같이 자신을 속였던 것은 분통 터지게 화가 나지만 그럴 수밖에 없었던 그녀의 마음도 이해했다. 그자를 찾는 즉시 죽여 버리겠다고 으르렁거렸으니.

창으로 스며드는 새벽빛을 받으며 유강은 마음을 정리했다. 그자는 더 이상 세아의 가슴에 없는 자이니 자신과도 상관없다고 생각했다.

그것으로 그의 고뇌는 끝이 났다.

"홍영아!"

홍영은 밤새 문 앞에 있었던 듯 번개처럼 뛰어들어 왔다.

"예, 전하."

"해가 뜨는 즉시 출발할 것이다. 대연까지 멈춤 없이 행군할 것이니 그리 알고 병사들을 든든히 먹이도록 해라."

그리고 그는 아무 일도 없었다는 듯 침상에 누웠다.

"난 잠시 눈을 붙여야겠다. 꼬박 밤을 새웠더니 피곤해."

유강은 그만 나가라는 손짓을 하고 침상의 휘장을 내려 버렸다.

유강의 행렬은 어느새 사천을 지나 한서 지방으로 들어서고 있었다. 사천 지방에 주둔해 있던 대부대가 앞서 떠났으니 이미 대연에는 왕의 귀환 소식이 전해졌을 것이다. 말을 달리는 내내 유강은 적저군을 다치지 않게 쳐내는 방법이 없을까를 고민했다. 효진의 죄로 인해 그를 다치게 하고 싶지는 않았다.

한서 지방을 막 빠져나갈 즈음 육손의 호송을 책임진 부장이 다급히 말을 달려 곁으로 다가왔다.

"육손이란 자가 전하께 꼭 드릴 말씀이 있다 합니다."

"변명은 대연에 가서 들을 터이니 입 다물라고 해라."

"하오나 워낙 막무가내로 발광을 하는지라 소인들로서도 감당이 되지 않습니다. 저러다가 혀라도 깨물 기세입니다."

하얗게 질린 부장의 모습에 유강은 이마를 찌푸리며 말을 세웠다.

부장에게 이끌려온 육손의 행색이 가관이다. 얼마나 발버둥을 쳤는지 의복은 다 찢어졌고 오라에 묶인 팔목은 피가 흥건하다.

"그래, 할 말이라는 것이 무엇이냐? 해보아라."

"이렇게 트인 공간에서는 드릴 수 없는 말씀입니다. 은밀한 자리를 마련해 주십시오."

죽을 것 같은 행색을 하고서도 그의 말은 당당하다. 게다가 은밀한 장소라니, 무슨 꿍꿍이인가 싶다.

"네놈이 대연이 가까워지니 두려운 모양이구나. 너의 말은 들고 싶지 않으니 조금이라도 더 살고 싶으면 조용히 가는 것이 좋을 것이다."

유강이 다시 말을 움직이려는 순간 육손의 다급한 음성이 앞을 막았다.

"스무 해도 훨씬 전, 소천궁에서 벌어졌던 일을 기억하십니까!"

불을 뿜을 듯한 유강의 눈이 그에게로 향했다. 육손은 마른침을 꿀꺽 삼켰다. 유강은 떨리는 목소리로 즉시 군막을 차리라는 명을 내렸다.

대연이 가까워지면서 육손은 두려움에 떨고 있었다. 이미 모든 것을 실토해 버렸으니 왕비가 목숨을 구해줄 일도 만무하고 이대로 갔다가는 정말 죽음뿐이라는 생각이 들었다. 아무리 머리를 굴려보아도 살아날 방도가 떠오르지 않자 그는 스스로 제 목에 칼을 들이대는 도박을 감행하기로 했다. 지금의 죄에 그 일이 더해지면 정말 살아날 길은 없겠지만 그는 세상 누구도 짐작하지 못하는 비밀을 가지고 있었다. 그것이 어쩌면 제 목숨을 구명해 줄지도 모른다는 생각을 했다. 실오라기 같은 희망이지만 마지막 지푸라기라도 잡는 심정이었다.

급하게 차려진 군막 안에서 드디어 육손은 유강의 앞에 무릎을 꿇고 앉았다.

"어서 말해보아라. 허튼수작을 부릴 시에는 당징 내놈의 목을 베어버릴 것이다."

유강은 분노 어린 목소리로 말했다. 만약 어머니와 아우의 죽음을 가지고 장난을 친다면 그 누구라도 살려둘 마음이 없었다.

유강의 분노 어린 목소리를 들으며 육손은 잠깐 움찔했다. 입안이 바짝 마르고 온몸이 떨렸다. 그러나 이미 엎질러진 물, 달리 방법이 없었다. 육손은 두려움을 떨치며 천천히 입을 열었다.

"스물두 해 전, 소인은 어떤 이의 사주를 받고 소천궁에 침입했습니다."

순간 유강은 자리에서 벌떡 일어났다. 거친 걸음으로 다가간 그는 육손의 턱을 들어 올렸다.

"방금…… 뭐라 했느냐?"

"스물두 해 전 소천궁에 불을 질렀던 것이 바로 소인이라 했습니다."

유강은 육손의 턱을 으스러지게 잡았다. 사지가 뒤틀리듯 떨려왔다. 어머니를 유린하고 그 목숨을 앗고, 핏덩이 같은 아우를 죽였던 자가 눈앞에 있다. 왕자 유강의 인생을 송두리째 삼켜 버린 그 끔찍했던 일을 제 손으로 저질렀다고 말하는 자. 이자가 미친 것인가? 어떻게 이런 말을 눈 하나 깜짝 않고 지껄이는 것일까? 너무도 기가 막히고 떨려서 말조차 잘 나오지 않는다.

"누구냐? 널 사주했던 자가. 무한국 국왕이냐? 아니면……."

"아소왕후입니다."

"무슨 말이냐? 그자들은 분명 무한국 군의 복장을 하고 있었다! 내 이 두 눈으로 똑똑히……!"

"그리 꾸몄던 것이지요. 복장이야 얼마든지 속일 수 있는 일 아닙니까?"

사지가 뒤틀리고 숨이 막혔다. 유강은 거친 호흡을 내뿜으며 성난 짐승처럼 서성거렸다. 도저히 감정을 주체할 길이 없다. 서성거리는 그의 귀에 다시 육손의 음성이 들렸다.

"아소왕후는 경왕의 마음이 다시 소천궁으로 향할까 봐 두려워했습니다. 그래서 그 불안의 싹을 아예 잘라 버리자 생각했던 것이지요."

순간 유강의 칼이 목으로 들어왔다. 서늘한 칼끝에 무서울 정도의 살기가 느껴진다.

"내 어머니를 욕보이고 죽였던 놈, 핏덩이 같은 아우를 죽인 것이 바로 네놈이란 말이지? 분명 그 말이렷다!"

번들거리는 유강의 눈에 눈물이 고였다. 가슴이 막혀서 숨이 쉬어지지 않는다. 주원이 때문에 아소왕후의 주검을 외면했던 그 순간이 끔찍하도록 후회스럽다. 사지를 찢고 뼈를 발라 저자 바닥에 던지지 않은 것이 천추의 한이다. 그 살을 잘근잘근 씹어 날짐승의 먹이로 던져 주지 않은 것이 천추의 한.

"이얏!"

치켜 올라간 유강의 칼이 육손의 목을 향해 떨어졌다. 육손은 잽싸게 몸을 굴려 그 칼을 피했다.

"사, 살려주십시오! 왕후마마를 욕보인 것은 제가 아닙니다. 생각 없는 제 수하 놈이 저지른 일입니다!"

유강의 칼이 다시 그의 목을 겨누었다. 단칼에 죽일 생각은 없다. 우선 저 뻔뻔한 입부터 도려내 버려야겠다. 유강이 다시 칼을 치켜드는 순간 육손이 마지막 비명처럼 외쳤다.

"아기마마가 살아 있습니다!"

유강은 잠시 정신이 아찔했다. 이자가 하찮은 목숨을 연명하려고 심한 말장난을 하는구나 생각했다. 그러나 분노한 칼은 더 이상 움직여지지 않았다. 아기 진서가 살아 있다. 믿을 수 없지만 믿고 싶었다. 떨리던 입술이 힘겹게 떨어졌다.

"어디…… 있느냐?"

육손은 여전히 치켜든 유강의 칼을 살피며 조심스럽게 말했다.

"먼저 소인을 살려주신다 약조해 주십시오. 그럼 말씀드리겠습니다."

당장 그 목을 베어버리고 싶었다. 그 마음을 아는지 모르는지 부들부들 떨리는 칼자루를 보며 육손이 다시 말했다.

"여기서 입을 다무나 대연으로 끌려가나 소인은 어차피 죽을 목숨이 아니겠습니까?"

그러니 아기의 행방을 알고 싶으면 자신을 살려달라고 했다. 이자는 목숨을 건 도박을 하고 있다. 칼로써는 결코 그 대답을 받아내지 못하리라. 그래서 생각했다. 목숨은 잠시 보류해 두자. 우선 진서의 생사 여부를 확인하는 것이 먼저다. 유강은 떨리던 칼을 내리며 말했다.

"좋다. 너의 말이 사실이라면 살려주겠다. 단, 살아 있어야 한다."

"살아 있을 것입니다! 분명 살아 있을 것입니다!"

육손은 막 사지에서 풀려난 사람처럼 좋아서 어쩔 줄 모르고 넙죽 절을 올렸다. 유강은 그 행동을 저지하듯 육손의 머리칼을 움켜잡고 고개를 젖혔다.

"이제 말해라. 어디 있느냐?"

"비열흘에…… 우루수 노인께 맡겼습니다."

"비진족 최고어른 그 우루수 노인 말이냐?"

"예. 그분이라면 잘 키워주실 것 같아서…… 왕비마마께서 품고 계시던 비환臂環을 채워두었으니 단번에 기억할 것입니다."

유강은 육손의 머리칼을 뿌리치고 밖을 향해 소리쳤다.

"홍영아! 군사를 돌려라. 평원으로 되돌아간다!"

어떤 설명도 없이 평원으로 내쳐 달려온 유강은 다시 강변 쪽으로 군사를 몰았다. 머뭇거릴 시간이 없었다. 당장 비열흘로 달려가 우루수 노인을 만나야 했다. 강변은 비열흘로 가기 위해 몰려온 비진족 사람들로 북새통을 이루고 있었다. 이대로 강을 건넜다가는 비진족과 부딪힐 일이 불 보듯 뻔했다. 도저히 강을 건널 수 있는 상황이 아니었다.

갑자기 나타난 안도국 군을 보고 비진족들이 놀라 우왕좌왕했다. 그들을 통솔하던 병사 하나가 혼비백산하여 어디론가 달려갔다. 그리고 잠시 후, 다왁이 군사를 대동하고 나타났다.

말에서 내린 그는 유강에게 공손하게 절을 했다.

"전하의 하해와 같은 은혜로 저희 비진족은 비열흘을 되찾았습니다. 다시 한 번 머리 숙여 감사를 드립니다."

"그대는 어찌 이곳에 있는가?"

"비열흘로 돌아가려는 사람들을 통솔하려고 나왔습니다. 이곳이 완전히 정리될 때까지 우리 병사가 주둔할 수 있도록 허락해

주십시오."

유강은 가볍게 고개를 끄덕이고 다급히 물었다.

"우루수 노인은 나오지 않았나?"

"어르신은 비열흘에 계십니다."

"내가 그 어른을 좀 뵈어야겠는데 연락해 주겠는가?"

"무슨 일이신지……?"

다왁의 얼굴에 두려움이 깃든다. 왜 갑자기 우루수 노인을 만나려는지 유강의 저의를 파악할 수가 없다.

"꼭 알아볼 일이 있네. 내겐 아주 중요한 일이야."

다왁이 어떻게 대답해야 할지 몰라 잠시 망설이자 유강이 다시 말했다.

"내가 우리 병사를 몰고 들어갈까, 아니면 그 어른을 이곳으로 불러내겠는가?"

그것은 은근한 협박이었다.

무진은 벌판을 달리고 강을 건넜다. 며칠을 굶었는지 몇 날 밤을 새웠는지 모른다. 살림 보따리를 이고 지고 비열흘을 향해 가고 있는 비진족의 행렬도 눈에 들어오지 않았다. 그저 어딘가에서 떠돌고 있을 세아 생각에 가슴이 찢어질 것만 같았다.

마침내 강변의 비진족 군영에 도착한 무진은 유강의 행렬을 쫓기 시작했다. 그를 쫓으면 세아를 찾을 수 있을 것이란 생각 때문이었다.

안도국 왕 유강이라는 자, 세아에 대한 집착이 무서울 정도였던

것으로 기억된다. 세아를 압도하던 그 차가운 눈빛 속에 무섭도록
뜨거운 마음을 감추고 있던 자다.

채찍을 휘두르는 무진의 얼굴에 불안이 깃들었다.

마침내 무진은 유강의 흔적이 멈춘 어느 곳에 닿았다. 그곳은
사천 지방의 끝, 은밀한 기운이 감도는 외진 곳이었다. 곳곳에 보
이지 않는 눈들이 은밀하게 경계를 서고 있었기에 쉬이 접근할 수
없었다.

산자락을 타고 올라간 무진은 깎아지른 벼랑 위에서 아래에 펼
쳐진 집들을 살폈다. 그곳은 황성에 있던 백화궁만큼이나 화려한
전각들이 즐비한 하나의 궁이었다. 그러나 궁이라 보기엔 특이한
점이 있었다. 각 전각들마다 연못을 하나씩 품고 있었고 개중에는
마치 호수처럼 큰 연못도 있었다.

삼엄한 경계 탓에 더 이상 접근하지 못한 채 살피던 무진의 눈
에 무언가가 들어왔다. 수십 인의 호위에 둘러싸여 마당을 거닐고
있는 여인…… 세아다. 아주 먼 거리였지만 단번에 알아볼 수 있
었다.

우루수 노인을 기다리는 그 며칠이 유강에게는 평생과 같은 시
간이었다. 밤새 잠을 설치다 새벽녘이 되면 말을 몰아 강변으로
나갔다. 그리고 아직 보이지도 않는 비열흘 땅을 건너다보곤 했
다.

저곳 어딘가에 그 아이가 있다. 빨갛게 익은 얼굴로 어머니의
젖가슴을 파고들던 그 어린 아기. 살아 있다면 스물셋의 청년이

361

되어 있을 테지만 유강의 기억에는 영원히 핏덩이로만 남아 있는 아이다.

우루수 노인은 다왁의 다급한 전갈을 받고 곧장 길을 나섰다. 여전히 혼란스러운 상황인 비열홀을 떠나는 것이 내키지 않았지만 선택의 여지가 없었다. 안도국 군을 이곳으로 불러들인다는 것은 곧 이 땅을 그들에게 내어주는 것이나 마찬가지일 테니까.

이런 순간에 라우탄이 곁에 있었으면 얼마나 좋을까. 새삼 라우탄의 빈자리가 너무도 크게 느껴진다.

그렇게 느닷없이 떠나 버린 라우탄은 소식이 없다. 무한국 공주를 찾았는지…… 어쩌면 안도국 왕의 손에 잡혀 있을지도 모른다는 생각이 든다. 이미 왕의 비가 된 여인을 찾았으니 그 불같은 성미의 안도국 왕이 가만있을 리가 없다. 우루수 노인은 달리는 말에 채찍을 가했다.

강변의 비진족 군영에 도착해 상황을 채 살피기도 전에 유강이 들이닥쳤다. 평원성으로 불러들여도 될 것을 이렇게 찾아온 것은 그만큼 그의 마음이 급하다는 뜻이리라.

유강은 자리에 앉자마자 단도직입적으로 말했다.

"사람을 찾고 있소."

지난번에도 그는 이런 말로 비진족에 접근했었다. 그러나 찾던 사람은 이미 찾은 것이 아니던가?

"사람이라니, 어떤 사람을 말씀입니까?"

"스물두 해 전 육손이가 맡긴 어린 아기 말이오."

육손이란 이름에 우루수 노인은 움찔했다. 그자가 무한국 공주의 목숨을 노렸다는 사실을 유강이 알아버린지도 모른다고 생각했다. 금전을 위해서라면 무슨 짓이라도 저지르는 자, 그래서 비진족으로서는 언제나 피하고 싶은 이름이다.

"소인은 도무지 무슨 말씀이신지 모르겠습니다. 저는 한 번도 그자를 본 일이 없습니다."

"오래전 일이라 기억을 못하는 수도 있지 않겠소? 잘 생각해 보시오. 비진족의 모습을 한 아이였소. 그자는 분명 그대에게 맡겼다고 했소."

다급하고 진지한 유강의 모습에 우루수 노인은 생각을 더듬어 보았다. 그러나 여전히 육손이에 대한 기억은 없다.

"비진족의 피를 받고 태어나 버림받은 아이들이 어디 한둘이었겠습니까? 제게 맡겨진 아이만도 수십이 넘으니…… 하지만 육손이란 자가 아이를 맡긴 적은 없습니다. 소인은 한 번도 그자를 대면한 적이 없습니다."

다시 고개를 흔드는 우루수 노인을 보며 유강은 절망스런 얼굴로 주먹을 그러쥐었다.

육손이 이놈……!

그러쥔 주먹에서 피가 터질 듯 힘줄이 일어섰다. 감히 진서의 목숨을 가지고 장난을 치다니, 당장 달려가 그자의 목을 비틀어 버려야겠다. 유강이 탁자를 짚고 일어서려는 순간 우루수 노인의 옆에 앉아 있던 다왁이 조심스런 음성으로 말했다.

"저…… 어르신, 육손이 그자의 옛 이름이 바툴입니다. 비진족을 떠나면서 육손이라는 이름으로 바꿨지요."

"바툴?"

바툴…… 바툴……!

생각에 잠겨 있던 우루수 노인의 얼굴이 한순간 경직되었다. 자신의 기억이 맞는다면 바툴이 맡긴 아기는 단 한 명뿐이다.

"혹…… 팔에 귀한 비환臂環을 차고 있던 아기였습니까?"

육손이도 아기가 비환臂環을 차고 있었다고 했다. 어머니는 아수라장이 된 그 와중에 진서에게 당신의 비환臂環을 채웠던 모양이다.

유강의 고개가 천천히 끄덕여지는 것을 보면서 우루수 노인은 잠깐 숨이 멎었다.

라우탄이다!

그가 바툴이라는 이름과 라우탄을 이렇게 정확히 기억하는 것은 바로 그 비환 때문이었다. 비진족에게서는 좀처럼 볼 수 없던 귀한 물건이 버려진 아이의 팔목에 채워져 있어서 강렬하게 기억에 남아 있었다.

"기억나시오?"

다급한 유강의 물음에 그제야 정신이 든 우루수 노인이 고개를 끄덕였다.

"예, 기억합니다. 스물두 해 전, 바툴이라는 자가 제게 아기를 맡겼지요."

유강의 입술이 바르르 떨렸다. 흘러나오는 목소리도 떨린다.

"살아…… 있소? 그 아이…… 지금 어디 있소?"

우루수 노인은 잠깐 망설였다. 안도국 왕이 라우탄을 어떻게 알고 있으며 왜 찾아왔는지 그 이유를 알 수 없으니 쉬이 대답을 할수 없었다. 저렇게 다급하게 찾는 것으로 보아 몹시 소중한 아이인 모양이니 해코지를 하진 않겠지만…….

"그 아이가 누군지, 왜 찾으시는지 우선 그것부터 여쭈어도 되겠습니까?"

오랜 망설임 끝에 우루수 노인의 입에서 나온 말이다. 유강은 날카로운 눈으로 그를 살폈다. 그들은 비진족, 섣부르게 진실을 말했다가 어떤 식으로 이용당할지 모른다. 안도국 왕의 아우란 이유로 인질이 되고 협상의 제물이 될 수도 있다.

경계하는 듯한 유강의 눈을 보며 우루수 노인이 다시 말했다.

"그 아이의 안전이 보장되지 않는다면 저로서도 쉽게 알려 드릴 수 없는 일 아니겠습니까?"

우루수 노인은 진심으로 아이의 안전만을 걱정하는 듯 보였다.

"아는 이의 아우요. 어릴 적 불의의 사고로 아우를 잃었는데 알고 보니 육손이란 자에 의해 유괴되었던 모양이오."

유강의 그럴듯한 거짓말에 우루수 노인은 고개를 끄덕였다. 그리고 우루수 노인은 한동안 망설였다. 기억을 잃은 라우탄이라면 이렇게까지 망설이지 않았을 것이다. 그러나 라우탄은 이미 기억을 찾았고, 그 기억 속에 가장 생생히 남아 있던 무한국 공주를 찾아 떠났다. 이미 안도국 왕의 비이며 그가 무섭도록 집착하는 여인이기도 한 그 무한국 공주를 말이다. 이대로 입을 다물어 버릴까 생각하던 우루수 노인은 그러나 이내 마음을 바꾸었다. 아기를 잃은 가족의 마음을 생각한다면 절대로 입을 다물어서는 안 되는 일이다. 드디어 결심한 그는 천천히 눈을 떴다. 그리고 입을 열었다.

"전하께서도 이미 만난 적이 있고 잘 아는 사람입니다."

이미 만난 적이 있고, 잘 아는 사람?

"누구요, 그 사람이……?"

백발의 수염이 흔들리며 우루수 노인의 입술이 움직였다.

"라우탄입니다."

바스락.

낙엽이 흩어지는 소리에 세아는 귀를 쫑긋했다.

바람인가?

다시 바스락.

고개를 돌려보았지만 보이는 것은 검은 어둠과 호위들의 그림자뿐이다.

"방금 무슨 소릴 듣지 못했는가?"

"괭이인 모양이지요."

월령이 찻잔을 들며 무심히 대답했다.

유강이 떠나고 월령은 밤마다 이렇게 세아를 찾아와 말동무를 해주고 있었다. 이것 또한 유강의 명이다. 수십의 병사들로 화원을 둘러싸고 십여 인의 호위를 병풍처럼 둘러 세우고도 여전히 안심이 되지 않았던 모양이다.

"전하 얘기를 해주시게. 어찌 자라셨는지, 무얼 좋아하시는지 전부 다."

월령은 유강의 어린 시절을 떠올려 보았다. 그러나 그다지 추억할 것이 없다. 언제나 대화궁의 외진 곳에서 자신들과 함께 숨어 지냈던 기억뿐이다.

"미월과 저는 한시도 전하의 곁을 떠날 수 없었습니다. 왜냐하면……."

아소왕후와 그 일가들이 유강에게 행한 악행은 이루 다 말을 할 수가 없었다. 아무것도 모르는 어린아이에게 어찌 그리도 모질었는지…….

힘들었던 이야기를 들을 때면 세아의 눈시울이 붉어졌다. 그리고 간간이 웃음이 나는 이야기를 할 때면 함께 웃었다.

그렇게 있는 듯 없는 듯 숨어 지내면서 유강에게 그림을 그리고 나무를 깎고 노는 취미가 생겼었다.

"전하께서는 손재주가 아주 좋으십니다. 붓을 잡으시면 한 필치로 그려내고, 단도 하나로 못 만드시는 것이 없으십니다."

유강의 그림 솜씨가 뛰어나다는 것은 지난번 관포성에서 보내준 화첩을 보면서 알았다. 문득 연꽃 모양으로 깎아 보냈던 목각함과 그 함 속에 들어 있던 비환臂環이 떠올랐다. 세아는 제 팔목에 걸린 비환을 만져 보았다. 한동안 이것을 잊고 있었다. 무진이 자신의 마음에서 희미해진 만큼 비환의 의미도 희미해졌던 모양이다.

"이 비환 말일세. 한번 보겠는가?"

세아는 비환을 빼내어 월령에게 내밀었다. 처음 이곳에 왔을 때 월령이 놀라며 손목을 낚아챘던 일이 떠올라서다.

생각 없이 손을 내밀던 월령은 손바닥에 놓이는 비환을 보자 온몸이 경직되었다. 그녀는 그것을 다급히 눈앞으로 가져갔다. 그것은 나혜왕후가 차고 있던 비환과 똑같았다. 간혹 귀족 여인들 사이에 이런 모양의 비환이 떠돌기는 하지만 새겨진 무늬까지 이렇게 똑같은 것은 지금껏 보지 못했다.

"이것이…… 어디서 나신 건지 여쭈어도 되겠습니까?"

"왜 그러는가?"

"제가 알던 그것과 너무도…… 너무도 닮은 물건이라 그렇습니다."

"무한국에 있을 때 그 사람이 준 것이라네. 어머니의 유품이라며 이것이 나를 지켜줄 것이라고 했네. 실은 그 사람도 비진족 어머니를 가졌었지."

세아는 씁쓸한 눈으로 비환을 내려다보았다. 마음에서 무진의 흔적이 지워지듯 몸에서도 이렇게 떨어져 나간다.

여전히 믿을 수 없다는 눈으로 살피던 월령이 비환을 움켜쥐며 물었다.

"이 비환, 제가 며칠 살펴보다가 드려도 되겠습니까?"

월령의 태도가 너무도 진지하여 의아하다. 도대체 저 비환에 무슨 사연이 있기에 저토록 놀란 얼굴을 하는지?

"그러시게. 내겐 이제 필요 없는 물건이니 오래오래 두고 보아도 괜찮네."

그때 무언가 화드득 튀어 오르는 소리가 들리더니 자지러지는 고양이 울음소리가 정원 가득 울려 퍼졌다. 호위들의 부산한 움직임도 보였다.

"무슨 일인가?"

월령의 물음에 호위 하나가 빈들빈들 웃으며 대답했다.

"별일 아닙니다. 괭이들이 짝짓기를 하다가 저희들끼리 싸움이 붙은 모양입니다."

월령은 호위에게 엄한 눈길을 보내고 열려 있던 문을 닫았다.

무진이 아닌 다른 사내의 이야기를 들으며 세아가 울었다.

무진이 아닌 다른 사내의 이야기를 들으며 세아가 웃었다.

궁을 떠나면서도 유일하게 챙겨 나올 만큼 소중히 여기던 비환을 남의 손에 건네며 이젠 필요 없는 물건이라고 했다.

더 이상 필요 없는 물건.

더 이상 마음에 없는 사람.

세아에게 무진은 그런 존재가 된 모양이다.

고양이들의 소란을 틈타 정원을 빠져나오며 무진은 흐르는 눈물을 주체할 수 없었다.

세아를 위해 한쪽 눈을 잃었고, 세아를 구하려 목숨까지 버렸던 사내, 무진.

손목에 귀한 비환을 차고 있던 그 아이, 라우탄.

태어난 지 백일 만에 잿더미 속에 파묻혔던 가엾은 내 아우 진서.

우루수 노인은 진서를 라우탄이라 불렀고, 홍영은 라우탄이 무진이라고 했다.

그들은 하나다.

유강은 떨리는 입술을 깨물었다. 그들 앞에서 그가 잃어버린 내 아우라는 말을 하지 못했다.

유강의 눈에 눈물이 고였다.

우루수 노인은 라우탄을 데리고 오라는 유강의 명을 단호히 거절했다.

"라우탄은 비진족입니다. 그 아이 출신이 어디든 그 사실은 절대 변하지 않을 것입니다."

비진족에게 라우탄은 절대적으로 필요한 사람이다. 쉽게 내어주지 않을 것이다.

유강은 홍영에게 무예가 가장 뛰어난 십여 명의 호위를 딸려 비열흘로 잠입시켰다.

"가서 라우탄을 데려오너라."

"칼솜씨가 대단한 자라 쉽게 잡아오긴 힘들 텐데요?"

"잡아오라는 것이 아니라 데려오라는 말이다! 털끝 하나 다치지 않게 조심히 데려와."

"하지만……."

그자가 쉽게 따라나설까 싶잖다. 그리고 비진족들이 가만있지 않을 텐데.

의아해하는 홍영을 바라보다가 유강이 다시 말을 덧붙였다.

"비환의 주인이 보냈다고 하면 따라나설 것이다. 저들의 눈에 띄지 않게 각별히 조심해야 할 것이다."

그렇게 홍영이 떠난 지 이틀이 지났다. 세아와 라우탄, 그리고 자신까지. 얽힐 대로 얽혀 버린 세 사람의 관계를 어떻게 풀어야 할지는 생각하지 못했다. 그저 라우탄을…… 진서를 빨리 비열흘에서 데려와야 한다는 생각밖에 없었다.

라우탄이 오면 세아는 어떻게 해야 할까? 그녀를 다시 볼 수 있을까? 여전히 사랑한다 속삭이며 서로를 마주 볼 수 있을까?

점점 커져 가는 초조와 불안은 유강을 견딜 수 없게 했다. 유강은 무작정 말을 타고 달렸다. 무엇으로든 이 불안을 떨쳐 내고 싶었다. 그러나 그 무엇도 그에게 유리한 상황이 아니었다. 어쩌면 홍영이 무진이란 자에 대해 잘못 알아온 것일지도 모른다는 한 가닥 희망만이 유강을 위로해 주었다.

유강이 말을 달려 도착한 곳은 화원이다.

무엇을 확인하고 싶어 이곳으로 온 것일까?

그러나 채 답을 생각하기도 전에 세아가 먼저 달려와 그의 목을 안았다. 유강은 그녀의 허리를 꺾을 듯 감싸 안았다.

"대연으로 가신 것이 아니었습니까?"

감쌌던 목을 풀고 올려다보는 그녀의 얼굴이 흥분으로 상기되었다.

"급히 처리해야 할 일이 있어 평원에 머물고 있소."

"이제쯤 대연에 도착하셨으리라 생각했습니다. 그래서 오랫동안 못 뵙겠구나, 그리 생각했습니다."

생각지도 않은 선물을 받은 듯 세아는 행복해했다. 그 모습이 유강의 마음을 더욱 무겁게 했다.

"미안하오."

"무엇이 말입니까?"

"모두 다. 그대를 여기 혼자 둔 것도, 기다리게 하는 것도. 내가 너무 과한 욕심을 부린 건 아닌가 하는 생각도 들고…….."

"어찌…… 그러십니까?"

그제야 세아는 유강의 얼굴이 유난히 어둡다는 것을 알아차렸다. 대연에서 부딪혀야 할 일들이 벌써부터 마음을 무겁게 하는 건지도 모른다. 아니면 그녀를 혼자 두고 가는 마음이 불안한 건지도 모른다. 세아는 안타까운 마음으로 그의 얼굴에 손을 가져갔다.

"제 걱정은 마십시오. 전 지금 제 생에서 가장 행복한 시간들을 보내고 있는걸요."

"언제가 될지 모를 그날을 기다리며 지내는 이 시간이 행복하단 말이오?"

"무한국에서는 언제나 마음이 무거웠어요. 아바마마와 오라버니 사이에서 저는 어떻게 해야 할지 알 수 없었어요. 그래서 아바마마 앞에서는 제가 오라버니처럼 해야 했고, 오라버니 앞에서는 아바마마의 마음이 되어야 했어요. 그리고 경성단에서는…….."

해처럼 따라다니는 무진의 눈이 너무 아파서 또 그녀는 연약한 세아가 되어서는 안 되었다.

"지금은 당신만 바라보면 되는걸요. 당신만 생각하고, 당신만 사랑할 수 있는 이 시간들이 제게 얼마나 소중한지 모를 거예요."

유강은 볼에 닿은 그 손을 꼭 잡았다. 언제나 이렇게 자신만 바라보며 살 수 있도록 지켜주고 싶었다. 그럴 수 있을 것 같다. 라우탄과 무진은 분명 다른 사람일 것이란 생각이 든다. 운명의 신이 아무리 고약하고 모질어도 진서와 자신에게, 그리고 세아에게 그런 험한 운명은 지워주지 않으리라 믿었다. 유강은 세아의 얼굴을 당겨 깊이깊이 입 맞추었다.

세아의 처소를 나와 막 말에 오르려는데 월령이 앞을 막았다.

"잠깐 보아주셔야 할 물건이 있습니다."

"물건들이야 자네가 판별하고 처리하면 될 것이 아닌가."

"전하께서 꼭 보셔야 할 물건입니다."

월령이 사들인 물건 중에 자신이 꼭 보아야 할 것이 무엇인가 궁금하다. 월령은 화원의 가장 깊숙한 전각으로 유강을 이끌었다. 따르던 호위들은 물론 차를 나르던 종자까지 물리치고 나서야 그녀는 서랍 안에서 보자기에 고이 싸인 무언가를 꺼내어 탁자 위에 놓았다.

"이게 무언가?"

"풀어보십시오."

유강은 무심한 손길로 보자기를 풀었다. 그리고 눈앞에 드러난 물건을 의아하게 바라보았다. 몹시도 눈에 익은 물건이다. 처음 보았을 때부터 이상하게 마음이 끌리던 모양, 그래서 세아에게 청혼의 선물로 보내기도 했던 바로 그 비환臂環이나.

"이걸 왜 내게 보여주는 것인가?"

"기억나지 않으십니까?"

그 소리에 유강은 비환을 집어 이리저리 살펴보았다. 딱히 어디서 보았는지 기억나지 않지만 어릴 적부터 그의 머릿속에 있는 비환은 언제나 이런 모양이었다.

"글쎄? 몹시도 눈에 익은 모양이긴 한데 뚜렷한 기억은 없네. 비환이라는 것이 대체적으로 이렇게 생기지 않았던가?"

"예, 이런 모양은 많지요. 하지만 거기 새겨진 문양을 보십시오. 그런 문양은 흔치 않습니다. 제가 알기로는 세상에 단 하나밖에 없습니다."

유강의 눈이 다시 비환으로 향했다. 문양은 한눈에 보기에도 몹시 정성들여 새긴 듯 아주 독특한 모양을 하고 있었다. 그리고 양쪽 끝자락을 따라 반짝이는 보석이 박혀 아주 귀한 물건처럼 보인다.

귀한 비환을 차고 있던 아기!

유강의 눈이 파르르 떨렸다. 두려움이 엄습한 그의 귀에 월령의 음성이 들렸다.

"그 문양은 경왕 전하께서 직접 그리시고 장인을 불러들여 깎으신 것입니다. 그리고 왕후마마께 드렸지요."

어머니 손목에 늘 걸려 있던 비환, 자신도 그 품에 안겨 자주 만지작거리며 놀았던 비환, 그래서 그 모양이 눈에 익었던 모양이다. 유강은 떨려오는 입술을 깨물었다. 너무 떨려 말이 잘 나오지 않는다.

"이것이…… 왜 자네에게 있는가?"

"소인도 어찌 된 영문인지 도무지 모르겠습니다. 그때 분명 잿더미 속에 파묻힌 것으로 아는데 어째서……."

월령은 잠시 말을 멈추고 유강을 살피다가 다시 말을 이었다.

"공주마마께서 가지고 계셨습니다. 무한국에 계실 때 그……."

"같은 비환은 얼마든지 만들 수 있어! 문양이 같다고 하여 반드시 그 물건이란 걸 어찌 증명하는가!"

유강은 거친 음성으로 월령의 말을 막았다. 더 이상 듣고 싶지 않다. 그는 비환을 움켜쥐고 그곳을 나왔다. 월령이 다급한 걸음으로 따라 나왔다.

"그 사람도 비진족 어머니를 가졌다고 했습니다. 찾아야 합니다, 전하! 어쩌면 아기마마가, 진서 왕자님이……!"

순간, 돌아선 유강이 월령의 멱살을 움켜쥐었다. 그리고 잡아먹을 듯한 눈으로 얼굴을 맞대었다.

"그 입 다물어라. 또다시 꺼내었다가는 멱을 따고 눈을 파버릴 줄 알아라."

앙다문 유강의 입술이 그렇게 으르렁거렸다.

15

강변 비진족 마을은 여전히 어수선하다. 모두들 이주 준비를 하느라 바쁘게 움직이는데 단 하나의 천막만이 여전히 거둬지지 않은 채 조용했다. 물동이를 인 한 처녀가 바쁘게 그 천막 안으로 들어갔다. 물동이를 힘겹게 내린 그녀는 재빠르게 침상으로 다가갔다. 침상 위에 한 사내가 누워 있다. 정신을 잃은 건지 잠이 든 건지 사내는 미동도 없다. 안타깝게 내려다보던 그녀는 수건을 물에 적셔 사내의 마른 입술을 축여주었다.

"어서 일어나, 라우탄. 언제까지 이렇게 잠만 잘 거야?"

불덩이 같은 이마를 만지던 그녀의 눈에 기어이 눈물이 고였다.

그날, 레이는 이른 새벽부터 일어나 짐을 꾸리고 있었다. 기르던 가축들은 일꾼들이 이미 몰고 갔고, 이제 짐만 꾸려 떠나면 된다. 드디어 비열흘로 돌아간다. 라우탄을 다시 만날 생각을 하자 가슴이 설렌다.

돌아가면 할아버지께 떼를 써 얼른 혼인부터 해야지. 그리고 얼른 아이를 낳아 라우탄에게 가족을 만들어주는 거야. 외로워하지 않게. 라우탄을 닮은 사내아이를 다섯쯤 낳고 날 닮은 계집아이도 둘쯤 낳을까?

즐거운 상상을 하며 키득, 웃고 있는데 천막이 울컥 흔들렸다. 그리고 다시 한 번 울컥 흔들리더니 천막을 걷고 들어서는 사람은 놀랍게도 라우탄이었다.

"라우탄!"

놀라 달려가니 라우탄이 쓰러지듯 그녀의 가슴에 안겼다.

"레이……."

희미한 웃음을 흘리며 라우탄은 그대로 정신을 잃었다. 그리고 이틀째 그는 정신을 잃은 듯 열병을 앓고 있었다. 이렇게 내쳐 자다가 열이 들끓어오를 때는 끙끙 앓으며 헛소리를 한다.

세아.

그가 앓는 내내 부르는 이름이다.

잃어버린 기억 속에 살고 있던 그 여인일까? 기억이…… 돌아온 것은 아니겠지?

물수건으로 라우탄의 이마를 식혀주던 레이의 얼굴에 불안이 가득하다.

비열흘에 있어야 할 라우탄이 왜 이곳에 나타났는지 궁금했다. 아침 일찍 병영을 찾아 꼭 뵈었으면 한다는 전갈을 넣었지만 우루수 노인에게서는 연락이 없었다.

우루수 노인은 늦은 밤이 되어서야 짬을 내어 마을을 찾았다. 모두들 이주 준비를 하느라 천막을 걷고 있었지만 레이의 천막만은 여전히 말짱했다. 큰살림을 혼자서 정리하느라 많이 늦어진 모양이었다. 그 많은 가축들을 돌보고 일꾼을 부리는 일을 혼자 도맡아 하고 있는 레이에게 미안했다.

"잘 있었느냐, 레이야?"

천막을 걷고 불쑥 들어서던 우루수 노인은 침상에 누운 사내를 발견하고 놀라 다가갔다.

"무슨 일이냐? 이게!"

"할아버지……."

레이는 눈물이 그렁한 얼굴로 돌아보았다. 우루수 노인은 침상에 누운 사내가 라우탄이라는 것을 알아보고 다시 한 번 놀랐다.

"어찌 된 것이냐?"

"모르겠어요. 어제 새벽에 갑자기 찾아왔는데 저를 보자마자 정신을 잃었어요. 그리고 이렇게 내내 잠만 자요. 라우탄이 눈을 뜨지 않아요. 흑……."

레이는 참았던 눈물을 터트렸다. 사실은 라우탄이 어떻게 될까 내내 두려웠었다.

"의원에게는 보였느냐?"

"모두들 떠나고 없는걸요. 락탄 아줌마도 수에르 아저씨도 없어요."

우루수 노인은 침상으로 다가가 라우탄의 손을 잡아보았다. 뜨겁다. 머리도 불덩이처럼 들끓는다. 어디를 헤매다 왔는지 눈자위도 퀭하고 볼도 움푹 파였다. 몇 날 며칠을 굶은 것이 분명하다.

"평원성에 사람을 보내 의원을 불러야겠다. 그자들이 와줄지 모르겠지만……. 어쨌든 레이, 잠시도 라우탄 곁을 비우지 마라. 내가 자주 들르마."

천막을 나오며 우루수 노인은 안도국 왕 유강에게 알려야 할까 생각했지만 이내 고개를 흔들었다. 라우탄과 무한국 공주와의 관계를 안다면 그의 마음이 어떻게 바뀔지 모르는 일이다. 안도국 왕을 만나는 일은 라우탄이 깨어나면 의논해 보아야겠다고 생각했다. 자신은 비진족의 수장으로서 라우탄을 보호하는 것이 우선이었다.

평원성에 갔던 청년이 의원 대신 약첩만 들고 왔다. 약을 달여 먹인 지 이틀 만에 열이 조금씩 떨어졌다. 그리고 사흘째 되는 날 새벽, 침상에 엎드려 잠이 들었던 레이는 인기척을 느끼고 눈을 떴다. 누군가 머리를 쓰다듬고 있었다. 화들짝 놀라 고개를 드니 라우탄이 눈을 뜨고 있었다.

"라우탄!"

라우탄이 희미하게 웃었다.

"정신이 들어? 내가 누군지 알아보겠어?"

그가 천천히 고개를 끄덕였다. 그의 눈은 병을 앓은 사람 같지 않게 어느 때보다 맑았다.

"정말 다행이다. 난 또…… 죽는 줄 알았잖아. 무서워서 혼났네."

레이는 안도의 눈물을 훔쳐 내었다.

"근데 어떻게 된 일이야? 비열흘에 있어야 할 사람이 여긴 어떻게 왔어? 그리고 얼굴은 또 왜 이렇게 말라가지고…… 도대체 얼마를 굶은 거야?"

라우탄은 쏟아지는 질문에 멍하니 앉아 있었다. 이마를 만져 보고 열이 없음을 확인한 레이가 다시 물었다.

"비열흘에서 무슨 일 있었어?"

"아니."

"근데 여긴 어떻게 온 거야?"

"모르겠어."

"정말? 아무 기억도 안 나?"

"응."

라우탄은 정말 아무것도 떠오르지 않는 사람처럼 평온한 얼굴이었다.

우루수 노인이 다시 들여다보았을 때 라우탄은 침상에서 일어나 앉아 미음을 먹고 있었다.

"괜찮은 것이냐, 라우탄?"

"심려 끼쳐 드려 죄송합니다, 어르신."

"다행이다."

"이주는 어찌 되었습니까? 가축들을 모두 이동시키려면 시일이 많이 걸릴 텐데요?"

라우탄이 이상했다. 과거의 기억을 되찾은 후 비진족의 일은 자신과 상관없는 일이라며 비열흘을 떠났던 그때와는 다른 사람처럼 느껴진다.

"라우탄."

"비열흘은 어찌 되었습니까? 무한국 군이 언제 다시 치고 들어올지 모르는데 이곳에 계셔도 괜찮은 겁니까?"

"너…… 정말 괜찮은 것이냐?"

"괜찮습니다. 기력을 회복하는 대로 비열흘로 가겠습니다."

돌아왔던 기억이 다시 사라진 건지, 아니면 열병을 앓으며 지워져 버린 건지 모르겠지만 라우탄은 분명 그날의 기억을 못하는 것 같다.

월령이 보여준 비환을 움켜쥐고 평원으로 돌아온 유강은 여전히 혼란스런 마음을 가누지 못하고 있었다. 진서를 찾는 것도, 라우탄을 만나는 것도 문득 두려워진다. 이대로 아무것도 모른 척 영원히 묻어버리고 살아버릴까, 하는 유혹이 날마다 그를 괴롭혔다. 그러나 가엾은 어머니 나혜왕후를 생각하면 그럴 수 없었다. 아무것도 모른 채 척박한 땅에서 비진족으로 험난한 삶을 살아갈 진서를 생각하면 그럴 수 없었다.

진실을 묻어버리는 고통보다 더 큰 고통은 없을 것이다. 유강은 진서도, 라우탄도 그리고 무진도, 모두가 자신이 끌어안아야 할 이름들이라고 생각했다. 그것을 끌어안으면서 겪게 될 고통이 아무리 클지라도 피할 수는 없다.

호위군들을 끌고 갔던 홍영이 빈손으로 돌아왔다.

"비열흘 어디에도 라우탄은 없었습니다."

"그자들이 먼저 손을 쓴 것이냐?"

"모르겠습니다, 그것은."

유강은 호위를 대동하고 비진족 군영으로 향했다. 기어이 욕심을 부려 라우탄을 내어놓지 않는다면 무력을 동원해서라도 찾겠다는 뜻을 전하기 위해서였다. 평원성을 나와 강변으로 향하는 길에서도 비진족의 행렬은 이어지고 있었다. 성에서 나온 몇몇 비진족들은 비열흘로 가지 않겠다고 뻗댔지만 안도국 병사들에 의해 결국 강변 마을로 밀려났다. 비열흘을 갖게 해주겠다는 유강의 말속에는 비진족을 안도국 땅에서 완전히 몰아내겠다는 의미도 들어 있었다.

유강은 우루수 노인을 보자마자 단도직입적으로 물었다.

"라우탄에겐 연락을 보내셨소?"

"워낙 할 일이 태산 같은지라 미처 사람을 보내지 못했습니다. 조금만 더 기다려 주십시오."

유강은 탁자를 거칠게 내려쳤다. 이 능구렁이 같은 늙은이가 자신을 속이고 있는 것이 분명하다고 생각했다.

"기어이 내가 손수 군대를 몰고 비열흘로 가야겠소!"

옆에 있던 다왁의 얼굴이 하얗게 질렸다.

"그것이 싫다면 당장 라우탄을 데려오시오."

막무가내 같은 유강의 모습에 잠시 생각에 잠겨 있던 우루수 노인은 곁에 있던 모든 이들을 물리고 유강과 마주 앉았다. 유강이 이토록 간절하게 찾는 것을 보면 보통의 관계는 아닌 것 같다. 비진족인 아이가 왕족이나 귀족의 일원일 리도 없고, 혹시 왕의 아우일까? 그러나 나혜왕후에게는 유강 외에 다른 자식이 없었던 것으로 안다.

"아우를 찾으신다는 그분, 라우탄을 위해 무얼 해주실 수 있습니까?"

유강은 우루수 노인이 묻는 말의 저의를 가늠했다.

"혹, 대가를 원하시오?"

그 소리에 우루수 노인은 말없이 웃었다.

"라우탄은 아주 훌륭한 청년이지요. 우리 비진족에게는 물론, 제게도 꼭 필요한 사람입니다. 허나 제 욕심을 채우고자 그 아이의 앞길을 막을 생각은 없습니다. 그동안 수많은 아이들이 비진족이라는 이유로 버려졌다는 걸 아실 것입니다. 간혹, 피붙이라며 아이들을 찾아온 사람들이 있었지만 제가 거두어 키운 아이 중 그 누구도 피붙이에게 돌아간 아이는 없었습니다. 왠지 아십니까?"

그렇게 척박한 땅에서 힘겹게 살면서도 왜 피붙이를 따라나서지 않았던 것일까?

"이곳에서는 제대로 사람 대접을 받으니까요. 맡은바 자리에서 제 몫을 충분히 하며 살 수 있는 곳이니까요. 그리고 또 한 가지, 그 아이들은 스스로 비진족임을 자랑스러워합니다. 비진족 속에서 진심으로 행복하게 살고 있습니다. 찾으신다는 그분께서는 라우탄에게 그런 행복을 주실 수 있습니까?"

유강은 말문이 막혔다. 라우탄을 데려간다면 자신은 과연 행복하게 해줄 수 있을까? 세아를 두고는 결코 행복할 수 없을 것이다.

그녀를 영원히 외면하고 살 수 있다면 또 모를까?

"그 녀석, 이미 얼굴을 보셨으니 짐작하실 것입니다. 사라져 버린 한쪽 눈과 그 흉터들이 생기기까지 얼마나 험한 삶을 살았을지 말입니다. 무한국에서 자신이 누군지도 잊어버릴 만큼 기억하고 싶지 않은 삶을 살다 다시 제 품으로 돌아온 녀석입니다. 두 번 다시 그 녀석 삶이 고단해지는 것을 원치 않습니다. 고통스런 기억을 다시 꺼내지 않게…… 그냥 눈감아주시면 안 되겠습니까?"

우루수 노인은 진심으로 부탁했다. 유강은 붉어진 눈을 감추려 고개를 젖혔다. 어머니 품을 고물고물 파고들던 그 핏덩이가 이리저리 떠돌며 겪었을 고통을 생각하니 가슴이 터질 것 같았다. 그는 겨우 감정을 추스르고 입을 열었다.

"아우를 잃은 그 형님의 아픔은…… 생각해 보지 않으셨소?"

"그 심정 충분히 압니다. 그러니 제가 처음부터 바른대로 말했겠지요."

그래, 노인은 처음부터 비환을 차고 있던 아이의 존재를 부정하지 않았다. 그 아이가 라우탄이라는 말을 할 때도 크게 망설이지 않았었다. 얼마든지 숨길 수 있었을 텐데 말이다.

"비진족을 떠나고 떠나지 않고는 라우탄이 직접 결정할 것입니다. 그 아이의 의사를 무시한 채 강제적으로 데려가는 것은 절대 안 됩니다. 그것을 약조하시면 라우탄을 만나게 해드리겠습니다."

유강은 어떤 대답도 하지 못한 채 그곳을 나왔다. 그리고 이틀 후 유강은 다시 우루수 노인을 찾았다. 그리고 약조를 하겠다고 했다. 라우탄을 만나면 마음이 어떻게 변할지 장담할 수 없었지만 지금은 그의 말이 옳다고 여겨졌다. 그리고 무엇보다 라우탄을, 아우 진서를 당장 만나고픈 마음이 앞섰다.

"라우탄은 아직 아무것도 모르고 있습니다. 전하께서 직접 말씀하십시오."

그리고 손가락으로 강변 마을을 가리켰다.

"저곳으로 가시면 만날 수 있을 것입니다."

멀리서 안도국 군이 말을 타고 달려오는 것이 보였다. 짐을 꾸리던 사람들의 얼굴에 두려움이 일었다. 이주를 시작하면서부터 저렇게 성에서 나온 병사들이 얼토당토않은 꼬투리를 잡아 금전을 빼앗아가는 일이 잦았다. 그러나 이곳은 비진족들이 억울하게 금전을 빼앗기고도 한마디 항변조차 할 수 없는 안도국 땅이었다. 거친 말발굽 소리에 사람들이 웅성거렸고 가축들이 우왕좌왕 흩어졌다. 라우탄은 병사들을 이끌고 사람들 앞을 막아섰다.

급하게 달려오던 말이 멈추고 말에서 내린 그들이 다가왔다. 칼을 뽑으려던 라우탄의 손이 멈칫했다. 십여 명의 호위와 함께 나타난 사람은 놀랍게도 안도국 왕 유강이었다.

말에서 내린 유강은 수많은 비진족 앞에서 당당하게 서 있는 한 사내를 발견했다. 라우탄이다. 그러나 그의 모습 어디에서도 아기 진서의 모습은 찾아볼 수 없었다. 그는 그저 비진족 청년부대를 이끌던 외눈박이 라우탄일 뿐이었다.

유강이 쉽게 걸음을 내딛지 못하고 있는 사이 라우탄이 먼저 다가왔다. 가까이 다가온 그는 유강에게 가벼운 목례를 했다.

"이곳에는 어쩐 일이십니까?"

묻는 그의 얼굴에 경계심이 가득하다.

그래, 이런 녀석이었지. 언제나 경계의 눈으로 상대를 가늠하여 결코 쉽게 다룰 수 없었던 녀석.

유강은 라우탄의 얼굴을 살폈다. 한쪽 눈을 가린 검은 안대와 얼굴의 흉터가 유난히 선명하게 눈에 들어온다. 경왕을 닮아 차고 냉엄해 보이는 자신에 비해 이 녀석은 아름답고 따뜻했던 어머니 나혜왕후 쪽을 더 닮은 것 같다.

"어르신은 군영에 계십니다."

그 소리에 유강은 얼른 라우탄의 얼굴에서 눈을 뗐다.

"오늘은 자넬 보러 왔네."

"저를요?"

"평원성으로 잠시 가겠는가?"

라우탄의 얼굴이 다시 경계의 빛을 띠었다. 라우탄의 대답이 들리지 않자 유강은 좀 더 단호한 음성으로 말했다.

"꼭 들어야 할 이야기가 있네. 자네 출생에 관한 이야기야."

이 정도 얘기면 라우탄이 순순히 따라나설 것이라 생각했다. 그러나 라우탄은 단번에 고개를 저었다.

"그런 이야기라면 듣고 싶지 않습니다."

"어째서…… 자네 운명이 변할 수도 있는 이야기네!"

유강의 다급한 외침에도 라우탄의 표정은 변함이 없었다.

"제 출생이 어떠냐가 제 운명을 좌우하는 것은 아니라고 생각합니다. 출신 따위, 제겐 그다지 중요한 문제가 아닙니다. 중요한 것은 제가 지금 어디에 있느냐 하는 것입니다."

"라우탄!"

유강은 자신도 모르게 라우탄의 팔을 움켜잡았다.

너는 안도국의 왕자이며 나의 아우다. 더 이상 비진족의 틈에 끼어 힘겨운 삶을 살지 않아도 된다. 평생 부귀영화를 누리며 살게 해주겠다. 그 누구도 너를 건드리지 못하도록 지켜주겠다. 원하는 것이라면 무엇이든 가질 수 있게 해주마. 무엇이든……!

그러나 유강은 그 어떤 말도 입 밖으로 꺼내지 못했다. 또 다른 고백이 그의 말문을 막았던 것이다.

네가 사랑하던 여인을 내가 품었다고 고백할 수 없었다. 원하는 건 무엇이든 다 가지게 해주겠지만 그 여인만은 안 된다는 고백도 할 수 없었다.

일그러진 유강의 얼굴에 비해 라우탄의 얼굴은 평온했다.

"전 비진족이 좋습니다. 비록 지금은 버려진 땅 하나에 기대어 겨우 일어선 볼품없는 나라지만 언젠가는 어디에도 지지 않는 강대한 힘을 가질 거라는 희망이 있습니다. 제 힘이 보태이진다면 그 시기가 더 빠를 수도 있겠지요. 제게 그런 힘이 있다고 믿습니다. 그래서 전…… 지금의 제가 참 좋습니다."

라우탄은 팔목을 움켜쥔 유강의 손을 천천히 떼어내었다. 그것은 지금의 제 모습을 건드리지 말아달라는 간절한 부탁처럼 느껴졌다.

"그럼 소인은 이만."

라우탄이 목례를 하고 돌아섰지만 유강은 잡지 못했다. 뒤편에 선 사람들 틈에서 누군가 달려나오는 것이 보였다. 아름다운 얼굴과 몸매를 가진 여자다. 검푸른 눈이 라우탄을 걱정스럽게 살피자 라우탄의 손이 여자의 볼을 쓰다듬었다. 잠시 후, 라우탄이 깍지를 끼고 여자의 앞에 꿇어앉았다. 행복한 미소를 짓던 여자가 그 손을 밟고 말에 올랐다. 잠시 뒤를 돌아보던 라우탄도 말에 올랐다. 그가 출발 신호를 보내자 행렬이 서서히 움직이기 시작했다. 강 건너 보이는 땅은 척박해 보였지만 그곳을 향해 가는 그들의 발걸음은 희망차 보였다.

유강은 멀어지는 라우탄을 향해 소리쳤다.

"라우탄!"

그러나 그는 돌아보지 않았다. 그 어떤 소리도 듣지 않겠다는 듯 완고하고 꿋꿋한 모습으로 말을 달렸다.

어디선가 세아의 음성이 들리는 것 같다.

"제 곁에 있을 때보다 훨씬 당당하고 빛이 났어요. 그래서 절 드러낼 수 없었어요. 다시 그 빛이 사라질까 봐……."

유강의 눈에 눈물이 고였다.

말 위에 앉은 라우탄의 당당한 모습을 보며 레이는 행복한 미소를 지었다.

"아까 그분과는 무슨 얘길 나눈 거야?"

"별 얘기 안 했어."

"난 좀 걱정했어."

"뭘?"

"그냥…… 불안했어."

열병을 앓으며 찾던 그 여인이 라우탄을 찾는 건 아닐까? 그래서 혹시나 기억을 떠올리고 떠나 버리지는 않을까?

라우탄은 멀리 비열흘을 바라보며 말했다.

"어떤 분이 있어. 과거의 그분은 아주 빛이 나는 분이었는데 지금 그분에게서는 빛 대신 평온이 찾아온 것 같았어. 아주 낯설고 생소한 모습이었는데…… 그분은 그 생소한 지금의 모습이 자신의 생애 중 가장 행복한 순간이라고 말했어. 과거는 진정한 자신의 삶이 아니었다고, 주어진 책임이 아주 무겁고 힘들었지만 그렇게 살 수밖에 없었다고 했어."

레이는 라우탄이 과거의 기억을 떠올린 건지 아니면 누군가에게 들은 이야기를 하는 건지 분간할 수 없었다.

"그래서 가만히 생각해 보니 나도 그랬던 것 같아. 진정한 나는 없었고, 길들여진 나만 존재했던 것 같은 느낌이라고나 힐까? 히지만 지금은 아냐. 내 의지로 꿈을 만들고 희망을 찾아가는 거야. 그래서 지금이 내 생애에서 가장 행복한 순간인 것 같아. 레이 네가 있어서 더 그래."

레이의 얼굴이 빨갛게 달아올랐다.

"어떤 분이야, 그분?"

"있어, 그런 사람."

스스로 파묻어 버린 기억 저편에 있는 어떤 사람⋯⋯.

16

3년 후.

긴 장마가 끝나고 연일 무섭도록 따가운 볕이 내리쬔다. 그 볕을 고스란히 받으며 유강은 연지의 다리 위를 걷고 있었다. 주위에는 아무도 없었다. 왕이 소천궁에 행차할 때면 언제나 그랬다. 한 걸음을 걸어도 수많은 호위들과 시비들이 함께 움직여야 하는 것이 왕의 걸음이었지만 연지의 다리 위로 발을 내딛는 순간, 왕은 그 누구도 따르지 못하게 했다. 호위들은 어쩔 수 없이 연지를 둘러싸고 왕의 신변을 보호했다.

지난 3년, 여러 번 목숨의 위협이 있었고, 그때마다 호위들은 목숨을 바쳐 왕을 지켰다. 그동안 아소왕후의 잔존 세력들이 숙청되었고, 귀족의 힘이 약화되었다. 살인교사의 죄를 물어 왕후의 자리에서 폐출당한 효진이 죽었고, 적저군이 참수당했다. 그 일은 정말이지 하고 싶지 않았다.

짙푸른 연잎 위에 따가운 햇살이 하얗게 부서져 내렸다. 유강은 시린 눈을 찌푸리며 연지를 살폈다. 옛 소천궁이 있던 자리가 정자 너머 저 어디쯤 될 것이다. 그는 눈대중으로 그곳을 응시했다. 그리고 소맷자락에서 무언가를 꺼내었다. 3년 전 월령으로부터 건네받은 어머니의 비환이다.

어마마마, 이제 그만 소자를 용서하십시오.

유강은 비환을 아프게 그러쥐었다. 그리고 연지를 향해 힘껏 던졌다. 햇살을 가르고 날아간 비환은 그가 눈대중으로 가늠하던 그 어디쯤에서 연지 속으로 풍덩 떨어졌다. 그렇게 유강은 가슴에 쇳덩이처럼 걸려 있던 진서를 어머니 곁으로 보냈다.

유강은 연지에 피어오른 수많은 꽃들 중 유난히 붉은 빛을 띠는 꽃 한 송이를 찾아내었다.

홍련紅蓮이다.

진흙뻘에 발을 묻고도 붉은 꽃등을 피우는 그 고결함에 가슴이 뭉클했다.

저 꽃 앞에서는 모든 풀과 꽃들이 빛을 잃으리라.

유강은 자신의 푸른 가슴에 그처럼 오롯이 피어 있는 한 송이 홍련紅蓮을 떠올렸다. 그 꽃으로 인해 세상 모든 꽃들이 그에게는 무색무취가 되어버렸다.

유강은 다리 건너 늘어선 시비들을 향해 손짓을 했다. 미월이 재빠르게 유강에게 다가와 고개를 조아렸다.

"그만 돌아가시렵니까?"

"궁으로 돌아가는 즉시 녹영전을 깨끗이 단장하게."

미월이 놀란 눈으로 고개를 들었다. 지난 3년간 그 누구도 녹영전에 발을 들여놓은 적이 없다. 정략에 의해 이미 여러 명의 후궁을 들였지만 그 누구에게도 녹영전은 허락하지 않았다. 녹영전을 욕심내다가 죽어간 후궁도 둘이나 된다.

"갑작스럽게 녹영전은 어찌……?"

"화원에 다녀오려고."

"전하!"

"그 사람…… 화가 많이 났겠지?"

미월의 눈에 눈물이 그렁 맺혔다. 결국은 이렇게 모셔올 것을 그동안 어찌 그렇게도 무심했을까? '잘 지내는가?' 말 한마디, 서신 한 통 보내지 않았다. 공주에 대해서는 말조차 꺼내지 못하게 했었다.

미월은 후둑 떨어지는 눈물을 닦아내며 유강을 원망스럽게 바라보았다.

"그동안 어찌 그러셨습니까?"

"날 용서할 시간이 필요 했었네."

라우탄에게 진실을 말하지 못한 자신의 비겁함.

기어이 붙들지 못한 자신의 이기.

그리고 혹시나 누가 알까 두려워 입 밖으로 꺼내지도 못하고 묻어버린 부끄러움.

그 모든 것을 받아들이고 이해하기까지 이렇게 긴 시간이 걸렸다.

　미월은 유강의 말뜻을 알아들을 수가 없었다. 그러나 어쨌든 지금이라도 마음을 먹었으니 그저 감사할 따름이다. 급하게 물러나던 미월이 다시 다가와 물었다.

　"두 분…… 함께 모셔오는 것이지요?"

　"당연하지."

　미월은 그곳이 왕의 앞이란 것도 잊은 채 뒤를 보이며 돌아섰다. 다리를 내려서 소천궁을 빠져나가는 그녀의 걸음이 바람보다 빠르다.

　화원의 여름은 무료하고 지친다. 온천도 때 이르고, 꽃과 나무를 돌보는 것도 시들하다. 온천에서 피어오르는 더운 공기를 마시며 세아는 지친 듯 바위 위에 걸터앉았다.

　유강은 소식 한 통 없다.

　귀족들과 맞서느라 힘드시겠지, 그렇게 한 해.

　여전히 귀족의 힘을 다 누르지 못하셨나 보다, 그렇게 한 해.

　산적한 나랏일에 짬이 없으신가 보다, 또 그렇게 한 해.

　그렇게 세 해가 지났다. 유강은 여전히 소식이 없다. 월령이 이런저런 소식을 가져오지만 다 거짓이란 걸 안다. 자신을 위로하려는 말이란 걸 안다.

　바람에 온천의 물결이 일렁거렸다. 세아의 마음도 그렇게 흔들린다. 어디에도 가지 않겠다고 약조하였고, 무슨 일이 있어도 그를 믿겠다고 약조하였는데 점점 자신이 없어진다. 매일 매 시각

그만을 생각하겠다고 약조하였는데 점점 지쳐 간다.

이 기다림이 지쳐 노여움이 되기 전에, 그리움이 지쳐 서러움이 되기 전에 그가 얼른 오기를……

왕이 화원의 경계에 들어왔으며 곧 화원에 당도할 것이라는 경계병의 화급한 연락이 왔다. 대연으로부터 어떤 연락도 받지 못했는데 느닷없이 무슨 일인가 싶다. 믿어지지 않는 얼굴로 문밖으로 나오던 월령은 막 말에서 내리는 유강의 모습을 발견하고 멈칫 섰다.

화려한 마차도 없고, 늘어선 시종도 없다. 오로지 유강과 그를 따르는 호위 두엇뿐.

월령의 얼굴에 노기가 서렸다.

그녀를 발견한 유강이 반가운 걸음으로 다가왔다.

"잘 있었는가?"

감격에 깃든 목소리가 들렸다.

"어인 일이십니까?"

달갑지 않은 손님을 맞은 듯 월령은 차고 냉엄한 얼굴로 유강의 앞을 막아섰다. 그리고 노기 띤 눈으로 살폈다.

"잡아먹기라도 할 기세로군?"

"가능하다면 그리하고 싶습니다."

당돌한 말을 무시한 채 유강은 걸음을 떼었다. 그러나 월령이 다시 그 앞을 막았다.

"이렇게 단출한 행렬인 걸 보니 공주마마를 모시러 온 건 아닐 테고, 그 많은 후궁들도 이젠 싫증이 나신 모양입니다?"

비꼬듯 하는 말투에 유강은 이마를 찌푸렸다.

"후궁들 얘기라면 할 말 없네. 내겐 의미 없는 것들이니."

"의미 없다시는 분이 일곱이나 두셨습니까?"

"이 자리를 반드시 지키라 하지 않았는가! 그러기 위해 맺은 정략일 뿐이야!"

유강이 버럭 화를 내자 잠시 움찔했지만 월령은 여전히 앞을 막아선 채 비켜나지 않았다.

"공주마마를 대연으로 모셔갈 것이 아니면 들어서지도 마십시오!"

막무가내로 막아서는 월령이 성가셨다. 이런저런 말도 하기 귀찮았다. 유강은 거친 손으로 월령을 밀쳐 내고 화원으로 들어갔다. 다급히 따라가려는 월령을 호위가 붙잡았다.

"왕후마마를 모셔갈 행렬이 곧 당도할 것입니다. 전하께서는 워낙 마음이 급하시어 먼저 오신 것입니다."

그 말을 듣고서야 월령의 눈에 눈물이 맺혔다.

온천의 정원에서 키우는 나무들을 살피던 세아는 영춘화迎春花 나무 앞에서 문득 걸음을 멈추었다. 잎이 나기 전에 꽃이 먼저 피고, 꽃이 지고 나서야 잎이 자라니 한 몸에서 자라나지만 서로를 보지 못하는 둘의 처지가 애틋하게 느껴진다. 세아는 푸른 잎을 쓰다듬으며 말했다.

"너의 꽃이 향을 내지 못하는 이유를 알겠다."

보아줄 이가 없으니 살아 있으나 죽은 꽃이 되어버린 것이리라. 자신의 처지가 영춘화처럼 느껴져 마음이 울컥했다. 나약해지지 말자 다짐하지만 즈음에 와서는 자꾸만 마음이 흔들린다.

문득 인기척이 느껴졌다. 월령이 차를 들고 온 모양이라고 생각했다. 마침 차가운 차가 그립던 참이라 반가운 마음으로 돌아서는데 문이 떨어져 나갈 듯 열리며 불쑥 들어선 사람은 유강이었다.

세아는 멍한 눈으로 그를 바라보았다. 유강이 성큼 다가와 그녀 앞에 섰다.

"잘 있었소?"

말소리가 들리는 것을 보니 헛것을 본 것은 아닌 모양이다.

"많이 늦었소."

떨리는 것이 그의 목소리인지 자신의 가슴인지 알 수 없었다. 세아는 몇 번이나 마른침을 삼키고서야 겨우 대답할 수 있었다.

"……예."

유강이 한 발 다가서자 세아는 그만큼 물러났다. 오직 유강이 오기만을 소원했지만 막상 나타난 그를 보니 화가 났다. 비록 몸은 올 수 없어도 소식은 전할 수 있었을 텐데 어째서 그토록 모질게 외면했는지 궁금했다. 그토록 사랑한다 매달렸으면서도 여전히 무한국인은 받아들이기가 힘들었던 건지 묻고 싶다. 그러나 입이 떨어지지 않았다.

다가갈수록 멀어지는 그녀를 보며 유강이 울고 있었다. 세아는 그가 이곳으로 오기까지 자신이 상상하는 것보다 훨씬 더 힘이 들었다는 것을 깨달았다. 다 큰 남자의 눈물은 그녀의 마음을 무너트렸다.

　세아는 손을 뻗어 그의 눈물을 닦아주었다.

　"힘드셨습니까?"

　"그대보단 덜했을 것이오."

　"그리워하셨습니까?"

　"그건 그대보다 더했을 것이오."

　유강의 입술이 다가와 그리움을 전했다. 눈물이 입술을 타고 흘러들어 왔다.

　딱!

　어디서 날아왔는지 돌멩이 하나가 유강의 이마를 쳤다. 놀란 나머지 두 사람의 입술이 떨어졌다. 유강은 고통스러운 얼굴로 이마를 감싸고 주위를 살폈다. 조그만 아이가 나무 뒤에 숨어 있는 것이 보였다. 검푸른 눈이 너무도 아름다운 사내아이였다. 유강은 흥분한 얼굴로 아이에게 손을 뻗었다.

　"이리 오렴."

　그러나 아이는 유강을 외면한 채 쪼르르 달려나와 세아의 옷자락에 매달렸다. 그제야 세아는 아이의 손에 들린 새총을 발견하고 엄한 눈으로 내려다보았다.

　"이건 사람에게 쏘는 것이 아니라 하였지?"

　아이는 동그란 눈으로 올려다보며 대항하듯 말했다.

　"나쁜 사람입니다."

"어찌 그런 말을 하느냐? 저분은……."

"저분 때문에 어머니께서 우시잖아요."

아이는 세아의 젖은 눈이 안타까운 듯 올려다보았다. 세아는 당황스런 마음으로 유강을 돌아보았다. 유강은 경이로운 눈으로 아이를 내려다보다가 한쪽 무릎을 굽히고 아이에게 눈을 맞추었다.

"네가 영선煐이로구나."

아이는 여전히 세아의 옷자락을 붙잡은 채 유강을 빤히 바라보았다. 한동안 그렇게 바라보던 아이가 무엇을 느꼈는지 불안한 눈으로 세아를 올려다보았다.

"어머니……."

세아는 아이의 어깨를 잡고 눈을 마주 보았다.

"내 말 잘 들어라, 영선煐아. 저분은 안도국의 왕이시고 너의 아버님이시다. 인사를 드리렴."

세아가 아이를 돌려세웠지만 아이는 꼼짝을 하지 않았다. 불안한 눈으로 쭈뼛거리던 아이가 기어들어 가는 목소리로 말했다.

"제가 새총으로 쏘고 나쁜 사람이라 하였는데…… 혼을 내시렵니까?"

세 살짜리 아이의 입에서 나온 생각지도 않은 말에 유강은 웃음이 났다. 아주 똘똘하고 당돌한 녀석 같다.

"아니다. 너의 말이 옳다. 나는 나쁜 사람이야, 네게도 네 어머니께도."

"……."

"이제부터 두고두고 그 죄를 갚으려는데 용서해 주려느냐?"

그리고 유강은 다시 가까이 오라는 손짓을 했다. 아이는 유강의 말을 조금도 이해할 수 없다는 듯 고개를 갸웃거리다가 쭈뼛쭈뼛 다가왔다. 유강은 조심스럽게 아이를 품었다. 커다란 품에 쏙 들어오는 작은 보물이 안타까워 가슴이 떨렸다.

 終章

대화궁 너른 마당을 가로질러 걷는 왕의 걸음이 바쁘다. 성큼성큼 걷는 그 걸음을 따라 달리는 시녀들의 걸음도 바쁘다. 마침내 당도한 녹영전에서 왕의 걸음이 멈추었다. 그리고 잠시 호흡을 고르듯 서성이는 사이 전각의 문이 열리고 전의가 나오는 것이 보였다. 성큼 다가간 왕이 앞을 막아서자 전의가 고개를 조아렸다. 고개를 조아린 채 아무리 기다려도 왕에게서는 아무런 소리도 들리지 않는다. 의아한 마음에 조심스럽게 고개를 들자 왕의 얼굴이 불쑥 다가왔다.

어찌 되었느냐?

검푸른 눈이 소리 없이 물었다.

"특별한 환후는 없으십니다."

그런데 어찌하여 쓰러졌는가!

검푸른 눈이 날이 서는 것을 보며 전의는 다시 머리를 조아렸다.

잠시 산책을 나왔던 왕후가 갑자기 정신을 잃고 쓰러졌다는 전갈을 받고 어전회의마저 박차고 달려온 길이다. 건강하던 사람이 갑자기 쓰러지다니, 너무도 놀란 나머지 전의를 보고도 말이 잘 나오지 않는다. 유강은 마른침을 삼키며 전의에게 다시 대답을 종용했다.

잠시 망설이며 애를 태우던 전의의 얼굴에 미소가 번지는가 싶더니 생각지도 못한 말이 흘러나왔다.

"왕후마마께서 회임을 하셨습니다. 감축드립니다, 전하!"

왕의 얼굴이 일그러지는가 싶더니 이내 붉게 상기되었다. 성큼 내딛는 걸음도 흔들린다. 따라붙는 호위와 시녀들을 우치가 제지했다.

"그만 물러가라. 새로운 명이 있을 때까지 누구도 녹영전에 발을 들여놓지 못하도록 하라!"

왕의 호위대장이자 궁궐수비대장으로서 내리는 위엄 있는 명이었다. 왕과 왕후의 행복한 시간을 누구도 방해하지 못하도록 하기 위함이었다. 돌아서는 우치의 입가에 싱긋 웃음이 지어진다.

침실로 성큼 들어서는 유강을 발견한 미월이 황급히 시녀들을 밖으로 내보냈다. 문밖으로 나온 그녀는 다시 시녀들을 물리며 침실 문을 첩첩이 닫았다.

왕후를 대하는 왕의 행동들이 워낙 스스럼이 없으니 아랫것들보기에 민망할 때가 한두 번이 아니다.

도무지 부끄럼도 모르고 체통도 없으시니…… 저렇게도 좋으신
지 원.

끌, 혀를 차며 돌아서는 그녀의 얼굴에도 미소가 번진다.

유강은 침상으로 쉬이 다가서지 못한 채 멀찍이 서서 세아를 바
라보았다.

회임이라니, 쉬이 믿어지지 않는다. 전의들은 세아가 더 이상
회임을 할 수 없을 것이라고 했다. 무한국에서 워낙 심한 상처를
입었던 몸이라 태자 영煐을 낳은 것도 기적 같은 일이라고 했었다.

세아는 겁먹은 아이 같은 얼굴로 서 있는 유강을 향해 손을 뻗
었다.

"전하."

유강은 세아의 손을 꼭 잡으며 다가와 앉았다.

"괜찮소?"

"괜찮습니다."

"아픈 곳은 없소?"

그 소리에 세아는 조그맣게 웃었다. 조금 기운이 없고 속이 불
편하긴 하지만 곧 나을 것이다. 영을 가졌을 때도 그랬다. 그러나
유강은 여전히 걱정스런 얼굴로 이불 속으로 손을 넣었다. 그리고
스스럼없이 옷자락을 헤치고 들어갔다. 아랫배의 비끈한 흉터를
매만지며 그는 근심 어린 얼굴로 중얼거렸다.

"아직 아무런 표식도 없군."

"대여섯 달은 되어야 조금 표식이 날 겁니다."

"각별히 조심하여야겠지?"

"그럼요, 전하."

그 소리에 유강이 들릴 듯 말 듯 한숨을 지었다.

"어찌…… 반갑지 않으신 겁니까?"

그럴 리가!

말은 하지 않았지만 영燁을 가지고 키웠던 그 순간들을 함께하지 못한 것을 씻지 못할 죄로 여기며 상처로 안고 살았던 그다. 이제 그 죄를 씻고 상처를 치유할 기회를 얻었으니 이보다 더 기쁜 일이 어디 있겠는가. 그러나 각별히 조심하여야 한다니, 마냥 반가운 일만은 아니다. 혼이 빠지도록 품는 것도, 이렇게 매만지는 것도 마음껏 할 수 없을 터이니 말이다.

세아는 유강이 한숨지은 의미를 이내 알아차리고 그의 손을 당기며 속삭였다.

"조심히 안으면 괜찮을 겁니다."

그러나 유강에게는 그 말이 조금도 위로가 되지 않는다. 세아는 몸을 일으켜 유강의 얼굴을 빤히 바라보았다. 어느덧 서른이 넘은 그의 얼굴엔 멋스러운 수염이 자라고 있고 날카롭던 인상은 한결 부드러워졌다. 그럼에도 불구하고 그녀를 향한 마음은 조금도 수그러들지 않고 있다. 때로는 그 마음을 감당하기가 버거울 지경이니…….

멋스러운 수염을 스륵 만지던 세아가 짐짓 새침한 눈으로 말했다.

"성에 차지 않으시면 다른 전각으로 납시시면 되지 않겠습니까?"

날마다 왕만 바라보고 있는 여인들이 일곱이나 되니 무엇이 아쉬울까?

새침한 세아의 눈길이 유강은 난감하다. 그녀의 말대로 자신만 바라보고 기다리는 여인을 일곱이나 거느렸지만 자신에게 여인은 아직도 그녀뿐임을 몰라주는 세아가 야속하다. 나라의 평안을 위해 정략으로 들여온 여인들이니 그 평안을 유지하기 위해 간간이 들여다보고 달래주어야 하는 것 또한 자신의 책무다. 그러나 그 책무가 때론 죽기보다 싫을 때가 있으니 바로 세아가 지금처럼 새침해지는 때다.

어쩔 줄 몰라 하는 유강을 보며 세아는 다시 웃었다. 매번 이렇게 당황해하시니 장난조차 못 치겠다. 왕이 다른 전각을 찾는 것은 정치를 하는 것이지만 녹영전을 찾는 것은 사랑을 하는 것이라던 월령의 말은 아무리 생각해도 명답 같다.

유강의 수염을 장난스럽게 매만지던 세아가 입술을 살포시 겹쳤다. 매번 스치는 입술이 어찌 이리 떨리는지…….

은애합니다, 전하.

입술을 타고 건너오는 그 말이 유강의 몸을 뜨겁게 달구었다. 미월이나 월령은 유강의 지나친 기운이 세아를 힘들게 한다고 생각하겠지만 사실은 세아의 이런 행동이 유강을 못 견디게 하는 것이다.

이렇게 애틋하게 다가오는 입술을 어찌 거부하겠는가? 이토록 뜨거운 고백을 서슴지 않는 여자를 말이다.

왕후의 회임 소식이 있은 후 한동안 모습조차 비치지 않던 왕이 다시 대화궁의 정청으로 나왔다. 비진국에서 온 사신을 맞이하기 위해서였다.

비진족 전통복장을 한 사신이 깊은 예를 표하고 비진국 왕의 친서를 전달했다.

우루수 노인의 죽음으로 잠시 혼란에 빠졌던 비진국을 새롭게 차지한 왕은 외눈박이 라우탄이라고 했다. 반년 전에 새 왕으로 들어섰다는 소식을 들었는데 이제야 국서를 보냈다. 게다가 특별한 조공품도 없이 친서만 달랑 보내다니 괘씸하기 짝이 없다.

국서의 내용은 비진족에게 평원을 개방해 달라는 것이었다. 평원을 개방하여 안도국과 비진국 사이에 성행하는 밀무역을 막는다면 양국의 세수를 늘리는 데 도움이 될 것이라고 했다. 또한 그것은 미미하게 남아 있는 양국 간의 불신도 종식시킬 수 있으리라고 했다.

간결하고 도도한 국서였다. 약소국이 지녀야 할 강대국에 대한 예의는 조금도 없었다. 비록 지금은 미미하지만 언젠가는 어디에도 지지 않을 강대한 나라를 만들 거라던 라우탄의 자신만만한 얼굴이 스친다.

괘씸한 녀석!

실룩 비틀어지는 유강의 입가에 스치는 것이 미소인지 조소인지 분간하기가 어렵다.

며칠 고심한 끝에 유강은 비진국의 제의를 받아들이기로 했다.

너무 관대한 처사가 아니냐며 반대하는 신하들이 있었지만 유강은 그들의 반발을 힘으로 눌렀다.

국경을 안정시키는 것은 무엇보다 중요하다. 그러기 위해서는 비진국이 안정되어야 한다. 여전히 무한국과 대치 상황에 있는 비진국이 약화된다면 안도국은 다시 무한국과 국경을 맞대어야 하는 상황이 벌어질 것이다. 비진국이 무한국과 힘의 균형을 이루도록 조절해 주는 것이 안도국을 위한 최선의 정책이었다. 다만 강대국인 안도국을 두려워하지 않는 버릇없는 이 도도함만은 꺾어주어야 할 것 같다.

"너희 왕에게 가서 전해라. 달콤한 꿀을 얻으려면 꽃을 가꾸는 노고도 필요한 법이다. 그저 꿀만 빨아먹겠다면 도둑의 심보가 아니고 무어냐? 우리는 어렵게 일어난 비진국이 쉽게 무너지는 것을 원치 않아. 그래서 이렇게 품는 것이다. 허나 안도국의 품이 마냥 넓지만은 않다는 것도 알아야 할 것이다."

나직하지만 무서운 말이었다.

다음 달엔 무한국 사신이 왔다. 한때는 안도국과 자웅을 겨룰 만큼 강대국이었지만 혼란한 국내 정세와 새롭게 일어난 비진국에 밀려 이제는 안도국의 눈치를 살펴야 할 만큼 약소국이 되어버렸다.

비진국이 황북 지방을 점령하면서 그곳에 터전을 두고 있던 마운충이 몰락하자 수秀왕은 움츠려 있던 날개를 펼치듯 재빠르게 귀족들을 장악했다. 그와 함께 혼란스럽던 무한국의 정세도 조금씩 안정되고 있었다.

사신 행렬을 이끌고 온 사람은 수를 그림자처럼 따르던 사량이었다.

세아는 녹영전으로 찾아온 사량을 물끄러미 바라보았다. 수를 떠올릴 때마다 들끓던 분노가 더 이상 일지 않는다. 수가 귀족들의 권세에서 벗어나 실추된 왕권을 회복하려 한다고 하니 아무쪼록 뜻을 이루어 나라를 잘 건사하기를 바랄 뿐이다.

"오라버니께서는 잘 계시겠지요?"

사량은 대답 대신 고개를 조아렸다. 안도국 왕후의 자리에 당당히 앉은 세아를 보니 이제야 안심이 된다. 수왕 또한 기뻐할 것이다.

"전하께서 그동안 걱정을 많이 하셨습니다. 이처럼 강령하신 모습을 뵈오니 기쁘기 한량없습니다."

사량의 얼굴에서 수의 걱정을 보는 듯, 수의 안도를 보는 듯해서 마음이 저릿하다.

"전하께서 계륜왕 전하의 복권을 추진하고 계십니다."

"그래요?"

생각지도 않던 말에 세아의 얼굴이 밝아졌다.

"왕후마마께서 힘을 보태어주신다면 한결 수월해질 것입니다."

그것은 수와 무한국에 힘이 되어달라는 부탁이기도 했다. 과거를 생각한다면 괘씸했지만 세아는 거절하지 않았다. 어쨌든 무한국은 그녀의 고국이고 그 백성들이 평화로워지기를 늘 바라고 있으니까.

녹영전을 나온 사량은 깊은 눈길로 그곳을 살피다가 돌아섰다.

그때 공주에게 무진의 생존을 숨겼던 것은 잘한 일 같다. 덕분에 이렇게 안도국으로 와서 행복을 찾은 듯하니. 그러나 무진을 살린 일은 아무래도 자신의 불찰인 것 같다. 시체 같았던 그가 살아 이렇게 무한국을 위협할 줄을 어찌 알았겠는가.

어느 날 녹영전으로 온 유강이 다짜고짜 세아의 손목을 잡아끌었다.

"소천궁으로 나들이를 가지 않겠소?"

세아는 얼른 고개를 끄덕였다. 어느새 여름이다. 지금쯤 연지에는 연꽃들이 하나둘 필 것이다.

왕의 조용한 행렬이 대로를 지나 소천궁으로 향했다.

푸른 연잎이 연지를 가득 뒤덮고 있었다. 그리고 간간이 솟아오른 꽃대에서 연꽃이 하나둘 피고 있다. 유강은 세아의 손을 잡고 연지의 다리 위로 올라섰다.

세아의 배는 어느새 표가 날 정도로 불러 있었다. 유강의 손이 봉긋한 배를 스륵 쓰다듬었다.

"몸은 좀 어떻소? 이 녀석이 어미를 힘들게 하진 않소?"

"괜찮습니다."

전의들의 걱정과 달리 세아는 아주 잘 견뎌주고 있었다. 물론 유강이 특별히 조심하는 덕도 있지만. 하루하루 불러오는 배가 신기하면서도 때로는 그 속에서 자라는 녀석이 얄미울 때도 있었다. 아비로 하여금 이토록 힘든 인내를 요구하다니, 괘씸한 녀석이다.

싱긋 웃으며 연지를 살피던 유강의 눈이 어느 지점에서 문득 멈추었다.

옛 소천궁이 있던 자리, 어머니가 묻힌 자리, 그리고 아우 진서를 묻은 자리다.

어마마마…….

유강은 나혜왕후에게 비진국의 왕이 된 라우탄의 소식을 마음으로 전했다. 오늘은 늘 마음 한구석에 있던 라우탄을 영원히 떠나보내려고 이곳에 왔다. 유강은 연지로 비환을 던졌던 그때 진서를 그곳에 묻었다고 생각한다. 라우탄은 그저 비진족일 뿐이다. 세아의 마음속에 있는 무진도 그때 무한국에서 죽었을까? 그러리라고 생각한다. 그녀에게도 라우탄은 그저 비진족 라우탄일 뿐, 그 무엇도 아닐 거라는 것을 조금도 의심치 않는다.

유강이 손을 꼭 잡으며 중얼거렸다.

"그때는 참으로 아찔했었지."

"무엇이 말입니까?"

"이 연지에서 왕비를 처음 보았을 때 말이오."

떨어지던 눈물방울마저 아찔하게 느껴졌던 그날을 떠올리며 연지를 살피던 유강의 얼굴에 문득 노기가 서린다. 다리 끝에 선 시녀들을 향해 손짓을 하자 미월이 황급히 다가왔다.

"저곳이 어찌 저리 어지럽혀져 있는가?"

유강이 가리킨 곳은 연지의 구석진 자리였는데 누군가 일부러 들어가 짓밟은 듯 연잎들이 일그러져 있었다. 이곳 연지는 왕실에서 특별히 관리하는 곳이다. 그래서 아무나 함부로 들어갈 수 없는 곳인데 누가 감히 연잎을 짓밟아놓은 것일까?

다리 끝으로 달려갔던 미월이 한참 만에 다시 돌아왔다. 그녀는 난감한 얼굴로 대답을 머뭇거렸다.

"전하께서 소중히 여기시는 곳을 누가 감히 저렇게 짓밟았단 말인가!"

세아의 다그침에 미월은 고개를 조아렸다.

"태자마마께서……."

"태자가?"

반듯하고 엄전한 태자가 어찌 저런 짓궂은 짓을 했을까?

"산영 아기씨가 워낙 떼를 쓰시니 감당키 어려워 그러신 것 같습니다."

산영은 승록대부 홍영의 여식으로 태자와는 어릴 적부터 각별히 지내온 사이다. 이제 겨우 일곱이지만 그 미모가 어찌나 뛰어난지 보는 이마다 입을 모아 칭찬하곤 했다. 그래서 유강과 세아가 특별히 예뻐하는 아이이기도 하다.

대연에 돌아온 후에도 집으로 들어가지 않은 채 유곽을 떠도는 홍영에게 유강은 당장 집으로 들어가라는 엄명을 내렸었다. 그리고 사천에 있던 양현을 대연으로 불러들였다. 감히 왕의 명을 거역할 수도 없고, 범 같은 장인을 피할 수도 없어진 홍영은 죽지 못하는 심정으로 반이가 있는 집으로 들어갔다. 그리고 우여곡절 끝에 산영이를 얻었는데 그날로 홍영의 태도가 다른 사람처럼 변했다.

자신보다 조금만 예쁜 아내를 얻고 싶다는 소원은 이루지 못했지만 세상에 다시없는 어여쁜 딸을 얻었으니 더 바랄 것이 없게 되었다.

며칠 전 태자가 산영을 데리고 소천궁으로 놀이를 나왔다고 한다. 그런데 연지에 핀 연꽃에 반한 산영이 그것을 꺾어달라고 떼를 쓴 모양이다.

"그래서 태자가 꺾어주었단 말이냐?"

"예."

"손수?"

"예. 손수 연지에 들어가시어……."

이런!

부끄러움도 체통도 잊은 채 진흙뻘에 들어가 꽃을 꺾었을 태자의 모습이 상상이 가지 않는다. 산영의 어여쁜 얼굴에 혹한 것이 분명하다. 유강이 낭패한 얼굴로 세아를 건너다보았다.

걱정스런 유강의 얼굴에 비해 세아의 얼굴엔 걱정보다 웃음이 먼저 번진다. 아직 어린아이들이다. 그러니 크게 걱정할 일은 아니다.

"전하를 닮아 그런 걸 어쩌겠습니까?"

그 소리에 미월도 동조한다는 듯 고개를 끄덕였다. 어여쁜 얼굴 앞에서는 체통도 무엇도 잃어버리는 것은 내력이라는 소리다. 세아에게 한눈에 반해 눈앞이 아찔했었다고 고백을 한 터라 아니라고 할 수가 없다. 무안해하는 유강을 빤히 바라보는 세아의 눈가에 웃음기가 번진다.

저 사람은 지아비를 놀려먹는 데 재미가 든 모양이다.

유강은 헛기침을 하며 연지로 눈을 돌려 버렸다.

소천궁에 다녀온 후 유강은 열흘째 녹영전을 찾지 않고 있다. 태자의 체통 없음이 당신을 닮았다고 농을 한 것이 서운했던 모양이다. 세아는 오랜만에 찾아온 여유를 즐기며 자수를 놓고 있었다. 화원에 있을 때 월령에게 배운 것이 어느새 취미가 되었는데 마음을 다스리는 데는 이만한 취미도 없는 듯하다.

대화궁 구석구석 흩어진 전각들을 휘휘 돌아 유강의 걸음이 멈춘 곳은 녹영전이다. 가슴이 활활 타는 자신에 비해 녹영전은 너무도 고요하다. 그래서 부아가 났다. 언제나 안달을 내는 쪽도 자신이고 죽어드는 쪽도 자신이다. 세아는 도무지 끄떡도 않는다.

뜰에 서서 한동안 녹영전을 노려보던 유강이 성큼 걸음을 내딛자 우치는 예외 없이 호위들을 물렸고, 전각 안에서는 미월이 시녀들을 물려 나왔다.

세아는 유강이 들어서는 것도 알아차리지 못한 채 자수에 빠져 있었다. 유강이 헛기침을 두어 번 하고서야 고개를 든다. 불룩한 얼굴로 서 있는 유강을 바라보는 그녀의 눈은 생경한 사람을 보는 듯 무덤덤하다.

"오셨습니까, 전하."

황급히 일어나 인사를 하지만 반기는 빛은 그다지 없는 듯하다.

"흠, 어찌 지내셨소?"

"보시다시피 자수를 놓으며 마음 수양을 하고 있었습니다."

"어찌, 마음 상한 일이라도 있소?"

"들려오는 소문이 좀 요란해야 말이지요."

유강은 뜨끔한 얼굴로 세아를 살폈다. 녹영전을 찾지 않은 열흘 동안 하루가 멀다 하고 후궁전을 돌았으니 부지런한 입들이 가만 있지 않았을 것이다.

"용종을 잉태한 몸이 탈이라도 나면 큰일이지 않겠습니까?"

정말 몸이 탈이라도 날 만큼 마음이 상한 걸까?

스륵 고개를 가져오던 유강이 세아가 놓고 있던 자수를 발견하고 멈칫했다. 틀에 끼워진 그림은 푸른 연지에 홀로 핀 붉디붉은 홍련이다. 세아가 당황한 듯 그것을 감추려는 순간 유강의 손이 먼저 집어 들었다.

너무도 선명한 홍련의 빛깔에 주변의 잎들이 그 빛을 잃고 있다.

"이것이 무엇이오?"

퉁명스럽게 묻는 소리에 세아의 얼굴이 붉어졌다. 언젠가 유강이 말했었다. 자신의 마음속에 붉디붉은 홍련 한 송이가 있는데 그 빛이 너무도 강렬하여 다른 것들이 감히 제 빛을 내지 못한다고. 그것이 바로 세아 당신이라고.

세아는 마른침을 꼴깍 삼키며 자수를 잡으려 손을 뻗었다. 그러나 유강은 얼른 손을 바꾸어 그것을 높이 들어 올렸다. 그리고 다시 한 번 이것이 무언가 물었다.

유강을 빤히 올려다보던 세아가 마지못한 듯 입을 열었다.

"전하께 드리려고 만든 손수건입니다."

"손수건?"

"다 만들면 드릴 테니 주십시오."

그제야 유강은 한껏 기분 좋은 얼굴로 자수틀을 돌려주었다. 그리고 얼굴을 스륵 가까이 가져오며 물었다.

"내내 그걸 만들고 있었던 거요?"

자신이 들여다보지 않았던 열흘 동안 들려오던 요란한 소문들이 그녀의 마음을 흔들었을까? 아프게 했을까? 그래서 저걸 붙들고 있었던 것일까?

궁금해하는 유강의 눈길을 피하며 세아는 다시 바늘을 잡았다.

무심한 척, 이해하는 척, 한없이 넓은 아량을 지닌 척 지냈지만 사실은 유강이 다른 전각을 찾을 때마다 속이 상하고, 잠을 설치고, 안달이 나는 세아다. 유강의 가슴에 핀 붉디붉은 그 홍련이 빛을 잃을까 노심초사하는 겁 많은 여자다. 유강의 넘치는 기운이 버거울 때도 있지만 때론 그것 때문에 더욱 그를 기다리는 부끄럽고 속스러운 여자일 때도 있다.

얼굴이 화끈 달아오른다. 흔들리던 바늘에 손끝이 찔려 버렸다.

"아!"

놀란 유강이 얼른 손을 잡아채었다. 순식간에 붉은 피가 새어 나온다. 유강이 손가락을 입으로 가져갔다. 따듯한 체온이 손끝에 전해진다. 그것이 세아의 가슴을 뜨겁게 했다.

"전하……."

"조심하여야지, 놀랐지 않소."

어느새 피가 멎은 손가락을 들여다보며 유강이 나무라듯 말했다. 세아의 손가락이 그의 입술을 가만 쓸었다. 무심하던 그녀의 눈이 왠지 반짝이는 것 같다. 흘러나오는 목소리도 떨린다.

"전하의 마음에 여전히 홍련이 피어 있습니까?"

멈칫하던 유강의 입가에 미소가 번졌다.

"물론."

"빛이 바래진 않았는지요?"

"그럴 리가!"

유강의 팔이 세아의 둥근 허리를 감았다. 뜨거운 입술이 건너오자 세아는 스스럼없이 그의 목을 안았다. 맞닿아 눌린 배가 갑갑한 듯 뱃속의 아이가 울렁 흔들리며 제 존재를 알린다. 유강의 입술이 움찔 물러나려는 순간, 세아의 입술이 더 깊게 파고들었다.

힘들어도 오늘만은 참아주렴, 아가.

終